UnRead

文艺家

RAINBOWS END

彩虹尽头

〔美〕
弗诺·文奇
著

VERNOR
VINGE

岛岛
译

Beijing United Publishing Co.,Ltd.
北京联合出版公司

献给正在改变人类生活方式的互联网认知工具

——

维基、谷歌、eBay，以及现在和将来的其他此类平台。

目录

序章　运气与思考   001

01　兔子先生在巴塞罗那   007

02　归来   020

03　天堂里的雷区   027

04　完美的关联人   042

05　向博士的安全硬件环境   058

06　一流的科技，末流的才华   064

07　艾兹拉·庞德事件   072

08　内部无用户可操作零件   080

09　胡萝卜蒂   095

10　绝妙的论文主题   103

11　初遇图书馆升级项目   112

12　过去的卫士，未来的侍女   120

13　米莉帮成立   139

14　神秘陌生人   153

15　比喻成真   172

16　前厅卫生间事件   199

17　阿尔弗雷德毛遂自荐   215

18　老年探洞者社团   223

19 可能失败 231

20 当值军官 236

21 网络公会冲突 251

22 自行车攻击 262

23 在教堂里 269

24 图书馆的选择 277

25 不能再依靠爱丽丝了 292

26 如何活过接下来的三十分钟 299

27 吊销信用证书攻击 312

28 动物模型 324

29 向博士接手 331

30 网络崩溃之时 343

31 鲍勃考虑地毯式核轰炸 347

32 最小化充分应对措施 351

33 戴镣铐的自由 364

34 大英博物馆与大英图书馆 377

35 消失的撇号 388

尾声 398

致谢 407

序章　运气与思考

　　欧洲疾病防卫控制中心[1]当众出丑，正是好运气首次降临的表现。7 月 23 日，阿尔及尔的一群学生宣称：一场呼吸道传染病正在地中海区域传播。他们是通过分析阿尔及尔和那不勒斯两地的公共交通系统中的抗体数据，敏锐地发现这一问题的。

　　疾控中心没有及时回应，不到三个小时，业余公共卫生爱好者们又发来了其他城市的类似结果，还绘制了传播地图。这场传染病至少已经开始一周了，病原可能来自爱好者们检测不到的非洲中部。

　　等到疾控中心各公关部门统一行动起来的时候，印度和北美都已经检测到了感染病例。更糟的是，西雅图的一个记者成功地分离并识别了病原体：一种伪拟菌病毒。这令公关部门感到前所未有的尴尬和意外：过去那十年里，疾控中心就是靠战胜"日出"瘟疫才赢得了巨额预算。"日出"瘟疫是那十年里欧洲的第二大恐怖行动，全靠疾控中心的指挥才没有传播到全世界。

　　而"日出"瘟疫的病原正是一种伪拟菌病毒。

　　疾控中心还是有高手的，就是 2017 年拯救世界的那批专家，他们迅速出手解决了 7·23 事件。或多或少，公关部门总算可以发布些切实的消息了：是的，这个伪拟菌病毒并未出现在标准声明协议中，因为中心"当前动态"网页出了一个小故障。没错，这个伪拟菌病毒也许衍生自"日出"。

1　下文简称"疾控中心"。

原本致命的杀手病毒演化出的变种依然在世界上，只不过沦为生态圈永恒的背景噪声。今年已经观察到三个变种，一种是在五天前，即 7 月 18 日才刚刚发现的。而且——说到这儿，公关部门又恢复了平日的精神头和自信心——所有这些都是亚临床感染，基本上没有可观察到的病征。伪拟菌病毒有巨大的基因组（当然，这是相对于病毒而言，跟任何别的生物相比都很小）。"新日出"组织把这个基因组改造成了一把收割死亡的"瑞士军刀"，功能齐备得几乎可以对付任何防御机制。但是，如果失去了这种优化，伪拟菌病毒就是一包笨重的 DNA 垃圾。"综上所述，疾控中心未能公布这一日常事件，我们为此真诚致歉。"

一周过去了，两周过去了，没有捕捉到新的病原体。抗体调查显示这次感染仅限于地中海地区，疾控中心此次声明完全正确。"亚临床呼吸道传染病"，这一称谓本身都自相矛盾：如果感染者里打喷嚏的都不到千分之一，病毒几乎得依赖于慈善救助才有可能传播到世界各地。

公众接受了疾控中心的解释。公共卫生爱好者们对这次日常事件有点危言耸听了。

事实上，疾控中心的说辞中有一处成功地误导了公众（也是唯一一处歪曲事实的地方）：这次未能公告病毒是由于公网网页的漏洞。真相是，漏洞来自中心刚刚升级的内部警报系统。因此，当值专家和普通公众一样，对此次病毒感染一无所知，是爱好者们拉响了警报。

然而在欧盟情报局的内部圈子里，有些人永远不会原谅这种失误。这些人日夜战斗在反恐前线，他们的伟大功绩，公众一无所知；但他们若出现疏忽，将会出现比"日出"瘟疫更可怕的灾难。

可以想象，这些人都有点偏执加强迫。欧盟情报局指派最好的特工之一，年轻的德国人金伯克·布劳恩，来领导疾控中心进行秘密的机构重组。在情报局里，金伯克算是小有名气——他是强迫症中的强迫症。不管怎么说，他和他的小组迅速地修补了疾控中心的内部报告机制，然后在整个中心内部开展为期六个月的评估检测，其中还有随机的"消防演习"，传染病学家永远想象不到这些评估、演练能够探测到何种威胁。

这原本该是疾控中心优胜劣汰的六个月，但是金伯克的"消防演习新政"只持续了不到两个月，就被一场足球比赛中插播的一则广告打断了。

希腊 - 巴基斯坦联赛的第一轮比赛于 9 月 20 日在拉合尔举行，希腊 - 巴基斯坦联赛非常传统，当然，也可能只是那些支持者比较守旧罢了。不管怎么说，赛事中的广告都带着过时的 20 世纪气息：每个人看到的宣传内容都一样；赛场内护栏上还出售广告位，而且连那上面的内容也没有针对不同的顾客进行个性化定制。

比赛过程中发生了一件离奇的事情（如果算上希腊赢了的话就是两件）：中场休息的时候播放了一个三十秒的蜂蜜牛轧糖广告，一个小时内，好几个独立市场分析员报告，牛轧糖的销量从广告播出三分钟后开始飙升。这一单广告带来的收益百倍于其成本，这真是梦寐以求的结果——至少对于那些痴迷营销艺术的人来说是如此。那天下午，此事引发几百万营销界人士热议。广告中的每一个细节都被详加研究，可它毫无亮点，就像制作它的那个三流公司一样。重要的是，人们本来主要想发掘出它用什么招数影响了潜意识，结果一无所获。但从时间差和销售额的井喷来看，这又不像是一个普通的广告效应。几个小时内，所有理性的讨论者达成一致："蜂蜜牛轧糖奇迹"只是数据挖掘找到的假象，即如果你观察上万亿的事件，总能碰上百万分之一概率的巧合。到了晚上，这个事件就像成千上万的热点话题一样，逐渐平息下来。

但某些观察者却没有放弃。金伯克，像大多数欧盟情报局内部圈子的人一样，对公开信息分析有着极大的兴趣，坦率地说是极为重视。他的一个小组注意到了"蜂蜜牛轧糖奇迹"，也研究了那些讨论。确实，几乎可以肯定这是个假象，但有一些问题尚未厘清，而政府最擅长应付此类问题。

于是，好运气二度降临。金伯克一时兴起，组织了一次"消防演习"：让疾控中心的分析师来研究"蜂蜜牛轧糖奇迹"对公共卫生有什么影响。不管此次神秘事件有没有实用性，这都能训练疾控中心进行机密、实时、紧急调查的能力，而且它也并不比金伯克以前的演习更疯狂。现在，疾控中心最聪明的那些专家都参加了这场盛大行动。他们迅速地提出了上千种推测，设计了几十万种测试，由此将生长出此次调查的搜索树。

接下来的两天，疾控中心的分析师沿着搜索树前进，不断延伸和修剪，试探着统计学的极限。这种方法能产生多少假象，营销爱好者根本无法想象，仅仅议题列表就能填满一本老式电话簿。以下列出经过整理之后最精彩、最有价值的部分：

> 牛轧糖广告与销售额激增并无联系。这个结论来自实验验证而非理论分析。疾控中心首先向被试小组呈现牛轧糖广告，然后又向他们呈现了所有其他半场休息时播放的广告。结果发现，其中一个广告牌——仅短暂播放了一条交友服务的广告——会引发被试小组对牛轧糖的兴趣，但这种兴趣具有偶然性（交友广告有点过于追求设计艺术了，它的背景是莫列波纹，那些交叉线条反而不利于表现广告的主题）。他们沿着搜索树继续分析，发现交友服务广告对牛轧糖销售的刺激作用仅对特定人群有效。比如说，对具有 7·23 伪拟菌病毒抗体的人群，它没有这种效果。
>
> 但是，对于感染过 7·18 伪拟菌病毒——疾控中心及时报道过的那个——的人群，这条交友广告却能刺激其购买牛轧糖的欲望。

早在孩提时代，金伯克就常做白日梦：假如生在过去，他将如何防止德累斯顿轰炸，或者阻止纳粹及其死亡集中营，或者避免斯大林造成乌克兰大饥荒。小金伯克还想象着，如果不担任国家元首，如果 1941 年 12 月 7 日他在夏威夷的雷达前哨站工作，或者是 2001 年的夏天，作为美国联邦调查局的特工，他能做什么。

也许所有男孩都经历过这个时期，不理会历史背景，只想做一个救世英雄。

但是当金伯克看着眼前这份新出炉的报告时，意识到自己正身处一个惊天阴谋之中，如同他童年幻想的大事件一样。7 月 18 日的伪拟菌病毒和足球比赛的广告，合起来就是一个伪装极为成功的、新概念武器的测试。这种武器一旦完善，"日出"瘟疫在它面前简直就是恶作剧。至少，基因战可以像子弹和炸弹那样精准且出其不意：狡猾地通过疾病慢慢感染某群人，神不知鬼不觉。然后，只要通过一封电子邮件触发个体，或者利用一次广播来触发上亿人，砰！马上致盲、致残甚至致命，迅雷不及掩耳，任何"疾病防护"措施都来不及反应。

如果金伯克是疾控中心的人，他会马上拉响警报，通知印欧联盟所有的疾病防卫组织，以及美国和中国的相应机构。

但是金伯克不是一个传染病学家，他是一个特工，一个偏执狂特工。金伯克的"消防演习"在他个人控制之下，他没费什么力气就把问题压了下去。与此同时，他调用了欧盟情报局和印欧联盟里的资源。几个小时内，他一头扎进了好几个项目。

他找来了印欧联盟里最好的组织犯罪方面的专家，让她自由地研究那些证据；还联系了联盟部署在中非和其他远离现代社会的落后国家的军事力量，有确切证据表明 7 月 18 日的伪拟菌病毒源头在那里。虽然这些都不是生物科学研究，但金伯克手下的分析师跟疾控中心最好的专家很相似，只是更聪明，数量更多，有更丰富的资源。即便如此，也不得不说他们运气真的不错：接下来的三天里，他们不断演绎、推理，一直有所突破。最后，他对这次武器测试的幕后主使终于有了大致概念。

平生第一次，金伯克感到了真正的恐惧。

- 01 -
兔子先生在巴塞罗那

金伯克是印欧联盟情报局中为数不多的几位巨星之一。公众应该对他们的身份一无所知，即便有所了解，也都是些虚假信息。这些巨星也有自己的偶像，也就是金伯克们遇到疑难问题时会去求助的对象。印度国际情报局有这样一个机构，它既不在组织架构表上，也没有确定的职能。基本上，这个机构的一切都听从负责人的安排。这位负责人是一个名叫阿尔弗雷德·瓦兹的印度人，当然，这个名字也没几个人知道。

金伯克把可怕的发现告诉了阿尔弗雷德。一开始，阿尔弗雷德像金伯克当初那样被吓坏了，但他毕竟是个解决问题的高手。"只要找到合适的人，任何问题都会迎刃而解，"他说，"给我几天时间，我来找找看。"

三天后，巴塞罗那市中心：

兔子跳上那张空藤椅，又从那里跳到桌子中央，落在茶杯和调味瓶之间。它依次向阿尔弗雷德·瓦兹、金伯克·布劳恩和美津里惠子抬了抬礼帽，说："你们要的好买卖来了！"整体看起来，这是只貌不惊人的兔子。

阿尔弗雷德伸手扫过图像，显示他是亲自到场："送买卖上门的是我们才对。"

"嗯哼。"兔子一屁股坐在了桌子上，从盐和胡椒瓶后面拖出一小套茶具来，给自己倒了一两滴——这一两滴足够添满它的杯子，然后抿了一小口，"我洗耳恭听。"两只长耳朵摆来摆去以示强调。

桌子另一头的金伯克盯着它瞧了半天。虽然金伯克和兔子一样只是虚拟投影，但这投影和他本人一样耿直。阿尔弗雷德察觉到这个年轻人流露出一种既惊讶又失望的表情。事实上，过了一会儿，金伯克给他发来一条默信。

布劳恩→美津里，瓦兹：这就是你的最佳人选，阿尔弗雷德？

阿尔弗雷德没有直接回答，而是转向桌上的那只动物："欢迎来到巴塞罗那，兔子先生！"说着将手挥向马路对面圣家堂那些高耸入云的尖塔。欣赏这座教堂最好还是用裸眼，不要借助虚拟修饰；毕竟，高迪建筑的华丽超出了现代修饰师的想象，"你知道我们为什么要挑这个地方见面吗？"

兔子抿了口茶。它用一种很不兔子的方式斜眼望向桌边街上熙熙攘攘的人群，扫视着众多游客和本地人的服饰和身体结构。"啊，是不是因为巴塞罗那美丽而妖异，从 20 世纪至今魅力依旧不减，是个罕见的伟大都市？你们是不是都带着家人到桂尔公园来了一趟浪漫之旅，还顺便把旅行费用给报销了？"它端详着金伯克和惠子。惠子干脆将自己的形象抽象化，看起来是一串移动的晶体表面，有点像马塞尔·杜尚的裸女。兔子耸耸肩，"话说回来，你们俩也许在几千公里之外也说不定。"

惠子笑了："哦，别这样摇摆不定，"她的口音和语法完全是人工合成的，"我很高兴来到桂尔公园，用我自己的双手触摸实物。"

美津里→布劳恩，瓦兹：其实我正在我的办公室欣赏东京湾的月色。

兔子对他们之间互发的默信一无所知，继续说道："随你怎么说。无论如何，在这里见面的真正原因是：巴塞罗那与你们实际所在地有很直接的联系，而且具备能够掩盖我们谈话内容的现代安全措施。最重要的是，这里的法律禁止公众和警方窃听……当然了，除非你是欧盟情报局的。"

美津里→布劳恩，瓦兹：哎哟，猜对了三分之一哦。

布劳恩→美津里，瓦兹：兔子先生本人也只是在和我们远程通话。

一行欧盟实时分析字幕浮现在这只小动物头上：百分之七十五的可能性，兔子图像的真身位于北美。

阿尔弗雷德凑近兔子，露出了微笑。亲临现场对阿尔弗雷德来说既有弊也有利。"不，我们不是秘密警察，不过我们确实需要比短信更直接一点的安全沟通方式。"他拍了拍胸口，"尤其是，你看到我本人来了，这能建立信任感。"也能给你一堆无关的线索。阿尔弗雷德招来服务员，点了一杯里奥哈葡萄酒，又转向桌布上的那只动物，"兔子先生，最近几个月，你吹了不少牛。现在是个人就能吹，但不是人人都像你这样，可以让那么多有名望的人物为你背书。"

兔子得意扬扬起来。这只兔子的很多举止都很怪异、不合常理。形态上的真实性不是它首要追求的。"我当然备受推崇。不管什么问题，政治、军事、科学、艺术，或者爱情……只要你满足我的条件，我就一定把事办成。"

美津里→布劳恩，瓦兹：说吧，阿尔弗雷德。

布劳恩→美津里，瓦兹：对，就说最简版的。除非它先拿出点我们自己搞不到的东西，不然一句也别多说。

阿尔弗雷德仿佛对着自己点点头："我们的问题与政治和战争无关，兔子先生。我们只是出于科学上的兴趣。"

兔子摆动着耳朵："哦？那上网发帖求助啊。这和找我帮忙差不多一样好一样快，而且肯定便宜一千倍。"

酒上来了，阿尔弗雷德煞有介事地摇着杯子闻了闻，他朝街对面望去。今日圣家堂实地游览的门票已经停止售卖了，但是期待捡漏的人仍然在教堂门口排着长龙，这再次说明能亲自摸到的东西才是最重要的。他的视线回到兔子身上："比起动用几千个分析师的大脑，我们的需求更为基本。解决我们的问题需要扎实的，呃，实验。有一部分已经做完了，还有很多没做。总的来说，我们项目的规模相当于一个政府应急研究项目的规模。"

兔子咧嘴大笑，露出象牙色的门牙："呵，政府应急项目？那是 20 世纪的笨办法。市场需求永远更有效，你只要耍点手段让市场合作就行。"

"也许吧。但是我们想做的是……"倒霉的是，连他们编造的托词听起来都很扯，"我们想要的是，嗯，一个大型实体实验室的管理员权限。"

兔子僵了一下，有那么一瞬间它看上去真的像只突然暴露在强光下的食草动物。"哦？哪种实体实验室？"

"全球集成生命科学。"

"啊，哈，哈。"兔子坐了回去，自言自语地说——希望是自言自语。欧盟情报局显示，有百分之六十五的可能这只兔子没有跟其他人共享整个谈话，百分之九十五的可能它不是中国或美国派来的。阿尔弗雷德自己在印度的机构对这些假设甚至还要更确信一些。

兔子放下茶杯："你激起了我的好奇心。这么说你不是要我搜集信息，你真正想让我做的是摧毁一个重要装备。"

"只要很短一段时间就好。"金伯克说。

"随你们怎么说，你们找对人了。"兔子抽了抽鼻子，"我相信你研究过可行性。欧洲顶级的机构不少，但没有一个是完全集成的——目前他们远远落后于中国和美国的同行。"

阿尔弗雷德没点头，但兔子说得对。世界各地都有杰出的研究人员，但只有几个数据密集型实验室。在 20 世纪，大型实验室的科技领先地位也许能保持三十年。现在，节奏更快了，但欧洲还是落后一点。印度博帕尔科技园的集成度更高，但却在微自动化方面落后了，要赶上中国和美国的领先地位恐怕还要好几年。

兔子乐了："嗯，嗯。看来要么是武汉的实验室，要么就得是南加州的。当然，无论哪一个我都能让你见证奇迹。"这纯属胡吹，要不然就是阿尔弗雷德的人完全错估了这位毛茸茸的朋友。

　　　　　　　　　　　　　　　01　兔子先生在巴塞罗那

惠子说："我们倾向于加州圣地亚哥的生物科技园。"

阿尔弗雷德准备的理由挺自然："我们研究圣地亚哥的实验室好几个月了，我们知道他们有我们想要的资源。"实际上，金伯克怀疑的那些可怕的事情，就指向圣地亚哥。

"那你们的计划到底是什么？"

金伯克露出一抹酸酸的笑容："我们按阶段来吧，兔子先生。我们建议第一阶段以三十天为限。希望你能为我们呈现一份圣地亚哥实验室安全性的评估报告。更重要的是，我们需要可靠的证据，说明你可以在当地组织一班人马，无论在实验室里面还是附近，他们都能开展实际行动。"

"好的。我马上动手。"兔子翻了个白眼，"显然你们需要一个可以保车的卒子，以免把自己暴露给美国人。行，这个卒子我可以当。但是话说在前面，我相当贵，而且事后我会上门讨债的。"

惠子笑了："不用这么夸张，兔子先生。你的本事我们早有耳闻。"

"话虽如此，但你们其实并不相信。现在我得走了，去圣地亚哥打探打探，两周后再联系你们，到时会让你看到点东西。不过对我来说更重要的是，我会用我卓越的想象力为这位地道的德国仁兄提议的分期付款计划拟定一个首付。"兔子对着金伯克的方向微微欠了欠身。

惠子和金伯克怔住了，一时间陷入了沉默，于是阿尔弗雷德接过话茬："那我们到时候见。请记住，目前我们仅仅需要一个调查，我们想知道你能找到哪些人以及打算怎么用他们。"

兔子摸了摸鼻子："我会小心的，我一向知道得多、说得少，不过你们三位的演技真的有待提高啊。这位仁兄扮演的刻板的德国人形象已经过时啦。而您，女士，印象派艺术隐藏了一切，也暴露了一切。谁会对圣地亚哥的生物实验室有特别的兴趣呢？会是谁呢？至于说你……"兔子看着阿尔弗雷德，"你掩藏起来的哥伦比亚口音挺好听的。"

那只动物笑了笑，跳下了桌子："回头聊。"

阿尔弗雷德往后靠了靠，看着兔子的灰色身影在行人的腿间穿行。路人显然能看到它，它应该是申请了节日通行证。它并没有凭空消失，而是沿着撒登亚街往上走了二十米，然后拐进一条小巷子，才极其自然地从他的视线中消失了。

三名特工在友好的沉默中又坐了一会儿。金伯克低头看着他的虚拟酒杯，阿尔弗雷德一边抿着他那杯真的里奥哈葡萄酒，一边欣赏着下午游行队伍中的高跷表演。三人置身于景区的喧嚣之中一点儿也不违和。唯一不同的是，付钱来撒登亚街喝咖啡的普通游客不会像他们这样，只有三分之一桌的人真正到场而已。

"它真的走了。"金伯克多此一举地说道——他们都能看到欧盟的分析信号。几秒钟后，日本和印度的情报机构也传来消息：兔子的身份仍无法辨识。

"嗯，还是有点本事的，"惠子说，"它来无影去无踪，或许可以当个合适的卒子。"

金伯克不耐烦地耸了耸肩："也许吧，这傻瓜真让人讨厌。像它这种半吊子，至少一百年前就过时了，但每个新技术出现之后都要卷土重来一次。我赌它是个迫不及待地向人显摆的十四岁的小毛孩。"他看了阿尔弗雷德一眼，"这就是你能找到的最好人选了，阿尔弗雷德？"

"它的名声不假，金伯克。它做成过的项目，有些和我们要进行的这个规模几乎一样大。"

"那些是研究项目，也许它擅长……怎么说的来着？……笼络人才。但我们需要的人必须有强大的执行能力。"

"这么说吧，我们给它留的所有线索它都领会了。"包括阿尔弗雷德的口音以及他们捏造的惠子来历的网络证据。

　　　　　　　　　　　　　　01　兔子先生在巴塞罗那

"哦，对，"金伯克突然一笑，说，"我只是在做自己，却被说演技差，这真是够丢人的！好吧，所以现在兔子先生认为我们是南美毒枭。"

惠子那堆雾状移动晶体似乎嫣然一笑："其实，这比我们的真实身份听起来还可信点。"过去十年间毒枭之战进入了一个平息阶段，当"迷魂药和增强药"变得唾手可得时，政府强制无法做到的事情被市场竞争轻易完成了，但毒枭们仍然富可敌国。那些潜伏在落后国家的毒贩子很是疯狂，绝对有可能做出他们三个今天暗示的那种事情来。

金伯克说："兔子可控，这点我承认；但是能胜任我们的任务，这我就不看好了。"

"你对我们的计划动摇了，金伯克？"这是惠子的真实声音。她语气轻柔，但阿尔弗雷德知道她自己也忧心忡忡。

"当然了，"金伯克坐立不安，"你看，利用新技术的恐怖活动是人类生存的最大威胁。像我们、美国等大国都明白其中利害，并且主动遏制其他国家，才保持了这么多年和平。而现在我们发现美国人……"

惠子说："不一定是美国人，金伯克。圣地亚哥的实验室给世界各地的研究人员提供服务。"

"是这样的。一个星期前，我和你一样怀疑。但现在……你想啊：这次的武器试验伪装得天衣无缝，要不是撞上飞来好运我们肯定发现不了。这个试验的耐心和专业程度绝对是超级大国级别的。大国都是很谨慎的，试验当然要在外头做，但是武器研发可不会在别国的实验室进行。"

惠子哼了一声，像远处传来的钟声："可是为什么大国要研制瘟疫传播技术？这到底有什么好处？"

金伯克点了点头："是的，这种事情更像是出自犯罪组织之手，而非超级大国。一开始，我觉得这是场毫无逻辑的噩梦。但是我的分析师们过了一遍又一遍之后，认为'蜂蜜牛轧糖'不是一个简单的致命武器的代用试验品，而是这场试验的必要部分。我们的敌人不只是要打一场生物战，他们再有一步之遥就能研制出有效的洗脑术了。"

惠子陷入了彻底的沉默，连她的水晶都停滞了。洗脑术，这是 20 世纪末 21 世纪初的科幻术语：信我者生。也就是心智控制，人类的全部历史都是由针对大众的低阶洗脑术推进的。最近一百多年来，强行说服术一直是一个学术研究课题；近三十年，它成了一个技术上可以实现的目标；而最近十年，它的某种形式已经在完全受控的实验室环境中获得成功。

晶体又动了起来，阿尔弗雷德知道惠子在看着他。"这是真的吗，阿尔弗雷德？"

"恐怕是真的，我的手下研究了报告。金伯克的运气简直太好了，因为这其实是两个同时进行的重大技术革新的测试。如果只是远程疾病触发的话，完全没必要做到'蜂蜜牛轧糖'这种精确程度。想想那些用来混淆视听的牛轧糖广告，这些罪犯知道他们在做什么。我的分析师们认为不出一年，他们就能掌握高层语义控制方法。"

惠子叹气："该死，我一辈子都在打击犯罪组织，我原以为超级大国不会再做这种野蛮至极的坏事……但是这件事，这件事说明我错了。"

金伯克点了点头。"如果我们对这些实验室的推测是正确的，如果我们没……处理好……他们，人类可能就完蛋了。历史上所有正义与邪恶的斗争可能就到此为止了。"他摇了摇头，突然回到现实，"然而我们却不得不通过这只该死的兔子来行动。"

阿尔弗雷德轻声说："我看了兔子的记录，金伯克，我觉得它可以胜任。有两种可能：要么它给我们搞到内部信息；要么它会把局面弄得足够混乱，好让罪行曝光，而且不会拖我们下水。假如最坏的可能不幸成真，至少我们也能收集到证据，说服我们甚至美国境内的正义人士来把这事压下去。"历史上对大国的攻击是罕见，但也不是没有先例。

三人沉默了片刻。阿尔弗雷德沉浸在节日午后的喧嚣中。他上次来巴塞罗那已经是多年以前了……良久，金伯克无奈地点了点头："我会向上级建议继续这一行动。"

桌对面惠子的棱镜影像闪烁着发出风铃般的声音。惠子的专业是社会学，她的组员们的研究方向主要是心理学或者社会制度，比阿尔弗雷德和金伯克的人手研究的单一得多。但她也许能提出另两位想不到的替补方案。她过了好一会儿才开口："美国情报圈子里有很多正直的人，我不想在他们背后做手脚。但现在情况特殊，我同意继续进行兔子计划——"她停顿了一下，"——但是有一个条件，金伯克担心我们招了个没用的队友；阿尔弗雷德对兔子了解比较深，觉得它就是合适的人选。但是如果，如果你们两个都错了呢？"

金伯克惊呆了。"见鬼！"他说。阿尔弗雷德觉得他俩正在迅速地互发默信。

棱镜仿佛点了点头："是啊，如果兔子比我们想象的强大得多，该怎么办？万一发生这种情况，它可能会反客为主，甚至出卖我们。我们必须准备好一个止损方案才能继续进行下去。假如它变成头号敌人，我们就得做好跟美国人谈判的准备，同意吗？"

"同意。"

"当然。"

惠子和金伯克多停留了几分钟，但是在节日中，撒登亚街上的一张实体咖啡桌并不适合虚拟游客们流连忘返。服务生不停地晃悠过来问阿尔弗雷德需不需要再点些什么，他们是付了三个人的桌钱，但很多实体游客还在等着座位。

于是，他的日本和欧洲同事起身告辞。金伯克还有很多杂事要处理，疾控中心的调查必须不露痕迹地停止；还要精心散布一些虚假信息，引开敌人和业余安全爱好者们的注意力。与此同时，东京的惠子可能会通宵研究兔子陷阱的问题。

阿尔弗雷德想留下来把酒喝完，这时来了一家北非游客，于是他的桌面空间迅速变小。阿尔弗雷德对虚拟物体的瞬间变化并不陌生，但是没想到在现实中，一个精明的餐馆老板为了多赚点钱也能变这种魔术。

在整个欧洲，巴塞罗那是阿尔弗雷德最爱的城市，兔子这一点没看错。但是现在有时间观光吗？有的，那就把这当作一次年假吧。阿尔弗雷德站了起来，对着桌子点了点头，留下了酒水钱和小费。走到街上，人群沸腾起来，高跷表演者在游客们中间疯狂起舞。他看不到圣家堂的入口，但是旅游信息显示下一轮入门时间是十九分钟以后。

去哪里打发时间呢？对了！去蒙特惠奇山顶。他转身走进一条小巷，当他从人潮稀疏的巷子另一头出来的时候……一辆观光车正好朝他开来。阿尔弗雷德坐进单人车厢，思绪开始放飞。蒙特惠奇堡在欧洲不算特别出众，但他已有一阵子没来过这里了。这些欧洲城堡都代表着那个逝去的时代，那时每一次武器技术革命都要等上几十年，人类还无法通过按钮来进行大规模杀戮。

观光车驶出巴塞罗那盆地的八边形街区，很快来到了山脚下，钩上了缆车的挂钩，沿着蒙特惠奇山坡被缆车拽了上去，不用换车倒是很方便。城市在他身后绵延开来，而前方越过山顶，就看到了一大片朦胧的蓝，那是宁静的地中海。

阿尔弗雷德下了车，小观光车沿着环形路口掉了个头，驶回缆车安置地，准备带着下一个客人飞跃海港。

他在旅游目录上选定的目的地正是这个对着战场的 20 世纪的炮台。虽然它们从来没有真的参过战，但它们都是真家伙。如果付点钱，他还能摸一摸大炮，到炮台内部逛一逛，日落后还有模拟战斗表演。

阿尔弗雷德走到石墙边往下看。如果他关掉那些炫目的观光信息，就能看到下方大概两百米、距自己一公里远的货运码头。无数集装箱在那里进出中转，一片混乱。如果他使用公务权限，就能看到货物的运送路线，甚至还能查看每箱货物上用实体和编码方式组合认证的安检证书——上面写着"每个长十米的箱子里面都没有核武器、传染病毒，或者普通的放射性炸弹"。这个系统很不错，几十年来的恐惧、人们对自由和隐私不断变化的态度，以及技术发展的共同作用导致如今文明世界中任何一个大型货运中心使用的都是类似的系统。现代安全技术居然在大部分情况下奏效了，五年多来没有一个城市惨遭毁灭。文明社会逐年扩张，贫穷和犯罪的地盘日益缩减，很多人都相信世界在走向和平。

而惠子和金伯克——当然，还有阿尔弗雷德——深知这样的乐观主义太盲目了。

阿尔弗雷德看着港口对面的高塔，上次他来巴塞罗那的时候，这些塔还不见踪影，他年轻时做梦也想象不出如今世界的富足程度。早在 20 世纪 80 年代和 90 年代，现代国家的统治者们就意识到，一个国家的成功不在于拥有最强大的军队、最优惠的关税，或者最丰富的自然资源——甚至是最发达的工业。要想在现代社会中立于不败之地，必须尽可能地提高受教育人口的数量，并给这些创造性人才提供充分的自由。

而这个犹如乌托邦的世界却面临着灭绝的威胁。

在 20 世纪，只有少数国家有能力摧毁世界，人类主要靠运气幸存了下来。到了 21 世纪初，已经有几十个国家可以摧毁人类文明。幸好那时的超级大国理智尚存，并未疯狂到将全世界夷为平地的地步——少数野蛮的例外也被解决掉了，必要的时候还动用了核武器。2010 年以来，地区和种族极端仇恨组织也掌握了大规模杀伤性技术。经过一系列令人惊喜的奇迹——其中有些还是阿尔弗雷德亲自布局的，这些心怀不满的人合乎情理的愤懑和委屈都得到了完美解决。

如今，大规模杀伤性技术廉价得连犯罪组织和黑帮都买得起了。美津里惠子正是这方面最权威的专家。她的工作虽然不为世人所知，但她拯救过数百万人的生命。

灭绝的威胁时刻悬在人类头顶。人类伟大的创造力，不管本意多么无害，还将继续带来难以预料的后果。现在的数十种研究方向，都可能最终导致毁灭世界的杀伤性武器落入任何一个心情欠佳的人手中。

阿尔弗雷德回到最近的炮台，挥挥手支付了触摸费。他靠着被太阳晒暖的金属炮身，眺望着远处蓝色的地中海，想象着一个更简单的时代。

可怜的金伯克，他完全搞反了。成熟的洗脑术不会带来世界末日，只要它们被掌握在对的人手里，洗脑术就是解开现代社会发展悖论的关键，既能利用人类的创造力又不会带来毁灭世界的副作用。实际上，这是人类平安度过 21 世纪的唯一希望。在圣地亚哥，我差一点就要成功了。他三年前就把这个项目偷偷夹带进生物实验室，不到一年前，项目获得了重大突破，他在足球比赛中安插的试验证明了传播系统的有效性。再过一年，他就能研发出高层语义控制方法，用这个来稳定地控制他周围的人。更重要的是，他可以把新病毒传播到全人类范围，再发几条全世界播放的消息。然后他就可以操控一切了。有史以来第一次，世界将掌握在可靠的人手里。

计划是这样的，现在倒霉的坏运气把它搅乱了。但我应该看到光明的一面：金伯克来求助的人是我！阿尔弗雷德为了挖掘出"兔子先生"费了不少心思。那个家伙显然没有经验，而且和金伯克认为的一样，完全是个自负的傻瓜。兔子的成功经验只是勉强让它看起来可以被接受而已，他们可以控制兔子。我可以控制兔子。阿尔弗雷德会从实验室里面给它提供不多不少的错误信息，事情结束的时候，不管是兔子还是阿尔弗雷德的欧盟同事都不会意识到自己被骗了。然后，阿尔弗雷德就能不受干扰地继续进行他的计划，这可能是拯救世界的最后的也是最好的机会。

阿尔弗雷德登上炮楼，欣赏着里面的设备。巴塞罗那旅游局为了重建这些文物花了不少真金白银。今晚的战斗表演如果能与这些真家伙搭配，那倒是值得一看。他看了他的孟买时间表，决定在巴塞罗那再待几个小时。

- 02 -
归来

　　罗伯特·顾应该已经死了，对此他确信不疑。他在濒死状态逗留了很久，他记不清有多久了。在这无尽的当下，他眼前一片混沌。不过这没关系，因为莉娜会把灯光调暗，直到什么也看不清。还有声音，有阵子他耳朵里总得塞点什么东西，不过那些鬼东西复杂得要死，后来要么弄丢了要么是坏了，拿掉它们真是个解脱。他只能听到模糊的咕哝，有时候莉娜会向他抱怨，对他推推搡搡，还跟他去厕所，我的老天爷！他只想回家，但这个简单的愿望莉娜也不会满足他。还不知道她到底是不是莉娜，不管她是谁，她态度不是很好。我只想回家……

　　然而，他并没有真的死去。光线亮了一些，虽然还是像以前一样模糊。周围有人，还有声音，他记忆中在家里听到过的那种尖细的嗓音。他们说着话，好像指望他能听懂一样。

　　还是以前那样比较好，混沌不清，无知无觉。现在他浑身都痛，去看医生要坐很久的车，看完了更痛。有个家伙自称是他儿子，还说他现在待着的这个地方是家里。有时候他们把他推到户外，让他感受洒在脸颊上的阳光，倾听鸟儿啁啾。这不可能是家里，罗伯特记得自己的家。从他父母家的后院里，他能看到远处高耸山峰上的积雪。美国，加利福尼亚州，毕晓普城，那里才是家，这儿可不是。

　　不过虽然这不是他的家，他的小妹妹却住在这里。当他的世界还是一片昏暗和模糊的时候，卡拉·顾就陪伴在他的左右，只是那时她总待在他看不到的地方。现在不一样了，起初他只能听到她尖细的嗓音，像他妈妈挂在门廊上的风铃一样。终于有一天，在院子里，他感受到了久违的、越来越明亮温暖的阳光，连眼前的模糊都显得更锐利、更多彩了。身边的卡拉用尖细的声音叫着"罗伯特"，对他问这问那。

"罗伯特，想让我带你去周围遛遛弯儿吗？"

"什么？"罗伯特舌头僵硬，声音嘶哑。他突然意识到，在过往那些幽暗的时光中，他好像很久没有说过话了。他还意识到一件更加奇怪的事情，"你是谁？"

对方沉默了一小会儿，似乎这个问题有点傻，又或者他问过太多次了。"罗伯特，我是米莉，你的孙……"

他尽可能地伸出手来："过来，我看不见你。"

那团模糊的影子来到他面前，站在阳光下。这是个真真切切的人，不是身后的声音，不是记忆中的存在。那片朦胧变成了一张脸，离他只有几英寸。他能看到黑色的直发、挂着微笑的小圆脸，就好像他是世界上最厉害的人一样。这真的是他的小妹妹。

罗伯特伸手抓住了她温暖的手："噢，卡拉，看到你真好。"他还没有回家，不过也许他离家不远了。他沉默了一会儿。

"我……我也很高兴见到你，罗伯特。你想去外面转转吗？"

"……好的，听上去不错。"

然后一切都变快了。卡拉做了个动作，他的轮椅就转了起来。然后又是一片暗淡阴沉，他们回到了屋里。她跟往常一样开始小题大做，这次是要他戴顶帽子。她还取笑他，问他要不要去趟卫生间。罗伯特感觉到那个自称是他儿子的壮汉就躲在一旁看着。

然后他们穿过了——可能是正门？——来到了街上。卡拉在他轮椅旁边，陪他走在一条空荡荡的街上，街道两边是又高又细的树⋯⋯棕榈树，没错就是这种树。这不是毕晓普城。不过这的确是卡拉·顾——只是出奇地乖。小卡拉是个好孩子，不过她只能老实那么一会儿，然后她就会开始恶作剧，让他追着她，或者她追着他满屋子跑。罗伯特不由得笑了，不知道这次天使状态能持续多久？也许她以为他病了。他想转动轮椅，转不动。好吧，也许他真病了。

"瞧，我们住在荣誉庭。那边，那是史密斯森家的房子，他们上个月从关岛搬过来。鲍勃说他们家就要有五个人了——啊，我不该说这些。基地司令的男朋友住在转角的那个房子里，我打赌他俩今年内就会结婚⋯⋯那些小孩是我的同学，不过我现在不想跟他们打招呼。"罗伯特的轮椅一个急转，他们随即来到了一条小路上。

"嘿！"罗伯特又想转动他的轮椅。也许那些小孩是他的朋友！卡拉只是在开玩笑。他瘫坐在轮椅上，空气中有蜂蜜的味道，矮矮的灌木丛似乎就在他们头顶。房子是一团灰灰绿绿的模糊影子。"这也算出来玩吗！"他抱怨着，"什么玩意儿都看不到啊。"

轮椅一下子慢了下来。"真的吗？"小坏蛋咯咯地笑了，"别担心，罗伯特！有种神奇疗法能治好你的眼睛。"

不好笑。"给我一副眼镜就行了，卡拉。"也许她把眼镜藏起来了。

阳光明媚，干爽的风吹过街道。虽然不知道身在何处，此情此景让他陷入疑问，自己怎么就这样被困在轮椅里了呢？他们又走过了两个街区，卡拉总是小题大做。"你热不热，罗伯特？也许应该把毯子拿掉。""太阳晒到你的头了，罗伯特，我帮你把帽子往下拉一拉。"后来他们来到了一个没有房子的地方，好像在一个长长的斜坡的边缘。卡拉说前面就是山了，可是罗伯特只能看到一条模模糊糊的褐色线条。这可一点也不像他记忆中美国加州毕晓普城那些高耸入云的山峰。

然后他们回到了室内，回到他们出发的房子。一切又变得暗淡阴沉，房间里的灯光都被黑暗吞噬了，卡拉爽朗的声音也消失了。她说她得回去做功课，罗伯特没有功课。那个壮汉喂他吃饭，他仍然自称是罗伯特的儿子，但他的个子也太大了。然后又是可耻的卫生间之行，与其说是方便，倒更像被警察拷问。然后罗伯特总算可以一个人待着了，在一片黑暗之中。这些人居然连电视都没有，只有一片寂静，以及远处昏暗的灯光。

*我应该觉得困了。*他模糊地记得从前，一夜又一夜，一年又一年，晚餐后就昏昏入睡。然后醒过来，穿过一个个陌生的房间，找着自己的家，还记得和莉娜吵架。今晚有点……不同，他还醒着。今晚他还在想着刚刚发生的事情，也许是因为他已经离家不远了，他找到了卡拉。他没有找到他父母在克伦比街的房子，没能回到他的卧室。卧室窗户正对着那棵老松树，树上有他搭的小树屋，不过陪他度过了那段时光的卡拉如今就在这里。他坐了很久，思绪慢慢地向前蔓延。房间对面有一盏灯，看起来像黑暗里的旋涡，勉强能看到那个壮汉靠墙坐着。他在跟人说话，不过罗伯特看不清是谁。

罗伯特不去想那个家伙，努力地思索着。过了一会儿，他记起了一件可怕的事，卡拉在2006年就死了。在那之前，他们已经有好多年没有说过话了。

而且，卡拉死的时候已经五十一岁了。

21世纪初，西福尔布鲁克还是个生活便利、人来人往的地方。它就在彭德顿营旁边，是基地最大的平民社区。新一代的海军陆战队队员在这里成长……还打了一场新一代的战争。小罗伯特·顾[1]经历了那段疯狂日

---

[1] 鲍勃为其昵称。

子的尾声，终于慢慢地，华裔美国军官们重新回到了重要的岗位。那是一段甘苦交织的日子。

现在小镇更大了，不过海军陆战队不再是最主要的居民，军事生活更加复杂了。在零星的战争间隙，顾中校觉得西福尔布鲁克还挺适合养育女儿的。

"我还是觉得让米莉叫他'罗伯特'是个错误。"

爱丽丝·顾放下手头的工作："我们已经讨论过这个了，亲爱的，这是我们抚养她的方式。我们是'鲍勃'和'爱丽丝'，不是'爸'和'妈'或者现在流行的什么傻称呼。而罗伯特就是'罗伯特'，不是'爷爷'。"爱丽丝·宫·顾上校是个矮个子，圆脸，没有太大压力的时候散发着母性。她以第一名的成绩从安纳波利斯海军学院毕业，那时候矮个子、圆脸和母性对事业来说可不是什么优点。要不是高层给她分派了更高效但也更危险的工作，她早该晋升为将官了，这也导致她产生了一些奇怪的想法。不过这次讨论跟那无关，她一直坚持让米莉像称呼伙伴那样来称呼父母。

"嘿，爱丽丝，我完全不介意米莉称呼我们的名字。终有一天，除了爱我们之外，小将军也会成为我们的同僚，没准还是上级。但她这样叫我会把老爸弄糊涂——"鲍勃用大拇指往轮椅的方向指了一下，老罗伯特瘫坐在上面瞪着他们，"想想爸下午的行为，看看他是怎么高兴起来的。他以为米莉是我姑姑卡拉，而他和卡拉还都是小孩子！"

爱丽丝没有马上回答。她所在的地方还是上午，阳光洒在她身后的海港中，闪闪发亮，她在负责雅加达的美军代表团。印度尼西亚正要加入印欧联盟，日本已经加入这个名字古怪的俱乐部了。人们开玩笑说印欧联盟马上要包围世界了，有段时间中国和美国可没把这当笑话，但是世界已经改变了。在新的发展形势下，中美都如释重负，把更多精力放在真正重要的问题上。

爱丽丝的目光不时地扫向周围，向被介绍的人点头致意，对什么人说的笑话笑了笑。她陪着几个自命不凡的人走了一小段路，一路上用印尼语、中文和基本的英语聊天，这些语言中鲍勃只能听懂英语。然后她又是一个人了，她向他探了探身子，满脸笑容。"这听上去真是个好消息！"她说，"你父亲已经神志不清多少年了？现在他突然可以交流了，还玩得很开心，你应该很激动才对。从现在开始，他只会越来越好，你父亲要回来了！"

"……是的。"昨天，最后一个住家护理离开了，他父亲现在恢复得很快。唯一让他还坐在轮椅上的原因是，医生们希望放他去户外溜达之前，确保他的骨头已经完全再生了。

她看到了他的表情，歪了歪头："你在担心？"

他注视着他的父亲。再过几周巴拉圭行动就要开始了，这是一次在文明世界边缘的秘密行动，这让他觉得挺诱人的。"也许吧。"

"那就交给我们的小将军吧！别担心。"她转身向一个他看不到的人挥了挥手，"哎呀。"她的影像闪烁了一下，消失了，只留下了一条默信：

爱丽丝→鲍勃：我得走了。我已经开始连线支援马丁内斯部长，本地惯例不支持分时。

鲍勃在安静的客厅里又坐了一会儿，米莉在楼上学习。屋外正是黄昏时分，宁静的时光。当他还是个小孩子的时候，每天的这个时候，爸爸会拿出诗集，爸妈和小鲍勃一起读书。那些晚上让鲍勃有一点怀念。他回头看着他的父亲："爸？"没有回答。鲍勃向前倾了倾，试着又喊了一声，"爸？光线够不够？我可以把它调亮很多。"

老头子心不在焉地摇了摇头，也许他听懂了问题，不过他没有别的表示。他只是坐在那里，歪在一边的扶手上。他的右手摩挲着左腕，但这已经是一大飞跃了。老罗伯特·顾的体重曾经降到八十磅，当他开始接受加利福尼亚大学旧金山分校医学院的新疗法试验时，基本上就是个只会出气的植物人。结果多年来让传统疗法束手无策的阿尔茨海默病，被加州大学旧金山分校治好了。

鲍勃又处理了一些基地的杂务，检查了一下即将开始的巴拉圭行动的计划……然后靠在椅子上，静静地观察了他父亲好几分钟。

我并非一开始就恨你。

在孩提时代，他从没恨过他老爸。也许那并不奇怪，小孩子无从比较。小鲍勃一直都知道，罗伯特严厉又苛刻。老罗伯特总是大声地抱怨自己对孩子太放纵，虽然这和鲍勃偶尔去朋友家时的见闻相当矛盾，不过鲍勃从来没觉得被虐待了。

甚至直到妈妈离开爸爸的时候，鲍勃也没有与老爸反目。莉娜长年忍受着精神虐待，最后再也忍受不了了。不过小鲍勃对此浑然不觉，直到后来跟卡拉姑姑谈起来，他才意识到罗伯特对待其他人比对待鲍勃要恶劣得多。

对小罗伯特·顾中校来说，这应该是个喜庆的日子。他的父亲，美国最受喜爱的诗人之一，迷途于死亡阴影笼罩的峡谷多年，终于要回归了。鲍勃久久地盯着罗伯特那平静放松的面容。不，如果这是电影，这将是一部西部片，片名会是《浑蛋的回归》。

- 03 -

天堂里的雷区

"我的眼球在……咝咝冒泡！"

"应该不疼。你疼吗？"

"……不疼。"但是光线实在太亮了，连阴影在罗伯特眼中都带着耀眼的色彩，"还是一片模糊，但是我已经有……"他说不出确切的时间，时间本身也是一片黑暗，"……很多年没看得这么清楚过了。"

他肩膀后传来一个女声："你已经服用视网膜药物差不多一周了，罗伯特。今天我们似乎检测到了一批有效细胞，所以我们决定激活它们。"

另一个女声响起："而解决视线模糊的问题就更容易了。里德？"

"好的，医生。"这声音来自他正前方一个模糊的人影。人影俯身靠近他，"我把这个给你戴上，罗伯特，会有一点麻。"一双大手小心翼翼地给罗伯特戴上一副眼镜。至少这个还是熟悉的，他在试戴新眼镜。但是他的脸马上就麻木得连眼睛都闭不上了。

"放松，看前面。"放松可以做到，但是眼睛看哪里他根本控制不了。接着……天哪，就像用一台超慢的电脑打开图片一样，模糊的画面在他眼前逐渐变得清晰。要不是脖子和肩膀也麻木得动弹不得，罗伯特简直要吓得往后一跳。

"右视网膜的细胞分布看起来不错，我们来看左边的。"几秒钟后，第二个奇迹发生了。

坐在罗伯特前面的人把"眼镜"轻轻地从罗伯特脸上取下来。这个中年人脸上带着微笑，他穿着白色棉质衬衫，口袋上绣着蓝色的字：医师助理里德·韦伯。每根线我都能看得一清二楚！他看向这人身后，诊所的墙略微有些模糊。也许到了户外还是得戴眼镜吧，他被这个想法逗乐了。这时，他认出了挂在墙上的画。这不是什么诊所，墙上挂着的是莉娜买来装饰他们在帕罗奥图的家的书法作品。我到底在哪里？

他看到一个壁炉，一扇通往草坪的玻璃门。视线之内没有一本书，这肯定不是他住过的任何地方。肩膀上的麻木感几乎完全退尽了。罗伯特环顾四周，那两个女声——并没有可见的主体。但里德·韦伯并不是唯一在场的人，他左边站着一个身材魁梧的家伙，双手叉腰，满脸笑容。在罗伯特和他对视上的那一刻，他的笑容渐渐退去。他对罗伯特点了下头，说："爸。"

"……鲍勃。"他并不是突然记了起来，只是意识到了一个早就知道的事实：鲍勃长大了。

"我回头再找你，爸。现在你先和阿基诺医生她们把正事办完。"他朝罗伯特右边的空气点点头，然后走出了房间。

空气开口了："其实，罗伯特，今天我们就打算到此为止了。接下来几周你的任务很多，但我们最好一步一步来，免得把你弄晕了。有任何问题我们会时刻观察的。"

罗伯特装出一副能看到空气中的东西的样子："好的，回头见。"

他听到了友善的笑声："没错！里德会帮你看到我的。"

里德·韦伯点了点头，罗伯特觉得现在房间里真的只剩下他和里德了。这位医师助理把眼镜和其他零散配件收拾好，大都是些普通的塑料盒子，在他身上创造了奇迹的正是这些貌不惊人的一次性物品。里德看到他的表情，笑着说："这些只是寻常的医学工具，真正有趣的是你体内的那些药物和器械。"他把最后一块砖头似的东西收拾好，抬头说道，"你知不知道自己有多走运？"

　　现在是白天，之前天一直黑着。莉娜在哪里呢？然后他想起了里德的问题："什么意思？"

　　"你的病都生对了！"他笑道，"现代医学就像天堂里的雷区。我们能治好很多病，比如阿尔茨海默病，虽然你差一点错失了良机。你我都得过阿尔茨海默病，我得的是普通的那种，早期就可以治愈。但有很多病还是跟以前一样会致命或者致残，我们对中风还是没有什么办法，有些癌症还是治不好，某些种类的骨质疏松还是跟以前一样可怕。但你得的每一种大病正好都是我们能彻底治愈的，你的骨头现在跟五十岁时的一样结实。今天我们治好了你的眼睛，再过一周左右我们就会开始强化你的周围神经系统。"里德笑了起来，"你知道吗，你的皮肤和脂肪成分甚至对维恩－仓泽疗法反应良好。有幸踩中这道天堂地雷的概率还不到千分之一，你连外表都会变得年轻很多。"

　　"再说下去你该说我连电子游戏都能玩了。"

　　"啊！"韦伯伸手从他的工具包里拿出一张纸来，"可不能忘了这个。"

　　罗伯特接过那张纸，把它展开。它很大，几乎有一张大页书写纸那么大。看起来这是一张带信头的信纸，上方是个图标，以及花体的"克里克诊所，老年病科"。下面是一个目录，主要类别有"微软家族""长城Linux"，还有"主显系统免费版"。

　　"你的最终目标是使用'主显系统免费版'，但是首先可以从你最熟悉的电脑版本开始。"

　　"微软家族"里列出了从 1980 年代开始的所有微软系统。罗伯特盯着它们，眼睛里流露着一丝犹豫。

　　"罗伯特？你……你知道电脑，对吧？"

　　"知道。"他一想就记了起来，笑道，"但我总是慢半拍。我 2000 年才拥有第一台个人电脑。"那还是因为整个英语系都抱怨他从来不看邮件。

"幸好。好吧，你可以用它来模拟这里面任何一个老式系统，把它展开放在椅子扶手上就行。你儿子已经在这间屋子里设置好了免提模式，但是在大多数别的地方你得用手指按着页面才能听到声音。"罗伯特往前凑过来端详着那张纸，它没有发光，也没有电脑屏幕那种玻璃质感的外观，它就是一张寻常的高品纸。里德指着目录说，"现在按一下你最喜欢的系统对应的菜单选项。"

罗伯特耸肩。这些年来，系里的系统升级过很多次，但——他的手指按下了写着"WinME"的那行。没有任何停顿，也没有他记忆中开机时的黑屏画面，突然就响起了那熟悉而恼人的开机音乐。声音好像来自四面八方，而不是来自纸上。现在纸上变得五颜六色，布满了图标。罗伯特的怀旧之情油然而生，不禁想起他在荧光电脑屏幕前度过的那些无奈的时光。

里德咧嘴笑起来："选得很好。WinME 的访问手续一直是最简单的。假如你选了'主显系统免费版'，那我们就得跟一大堆注册资料杠上了……好了，剩下的几乎全是你熟悉的内容。克里克诊所甚至把一些现代的服务做了兼容处理，好让它们看起来更像浏览器网页。这当然比不上我和你儿子用的版本，但是至少你不用再对着空气说话了。如果你愿意的话，可以在这一页上看到瑞秋和阿基诺医生。慢慢来，罗伯特。"

罗伯特听着韦伯用可能已经过时的术语混合着技术词汇说了这么一通，他轻快的语气和句子结构听起来有一点嘲弄的感觉。要是在以前，罗伯特早就不客气了。但是今天，刚刚从病中清醒过来，他无法确定自己的感觉是否准确，于是他试探道："这么说，我又变年轻了？"

里德往后一靠，轻轻一笑："我也希望能这么说，罗伯特，你七十五岁了。导致人体老化的因素远比医生们能想象的要多，但是我护理你已经六个月了，你真的是起死回生了。你的阿尔茨海默病差不多全好了，该试

　　　　　　　　　　　　　　　　　　　　　　　03　天堂里的雷区

试其他疗程了。接下来应该会有很多惊喜，大部分是好的那种。你只要放轻松，兵来将挡就好了。比如说，刚才我看到你认出了你儿子。"

"是……是的。"

"我一周前才来过，那时你还认不出他来。"

病中的回忆让他感觉别扭，不过……"对。那时我觉得自己不可能有儿子。我还小，只想回家，我是说我父母在毕晓普城的家。即使现在，看到鲍勃这么大了，我还是吓了一跳。"一阵悲痛突然袭来，"这么说，我父母已经去世了……"

里德点头："恐怕是的，罗伯特。你还有整整一辈子的事情要记起来。"

"东拼西凑出来？还是从最早的记忆开始？还是到了某个点就停在那儿了？"

"这些问题最好由你的医生来回答。"里德迟疑了一下，"听着，罗伯特，你以前是个教授，对吗？"

我是个诗人！但他觉得里德理解不了哪个头衔更有价值，便说："对，是教授，应该说，已退休的名誉教授，斯坦福英文系。"

"明白了，你是个聪明人。你要学的东西很多，但是我敢肯定你的智商也会恢复的。如果你记不起什么事情，别慌，也别太急于求成。医生们每天会给你多恢复几项功能，这是为了便于你接受。不用管这方式好不好，你只要保持轻松，平静应对就行。记住，你还有爱你的家人在支持你。"

莉娜。罗伯特低头沉思了一会儿。这不是返老还童，而是个补救的机会。如果他连阿尔茨海默病都能战胜，如果，如果……那么他至少还能再活二十年，还有时间挽救他错失的东西。他只想要两样东西：他的诗歌，还有……"莉娜。"

里德凑近了问："你刚才说什么，先生？"

罗伯特抬起头："我妻子，我是说我前妻。"他试图回忆更多细节，"我估计我再也记不起来发病后的事情了。"

"我说了，别担心。"

"我记得和莉娜结了婚，生了鲍勃，我们分居很多年了。但是……我也记得阿尔茨海默病一点一点击垮我的时候，她又回到我身边了。现在她又不见了，她在哪里，里德？"

里德皱了皱眉头，然后俯身锁上他的工具箱。"对不起，罗伯特。她两年前过世了。"他站起来在罗伯特肩上轻轻拍了一下，"今天我们的进步非常大，现在我得走了。"

从前的罗伯特对科技比对时事更加漠不关心。人的本性是不变的，作为一个诗人，他的职责就是把永恒的人性提炼并表达出来。但是现在……好吧，我死而复生了！这奇迹般的遭遇让他无法再忽略与之相关的科技。这是他的第二次生命，也将开启他职业生涯的第二春。他很清楚应该从哪里开始继续他的创作：当然是"年龄的秘密"系列。他花了五年时间来打磨这组诗中的诗篇，包括《孩子的秘密》《初恋的秘密》《老年的秘密》。但是《死亡的秘密》是滥竽充数的，写这篇的时候他还没真正尝过死亡的滋味，虽然人们似乎认为它是整组诗中最深奥的一首。现在……对，重新写一篇：《复活者的秘密》。他开始冒出各种想法，诗句肯定也会随之涌来。

他每天都在发生变化，困扰过他的障碍一下子便消失得无影无踪。里德·韦伯教他要耐心地对待身体上暂时的局限性，这对他来说轻而易举：有这么多变化，而且全是好的。有一天，他又能走路了，虽然走得跟踉跄跄。那天他摔了三跤，每一次都是自己麻利地爬了起来。"除非你摔的时候头着地，教授，否则都没事。"里德说。但他走路的技能在稳步提升，而且现在他能看见——用眼睛看见，而且他能用手做事情了，不用再像盲人一样在黑暗中摸索了，他以前从来不知道视力对协调性如此重要。三维空间中的物体能以数不清的方式排列组合、乱成一团；如果看不见，你就注定什么也干不了。但是我不会这样，现在不会了。

两天之后……

……他在和他的孙女打乒乓球。他记得这张球台，是他三十年前给小鲍勃买的。他甚至记得在他最终卖掉帕罗奥图的房子时还是鲍勃接手了这张乒乓球台。

今天米莉有意放水，挑高慢打，罗伯特来回奔忙。看清楚球并不难，但他得很小心才能不挥拍过高。他非常非常小心谨慎地打着，直到米莉以15 比 11 领先。然后他追回五分，每次挥拍都像痉挛一样，却能准确无误地把小白球猛扣到对面球台的边缘。

"罗伯特！你刚才在逗我玩！"可怜的小胖墩米莉左右腾挪着救球。罗伯特的扣球并没有旋转，但米莉也不是什么专业选手。17 比 15，18 比15，19 比 15。罗伯特的必杀技失灵了，退化成跌跌撞撞的痉挛。但现在他孙女再也不手下留情了，她连夺六分，取得了胜利。

然后她跑到球台这边来拥抱他："你太棒了！但是再也别想糊弄我了！"阿基诺医生说过，他的神经系统在再生过程中会随机产生超常表现。他的反应速度也许能像职业运动员一样迅速，但更可能的结果是达到普通人的水平。不过这些没必要让小家伙知道。

有趣的是，他对一周里的日子重新有了概念，早在发病之前他就已经不关心那个了。但现在，一到周末，他孙女就整天陪着他。

"卡拉姑奶长什么样子啊？"一个周六早上，她问道。

"她和你很像，米莉。"

小姑娘脸上一下子绽开骄傲的笑容，罗伯特猜到这是她想听到的回答。

但这也是事实,除了卡拉从来没胖过。米莉就像青春期前最后几年的卡拉。一进入青春期,卡拉对哥哥的偶像崇拜就被别的烦恼代替了。而米莉的个性更像放大版的卡拉,米莉非常聪明——也许比她姑奶更聪明一些。并且米莉已经是一个非常独立的孩子了,也学会了对他人评头论足。我记得那种甩不开的傲慢。罗伯特心想。那种态度曾让他非常恼火,最后他们两人闹崩也正是因为罗伯特在纠正她态度上所做的尝试。

米莉有时候会邀请她的小朋友们过来,这个年纪的男孩和女孩在这个时代差别没那么大,有那么几年的时间他们的体力几乎均等。米莉喜欢玩乒乓球双打。

他饶有兴致地看着她指挥着她的朋友们,把他们组织起来打联赛。虽然她严守规则,但她志在赢球。当她们队落后的时候,她会咬紧牙关,两眼冒火。赛后她会马上检讨自己的失误,但批评起队友来也会毫不留情。

即使她朋友们的实体已经离开了,他们还经常在那儿相聚,就像罗伯特的隐形医生们一样。米莉在后院边走边和看不见的人们说话、争论,这让罗伯特想起他在斯坦福最后几年看到的当众打手机的不文明行为。

和罗伯特记忆中的卡拉不同的是,米莉有时会陷入长时间的沉默。她在后院仅有的两棵大树间挂着的秋千上荡来荡去,她有时会一坐几个小时,只偶尔说两句话——对着空气,眼睛似乎看着几英里外的地方。当他问她在干什么的时候,她会笑着说在"学习"。罗伯特觉得这更像某种催眠邪术。

周一到周五米莉要上学,每天早上都有一辆豪华轿车在门口接她,时间总是卡在她准备好出门的那一刻。鲍勃最近不在家,"大概一周后回来"。爱丽丝每天会在家待一段时间,但她脾气总是不太好。有时罗伯特能在午餐时遇到她,但更多时候,他的儿媳妇会在彭德顿营待到下午三四点钟才回家。而从基地回来之后,她总是会变得尤为暴躁。

除了接受里德·韦伯的治疗时,罗伯特大部分时间都一个人待着。他在房子里到处晃悠，发现了自己的一些旧作被放在地下室的纸箱子里，除此之外家里几乎没有别的书了。这实际上是个文盲之家，虽然米莉夸口说过只要你想看，就可以随时变出很多书，但这话只说对了一半。里德给他的那张浏览纸确实可以在网上找到书，但是在一单张大页书写纸上看书绝对枯燥乏味，是对阅读的一种亵渎。

然而这张浏览纸的确有它神奇的地方，它真的可以用来进行电话会议，阿基诺医生和远程治疗师们再也不只是隐形人的声音了。浏览器基本上还是他记忆中的样子，虽然很多网站无法正常显示。谷歌还能用，他搜索了莉娜·卢埃林·顾。当然，找到了很多信息。她生前是个医生，在她那个乏味单调的领域里，曾经相当有名，她确实是两年前去世的，但具体细节有很多互相矛盾的说法，有些和鲍勃告诉他的一致，有些不一致。这是那些该死的"隐私之友"干的好事。很难想象有这么一帮恶棍，整天处心积虑地破坏人们可以在网上找到的信息，还自诩"破坏之义士"。

找着找着，他看到了今天的新闻，世界和从前一样不太平。这个月的大新闻是在巴拉圭的维和行动，细节他看不懂，什么是"非法硬件厂"？美国为什么要协助当地警察查封它们？全局形势看起来则比较熟悉。外来武装力量在当地搜索大规模杀伤性武器，今天他们在一个孤儿院发现地下藏有核武器。新闻画面中有贫民窟和穷人，还有衣着破烂的孩子。他们仿佛对周遭的一切都不关心，在一片狼藉中埋头玩着一种他捉摸不透的游戏。偶尔出现一个士兵，样子看起来有些孤独。

我打赌鲍勃就在那里。他想。他问过自己千百次，还是想不通自己的儿子怎么会选择这么一个缺乏美感、毫无前途的职业。

每天晚上，爱丽丝、罗伯特和米莉三个人会聚在一起吃家庭晚餐。爱丽丝看起来很喜欢做饭的样子，虽然今晚她看上去好像几天没睡觉了。

罗伯特在厨房晃悠，看着母女俩从冰箱抽屉里拿东西。"我们以前管这个叫什么来着，电视晚餐。"他说。其实这东西从外表和质地看起来应该挺好吃，但是他吃起来却像糨糊，寡淡无味。里德·韦伯告诉过他，那是因为他百分之九十五的味蕾都坏死了。

　　听到罗伯特提出这种前所未闻的新鲜说法的时候，米莉像往常那样犹豫了一下，也像往常那样自信满满地回答道："哦，这些可比电视垃圾食物好多了，我们可以随意组合搭配。"她指着一个正在——呃，看起来像微波炉的东西——哟哟作响的无标签容器说："看，我点了冰激凌甜点，爱丽丝点了……蓝莓细意面。哇，爱丽丝！"

　　爱丽丝冲她一笑："我会分给你的。好了，把这些端到饭厅吧。"

　　东西有点多，他们三个人一起出动才一次端完。他们把食物在长餐桌上摆好，桌布是一块华丽的绸缎，每天晚上看起来似乎都不一样。餐桌本身很熟悉，又是一件家传物品，莉娜的痕迹依然无处不在。

　　罗伯特在米莉身边坐下。"我说，"他试探性地开口，"这一切看起来比我想象的原始。机器人用人在哪儿呢？连帮你把电视晚餐放进微波炉再拿出来的小机械手臂都没有。"

　　他儿媳不耐烦地耸耸肩："我们只在必要的地方使用机器人。"

　　罗伯特记得刚和鲍勃结婚时的爱丽丝·宫。那时她情商极高，从不显山露水，以至于大多数人都忽略了她的能力。那时他才情依旧，也很擅长跟人打交道，他把控制爱丽丝这种人当作一种挑战。然而以前的他从未在她坚硬的盔甲上找到任何一丝缝隙，现在这个爱丽丝却只是在模仿旧时爱丽丝的冷静姿态，实际上经常露出破绽，比如今晚。

　　罗伯特想起巴拉圭的新闻，故意刺激她："担心鲍勃了？"

　　她挤出个笑容："没有，鲍勃很好。"

　　米莉看了她妈妈一眼，欢快地说："其实，如果你想看机械的话，可以看我收藏的娃娃。"

机械？娃娃？当你不明白对方在说什么的时候，想控制他们就很难了。他退后一步："我的意思是，一百年来，那些未来狂人预测了那么多东西，比如会飞的车，全都没有实现。"

米莉抬起头来。她的食物冒着热气，餐盘一角还真的有一碗冰激凌。"我们有空中出租车，那算吗？"

"算一点吧。"然后他说出让自己都吃惊的话，"什么时候能带我看看？"从前的罗伯特可是对任何机械发明都不感兴趣的。

"随时都可以！吃完饭就去怎么样？"最后这个问题是问罗伯特和爱丽丝两个人的。

爱丽丝露出了比较自然的笑容："要不这个周末吧？"

他们默默地吃了一会儿。要是我能吃出这东西的味道就好了。

然后爱丽丝抛出一早就准备好的话题："对了，罗伯特，我看了你的医疗报告。你恢复得很好，有没有想过重新开始工作？"

"那当然，那当然，我一直都在想这个问题。我有新的写作创意——"他做了个夸张的手势，同时被内心陡然升起的不安吓了一跳，"嘿，别担心，爱丽丝。我能写作，还收到了来自全国各地高校的工作邀请。只要我能安稳地走路，马上就从你们这儿搬出去。"

米莉说："不要，罗伯特！你可以继续住在我们这儿。我们喜欢你住在这里。"

"但是眼下这个阶段你不觉得应该更积极一点主动出击吗？"爱丽丝说。

罗伯特温和地看了她一眼，问："为什么？"

"下周二就是里德·韦伯对你的最后一次治疗了。我觉得在那之后你肯定还有些新技能需要掌握。你考虑过上学吗？费尔蒙特高中开了一些特殊——"

爱丽丝上校的缜密计划被罗伯特十三岁的同盟打断了。米莉突然冒出一句:"咳,就是我们那个职业培训班啊,有一些老人和很多笨小孩。太无聊了,无聊,无聊。"

"米莉,他们有基本技能——"

"里德·韦伯已经教会他很多了,而穿戴我就能教。"她拍拍他的胳膊,"别担心,罗伯特。只要你学会穿戴,你就能学会所有东西。现在的你被困在了井底,只能通过那个小小的洞口——你的裸眼和那个东西——去观察世界。"她指着罗伯特衬衣口袋里那张神奇的浏览纸说,"只要稍加训练,你就能跟别人一样耳聪目明了。"

爱丽丝摇摇头:"米莉,很多人都不用隐形眼镜和网衣。"

"当然,可他们又不是我祖父。"她挑衅地做了个夸张的口型,"罗伯特,你必须学会穿戴。你走到哪儿都揣着那张纸太傻了。"

爱丽丝似乎本打算更强烈地反对,但是又退缩了,用一种让罗伯特捉摸不透的目光注视着米莉。

米莉似乎没注意到她的目光。她把头往前凑了凑,手指戳向右眼:"你知道隐形眼镜,对吧?想不想看看?"她的手指从眼睛上移开,中指指腹上有一个小小的圆片,大小和形状都和他记忆中的隐形眼镜一样。他以为没什么特别的,但是……他又俯身细看了一下,发现这并不是一块透明的镜片,有彩色的光斑在上面旋转、聚拢,"我把它设到安全值上限了,否则你就看不到光了。"然后小镜片开始变模糊,成为雾面,"好吧,它关机了。不过你差不多都看到了。"她把它放回眼中,对他笑了一下。现在她的右眼中有一片雾面,仿佛生了一大块白内障。

"你应该换一片新的,亲爱的。"爱丽丝说。

"哦,不用,"米莉说,"只要预热一下就好了,还能撑过今天。"确实,

"白内障"在消退，米莉的深棕色瞳孔慢慢显出本色，"你觉得怎么样，罗伯特？"

用浏览纸可以轻而易举做的事情，干吗要用这个恶心的东西来代替？"就这些吗？"

"呃，不是。我是说，我们马上就能给你穿上一件鲍勃的网衣，再准备一盒隐形眼镜，这很容易。难点是学习使用它们的过程。"

爱丽丝上校说："如果不会控制的话，这些东西就像老式的电视机一样，只是更烦人。我们不想让你感到为难，罗伯特。不如这样：我会给你准备一些训练用的网衣，还有米莉提到的那盒隐形眼镜。而你，考虑一下去费尔蒙特高中上学的事，行吗？"

米莉往前靠了靠，朝她妈妈笑了笑："我打赌他不出一个星期就会穿戴了，他不需要上那些笨蛋课程。"

罗伯特在米莉身后露出了慈祥的笑容。

他确实收到了工作邀请。他回归的消息在网上传开之后，有十二所学校给他写过信。但其中五所只是邀请他去演讲，还有三所是想聘请他做一学期的客座教授，而其他几所都不是一流大学。这可不是罗伯特期待的那种对"21世纪文学巨人"（引自评论家）的欢迎。

他们可能担心我还是个植物人。

于是罗伯特把那些工作邀请晾在一边，继续埋头写作。他要让那些怀疑者认识到他和以前一样厉害——除非他们表现出应有的重视，否则他是不准备理睬那些邀请了。

但他的诗歌进展缓慢，各方面进展都很缓慢。他的脸看起来很年轻，里德说如此成功的外形重塑非常罕见，罗伯特是"维恩－仓泽疗法"的最佳目标患者。很好。但他的协调性仍然不佳，关节时时疼痛。最难堪的是，每晚都要起夜好几次。这些事情提醒着他，自己还是个老头。

昨天韦伯最后一次来访。这家伙头脑简单，只关注鸡毛蒜皮的琐碎小事，不过这和他从事的工作倒是很匹配。我会想念他的，大概。这下每天又多出来一小时空闲的时间。

诗歌方面的进展尤其缓慢。

梦境从来不是罗伯特灵感的重要来源（不过他在几个有名的访谈中并不是这么说的），但是完全清醒时进行创作是庸才们不得已的手段。对于罗伯特来说，一夜好觉之后，酣梦将醒之时才是灵感高峰，这个时刻对他非常灵验。过去他在写作中遇到困难时经常在晚上散个步，带着满脑子的问题入睡……然后第二天早上在睡眼蒙眬之际探寻问题的答案。随着脑子逐渐清醒，答案也随之浮现出来。他在斯坦福工作的时候，和很多哲学家、神学家和硬核科学家们讨论过这个现象，他们的解释五花八门，从弗洛伊德理论到量子力学。原因并不重要，反正"晨间灵感"对他就是管用。

而现在，从多年的痴呆中康复之后，他仍然保持了早上的灵感高峰，只是他对此的控制仍然很不稳定。有些早晨，他的脑袋里装满了《复活者的秘密》的创意和《死亡的秘密》的修改意见，但这些晨间头脑风暴从来没有诗歌的细节。他有一些想法，具体到诗歌的段落，但他找不到文字来把这些想法转换成美妙的诗句。也许现在能这样已经不错了，毕竟把文字变成歌声是最高级、最纯粹的天赋。这种天赋回归得最晚也蛮合理的，不是吗？

与此同时，他的很多个早晨就浪费在了没用的洞察力上。他的潜意识完全偏离了重点，变得对事物的运行原理、技术和数学感兴趣起来。当他白天用浏览纸上网时，他经常被与艺术完全不沾边的主题吸引。他曾经花了整整一下午读了一部"儿童入门版"的有限几何教材，天哪……然后他第二天早上的收获是解出了一道比较难的证明题。

罗伯特的白天过得相当无聊。他不断地为自己的作品寻找合适的字眼，并极力抵抗着浏览纸的诱惑。而晚上米莉会不断尝试给他戴上隐形眼镜，他只能不断地拒绝她。

终于，晨间灵感拯救了他。有一天半梦半醒之时，他平心静气地分析着自己的失败。这时他注意到了窗外绿色的杜松和院子里柔和的色彩，外面是一整个世界，有着成千上万个视角。过去他遇到"瓶颈"的时候是怎么过来的？休息一下。对，做点别的，什么都行。回到"高中"可以让他摆脱这些，摆脱米莉。这肯定能让他接触到不同的视角，即使是狭隘的视角。

爱丽丝会很高兴的。

- 04 -
完美的关联人

胡安·奥罗斯科喜欢和拉德纳双胞胎兄弟一起走路上学。弗雷德和杰瑞是坏学生，不过他们是胡安认识的最棒的游戏玩家。

"今天我们有个特别的节目，胡安。"弗雷德说。

"是的。"杰瑞接着说，每当发生什么特别好玩的事或者什么事情搞砸了，他就会露出这种笑容。

像往常一样，三人沿着泄洪渠走来。混凝土沟渠呈骨白色，已经干涸，一路蜿蜒穿过梅斯塔斯地块后面的峡谷。两侧的小山覆盖着番杏和熊果树，前方的灌木丛是加州矮橡树。在十月初的圣地亚哥北县，你还能指望看到什么？

当然，这指的是在现实世界中。

峡谷并不是信号死区，完全不是。县洪水防治局升级了整个区域，其公共层跟城里街道一样好。胡安一边走一边耸肩、甩手，根据这些提示信号，他的主显系统网衣把影像层切换到了哈塞克的《危险的知识》所描述的世界：熊果树变成了带鳞片的触须；山谷边缘的房子变大，成了木屋，幡旗在屋前飞舞；前方高处耸立着一座城堡，那是"大公爵华奋"的家。在现实世界里，华奋是当地一个最卖力维护这个网络公会的孩子。胡安把双胞胎打扮成身披皮甲的骑士守卫。

"嘿，杰，瞧！"胡安发送出影像，等待双胞胎引用他的视角。他练习了一周才使那些可视图像就位。

弗雷德抬头看了看，接受了胡安传递过来的影像。"这已经过时啦，小胡安。"他瞥了一眼山上的城堡，"而且，'花粉'是个傻帽。"

"噢。"胡安手忙脚乱地关掉一层层影像，真实世界又浮现出来，地貌、天空，然后是各种生灵和他们身上的衣服，"可你上周还喜欢它呢。"胡安回忆起来了，那时弗雷德和杰瑞在试图排挤"大公爵"。

双胞胎兄弟看看彼此，胡安知道他们在用默信交谈。"我们跟你说过今天会不一样，我们有新节目。"他们已经在橡树灌木丛中走了一半，远处的海上一片朦胧。晴朗的日子里——或者选择"清晰影像"模式——你能一路望到大海。南边有更多的地块，其中的一块绿色小补丁就是费尔蒙特高中。北边则是胡安家附近最好玩的地方——

金字塔山娱乐公园，它占据了整个小山谷。下面的岩石就像一个小山尖，不过公园管理层认为"金字塔"这个名字更吸引人。这里曾是鳄梨园，深绿色的树木覆盖着山坡。如果你使用公园的"标志视角"，依然能看到它往昔的模样。裸眼看的话，也能看到很多树，不过多了草地、真实存在的楼宇以及发射塔。除了其他节目之外，金字塔山号称能够提供全加州最高的自由落体设备。

双胞胎对他咧嘴笑着。杰瑞朝小山挥了挥手："想不想玩玩《白垩纪归来》，体验一下'真实感觉'？"

金字塔山的管理者非常清楚如何针对不同层次的触感体验收费。低端的相当便宜，"真实感觉"可是顶级体验。"啊，那太贵了。"

"如果你花钱的话，当然贵。"

"啊……你们不是要在课前设置好项目吗？"双胞胎早上的第一节课就是精工课。

"那个还在温哥华呢。"杰瑞说。

"不过别替我们操心，"弗雷德仰望天空，仿佛在祈祷，又透着一丝得意，"'空中特快，及时送达'。"

"嗯，好吧，只要不惹麻烦就好。"跟拉德纳兄弟一起厮混的最大坏处就是总会麻烦缠身。一两周之前，他的新维基湾折叠自行车由于产品安全隐患问题要被召回，双胞胎教了他逃避召回的办法，结果他留下了一辆自行车，但是几乎无法打开。他妈妈为此感到非常不悦。

"嗨，别担心，胡安。"三人离开了泄洪渠，走上金字塔山东侧的一条小径。这附近没有入口，不过两兄弟的叔叔在县洪水防治局工作，他们接入了局里的公共设备维护影像层，然后分享给胡安。脚下的泥土渐渐开始模糊，变得半透明。胡安能看到位于十五英尺以下直径十英寸的径流管道的图像，到处都是标注着局部维修记录的箭头。杰瑞和弗雷德以前用过这种全知视角，没被人发现。今天他们把这和当地网络节点图叠加在一起，叠加在一起的视角在阳光下呈淡淡的紫罗兰色，显示着通信盲区和活跃区的高速链接。

兄弟俩在一块空地的边缘停了下来。弗雷德看着杰瑞："喷，洪水防治局应该感到羞愧，三十英尺以内竟然没有一个定位节点。"

"是啊，杰。在这儿什么事情都有可能发生。"没有一个完整的定位网络，节点无法精确地知道自身和邻近节点的位置。高速激光通信无法建立，低速传感器输出信号也会在这里失真。从外界往这块区域看过来，只能看到模糊一片……

他们走进这块空地。现在他们已经深入网络盲区，不过从这里他们还能用裸眼视角看到属于金字塔山的那片山坡。再往前走，乐园就要收费了。

不过兄弟俩没有往山上看，杰瑞走到一棵小树旁往上瞧了一眼："这个位置有意思，他们试图用一个空心球在这里打个补丁。"他指着枝丫，发送了一个定位信号。设备视点只微弱地反应了一下，显示了一条错误信息，"简直是一坨鸟粪！"

胡安耸了耸肩："今天晚上他们就会补上这个漏洞。"黄昏时分，无人机会掠过山谷，在各处替换节点。

"没错，不过我们为什么不帮县里一把，现在就打好补丁？"杰瑞掏出了一个拇指大小的绿色东西，递给了胡安。

三根天线从那个东西的顶部伸出来，这是个典型的临时节点，还没激活的节点比鸟粪还麻烦。"你们把这东西破解了？"节点上写满了"黑客反斗城"，不过在现实中破解网络可比在游戏里要难多了，"你们从哪儿搞到的接入码？"

"唐叔叔的失误。"杰瑞指着那个装置，"所有的访问权限都有了。不过很不幸，挡我们道的节点还在。"他往上指着树苗的枝丫，"胡安，你个子够小，能爬上去把它敲下来。"

"嗯……"

"嘿，不用担心。国土安全部不会发现的。"

事实上，几乎可以肯定，在定位网络被修补之后国土安全部是会发现的。不过差不多同样可以肯定的是，他们根本不会管，国土安全部的逻辑模块深植于所有硬件。"看到一切，了解一切"是他们的座右铭，不过他们看到的和知道的，只供他们自己用。他们不会跟别的执法部门分享信息，这一点人人都知道。胡安走出盲区，切换到警察局视角看了一下。金字塔山附近的逮捕事件大部分是关于兴奋剂的……不过过去几周风平浪静。

"好的。"胡安回到树下，手脚并用向上爬了十英尺左右，到了分枝的地方。一个破破烂烂的尼龙搭扣吊着旧的节点，他把节点敲下来，兄弟俩用石头砸坏了它。胡安从树上爬了下来，他们看了一会儿分析：他们的节点冒名顶替，找到了周围的姐妹节点并成功定位，紫罗兰色的迷雾也随之锐化成了明亮的光点，协调一致，功能完全恢复。现在点到点的激光路由已经可以使用，他们能看到金字塔山边界的领地标签。

"哈！"弗雷德很高兴，两兄弟开始爬坡穿过领地线，"来啊，胡安。我们现在的身份是县政府雇员，只要别待太久，我们就没事。"

金字塔山装了所有最新款的触感体验装置——这可不仅仅是你的隐形眼镜在视网膜上投射的幻影。在金字塔山，你能在一些游戏里骑斯酷奇世界的塞西普尔或者偷迅猛龙的蛋，能在另一些游戏里看许多暖暖的、毛茸茸的生物围着你开心地跳舞，它们请求被你挑中，抱一抱。如果你关掉所有的游戏视角，你就可以看到别的玩家漫步树林中，沉浸在他们的游戏世界里。神奇的是，乐园不知道用了什么法子才没让游客撞到一起。

在《白垩纪归来》游戏里，弹射－自由落体发射时的声响变为雷声。树则幻化为高大的银杏，很多地方密不透风。胡安最近常玩纯视觉的《白垩纪》，会私下里跟兄弟俩一起玩，也跟世界上别的玩家玩。不过成绩平平，仅这周他就被"杀死吃掉"了三次。这游戏很难，你必须做出贡献，不然就可能每次都被杀掉或吃掉。于是胡安加了幻想家公会，好吧，其实只是一个低级预备成员，也许这能改善他毫无头绪的求生状态。他已经为《白垩纪》设计了一个种族——一种身手敏捷的小个子蜥蜴，不过完全没有引起评分者的注意。兄弟俩对他的设计颇不以为意，尽管他们也没有自己的设计。

他走过银杏森林，警惕着那种藏在树枝里的、长着利齿的动物，周一他就是被这样的猛兽吃掉的，周二他则死于一种古生物疾病。

到目前为止还算安全，不过他贡献的蜥蜴还没出现。它们繁殖速度快，应该很容易扩张地盘，可是这些小怪兽去哪儿了呢？唉，也许他该去别的游戏点试试。没准儿在哈萨克斯坦它们会大热，但在这里……今天……

还没有。

胡安跌跌撞撞地穿过乐园，有点沮丧，不过还没被吃掉。双胞胎选择了游戏里标准的迅猛龙形象，玩得很开心，抓了一堆野鸡大小的猎物，都是金字塔山的游戏机器人。

迅猛龙杰瑞回头看着胡安："你的小动物呢？"

胡安没幻化成任何动物。"我是时间旅行者。"他说。这也是允许的，从游戏第一版就有了这个选项。

弗雷德闪了过来，一张脸上布满了牙齿："我是说，上周你发明的小动物呢？"

"我不知道。"

"八成是给吃掉了，被那些评分员。"杰瑞说。爬行动物双胞胎得意地大笑。"别去挣创造者的点数啦，胡安。用这些厉害的东西来反击吧。"他做了个踢足球的动作，踢中了一个正在快速横穿小路的什么东西。漂亮的一击致命，挣到了不少分数，还引发了酷炫的特效场景。弗雷德也加入了，眨眼间鲜血四溅。

被踢中的猎物有点眼熟，它尚且年幼，不过看上去倒挺伶俐的……这是胡安设计的动物的幼崽！这说明母兽就在附近。胡安说："呃……我想……"

"问题是，你们都没有想！"声音来自四面八方，就好像把脑袋伸到一个老式的便携式收录机里。太晚了，他们看到身后的树干后面露出了近一码长的爪子。妈呀！头顶上滴下了十英寸长的口水。

这是胡安的设计，不过被放大到了最大。

"靠……"弗雷德说，这是他身为迅猛龙的最后遗言。流着涎水的大脑袋和獠牙从银杏树上伸了下来，一口就把弗雷德吞掉了，连后爪尖都没留下。怪兽嘎吱嘎吱地咀嚼了好一阵子，空地上回荡着骨头碎裂的声音。

"哇！"怪兽张开了嘴，吐出了令人胆寒的残渣。这真是太棒了——胡安闪回到现实视角：弗雷德站在迅猛龙热气腾腾的残骸中，衬衣下摆都被拉出了长裤，浑身沾满了黏液——真正的、臭烘烘的黏液。花钱就是为了体验这个？

这个怪兽是乐园里最庞大的机械装置，幻化成了胡安创造的物种。

三人抬头看着它的血盆大口。

"触感体验够不够真实细腻？"大怪兽说，嘴里喷发出一股腐肉味儿，热乎乎的。太真实，太细腻了！弗雷德踉跄着后退，差点滑倒。

"已故的弗雷德·拉德纳先生刚刚被扣掉了大量分数。"怪兽那卡车大小的大嘴指向了他们，"不过我还没饱。我建议你们尽早离开乐园。"

他们盯着怪兽的牙齿连连后退，双胞胎扭头就跑。跟平时一样，胡安紧随其后。一只犹如大手的东西抓住了他。"你不要跑，我还有点事情要谈。"含混不清的话语从怪兽紧闭的牙关间咆哮而出，"坐下，我们聊聊。"

糟糕！倒了血霉了。然后他想起来是自己爬到树上破解掉了乐园的入口节点。愚蠢的胡安·奥罗斯科，他不只是运气差，他还总是那个背锅的傻瓜。现在双胞胎早已溜之大吉了。

但是当"大嘴"让他坐下，他转过身的时候，怪兽还在那里——并没有现身为金字塔山乐园的保安。也许这真的是一个"白垩纪"玩家！他往旁边蹭了蹭，试图躲开从头顶上射下来的目光。这只是一个游戏，他完全可以从这个四层楼高的蜥蜴身边走开。当然，这会影响到他在《白垩纪归来》里的声誉，也许会被丢进臭烘烘的黏液里洗个澡。要是大蜥蜴对游戏太执着，它也许还会到其他游戏里去追杀他。好吧。他坐了下来，背倚着离他最近的银杏树。看起来他又要迟到了，不过他也不是好学生。

大蜥蜴坐了下来，把还冒着热气的迅猛龙弗雷德的尸体移到一边。它低下了头，直视着胡安。眼睛和脑袋的颜色跟胡安最初设计的一样，不过这个玩家的技术让它成了令人闻风丧胆的猛兽。它在好几个"白垩纪"热点地区都作过战，他能看到留在它身上的累累伤痕。

胡安挤出了一丝快活的笑容："这么说，你喜欢我的设计？"

它张开嘴，露出一码长的尖牙。"更糟的我也用过。"猛兽切换了游戏参数，显现了评分层的详细内容。这是个资深玩家，甚至可能是一个游戏黑客！他们之间的地上躺着一个胡安创造的生物的尸体，被解剖过了。大蜥蜴用前爪轻轻拨弄着，"但是皮肤纹理是幻想家公会的范例库里的，配色太老套。格子短裙还不错，可惜主显系统的广告里随处可见。"

胡安抱住了膝盖。这简直跟在学校里一样，他在那里也经常面临这种羞辱。"我借鉴的是最好的设计。"

大蜥蜴咯咯地笑了，声音震荡不绝，弄得胡安头皮发麻。"用来应付你的老师们可能还凑合！不管你搞出什么垃圾，他们也只能硬着头皮接受，不到你毕业，他们没办法一脚把你踢到大街上。这个设计很一般，确实有人在用，主要是因为机械结构还行。不过说到它实际的质量，还差得远呢。"猛兽展示了一下它身上的战斗伤疤。

"我还有别的设计。"

"想必有，不过你要是不能交稿，那都毫无价值。"

这一直是让胡安内心感到焦虑的地方。他越来越像在重蹈他老爸的覆辙——只是胡安得先混上一份工作，才有被裁员的资格！"尽力而为"是费尔蒙特高中的校训。不过尽力而为只是开始，就算尽力了，你依然有可能落在后面。

他无意向另一个玩家倾诉这些心事。他直视着那双黄色的细眼，突然间他醒悟过来——这家伙又不是老师，也没有人付钱让它来说教，它为什么要花这么多时间来羞辱他？它其实是想从我这里得到什么东西！胡安的目光瞬间变得犀利起来："啊，那么我伟大的虚拟蜥蜴，你有什么建议吗？"

"我……可以有。除了'白垩纪',我还有别的事情要做。你想在一个小项目里做我的关联人吗?"

除了当地的游戏,还没有人邀请胡安加入什么联盟。他假装轻蔑地撇了撇嘴:"关联人?下线的下线的关联人?你在价值链的地位有多低?"

大蜥蜴耸了耸肩,它肩头的银杏树吱吱作响。"我猜是很低很低,大部分关联人都是如此。不过我能付真金白银,只要你能替我找到答案提交给上线。"怪兽说了个数字。这足够每天玩一趟自由落体,玩上整整一年。他们之间飘起一张劳务费证明,标明了提议的金额和奖金支付安排。

胡安开始讨价还价:"我要双倍,否则不干。"然后他才注意到附属权利的章节,那里的数字看不见。这可能是因为它雇的其他人能拿到的酬劳更多。

"成交!"然而他还没来得及再起价,大蜥蜴便一口答应了。

胡安肯定它在偷笑!

"……好吧,你想要什么?"你为什么觉得我这样的笨瓜能做到呢?

"你在费尔蒙特高中上学,是吗?"

"这你早就知道。"

"那是个奇怪的地方,对不对?"见胡安没有回答,大蜥蜴继续说道,"相信我,那里很奇怪。大多数学校,即使是特许学校,也不会让成人和孩子们混在一起上课。"

"是啊,职业培训班。老家伙们不喜欢,我们也不喜欢。"

"嗯,我的上线关联人布置的任务,就是去四处打探,主要是在这些老家伙中间。跟他们交朋友。"

倒胃……不过胡安又看了一眼劳务费证明,经检验它是有效的。劳务费的纠纷裁决部分太复杂了,他都不想读,不过美国银行都为它背书了,还担心什么?"具体有哪些人?"

　　　　　　　　　　　　　　　　　　　　　　　04　完美的关联人

"啊，问题就出在这里。我的顶层上线不愿透露，我们只管收集信息，基本上要找那些曾是大人物的老年人。"

"大人物怎么会沦落到我们班上？"学校里的孩子们也常常这么问。

"各种原因，胡安。有些人是因为孤独。有些人债台高筑，得学些本事，在现代社会中讨生活。有些人没什么才能，只是有一副健康的体魄和很多古老的记忆。他们可能过得相当潦倒。"

"呃……那我怎样才能和这类人交上朋友呢？"

"想挣这个钱，就去想办法。不管怎样，这些是搜索条件。"大蜥蜴传给了他一份文件，他浏览了最上一层。

"范围很广啊。"退休的圣地亚哥政客、生物科学家、从事这一领域工作的人的父母……

"链接里有满足资格的各种特征。你的工作就是招募合适的人，让他们成为我的关联人。"

"我……我不是很擅长说服人。"尤其是这样的人。

"那就继续穷下去吧！胆小鬼。"

胡安沉默了一会儿，他老爸可绝不会从事这种工作。最后，他开口说道："好，我加入。"

"我绝不想强迫你做任何你觉得不……"

"我说了，我接受这份工作！"

"好！那么，我给你的东西足够你开始了。文件里有联络方式。"爬行动物慢慢地站起身，现在它的声音从上空传来，"我们不要再在金字塔山见面了。"

"正合我意。"胡安站了起来。他特意拍了一下猛兽强有力的尾巴，走下了山。

双胞胎早就到了学校，站在校园另一头的足球场边。胡安走上校门口的车道时，他抓取了一个看台的视点，给他们发了一个定位信号。弗雷德招了招手，不过他的衬衫还黏糊糊的，没法通信。杰瑞抬头望天，张开双臂，等着"空中特快"空投的包裹降落。时间确实刚刚好。两兄弟一边走进精工课的帐篷，一边拆邮件。

不幸的是，胡安的第一节课在教学楼对面那一侧的尽头。他跑过草地，只打开了未经增强的现实视像：现今教学楼大多是三层楼高，灰色的墙壁就像一沓摇摇晃晃的纸牌。

在教学楼里面，视角的选取就不全由他做主了。早上，学校管理处要求在所有的内墙上播放费尔蒙特新闻。胡佛高中的三个小孩子赢得了IBM 职业奖学金。恭喜，恭喜！虽然拿胡佛来跟费尔蒙特相比是不公平的，胡佛高中是圣地亚哥州立大学数学教育系办的特许学校。这三个神童今后从大学直到研究生的学费都有着落了，甚至都不用在 IBM 工作一天。有什么了不起的，胡安自我安慰地想。这些小孩子将来会很有钱，不过他们的职业收入的百分之一总会回到 IBM 的腰包里。

他漫不经心地沿着小小的绿色导航箭头赶路，然后突然意识到，他已经爬了两段楼梯。学校管理处昨天重新安排了一切，当然，他们也更新了他的导航箭头。好在他下意识地跟着导航走了。

他溜进教室，坐了下来。

查姆莉格女士已经开始上课了。

搜索和分析是查姆莉格所教课程的主要内容。她以前在胡佛高中教这门课程的快班，不过颇有根据的谣言说，她应付不来。于是教育部把她调到了费尔蒙特高中，还教这门课程。事实上，胡安有点喜欢她，因为她也是个失败者。

"世上有各种各样的技能，"她讲道，"有时候最棒的是跟很多专家合作，协调他们，以找出答案。"学生们纷纷点头。成为一个协调者，众所周知，那是最挣钱的，不过他们都知道查姆莉格接下来要说什么。她环顾教室，点头表示她知道学生们都心知肚明，"啊，你们都想成为顶级的中介，不是吗？"

"我们中的有些人会成为这样的人。"说话的是一名高龄学生——温斯顿·布朗特，他的年纪足够做胡安的曾祖父。当温斯顿心情不好的时候，就会靠给查姆莉格女士捣乱来取乐。

搜索和分析课老师回了个笑容。"这种可能性跟成为大联盟的棒球明星差不多。纯粹的'协调中介'是非常罕见的，布朗特院长。"

"总得有人做管理工作吧。"

"哦。"查姆莉格看上去有点伤感，仿佛在斟酌如何宣布一个坏消息，"管理工作已经发生了很大的变化，布朗特院长。"

温斯顿往椅背上一靠："好吧。看来我们得学点新花样。"

"是的，"查姆莉格女士看着全班人，"这十分重要。这门课程是'搜索和分析'，经济的心脏。我们作为消费者，不用说，同样需要搜索和分析。在现代社会中，几乎所有的工作都要依赖搜索和分析。但是，说到底，我们还得了解一些专业技能。"

"就是我们得'C'的那些课程，对吧？"声音来自后排休闲专区，可能是实体旷课的某人。

查姆莉格叹了口气："是的，那些技能不能白学了。你们已经入了门，就要用起来，提高改进它们。你们可以通过一种特别形式的事前分析，也就是我所说的'学习'来做。"

有一名学生举手提问——居然举手，真够老的……

"什么事，向博士？"

"我知道你说得对。不过……"那个女人环顾了教室一眼。她看上去和查姆莉格差不多年龄，不像温斯顿那么老，但是她眼里有种惶恐的神色，"但是有些人就是比别人出色。我不像以前那么聪明了，也许是别人更聪明了……如果我们尽了全力，但还是不够好呢？"

查姆莉格犹豫了。她会怎么回答呢？胡安暗暗想，这个问题很现实。"每个人都会碰到这个问题，向博士。造物主给了我们每人一把牌，以你为例，你被发了一把新牌，面临生活新的开始。"她看了看教室里的其他人，"你们中有些人觉得在人生的牌局上拿到的这把牌只有两点和三点。"教室前排的学生有些真的非常认真，而且不比胡安大多少。他们穿了网衣，但上面并没有感应装置，也从来没学过体感输入。查姆莉格说话的时候，你可以看到他们的手指不停地敲击，估计是在搜索什么是"两点"，什么是"三点"。

"但是我有一套理论，"查姆莉格说，"跟游戏一样：总有通关的办法。你们，你们中的每一个人，都有一些特别的百搭牌，用好它们。找到你与众不同的地方，发现你的长处。因为它就在那里，只要你能发现。一旦你找到了，你就能给别人提供答案，别人也会愿意回馈你。一句话，成功的运气不会从天而降，你得去创造它。"

她犹豫了一下，凝视着隐形的备课笔记，声音低了下来："远景部分就说到这里。今天，我们要谈谈如何利用问答平台上的解决方案。像往常一样，我们得学会提出正确的问题。"

胡安喜欢靠外墙的座位，尤其是在三楼教室上课时。你能感觉到墙壁在轻微地来回摆动，而整个建筑依然保持平衡。他妈妈对这种东西十分紧张。"只要系统宕机一秒钟，整座楼就会垮掉！"她曾经在家长会上这样抱怨。另一方面，"纸牌屋"式的建筑造价低廉，并且应付起大地震就跟应付晨风一样轻松。

04 完美的关联人

他不再靠着墙壁，坐直了身体听查姆莉格讲课。这就是学校要求学生大部分课程实体参加的原因：身在一间实体教室里，有一个真的老师在讲课，你多少能听进去一点儿。查姆莉格的课件图表飘浮在他们头顶上方，她成功地吸引了学生的注意力：她投放出的影像旁边，几乎看不到无礼的涂鸦。

于是胡安专心地听了一会儿，是真的专心听了。问答平台能提供可靠的结果，通常还是免费的。那儿没有关联人，只有一群志趣相投的人在帮忙解决问题。但如果你志趣不相投呢？例如在一个基因的问答平台上，如果你把基因转录误认为某种翻译，可能几个月之后，你还在原地打转。

然后胡安就开始开小差了，他一个接一个地接入教室内的视点。有些视点来自开放了共享的学生，多数来自随机找到的摄像头。在切换视点的间隙，他浏览了大蜥蜴的任务文件。实际上，蜥蜴感兴趣的不只是老古董们，有些普通学生也在名单上，关联人覆盖面之广直追加州彩票。

他开始了背景调查。和大多数孩子一样，他在可穿戴设备上存了很多东西，因此搜索几乎可以在他的背心里完成。他没有连接校外的网络，除非查姆莉格刚好提到了某个网站。查姆莉格非常善于发现谁在开小差，但胡安精通体感输入，通过细微的姿势和视线控制菜单来驱动网衣。每当她的目光掠过他时，他还会一边愉快地点头，一边重复着她刚说过的话的最后几个字。

至于那些老年学生……能干的翻新人绝对不会来这儿，他们名利双收，现实世界大部分是由他们掌控的。参加成人教育的都是些过气人物，他们会在学期中陆陆续续地加入费尔蒙特，老年医院拒绝在学期开始时让他们统一入学。对此，医院给出的说法是，老人们"在社交上已经成熟"，能应付插班的混乱。

胡安扫过一张张脸，和公共记录一一对号入座：温斯顿·布朗特。这家伙松松垮垮、疲沓不堪。返老还童药还真是得碰运气，有些病可以治，有些不行；能治的那些，在不同人身上的疗效也不同。温斯顿的运气不算太好。

刚才老家伙使劲眯着眼，想要跟上查姆莉格举的问答平台的例子，他有几门课和胡安选的一样。胡安查不到他的医疗记录，但猜测他的脑子应该问题不大：他的反应和班上一些孩子的反应一样敏捷，很久以前他是加州大学圣地亚哥分校的重要人物，很久以前。

好吧，把他列入"关注"名单。

然后是向秀，物理学博士，电子工程学博士，2010年因为安全计算方面的成就获得总统奖章，她总体的研究指标几乎达到了诺贝尔奖的水准。向秀弯腰坐着，盯着身前的桌子，试图跟上浏览纸上的课程进度。可怜的女士，但她肯定有人脉。

查姆莉格继续讲授如何把结果转换成新的问题，完全没察觉到胡安在开小差。

下一个是谁？罗伯特·顾？有那么一瞬间，胡安觉得自己用错了视点。他朝右边那些老家伙待的地方偷瞥了一眼。罗伯特·顾，文学博士，诗人。他和老家伙们坐在一起，但看上去只有十七岁。胡安一边假装听查姆莉格讲课，一边仔细地打量这个新插班生。罗伯特·顾整个人消瘦，几乎可以说骨瘦如柴，个子挺高。他的皮肤很光滑，没有老年斑，但是他看上去像在出汗。胡安冒险访问了一下校外网上的医学数据。哈！维恩-仓泽疗法的典型症状。罗伯特·顾博士真是个幸运儿，返老还童魔法完全奏效的概率只有千分之一，却被他给撞上了。另一方面，胡安觉得这家伙的运气似乎已经用完了。他没有上网，完全无法探测到。他桌子上有一张皱巴巴的浏览纸，但他没用。多年以前，这家伙比向秀还声名显赫，现在却是一个更彻底的失败者……"解构主义分析重构文学"到底是什么意思？咳，肯定不是大蜥蜴感兴趣的。胡安把他的名字扔进回收站。哎，再等等，他还没查罗伯特·顾的家庭关系。他开始检索，突然间，他的整个视像被一条默信占据了，字母都是熊熊的火焰。

查姆莉格→奥罗斯科：你可以整天玩游戏，胡安！不想听的话，你干脆退掉这门课算了。

奥罗斯科→查姆莉格：对不起，对不起！他停止搜索，断开了外网。与此同时，他回放了她前几分钟讲的内容，竭力想抓住内容概要。多数时候，查姆莉格只会问一些问题让你难堪，这是她第一次用默信对他发出威胁。

而且让他吃惊的是，她在短短的一瞬间就做完了这些，其他人都以为她只是在看她的备课笔记。胡安看她的眼光又增加了几分敬意。

"你不觉得你对那个孩子太严厉了吗？"兔子今天换了一个新形象，用了《爱丽丝漫游奇境》中的经典插图设计，甚至连版画线条都带上了。一个版画效果的三维身体，真是傻透了。

大蜥蜴不为所动："你不属于这儿。胡安是我的直接关联人，不是你的。"

"你是不是有点过于敏感了？我只不过想检查一下我关联人的影响深度。"

"好了，你可以走了。胡安需要上课。"

"当然，我跟你一样是出于好心。"兔子挤出一个毫无诚意的笑容，"不过，你阻止他的时候，他正在查看一个我非常感兴趣的人。我给你提供了一个完美的关联人，如果想继续得到我的支持，你就必须配合我。"

"听着！我希望这孩子主动与人接触，但我不想让他受到伤害。"蜥蜴的声音越来越低。兔子心想，不知查姆莉格最终有没有改变主意。不过这都没关系，兔子连线着遍布南加州的社交场景，玩得正高兴。它早晚会发现这项任务的目的究竟是什么。

- 05 -
向博士的安全硬件环境

　　精工课，这是到目前为止胡安最喜欢的课。精工课就像高级游戏，课堂上有真实的零件供大家触摸、组装，这些东西在金字塔山可是要付钱才能玩的。威廉姆斯先生和露易丝·查姆莉格完全不同，他允许你自由发挥，不会在课后批评你什么也没做出来。在罗恩·威廉姆斯的课上几乎人人都能得"A"，他的这种老派作风太棒了。

　　精工课课堂也是胡安开展大蜥蜴项目的最佳时机，至少他有机会接近那些老家伙和谢绝来电的隐私狂。他傻乎乎地围着零件帐篷四处晃悠，社交从来不是胡安的强项，而现在他却要和这些老家伙套近乎。呃，试图套近乎。

　　向秀是一位和蔼可亲的女士，但她一直坐在工作台边读她的浏览纸。她把零件清单排成纸质目录的形式。"以前我擅长这些东西，"她说，"看那个。"她指着博物馆部分的一段，上面写着：向氏硬件环境，"那个系统是我设计的。"

　　胡安只能回一句："向博士，你可是世界一流的人物啊。"

　　"可是……我连这些元件的原理都搞不懂。它们看起来更像庞氏骗局，而不是正经的光学半导体。"她读着某个元件的说明书，读到第三行就停了下来，"什么是冗余缠绕？"

　　"啊。"他查了一下，看到一大堆背景说明的链接，"你不需要知道什么是'冗余缠绕'，女士。至少这门课用不着。"他对着向秀的浏览纸上的产品说明挥了一下手。浏览纸上的图像像石雕一样毫无反应，"往前翻几页，就能找到这门课的资料。在……"——天哪，要读出这些条目真是令人头疼——"……在'趣味功能组合'下面找，从那儿开始。"他向她演示了使用浏览纸搜索本地零件的方法，"你不需要弄清楚每个细节。"

"哦。"她很快就试遍了各种功能，还下载了半打小组件，"就跟小孩子似的，什么都不懂，瞎玩。"不过她马上就开始用基本零件块搭东西。当胡安教会她看界面规格之后，她玩得越发娴熟。有些说明逗得她发笑，"分拣器和移动器、固态机器人，我打赌我能用这些东西组装一台切割机。"

"我觉得不行吧。"切割机？"别担心，你伤不到人的。"这不完全对，不过差得也不多。他坐着看了一会儿，提了几个建议，尽管他都没弄明白她到底在做什么。近乎套得差不多了，他在搭讪任务表上打了个钩，开始下一步："向博士，你和你在英特尔的朋友们还有联系吗？"

"那是很久以前的事了，我 2010 年就退休了。战争期间，我连一个顾问的工作都找不着，我知道我的能力不行了。"

"是因为阿尔兹海默病吗？"他知道她比看起来的要老得多，甚至比温斯顿还老。

向秀犹豫了一会儿，那一刻胡安差点以为这位女士被他的话惹恼了，但她随后苦笑了一下："不是阿尔兹海默病，不是老年痴呆。你——现在的人没法想象衰老是什么样子。"

"我懂！我的祖父母和外祖父母都在世。我还有个太爷爷，在普埃布拉，他经常打高尔夫。我的太奶奶倒是得了老年痴呆——你懂的，现在还治不好的那种。"实际上他的太奶奶看起来和向秀一样年轻，大家都觉得她运气好。但是事实证明，只要你活得足够长，最后总能遇上一种治不好的病。

向秀摇头："即使在我的时代，也不是人人都会变老，不是你想象的那样，我只是失去了我的能力。我女朋友去世了，过了一段时间，我觉得人生索然无味，对什么都提不起劲儿来，也没有那么多精力去在乎其他事情。"她看了一眼自己在建造的工具，"现在我觉得至少回到我六十岁时的状态了，也许我的智力水平也恢复了。"她猛地拍了一下桌子，"然而我现在只能在这里搭乐高玩！"

她看起来好像快要哭出来了，就在精工课课堂上。胡安左右张望，并没有人注意这边。他伸出手去握住向秀的手，他不知道如何回答向秀的问题。用查姆莉格女士的话来说，他没有提出正确的问题。

还有其他几个人需要接触，比如温斯顿。尽管算不上是大人物，但他应该对蜥蜴有点用处。在精工课上，温斯顿就坐在零件帐篷旁，对着空气出神。他穿了网衣，但对收到的信息置之不理。胡安等到威廉姆斯去喝咖啡之后，才挪到温斯顿身边坐下。天哪，这家伙看起来真的很老。胡安猜不出他在哪儿神游，但是肯定与精工课无关。胡安注意到温斯顿对不喜欢的课压根儿不会去听，沉默了几分钟之后，胡安意识到他对社交也完全不感兴趣。

那就主动跟他说话！这跟打怪兽是一个套路。胡安把这老头虚拟成一个小丑的样子，这样一来搭讪就变得没那么难了。"布朗特院长，你觉得精工课怎么样？"

老人的眼睛望向他："我完全不感兴趣，奥罗斯科先生。"

好吧！嗯。网上有很多温斯顿的公开信息，甚至有一些陈年邮件组的通信记录。这种话题一般容易挑起老年人的，呃，兴趣。

幸运的是，温斯顿自顾自地说了下去："我跟这里有些人不一样。我从未衰老过，照理说我不应该来这儿。"

　　　　　　　　　　05　向博士的安全硬件环境

"照理说？"他模仿起旧时精神科医生的套路来，这么做也许还有点用呢。

"是的。我做文学院院长做到了 2012 年，本来有望升任加州大学圣地亚哥分校校长的，结果却被迫退休了。"

这些胡安都知道。"但是你……你没学会穿网衣啊。"

温斯顿眯起眼睛："是我选择不穿网衣的。我以为它只能流行一时，上不了台面。"他耸肩，"我犯了个错误，并为此付出了代价。但是现在不同了。"他眼中闪烁着虹光，"我已经上了四个学期的'成人教育'，现在我已经把简历发出去了。"

"你一定认识很多大人物。"

"当然。找到工作只是时间问题。"

"那……那个，院长，我也许能帮忙。哦不是，我不是说我自己。我认识一个关联人，可能能帮上你的忙。"

"哦？"

看起来他明白关联人的意思，胡安把自己和大蜥蜴的交易一五一十地告诉了他。"你真的能靠这个赚到钱。"胡安给他看了付款证明，虽然他不知道对方能看懂多少。

温斯顿眯眼看着，显然正在把付款证明转换成美国银行能验证的格式。看了一会儿之后他点点头，却没有谈具体数字："但是钱不是一切，特别是对我来说。"

"这个，呃，我觉得你可以和负责人谈谈，他们应该可以满足你不同的需求。如果对钱不感兴趣，你可以要求换取服务，或者你感兴趣的任何东西。"

"有道理。"他们聊了几分钟，直到周围环境变得嘈杂起来。精工课终于有几个项目要出成果了，至少两组学生制造了移动节点，一种群集设备。

一群拍打着纸翅膀飞来飞去，另一群在草丛里和家具上爬来爬去。虽然它们并没有钻进人们的衣服里，但是跟人的距离已经近得让人感到不适了。胡安拍掉了几只，但是更多的节点正在源源不断地涌过来。

奥罗斯科→布朗特：你能看到我发的信息吗？

"当然可以。"老家伙答道。

看来虽然他声称自己已经全副武装，但还是没学会发默信，就连大部分成年人使用的手写输入都没学会。

反正也快要下课了。胡安抬头看着鼓囊囊的零件帐篷顶部，有点泄气。名单上的人他基本上都试过了，然后最佳人选就是这个连默信都不会发的温斯顿。"好吧，那么考虑一下我的条件，布朗特院长。请记住，我只能带有限的几个人入伙。"温斯顿对这番推销陈词报以一丝干笑。"同时，我也有其他人选。"胡安朝着那个新来的怪人罗伯特·顾的方向点了点头。

温斯顿没有顺着胡安的目光看过去，但是很明显他往旁边偷瞥了一眼。他的脸紧绷了一下，但旋即又挂上了笑容："愿上帝保佑你的灵魂，奥罗斯科先生。"

直到周五，查姆莉格女士的另一门课结束后，胡安才逮到机会接近罗伯特·顾。创意写作课几乎一直都是胡安一周之中最难熬的时刻，尽管查姆莉格对形式很宽松，但是要求学生站起来展示自己的作品。看别人搞砸就够难受的了，而当你自己就是那个倒霉家伙的时候，那种痛苦简直让人无法忍受。展示顺序是由查姆莉格女士拍脑袋决定的，通常胡安一整节课都在担心什么时候轮到自己。今天他还有更重要的事要担心，就暂时把这件事放到了一边。

胡安躲到了最后一排，缩在座位上偷看着别人。温斯顿来了，真是意外。这门课差不多跟精工课一样经常被他翘掉。但他接受了我的提议。大

　　　　　　　　　　　05　向博士的安全硬件环境

蜥蜴的账户显示，这个老家伙迈出了签约的第一步。

　　罗伯特·顾在教室的另一边用浏览纸上网，连这看起来对他都很难。但是他发现罗伯特·顾是海军陆战队某个军人家庭的家属——胡安记得关联人的指示文件中提到这是一大加分项。如果他能说服罗伯特·顾成为关联人，他就能大赚一笔。

　　查姆莉格的声音打断了他的思路。"没有人主动第一个上吗？那么……"她抬头看了看空中，然后视线转向胡安。

　　糟了！

- 06 -
一流的科技，末流的才华

查姆莉格的创意写作课成了罗伯特在费尔蒙特高中第一个星期中的低谷。罗伯特还清楚地记得他当年的高中岁月，那是 1965 年，学业很简单——除了数理化，而他对这几门课程也不怎么在乎。他基本上没做过什么作业，他一挥而就的诗作早已超越了他可怜的老师们的眼界。他们觉得有幸遇上这样一个才华横溢的学生是上帝的眷顾，事实也确实如此。

但是在这个美丽的新世界里，他只能看到其他学生们自称的"写作"的一小部分。而他也确信，他们也无法欣赏他的作品。

罗伯特坐在人群的边缘，在浏览纸上信笔涂鸦。和往常一样，孩子们在教室左侧，老年学生在右侧，那是属于失败者的角落。他记住了几个名字，甚至还和那个姓向的女人聊了几句。她打算退选查姆莉格的写作课，她实在没有勇气在众人面前展示。她的才能仅限于已经过时的工程学，但至少她还有自知之明，知道自己是个失败者。不像温斯顿，失败者中的失败者。偶尔，他能对上温斯顿往这边看的目光，每到这时罗伯特就会在心里暗笑。

课堂前方，查姆莉格正在鼓励今天的第一个表演者："我知道你一直在练习，胡安。让我们看看你的作品。"

那个胡安站起来走到了舞台中央。他记得这个孩子，在精工课上一直找老年学生聊天，殷勤恳切得有如推销员。他猜这孩子成绩中等偏下，在罗伯特上高中的时候，这类人都是蒙混着毕业的。但在这儿，在 21 世纪，能力低下不再是挡箭牌：查姆莉格似乎很认真地要求每个人。男孩迟疑了一会儿，然后开始挥舞胳膊。但罗伯特什么效果也没看出来。"我不知道，查姆莉格女士，作品还没……嗯……完成。"

查姆莉格女士耐心地点了点头，示意他继续。

"好的。"男孩眨着眼睛，挥胳膊的方式也更加忙乱。这不是在舞蹈，那孩子也没说话。但查姆莉格向后倚在桌子上，点着头。很多学生都以类似的姿势关注着这杂乱的哑剧。而且罗伯特还注意到，他们点头的节奏似乎是和着音乐的节拍。

见鬼。又是那看不见的胡扯。罗伯特低头看着自己那张神奇的大页书写纸，试了试本地浏览选项。网络浏览器和他记得的差不多，不过有下拉菜单让他可以"选择视角"。啊，就是那些幻象的可叠加图层。他点击了"胡安·奥罗斯科的演示"。第一个图层看上去像是涂鸦，粗鲁地点评着胡安的演示，就像以前孩子们在课堂上偷偷传递的小字条上写的那种东西。他选了第二个视角选项。啊哈，找到了。现在胡安站在音乐会的舞台上，他身后的教室窗户俯瞰着一座巨大的城市，就像从一座高塔上看到的那样。罗伯特用手按着浏览纸边缘，声音出来了，比家里的房间音响小很多，但是……是的，是音乐声。先是瓦格纳音乐，但接着似乎变成了进行曲。浏览纸上的视窗内，男孩影像的四周挂着彩虹。毛茸茸的白色——是雪貂吗？——随着他双手的抖动跳了出来。现在，所有的孩子都在笑。胡安也在笑，不过他的指挥手势变得越来越疯狂。雪貂铺满了地板，摩肩接踵，音乐也狂热起来。雪貂雾化成了雪，然后升腾起来成了微型的龙卷风。男孩放慢了节奏，音乐又变成了摇篮曲。雪闪着光，音乐逐渐淡出，雪也随之升华、消失了。终于，罗伯特的浏览器窗口中的景象回到了现实，站在教室前面的，又是那个平凡无奇的男孩。

观众们礼貌地为胡安鼓掌，有一两个在打哈欠。

"非常好，胡安！"查姆莉格说道。

在表现上，就像罗伯特在 20 世纪看到的那些广告一样，确实令人印象深刻。但实质上缺乏逻辑和连贯性，只是一堆特效的堆砌。一流的技术，末流的才华。

查姆莉格向学生们分析了胡安的工作，还温柔地询问男孩打算怎么进一步修改作品。她建议他找个同学合作（还要合作！），在作品中加入文字。

罗伯特偷偷环顾教室。窗外是北县的秋天，棕色的山坡上枯草飘零。外面阳光洒满大地，微风带来金银花的香味。他能听到孩子们在远处草地上玩耍的声音，而他身处的教室是个一丝美感也没有的廉价塑料建筑。是的，学业很轻松，但是非常无聊，让人脑子麻木。他以前就写过一篇描述这种感觉的作品，之后要再读一遍。强制的禁闭，无尽的时光，呆坐在此处，听着枯燥乏味的课，而外面的万物都等着你去拥抱。

大多数学生确实在听查姆莉格讲课。是巧妙的伪装吗？不过每当这个女人随意点名提问时，她总能得到切题的回答，尽管有时会有迟疑。

然后出乎意料的一幕提前到来了：

"……今天得早点下课，所以只能再看一个演示了。"查姆莉格女士说。她说了些什么？该死。查姆莉格正直视着他，"请给我们展示一下你的作品，顾教授。"

胡安悄悄地溜回座位，几乎没听到查姆莉格的分析。公开点评的时候她总是很客气，但坏消息已经把他淹没了，只有拉德纳双胞胎发表了些好评。教室后排有个扮成兔子的人正咧着嘴对他笑。那是谁？他转过身，把椅子里的身体埋得更低了。

"……所以只能再看一个演示了。"查姆莉格女士说，"请给我们展示一下你的作品，顾教授。"

胡安回头看向罗伯特的座位。他能展示什么？

罗伯特似乎也有相同的疑惑："我真的没有什么能让在座的……欣赏。我不会做视听效果。"

查姆莉格爽快地笑了笑。当她冲着胡安这么笑的时候，他就知道，什么借口都没用了。"别推搪了，顾教授。你曾经……你是个诗人。"

"的确是。"

"而我布置了题目。"

罗伯特看上去很年轻，但当他抬头跟查姆莉格女士对视时，目光中充满了力量。老天，查姆莉格把我抓住放火上烤的时候，我要能这样盯着她就好了。这位年轻的老人沉默了几秒钟，然后平静地说："我写了一小段，不过如前所说，它没有……"他的目光扫视着课堂，在胡安身上稍稍停了一下，"没有你们期望的那种图像和声音。"

查姆莉格做了个手势，示意他到教室前方来："你只有文字也能讲得很精彩的。来吧！"

罗伯特随即起身沿着阶梯走了下去。他走得很快，有一点抽搐似的趔趄。各种闲话在空中乱飞。这一刻，全班人倒是注意力高度集中，达到了查姆莉格一贯的要求。

查姆莉格让出了位置，罗伯特转身面对着全班同学。当然，他还不会召唤提词板，不过他也没有低头看他的浏览纸。他只是看着同学们说："一首诗，三百个单词。我给你们描述一下北县真实的风景，此间及远方。"他抬起手臂，指向敞开的窗户。

然后他就这么开始……说话了。没有特效，没有文字在空中展开，甚至都算不上真正的诗，因为他没有抑扬顿挫地吟诵。罗伯特只是谈到学校周围的草坪，那上面不断兜着圈子的割草机，化身晨露的青草气息，蔓延到溪水边的山坡……全都是你在没用叠加图层的情况下，每天都能看到的东西。

忽然间，胡安听不到任何词语了，他看到了，仿佛置身于罗伯特所描述的场景中。他仿佛飞到了小山谷上空，沿着溪床往上，差一点就来到了金字塔山的山脚……突然，罗伯特停了下来，胡安一下子被踢回现实，掉到查姆莉格女士的写作课中，教室后排他的座位里。他有点晕，坐着愣了愣神。词句，仅仅靠词句，但比视觉更形象，比触摸更有质感，他甚至能闻到溪床边干枯芦苇的味道。

一时间没有人说话，查姆莉格眼神呆滞。她要么是被感动了，要么就是在上网。

接着，从老古董们坐的地方飞起了一只经典的"扬扬自得鸟"，华丽耀眼，左顾右盼。它掠过教室，在罗伯特头上拉了一大泡屎。弗雷德和杰瑞一下子大声笑了出来，紧接着，整个教室的人都笑了。

当然，罗伯特看不到这种特效。一开始他有点迷惑，随后他盯住了拉德纳兄弟。

"同学们！"查姆莉格女士听上去真的被惹恼了。所有人都憋住笑，开始礼貌地鼓掌。查姆莉格带头鼓了一会儿掌，随后放下双手。胡安看得出来，她正在扫描每一个人。通常情况下她会忽略涂鸦，但这次她打算让肇事者好看。她的目光落在老古董们坐的地方，整个人看上去好像略微吃惊。

"非常好。谢谢你，罗伯特。今天的课就到这儿。同学们，你们的下一次作业是与人合作，继续完善你们现在的作品。这次你们自由组队，下节课之前把你们的组合和项目计划发给我。"他们到家前就会收到写着具体要求的邮件。

随后，下课铃声——其实是查姆莉格自己触发的——响了。胡安起身时，门口挤满了急着出去的学生，他在队尾。这没关系，看过了罗伯特创造的那种奇特的、纯意象的虚拟现实，他还有点意犹未尽。

他看到罗伯特在身后，他终于也意识到下课了。几秒钟之后，他也会随着大家走出教室。这是个招募他为蜥蝎工作的好机会，也许还可以谈些别的。他思忖着老人那些充满魔力的词语。或许，或许，他们可以合作。每个人都在嘲笑罗伯特，但在那只"扬扬自得鸟"起飞之前，在他们大笑之前，胡安仍然记得那敬畏下的沉寂。他仅靠了词句就做到了那些……

罗伯特走向教室前方时，与其说是紧张，还不如说是恼怒。过去三十年，他总能镇住学生们，今天也一样，他为此准备了一首小诗。"一首诗。"他说，"三百个单词。我给你们描述一下北县真实的风景，此间及远方。"这首田园诗是他昨晚写的，根据是他记忆中的圣地亚哥以及每天去费尔蒙特路上的见闻。诗本身是有点陈词滥调，但在某几段中，他像从前那样抓住了那些风景。

他念完时，整个教室寂静了片刻，多么容易被打动的孩子。他朝成人教育学生望去，看见了温斯顿脸上扭曲的、怀有敌意的笑容。还像从前那样妒忌我吗，维尼[1]？

随后，坐在前排的一对没教养的笨蛋开始大笑，引发了此起彼伏的傻笑。

"同学们！"查姆莉格站了出来，然后所有人都开始鼓掌，甚至包括温斯顿。

查姆莉格又说了几句。随后下课铃声响了，学生们都冲向门口。他跟在后面。

---

1 温斯顿的昵称。

"啊，罗伯特，"查姆莉格说道，"请留步。铃声'不是为你而鸣'。"她笑了，无疑是在对自己引经据典的能力而感到沾沾自喜，"你的诗实在太美了，我为同学们向你道歉。他们无权放那个……"她指了指他头顶上方。

"什么？"

"没什么，这个班上的孩子真没什么天分。"她饶有兴趣地打量着他，"真难相信你已经七十五岁了，现代医学创造了奇迹。我教过不少老年学生。我明白你的难处。"

"啊，你明白。"

"你在这个班做的任何事都会惠及其他人，我希望你留下来，帮助他们。找其他同学用视觉特效加工一下你的诗吧，他们能向你学习，你也能学习些新技能，以便更适应这个世界。"

罗伯特冲她微微一笑。总是有露易丝·查姆莉格这样的白痴。幸运的是，她找到了别的事情去关注："哦！到时间了！我该开始远程教学了。抱歉啊。"查姆莉格转身走到教室中央，忽然抬起手指了指最高的那排椅子，"欢迎你们，同学们。桑迪，别再玩独角兽了！"

罗伯特凝视着空荡荡的教室，以及那个正在自言自语的女人。一流的技术……

教室外，学生们已经走光了。罗伯特独自一人，他思量着这次与"学术界"的重逢。还不算太糟，他的小诗对于这帮家伙来说已经足够好了，连维尼·布朗特都鼓掌了。镇住一个恨你的人，这算得上是一种胜利。

"顾先生？"有人怯声怯气地喊道。罗伯特回过神来，是那个叫胡安·奥罗斯科的小子，他躲在教室门后。

"你好。"他打了个招呼，对男孩露出了灿烂的笑容。

或许是太灿烂了。胡安·奥罗斯科从门后出来，和他走在一起："我——我觉得你的诗精彩极了。"

"你太客气了。"

男孩向阳光下的草坪挥了挥手："它让我觉得身临其境，在阳光下奔跑。而这些都没有用到什么触感装置、隐形眼镜或者网衣。"他抬头凝视了一下罗伯特的脸，马上又挪开目光。如果说话的人更有身份，这种敬畏的目光也许真的值点什么，"我确信你和一流的游戏广告商一样棒。"

"是吗？"

男孩迟疑了一下，有些语无伦次："我注意到你没有穿网衣。网衣这件事，我能帮你。也许……也许我们可以结伴成一个小组。你知道，你可以在文字上帮我。"他又看了罗伯特一眼，然后脱口而出，"我们可以互相帮助，另外我还能给你介绍一笔生意，可以挣到很多钱。你的朋友布朗特先生已经入伙了。"

他们默默不语地走了十几步。

"那么，顾教授，你觉得怎么样？"

罗伯特朝胡安友善地笑了笑，就在男孩眼睛亮起来的时候，他说："怎么说呢，年轻人。我想，除非太阳从西边出来，否则我绝不会和像温斯顿这样的老白痴或是和像你这样的小白痴搭伙。"

砰！男孩踉跄了一下，仿佛罗伯特迎面给了他一拳似的。罗伯特笑着继续往前走。这件小事微不足道，不过和那首诗一样，都是一个开始。

- 07 -
艾兹拉·庞德事件

　　罗伯特的晨间灵感也有黑暗的一面，有时候伴随他醒来的不是某个疑难问题的答案，而是一种惶恐的感觉：他意识到自己面临的问题就在眼前，急迫而又无解。这并不是杞人忧天，而是一种对创造力的保护机制。这种感觉有时突如其来，但更多时候它一直潜伏在那儿，只是他从前没有意识到问题的严重性。这种惊恐感通常可以帮他解决问题，比如有一次，他把他早期的一首长诗从一家小报撤了回来，最后避免了将它的幼稚浅薄暴露在大众面前。

　　遇到完全无解的问题的情况极少，但一到此时，对即将来临的灾难，他也只能胡乱应对，怨天尤人了。

　　昨晚，在费尔蒙特高中演示完回到家之后，他感到十分畅快。他不仅震撼了那帮俗人，连温斯顿这种老练一点的傻瓜都被打动了。局面在好转，我的状态也在恢复。晚餐时罗伯特心不在焉，米莉在一旁啰唆着她能给他提供的各种帮助，他都没听进去。鲍勃仍然不在，罗伯特有意无意地向爱丽丝追问莉娜临终前的情况。她临终前问起过他吗？谁参加了她的葬礼？爱丽丝是比平日里耐心些，但还是没给他太多信息。

　　那晚，他是带着这些问题入睡的。

　　他醒来时想出了一个寻找答案的计划。鲍勃回来之后，他俩要面对面好好地谈一谈莉娜，鲍勃应该知道一些事情。至于其他的……在搜索课上，查姆莉格曾谈论过隐私之友，有些办法能够破解他们的谎言。罗伯特的搜索技能越来越强大了，他总能想出办法来重现他与莉娜之间失落的时光。

这是好消息。当他躺在床上思考着通过科技寻找莉娜的问题时，坏消息浮现了……之前他隐约感觉到的不安如今变成了确定无疑的事实。昨天，我的诗歌震撼了那帮俗人。那不值得骄傲，只有傻瓜才会为此沾沾自喜。即使有那么一丝激动，也应该在那个叫胡安什么的小家伙把他的才华和广告抄袭狗相提并论的时候消失无踪了。上帝啊！

但是温斯顿为他鼓掌了，温斯顿显然有鉴别诗歌的能力。现在罗伯特的晨间灵感唤起了对那一刻的记忆：维尼有节奏的掌声、脸上带着的微笑，那不是被强敌击败而心生敬畏时，一个人该有的表情，从前的罗伯特绝不会看错这一点。是的，维尼是在嘲笑他。温斯顿·布朗特是在告诉他一个简单直白的事实：他的田园诗是一堆垃圾，只配让吃惯垃圾的人欣赏。罗伯特一动不动地躺了很久，一声呻吟卡在他喉间，回想着那首小诗中的陈词滥调。

这才是这个黑暗清晨真正的顿悟，自从他苏醒之后一直在逃避的结论：我失去了让文字歌唱的能力。

每天都有新的诗歌灵感在他脑海中涌动，但从来见不到哪怕一小行具体的诗句。他告诉自己，他的天赋会像其他功能一样恢复，慢慢地，从小诗开始。那都是幻觉，现在他明白了，这是幻觉。他的才华已经死了，蒸发了，取而代之的是对机器的无端痴迷。

还不一定呢！他翻身起床走向浴室。空气凉爽无风，他透过半掩的浴室窗户望向屋外的小花园、卷柏，还有空无一人的街道。鲍勃和爱丽丝给他安排了一间楼上的卧室，能再次从楼梯上跑上跑下让他开心不已。

实际上，他的情况并没有改变，没有证据表明他的损伤是永久性的。只是突然间——出于对晨间灵感的盲目信任——他对此确信无疑。见鬼。

也许这次就是毫无根据的恐慌！也许是他对莉娜之死着了魔，使得他在每方面都看到了死亡。

是的，没有问题，不会有问题的。

整个上午他都处于恐慌的愤怒中，试图证明自己仍然能写作。但手边唯一的纸张只有那张浏览纸，当他在上面写字时，他潦草的字迹会被自动加工成一行行整齐的句子。过去这也令他恼火，但还不到迫使他动手寻找真正的纸张的程度。今天，现在……他意识到自己文字中的灵魂还没来得及成形就被吸干了！创造力在自动识别系统面前惨败，他的手无法直接碰触任何东西，那就是他的天赋迟迟不回归的原因！整个家中没有一本纸质墨印的实体书。

对了！他冲进地下室，把鲍勃从帕罗奥图带回来的破纸箱翻了一个出来，里面有实体书。他小时候基本上整个夏天都窝在客厅的沙发上，家里没有电视，他每天都从图书馆搬回一堆书。那些夏天，他躺在沙发上，看过枯燥乏味的烂书，也读到过不少深奥的哲理——比在学校一整年学到的东西还要多。也许他的文学才华就是在那时萌芽的。

这些书大部分都是垃圾，有些是斯坦福全面网络化之前的学院介绍，有些是他的助教辛辛苦苦给学生们复印的讲义。

但是，太好了，还有几本诗集。可惜少得可怜，而且过去十年除了蛀虫之外无人问津。罗伯特站起来望向昏暗的地下室深处，那里有更多的箱子，里面肯定有更多的书，虽然都是鲍勃拍卖了帕罗奥图房子里的东西后碰巧剩下来的。他看了看手里的书，是吉卜林作品，就跟那些人们不得不听的电梯音乐一样乏味。但这是个开始。这和那些飘浮在网络空间的图书馆不一样，是可以捧在手里读的书。他坐在纸箱上读了起来，每读一句都强迫自己努力回忆——或者说试图创造——接下来的诗句。

一个小时过去了，两个小时过去了。他模糊地记得爱丽丝下楼来叫他吃午饭，被他不耐烦地轰走了。这可比吃饭重要得多，他打开了更多箱子。有的箱子里装着鲍勃和爱丽丝自己的杂物，比他们从帕罗奥图带回来的东西还要没用。但他也发现了十几本诗集，有些还……挺不错的。

整个下午过去了，他仍然沉浸在诗歌当中。但除了享受，他也感受到了痛苦。*我一点好东西都写不出来，除了碰巧记得的那些。*他越来越不安，最后终于站了起来，把一本《艾兹拉·庞德诗集》摔向地下室的墙壁。破旧的书脊裂开了，书摊落在地上，像只被撕坏的纸蝴蝶。罗伯特怔怔地看着它，他以前从来没毁过任何书，哪怕是写得再烂的书。他走过去，跪在书的遗骸前。

米莉偏偏在这一刻蹦蹦跳跳地从楼上跑下来："罗伯特！爱丽丝说我可以叫辆飞行出租车！你想去哪里？"

她聒噪的话语在他绝望的心上划过。他捡起了书，摇摇头说："不用了。"*快走开！*

"我不明白，你在这里翻什么呢？要找东西的话有更简单的办法啊。"

罗伯特站了起来，手里拿着那本《艾兹拉·庞德诗集》，试图把它拼回原状。他抬眼看着米莉，现在他注意到她了。她笑着，一副胸有成竹、飞扬跋扈的样子。"什么办法，米莉？"她过了好一会儿才明白过来罗伯特眼中闪烁的光芒。

"你的问题是你无法访问周围的信息，所以你才来这儿看这些旧书，对吗？你有点像个小孩——但那很好，那很好！像爱丽丝和鲍勃这样的成年人有太多让他们蹑手蹑脚的坏习惯。可你就像一张白纸，学起新东西来容易得多。但是靠那些愚蠢的职业培训根本学不到什么东西。你明白吗？让我来教你穿戴网衣吧。"又是那些烦人的老生常谈，但她自以为找到了一个聪明的新角度。

他不打算放过这次机会，罗伯特朝她逼近一步。"所以你是在监视我？"他温和地说，逐步展开攻势。

"呃，只是随便看看。我——"

罗伯特又往前一步，把那本破损的书摔到她面前："听说过这个诗人吗？"

米莉眯眼看着破损的书脊："'艾''兹'——哦，'艾兹拉·庞德'？呃……听说过，我有他的全部作品。看，罗伯特！"她迟疑了一下，然后看到铺在一个纸箱上的浏览纸。她把它捡起来，浏览纸便启动了。纸上现出各种标题，有诗章，有随笔，甚至，上帝保佑，还有来自 21 世纪的浅薄评论，"但是在浏览纸上读就好像通过钥匙孔看东西一样，罗伯特，我可以教你怎么用全屏模式。"

"够了！"罗伯特说。他沉下嗓门，用一种轻柔、刻薄却又过于克制的声音说道："你这个傻瓜。你什么都不懂，却自以为可以像操纵你的那些小朋友一样来插手我的生活。"

米莉后退了一步。她一脸震惊，但是嘴上还没反应过来："是的，爱丽丝也说过，我太爱发号施令……"

罗伯特又往前一步，把米莉逼到了楼梯口："你整个人生都浪费在电子游戏上，试图让你自己还有你的朋友相信，你多么出色，多么优秀。我打赌你父母甚至会夸你聪明，真是可笑。一个头脑简单、专横跋扈的胖丫头有什么好值得骄傲的。"

"我……"米莉瞪大了眼睛，用手捂住嘴巴。她跟跄着后退一步，上了一级台阶。他的话起作用了，他能看到她自信和阳光的外表正在坍塌。

罗伯特穷追不舍："我，我——是啊，你那以自我为中心的小脑袋里想得最多的大概就是这个，否则怎么面对一无是处的自己呢？不过下次再来管我的闲事之前，先想想清楚。"

她眼中噙满泪水，转身飞快地上楼去了。不过她并没有发出赌气的跺脚声，而是轻手轻脚——仿佛不想被人察觉到似的。

罗伯特站了一会儿，抬头看着空荡荡的楼梯，仿佛站在井底，看着头顶的一小片天。

他记起来了。当他十五岁，他妹妹卡拉大概十岁的时候，有一阵子……卡拉开始有独立意识，变得很烦人。那时罗伯特面临着自己的问题——在七十五岁的今天看来微不足道，但当时显得很重要的问题。在打击他妹妹刚刚萌芽的自我意识，让她明白自己的渺小的时候，他曾感受到一阵阵快感。

罗伯特盯着那一小片天空，等待着快感降临。

鲍勃·顾星期六很晚才开完会回到家。这阵子他对家里的事情不太上心，一心都扑在巴拉圭行动上了。好吧，这是借口。但这也是事实，那个被恐怖分子劫持的孤儿院里发现了导弹发射器。在亚松森，他见到了地狱的模样。

直到他到家后，才听到了家里的坏消息……

他女儿已经长大了，不再坐在他腿上了。但是她紧靠着他坐在沙发上，让他握着她的手。爱丽丝坐在另一头，面色平静，但他知道她完全被吓坏了。训练的波动再加上这件事，她快要承受不住了。

所以现在该由他来承担家庭责任了。

"你没做错什么，米莉。"

米莉摇摇头。她的黑眼圈很明显，爱丽丝说她一直在哭，一个小时前才停下来。"我只是想帮他，可……"说话的声音渐渐低了下去，完全失去了过去两三年来积累的自信。该死！通过眼角的视点，鲍勃能看到他父亲一副事不关己的样子舒舒服服地躲在楼上的房间里。他一定想不到鲍勃下一步就要去找他了。

但现在还有更重要的事情要先摆平。"我知道，米莉。自从爷爷搬来我们家之后，你帮了他很多忙。"要不是米莉，老家伙到现在还找不着北呢，"记得吗，当初爷爷搬来的时候，我们就说过，他可不见得是个好相处的人。"——除非他需要你帮忙，或者他在暗中算计你，在那种情况下，他的魅力几乎可以征服任何一个人。

"是，是的，我记得。"

"他说的那些话只是为了伤害你，和你本人是否善良、是否聪明完全没关系。"

"但……但我可能太心急了。你没看到他今天上午的样子，鲍勃。他很伤心，他以为我没注意，但我注意到了。他的脉搏跳得好快，他很害怕自己再也无法写作了。而且他非常思念奶奶，我是说莉娜。我也想莉娜！但我……"

"这些不是你该解决的问题，米莉。"他望向米莉身后的爱丽丝，"这是我的问题，而我之前没处理好。你的任务就是在费尔蒙特初中好好上学。"

"其实，是费尔蒙特高中。"

"好吧。嗯，爷爷来之前，你满脑子想的都是学校、朋友和作业。你不是说过今年万圣节要好好布置一下这里的吗？"

过去的热情记忆让米莉顿时容光焕发："对。我们打算用斯皮尔伯格和罗琳的电影作为背景故事。安妮特要……"

"那么就把精力放在这些事情和你的日常作业上吧。这才是你的任务，孩子。"

"那罗伯特怎么办？"

罗伯特就见鬼去吧。"我会和他谈谈的。你说得对，他遇到了问题。

但是，有时候，呃……等你长大了自然会明白。有的人总是给自己找麻烦，他们会不停地伤害自己，把身边人的生活搅得一团糟。你要是遇到了，千万不要因为他们而伤害自己。"

米莉低下头，看起来非常难过。然后她抬头看着他，又露出了那种熟悉而又倔强的表情："对别人也许可以这样……可他是我的爷爷。"

- 08 -
内部无用户可操作零件

　　在那个不寻常的星期六之后，罗伯特待在他儿子家里的时间少了很多。他还睡在楼上的房间里，有时他甚至在饭厅吃饭。米莉总是在别的地方，爱丽丝冷若冰霜，而鲍勃在家的时候，气氛就更紧张了。罗伯特感觉自己时间不多了，但这和他的病情无关。

　　他在学校的空教室里待着，读他的那些旧书。他上网比以前频繁了，查姆莉格给他展示了浏览纸内那些先进得无法包装成 WinME 界面的功能。

　　他还乘车四处转，这样一来，他既可以体验一下自动驾驶车，也能看看圣地亚哥现在的样子——说实话，圣地亚哥郊区那一带和从前一样毫无生气。但是罗伯特发现这个全新的、残缺的自己对各种新奇的小玩意儿莫名地感兴趣。现在到处都是神秘的机器，隐藏在墙壁里、树上，甚至散落在草坪中。它们一天二十四小时默默地运行着，几乎无人察觉。他想搞清楚这些东西究竟散布了多远。

　　有一天放学后，罗伯特乘车前往遥远的东县，一路经过了数不清的普通郊区。直到进入深山，房屋才变得稀少起来。过了埃尔卡洪二十英里后，他看到房屋之间有一片空地，那里似乎正在打仗，巨大的烟柱从距离高速公路几百码处的建筑物中喷射而出。他摇下窗户，听到了类似火炮发射的声音。有一条辅路沿着一面高墙延伸开去，路边一块锈迹斑斑的牌子上面隐约可见"空中特快"这几个字。

　　然后这片奇怪的战场也被他抛在身后。

现在高速路开始进入一个长长的上坡，一路攀升到接近五千英尺的高度。高速路出口之间的距离越来越长，汽车缓慢加速。根据他在 WinMe 的游戏文件夹中找到的那个小仪表盘的显示，他们现在的时速超过了一百二十英里。路肩旁的石块和灌木变得模糊不清，车窗自动关上了。超过最右边人工驾驶道的那些车辆时，他仿佛觉得它们在原地一动也不动。有一天，我得重新学习开车。

然后，他翻过了山顶。车子开始减速，以五十英里的时速进入弯道。他想起大概 1970 年曾经和莉娜一起开车路过这里，那时的八号公路比现在的窄得多。莉娜那时刚刚搬到美国加州，和她的家乡英国相比，这里大得让她惊叹。当年的她毫不设防，对他充满信任。那时，她还没选定精神科专业。

山峰从黄绿色渐渐变成棕色，最后裸露出成堆成堆的圆石。无穷无尽的沙漠从山下向远处蔓延开来。他下了山，出了八号公路，沿着沙漠中的老路慢慢驶向安沙波利哥沙漠州立公园。离山脊上的最后一个居民区已经很远了，这里的景物与他念研究生时的样子，甚至是好几百年前的样子，没有什么分别。

这些小路上仍有许多交通指示牌，有些生了锈，摇摇欲坠，但它们都是实体的指示牌。他看着一块布满弹痕的停车标志牌在后视镜内不断变小，它真美。他继续开了一会儿，来到了一条尘土飞扬、通往沙漠深处的小路。车子拒绝继续向前开："对不起，先生，这条路上没有导航信号，并且我注意到您没有驾驶执照。"

"哈，那样的话，我下来走走。"意外的是，车子并没有反对。他打开车门，走进微风徐徐的下午。他感觉到了自由，他可以看到无穷远处，罗伯特沿着凹凸不平的土路向东走去。在这里，他终于接触到了自然的世界。

他的脚踢到了一个金属物体。是个空弹夹？不是。他捡起来一看，是一个顶部伸出了三根天线的灰色物体，他把它扔进了灌木丛。连这里也有网络，他拿出那张神奇的浏览纸，连上了本地网络。浏览纸内置镜头拍下的图片显示着他周围的景物，几乎每根草上面都飘浮着小字——这个叫豚草属，那个是沙漠毒菊……页面顶部滚动播放着公园礼品店的广告。

罗伯特拨了411，页面角落的计费表启动了，显示每分钟将近五美元。这么高的价钱意味着另一端有真人提供服务。罗伯特对着浏览纸说："请问我离——"自然的世界"——我离未改造的区域有多远？"

屏幕上一个标签的颜色变了，这说明他的问题已经被分派下去了。一个女人的声音答道："你已经快到了，朝着你现在走的方向再走……两英里。不过我建议您，先生，这种问题不需要拨打411。只要……"

不等对方说完，罗伯特就把浏览纸塞回了兜里。他往东走去，影子横在前方的路上。他很久没有走过两英里这么远的路了，即使在得阿尔茨海默病之前，走两英里都有可能把他送进急诊室。但今天他连喘都没怎么喘，关节也没有疼。我身上最重要的东西被毁掉了，但其他一切都完好无损。里德·韦伯说得对，这是天堂的雷区。我真他妈幸运！

他听到风中传来电动发动机逐渐加速的声音，他的车离开去接别的客人了。罗伯特连头都没有回。

他的影子越来越长，空气越来越凉爽。终于，他来到了自然世界的起点。一个小小的声音在他耳边告诉他，他将要进入公园的无标记区域。过了这个边界，就只有"低速紧急无线信号"了。罗伯特继续向前走，穿过未标记的荒地。这就是在现代社会中最接近独处的时刻了？感觉很好，冰冷，纯粹。

周六与鲍勃对峙的场面突然向他袭来，感觉比眼前被暮色笼罩着的沙漠更加真实。很多年前，他曾经对儿子勃然大怒，责怪他把自己的才华浪费在军队里。但上个周六，怒火的方向变了。

　　　　　　　　　　　　　　08　内部无用户可操作零件

"坐下！"长大的儿子用罗伯特以前从未听过的语气命令他的父亲。

罗伯特一屁股坐在了沙发上。他的儿子在他面前站了一会儿，然后在他对面坐下，身子前倾靠近他："米莉不愿说细节，但我们都知道你今天下午做了什么，先生。"

"鲍勃，我只是……"

"闭嘴。我女儿的烦心事已经够多的了，不需要你再制造更多的麻烦！"他一动不动地瞪着罗伯特。

"……我并不是故意要伤害她的，鲍勃。我心情不好。"他隐隐地意识到自己在抱怨，但是停不下来，"莉娜在哪儿，鲍勃？"

鲍勃的眼睛眯了起来："你以前这么问过我，我当时想知道这是不是在演戏。"他耸了耸肩，"但现在，我不在乎了。今天之后，我只想让你早点滚出去，但是……你查看过你的财务状况了吗，爸？"

这一天终于来了。"看过，……在我的 WinME 中有一个财务软件。我有存款，2000 年时，我就有好几百万了。"

"那已经是三次经济泡沫之前的事了，爸。而且你每次投机都赌错了。到了现在你的征信水平勉强达标，所以你很难申请到任何形式的政府援助。纳税人对老年人并不同情，老年人占用的公共资源太多了。"他犹豫了一下，"从今天开始，我的慷慨也用尽了。老妈两年前就死了——在那之前几十年就把你甩了。但也许你应该考虑考虑其他事情，比如，你在斯坦福的那些老朋友都去哪儿了？"

"我……"罗伯特脑海中浮现出一些面孔。他在斯坦福大学的英语系待了三十年，有很多面孔。他们中有一些人比他年轻很多，他们现在在哪里？

鲍勃点点头："没错。没有一个人来看过你，也没有人试图联系过你。我应该知道，早在今天之前，我就觉得，你身体恢复之后，就会再次开始伤害你最亲近的人——这次受伤的是米莉。所以我一直努力想把你送到你的某个老朋友那里。你知道吗，爸？没有一个人想和你扯上任何关系。哦，只有一些记者感兴趣。你能轻而易举地找到和从前一样多的粉丝——但其中没有一个人是你的朋友。"他停了一下，"现在你没有任何选择。读完这个学期，尽量学些东西，然后滚出我们家！"

"但是莉娜呢？莉娜怎么样了？"

鲍勃摇了摇头："妈妈死了。你不需要她，你只是需要一个人来照顾你，当你的出气筒。但现在已经太晚了，她已经死了。"

"但是……"他有一些相互矛盾的记忆。在斯坦福的最后十年，在博林根奖和普利策奖的颁奖典礼上，莉娜都不在场。鲍勃刚加入海军陆战队的时候，她就和他离婚了。然而——"你记得吗，是莉娜把我送进了疗养院——彩虹尽头。然后在最黑暗的那段时间，她就在我身旁，还有卡拉也在……"他的妹妹，仍然是十岁的样子，可是她2006年就去世了。他欲言又止，停了下来。

他儿子的眼中有东西闪烁着："是的，老妈从前在这里，卡拉也是。你别想用内疚感来对付我，爸。我要你离开这个家，本学期期末是最后期限。"

那是罗伯特自周六以来与所有人进行过的最长谈话。

这里很冷。他朝着沙漠深处走了很久。夜色笼罩了半个天空，群星高悬在他脚下一望无际的平坦地面之上。也许这就是《复活者的秘密》……他只想再次离开，在这片幽蓝的黑夜中一直走下去。他继续走了一会儿，然后放慢脚步，在一块粗糙的巨石旁停下来，眺望着夜空。

几分钟后，他转过身，迎着天空中灿烂的晚霞往回走。

功课上的压力让胡安的大蜥蜴任务受到了干扰。查姆莉格要求他们完成项目，做出真正的成果。最糟糕的是，学校董事会突然决定他们必须在家长之夜演示他们的创意作品，并以此代替期末考试。得低分和让查姆莉格失望已经够糟糕了，胡安知道自己是个失败者，但他仍然迫切地希望避免这种公开的羞辱。

所以这段时间他在进行另一项任务：找一个写作课的合作伙伴。问题是，胡安不擅长写作，他在数学或问答平台方面成绩也都一般。查姆莉格女士说过，成功的秘诀是"学会提出正确的问题"。但她也说过，要做到这一点，你得"对问题有基本了解"。她在自己的课上整天鼓吹这句箴言，以及"每人都有一些特殊才华"，但这毫无用处。也许对他来说最好是加入一个人数超多的大组，这样一大群失败者们就可以互相掩护。

今天，他和弗雷德与杰瑞一起坐在精工课帐篷的后排。双胞胎错过了他们上午的精工课，所以现在就在这里打发剩下的时间，没有去自习教室。精工课挺好玩的，这两个人假装在组装一个磁力太阳系仪——非常明显的抄袭，他们的计划书上甚至还留着源网址，大约一半学生完成了作业。多丽斯·施莱的纸飞机已经飞了起来，但就在今天下午，她的团队发现飞机的稳定性出了大问题。他们不知道弗雷德和杰瑞的秘密项目：双胞胎控制了帐篷的空调系统。他们一边装模作样地组装太阳系仪，一边偷偷地控制空调风扇，吹翻了施莱的飞机。

向秀弯腰坐着，忙于组装一个传送平台，她已经装了好几天了。这几天她看起来不那么茫然无措了，即使她弄弯了传送平台的表面，搞得它完全没法用了。她把头埋进零件堆里，每隔一段时间她就会抬起头来在浏览纸上端详一会儿，然后再专心地投入到她创造的那个一动不动的破烂里面去。

自从被胡安推荐到大蜥蜴任务中之后，温斯顿就很少露面了。胡安认为这是个好消息：说不定他已经展开了作为关联人的工作。

胡安侧靠着，享受着风扇吹来的凉风，后排很舒服。罗伯特坐着的人口处又热又嘈杂，他之前一直在观察向秀，有时候她似乎更加小心谨慎地偷偷回看他两眼。现在顾先生主要盯着环形路口，看着车辆不时在此停靠，上、下乘客，再开走。这个老小孩面前的桌子上散落着基本零件块的碎片，还有几座摇摇欲坠的塔。胡安用罗伯特头顶上的摄像头视点放大观察了其中两座。哈，这东西里面没有发动机，连控制逻辑的模块都没有。

看来罗伯特这门课要挂科了，就像胡安的写作课一样。他突然冒出一个念头：他可以一石二鸟，既完成大蜥蜴的任务，也最后尝试一下，为查姆莉格女士布置的项目找个搭档。但我上周已经试过一次了。罗伯特是胡安知道的最好的作家，好到可以用文字杀人。胡安低下头，想忘掉上周的遭遇。

然后他又想到，这家伙没有穿网衣，所以他只是在走神而已，他肯定是觉得无聊透顶了。胡安又犹豫了十分钟，精工课还有三十分钟才下课，而拉德纳兄弟全神贯注于他们的高射炮。

杰瑞→胡安：嘿，你去哪儿？

胡安→拉德纳：再去和顾谈一次。祝我好运吧！

弗雷德→胡安：这么执着于分数是不健康的。

胡安在帐篷里沿着实验桌绕来绕去，好像在研究其他人的项目一样。最后，他在那个怪老头身边停了下来。罗伯特转身看着他，胡安装出来的随意瞬间消失了。罗伯特满头大汗，他的脸看起来几乎和弗雷德·拉德纳一样年轻。但他冷冷地直视着胡安，就在上周，这家伙看起来还挺友好的——直到他狠狠地把胡安给撕了个粉碎。现在胡安脑子里准备好的机灵的开场白都忘光了，连笨拙的话也想不出来了。终于，他只好指着罗伯特正在组装的那些奇怪的塔问道："这是什么项目？"

这个老小孩仍然盯着胡安："一个钟。"说完，他伸手拿起零件盒，从里面倒出三个银色的弹珠，放在最高的塔的顶部。

"哦！"弹珠沿着相连的梯级滚了下去，第一座塔就在胡安面前。往右依次看去，每座塔都比上一座矮一点，也复杂一点。罗恩·威廉姆斯准备的"经典部件"，顾先生大部分都用上了。这是一个钟？胡安试图找到匹配的旧式时钟图片，没有一个跟这个匹配得上的。不过这个东西确实有一个来回摆动的杠杆，它连接着……叫什么来着……擒纵轮？也许从梯级上滚下来的弹珠就是时钟上的指针。

罗伯特仍然盯着他："但它走得太快了。"

胡安向前倾身，试图忽略他的目光。他录制了这装置大约三秒的运动，足以识别固定点和尺寸。他找到一个古老的机械程序，足够用来计算这种中世纪小工具。他把描述输入进程序，结果非常清楚易懂。"你只要把那根杠杆加长四分之一英寸就行了。"他指着那个小杠杆说道。

"我知道。"

胡安抬头看了他一眼："可你没有网衣，你是怎么知道的？"

罗伯特耸了耸肩："现代医学的馈赠。"

"这可真棒。"胡安不太肯定地说道。

"为什么？就为了做一件每个孩子都已经会的事情？"

胡安不知该如何回答，只好说："但你还是一位诗人。"

"现在我擅长的是机械小玩意儿。"罗伯特对着那些杠杆和齿轮猛地一拍。零件朝四面八方弹出去，有些甚至被他拍坏了。

所有人都看向这边。全班突然安静下来——私下里却热闹地用默信交谈着。

该放弃了，但胡安的创意写作课确实需要帮助。于是他说："可是，您仍然了解文字，对吗？"

"是的，我仍然了解文字。我还懂语法，会分析句子，连拼写都没忘——哈利路亚，无须借助外力。你叫什么名字？"

"胡安·奥罗斯科。"

"对，我想起来了。奥罗斯科先生，你擅长什么？"

胡安低下了头："我正在学习如何提出正确的问题。"

"那就继续学吧。"

"嗯。"胡安看着罗伯特收集的那些没用在钟上的零件。有旋转电动机、无线同步器、可编程齿轮传动链条，甚至有一个传送平台，和向博士搞坏的那种一样，"你怎么不用这些零件呢？用这些会简单得多。"

他以为罗伯特会用查姆莉格那一套在有限条件下解决问题之类的理论来回答。然而，罗伯特只是指着那些元件愤怒地说："因为我看不到里面。你看，"他隔着桌子扔过来一个旋转电动机，"塑料外壳上印着'内部无用户可操作零件'。所有东西都是黑匣子，全都是谜一样的魔法。"

"你可以看用户手册，"胡安说，"里面展示了内部结构。"

罗伯特犹豫了一下，双手握成拳头。胡安向后退了几英寸。"你可以看到内部结构？你能修改它们吗？"

胡安盯着他的拳头。这个人恐怕疯了。"看到内部结构很容易，几乎所有零件都有用户手册。如果没有，谷歌搜索一下零件编号就行了。"罗伯特脸上的表情让胡安越说越快，"至于修改内部结构……有些零件是可编程的。但在大多数情况下，你只能在订购的时候，趁它们还在设计和制造阶段时提出修改要求。我的意思是，这些只是元件。谁会想要改变元件？如果不合你的要求，扔了就行了。"

"只是元件？"罗伯特从精工课帐篷向外望去。一辆汽车正沿着帕拉大道驶向学校的环形路口，"那些该死的车呢？"

"呃。"全班人都在盯着看——几乎全班，除了休假缺席的威廉姆斯先生。

罗伯特抽搐了几秒钟，然后猛地站了起来，揪住胡安的领子说："我发誓一定要看看里面。"

胡安被怒气冲冲的罗伯特推着趔趄前行："拆开一辆车？你为什么要干这种事情？"

"这是个错误的问题，孩子。"至少他们是朝与环形路口相反的方向走着。就算他要去破坏一辆车子，他能造成什么损害呢？车身是用不值钱的复合材料做的，便于回收利用，但强度又足以承受时速五十英里之下的碰撞。胡安联想到激光武器和巨型大锤。但这里是现实世界。

杰瑞→胡安：那个老傻瓜想干吗？

胡安→拉德纳兄弟：我不知道！

罗伯特推搡着他穿过帐篷，来到向秀的桌旁。这时他已经平静下来，唯一疯狂的迹象只有他脸上微弱的抽搐："向博士？"

实际上，这个疯子的声音听起来显得轻松友好。但向秀犹豫了很久才开口："什么事？"

"我一直在欣赏你的作品。这是一种大型搬运工具吗？"

向秀把那个弯曲的表面转过来对着他："是的。它只是一个玩具，但我希望能通过弯曲表面来获得杠杆的效果。"一谈起机械来，她似乎就把罗伯特的古怪抛到了九霄云外。

"非常好！"罗伯特的声音里充满友善，"我可以看看吗？"他拿起那块板子，仔细观察着它粗糙的边缘。

"我特意把它切割得凹凸不平，这样它的槽纹不会变形。"她站起来指着自己的作品说。

传送平台是用于清除污垢或移动小容器的，它们通常比机械手更好用，虽然看上去外表平平。胡安的母亲在他们家的厨房装上了仿大理石传送平台之后，她需要的任何东西都能适时地出现在冰箱里、烤箱里或砧板上。通常，传送平台上的槽纹最多只能以每秒几英寸的速度移动物体。

向秀的话启发了胡安。也许弯曲的表面并不是被弄坏了，他开始把这个东西的尺寸输入一个机械软件——

但罗伯特似乎已经知道这个东西可以做什么了。"如果你调整这里，就可以把传送力度增加到原来的三倍。"他扭动着平台。在罗伯特的扭动之下，平台吱吱作响，就好像一片快被掰碎的陶瓷那样。

"等等……"她伸手想拿回自己的作品。

"我没有弄坏它。比我想象的还要棒。来吧，瞧我的。"他的语气真诚而友好，说完他就走开了。

向秀跟上了他，但并没有像个被抢了玩具的小孩一样哭闹。她走到罗伯特的身边，歪着脑袋看了看破损的传送平台："但是这东西的电池威力太小了，什么也干不了……"接下来她说了一串数学推理。胡安只是把这段话存了下来。

罗伯特经过拉德纳双胞胎时，伸出右手拿走了一罐金属弹珠。那是弗雷德和杰瑞打算用在他们的太阳系仪上的。

"嘿！"拉德纳兄弟跳起来跟着他，也没有大声嚷嚷。老年学生就像一群碰不得的人，和普通学生们井水不犯河水。

杰瑞→胡安：刚才发生什么事了，胡安？

弗雷德→胡安：就是，你跟他说什么了？

胡安连连后退，举起双手，表示自己只是一个无辜的旁观者。

几乎是一个无辜的旁观者。罗伯特走过他桌旁时，朝着帐篷的入口努了努嘴。"别傻站着了，胡安，给我找个电源。"

胡安立刻冲了出去。校园内有 110 伏的交流电源，但大多数都在室内。他在公共设备中搜索着，看到一个指向草坪的大箭头。当他们需要额外的教室时，这个插座就会被用来为重构建筑提供电源，它带了一个三十英尺长的接线板。他跑过去，从刚修剪过的草坪中把电线拔了出来。

现在所有的孩子都跟着他们走出了帐篷——除了施莱的小组，正因为突然稳定的飞机欢呼雀跃着。

驶向环形路口的车慢慢地在胡安身后停了下来，那是刚吃完午餐回来的查姆莉格女士的车。

罗伯特过来了，身后紧跟着一脸沮丧的向秀。罗伯特弄出的噪声变得刺耳起来，他把电源线从胡安那里抓了过来，绕开向秀之前使用的小型电池组，把它插进传送平台的通用接口。他把平台侧放在地上，然后把从拉德纳兄弟那儿拿来的弹珠倒进上面的开口。

查姆莉格下了车："这是怎么回事？"

那个疯子对她笑笑："这是我的精工课作品，露易丝。我已经受够了'内部无用户可操作零件'。来看看吧。"他朝着汽车前盖弯下腰，用手拂过上面印着的表示禁止用户维修的文字。目瞪口呆的孩子们三五成群地站在一起，胡安还从来没听说过费尔蒙特高中出过神经病呢。罗伯特正在创造历史，这位老人把传送平台靠在汽车上。太空人先生，你的激光武器在哪里？罗伯特看着传送平台周围，然后往右看了一眼拉德纳兄弟，说道："你们最好不要站在那里。"

向秀忙不迭地对双胞胎喊道："往后退，往后退！"

现在胡安的机械软件返回了令人难以置信的答案。他吓得倒跳起来，离开了传送平台。罗伯特不需要激光武器，他手头的东西就足够用了。

罗伯特打开电源，传送平台发出震天动地的巨响，就像放大的裂帛声。传送平台和汽车接触的地方，当真是火星四溅。汽车前方二十英尺，也就是在拉德纳兄弟原先站立的地方，有一排夹竹桃树篱，有些树枝跟胡安的胳膊一样粗。现在白色的花朵在风中狂舞，其中一根粗树枝折断了，掉落在人行道上。

推着传送平台紧贴着车子表面滑动，每秒钟有数十个金属弹珠被射进前盖中，在复合材料上切割出一道八英寸宽的口子。然后他转了一下平台切割机，现在他脚下的草坪被看不见的子弹撕开了。

罗伯特推着切割机转了一圈，整个过程连十秒都不到。切下来的部分掉进了黑漆漆的发动机舱。

罗伯特把向秀的作品扔到草坪上，伸手过去，把发动机舱前盖被切开的部分翻了出来。身后的孩子们发出一阵不整齐的欢呼声和嘘声："嘿，笨蛋！车前盖有插销锁，你为什么不破解它？"

罗伯特像没听到似的。他前倾着身子看着车子内部，胡安也凑了过来。发动机舱内部虽然昏暗，但是还能看清。除了被损坏的部位之外，看起来就和用户手册上说的一样，有一些处理器节点通过光纤连接着十多个其他节点、传感器和效应器，里面还有转向服务器。在底部罗伯特正好没有切到的地方，排着通向左前轮的直流总线。其他地方空空如也，电容和电池组都在车尾。

罗伯特盯着昏暗的发动机舱，没有着火，没有爆炸。就算他一直切割到车子后面，安全装置也不会允许任何惊人的事件发生。但是胡安的视野中出现了越来越多的错误信息，一辆垃圾回收车马上就要赶到现场了。

罗伯特垂下了肩膀。胡安仔细看了一眼舱内，里面每个元件上都印着一行字："内部无用户可操作零件"。

这老家伙直起身子，往旁边退了一步。在他们身后，查姆莉格和已经赶到的威廉姆斯正在指挥学生们回到帐篷里。孩子们都被这疯狂的举动给吓着了，非常顺从，连拉德纳兄弟都没敢再乱跑。他们如果做出什么大事，通常都是通过软件完成的，就像刚才人群中有人喊的那样。

向秀捡起她那件被罗伯特升级过的奇怪的作品，摇着头喃喃自语。她拔下电源线，朝罗伯特走近了一步。"我反对你滥用我的玩具！"说话的时候，她脸上的表情很奇怪，"虽然你确实通过加大弯曲度改进了它。"罗伯特没有回答。她犹豫了一下，继续道，"我是绝对不会用线路电源驱动它的。"

罗伯特指了指报废车的内部："就像俄罗斯套娃一样，一层套一层的，对吗，胡安？"

胡安没再费力气搜索什么是"俄罗斯套娃"："这些都是一次性的东西，顾教授。有谁会去深究这些东西呢？"

向秀绕过来，看了看几乎空空如也的发动机舱，以及印着标签的那些元件。她抬头看着罗伯特，轻声说道："你的状态比我还要糟糕，是不是？"

罗伯特猛然举起手，胡安差点以为他要给她一拳。"你这个没用的婊子。你从前不过是个工程师，而现在连做这点事都需要再教育。"说完，他转过身，沿着环形路口往山下的帕拉大道走去。

向秀跟着罗伯特走了一两步。查姆莉格站在学校里面招呼着大家回到帐篷里去。胡安拉住向的胳膊："我们得回去了，向博士。"

她没有争辩，手里紧紧抓着她的传送平台，转身回到了帐篷里。胡安跟在她后面，同时一直目送着往相反方向走去的那个疯子。

虽然罗伯特离开了学校，这个下午剩下的时间仍然相当令人激动。校方禁止学生们继续讨论这件事。嗯，至少他们尝试禁止，但是他们无法阻止学生们与家人联系。大部分孩子把这件事当成了成为新闻关联人的好机会。胡安拥有足够的第一手资料，可以给这场"汽车大破坏"提供绝佳的描述。他母亲却对此很不高兴，在她得知那个"疯子"和胡安有三门一样的课程之后，就更担心了。

于是，这件事情就像今日在地球上其他地方发生的无数怪事一样传播开了，让学校在圣地亚哥内外都出了名。其他班上的学生们纷纷逃课赶了过来，胡安看到一个胖乎乎的孩子在和查姆莉格女士面对面地交谈。那是米莉·顾。

到了下午三点，大家的兴奋劲儿过去了，大部分学生都放学了。拉德纳兄弟设立的"罗伯特会受到何种惩罚"的赌注已经被几个洛杉矶人买光了，这对双胞胎真是走运。问题是一举成名总是短暂的，人们的注意力总是会被后来出现的热点吸引走的。

总的来说，这是一个疯狂却略带伤感的日子。

快到家时，胡安接到了一个电话。

一个电话？好吧，主显系统称之为古典电话免费版。可能是他的太爷爷吧。"喂？"他漫不经心地说。

电话上传来一个合成摄像头拍摄的画面。呼叫者仰躺在一间小卧室里，不过室内装饰有点奇怪：纸板箱里堆放着真正的书，一张变形的脸几乎占满了整个屏幕。然后呼叫者直起身子，这是罗伯特用他的浏览纸打来的电话。

"嗨，孩子。"

"嗨，教授。"面对面的时候，罗伯特令人敬畏。但在这个简陋的平面视角中，他看起来很小，而且皱巴巴的。

"听着，孩子……"图像扭曲晃动起来，罗伯特在摆弄着浏览纸。当他停下来之后，脸又重新占满了屏幕，"上星期你提到的那件事，我觉得我可以帮助你写作。"

太好了！"酷毙了，顾教授。"

罗伯特不解地看了他一眼。

"我的意思是，那太棒了。我也很乐意帮助你穿网衣。"他已经在考虑如何向他妈妈解释这一点了。

"好的。"罗伯特的脸向后退开一些，耸了耸肩，"我想那也不错。如果他们还允许我回学校的话，我们就在那里见吧。"

08　内部无用户可操作零件

- 09 -
胡萝卜蒂

别以为拯救世界很浪漫，完全不是那样。

阿尔弗雷德盯着金伯克新出的报告：《针对圣地亚哥大规模恐袭的秘密搜查》。在阿尔弗雷德的洗脑术项目被金伯克发现之前，事情已经够不顺利的了。但巴塞罗那会面之后，阿尔弗雷德的双重身份越来越难以维持，他没料到金伯克竟会如此严密地监视圣地亚哥的实验室。阿尔弗雷德不得不叫停了那边的所有行动，甚至连常规的标本输出也中断了。他的整个计划为此推迟了好几个月。

唯一的好消息是金伯克和惠子同意执行兔子计划。兔子一周前又出现了，带来了它的初始调查报告和支付要求。它在支付需求上列出了一长串增强药物的名字，基本上就是人们想象中的南美毒枭会向一个年轻生意人提供的那些玩意儿，非常可笑。至于它的调查报告——兔子列出了一串圣地亚哥联系人的名单，和一个在实验室安插监视系统的复杂计划。金伯克对此很恼火，惠子却被逗乐了。但他们三人达成了一致，认为这个计划可行。美国人会发现他们被人盯上了，但除非出了很大的意外，否则他们完全可以否认与整个计划有关。

当然，金伯克和惠子看到的是简单的部分，阿尔弗雷德试图掩饰在兔子计划背后的部分才是难点。他要保证这个大型潜入／监视工程完成时，他的研究项目也不会留下蛛丝马迹。作为这个行动中受人信赖的总指挥，阿尔弗雷德相信自己应该能做到这一点。如果能给德国猎犬金伯克提供可靠的假信息，让他去世界另一头追踪线索——而让阿尔弗雷德的研究不受干扰地在圣地亚哥继续进行——那就赢得漂亮了。如果做不到这一点，阿尔弗雷德可能需要在某个二流的实验室重建他的研究和安保系统，研发进度可能会被推迟一两年。

这样的延迟会有严重后果吗？最大的难关已经攻克了，蜂蜜牛轧糖实验已经证明他的传播系统有效。实际上他的伪拟菌病毒比金伯克以为的还要稳定得多，如果他的目标是恐怖袭击，那他早就成功了。他能触发强大的精神错乱，甚至能够根据目标量身定做精神病。实现高级心智控制的道路曙光已经明确了，但是与此同时，人类仍然在毁灭的道路上一路狂奔，无人指挥。周六晚间档、廉价的传播系统、瘟疫——下一个危机永远在不远处等着。如果下一个危机就是人类的终极危机呢？如果危机在他掌管人类命运之前就来临了，该怎么办？

所以，如果能省出几个月的时间，他会不惜一切代价。他推开金伯克的报告，继续做他的行动计划：金伯克、惠子和他自己在取得圣地亚哥实验室控制权的那一小段时间里，他该如何行动。

他做得太专心了，差点儿没听到身后的声音。先是"砰"的一声，然后"嗖"的一下，典型的游戏音效，这里完全不应该出现这种声音啊。阿尔弗雷德一惊，转过身来。

兔子从空气中冒了出来。"你好啊！"它说，"我来了，给你带来了一份特别进展报告，也许有些细节需要你帮点忙。"兔子咧嘴笑着，坐下来啃着一根胡萝卜。它就坐在阿尔弗雷德桌对面的真皮长沙发上，在阿尔弗雷德的办公室里。他的这个私人办公室就位于孟买地下防空洞里，在印度国际情报局的中心。

阿尔弗雷德领导秘密行动已经快七十年了，他已经有几十年没这么强烈地不安过了。他感觉好像回到了初出茅庐的时代——这种感觉并不好。

他盯着兔子看了一会儿，衡量着它的出现可能代表的可怕影响。也许现在最好忽略这一点。于是他随便敲打道："进展报告？我看过你的报告了。我本人有点失望，你根本没做出什么……"

"你只看到了这些。"

"……只不过制造了一些愚蠢的、自找麻烦的烟幕弹。你招募来的'本地特工'根本不合格。比如……"阿尔弗雷德煞有其事地翻开文件。与此同时，国际情报局的分析师团队正在追踪兔子的踪迹。他们在它头上打开一个图形窗口，兔子是通过散布在三个大洲上的路由器连接进来的。

"比如，"阿尔弗雷德随便挑了个名字继续说道，"这个'温斯顿·布朗特'，多年前他是加州大学圣地亚哥分校的高层。但他和生物实验室的创建者没有任何私交，而现在……"他不满地摆了摆手，"这些人和圣地亚哥实验室一点关系都没有，我忍不住想问你拿我们的钱都干什么去了。"

兔子靠在阿尔弗雷德的红木桌上。它在光滑桌面上的倒影和它的动作完美同步。"你可以问，可这暴露了你有多无知。想想看，你明明知道我们的目标，却看不出我在干什么，那美国人就更看不出来了。我就是一团做着布朗运动的迷雾，直到最后——你瞧！——我就能一击制胜。"

兔子脸上绽放出笑容。它摇了摇耳朵，指着阿尔弗雷德的隐秘办公室说："从小的方面来说——只是证明一下这个原理——我今天这一击就击中了你。你，那个日本人，还有那个欧洲人，你们都以为骗过我了。你们真以为你们的那些假身份能骗过我吗，嗯？嗯？"

阿尔弗雷德懒得掩饰自己的情绪了，怒气冲冲地看着兔子。上帝保佑它发现的只有这么多。

兔子将胳膊肘撑在阿尔弗雷德桌上继续说道："别担心，我对在日本和欧洲情报系统的同事们可没有这么开诚布公。我觉得这样会吓到他们的——我开始喜欢上这个行动了，和不同的人打交道，学习新的技能。你懂的。"

它抬起头，仿佛在期待对方也回应一番推心置腹的话。

阿尔弗雷德假装思考了一会儿，对兔子肯定地点点头："是的，如果知道我们的伪装被识破了——即使是你这个自己人干的——他们也有可能会取消行动的。你做得对。"

兔子耳朵上方的数字在变化。查到的路由器信息大部分都是伪造的，但是网络反应时间——也就是延迟时间——让分析师们认为兔子有百分之八十的可能是来自北美。没有欧洲信号分析师们的帮助，他们最多只能确认到这种精度了。但阿尔弗雷德最不希望的就是让金伯克知道兔子的来访。

看来我得把这个兔崽子当作平等的合作者来对待了。阿尔弗雷德往后靠了靠，换上平易近人的口吻："那我们私下说吧，你有什么进展？"

兔子把胡萝卜蒂扔到阿尔弗雷德桌上，双手交叉放在脑后："嘿，我差不多已经组建好团队了。你手里的那份文件列出了部分人员，包括受人尊敬的布朗特院长。大部分人我可以用自己的资源来收买，他们中有一个人可能会对冒险本身感兴趣。其他人则需要动用一点国家资源来提供激励，印欧联盟最不缺的就是国家资源。"

"你必须保证抹去一切能追溯到我们的痕迹，并且不能让人看出动用了国家资源。"

"相信我。即使那些笨蛋起了疑心，他们也只会以为我们真是南美毒枭。我大概一周以后会把他们的需求清单发给你。如果一切顺利的话，在十二月底某个时候，你们就能控制圣地亚哥生物实验室差不多四个小时。"

"非常好。"

"那你能告诉我你们到底打算在实验室找什么吗？"

"我们认为是美国人在那里搞鬼。"

兔子扬了扬眉毛："大国之间的内讧？"

"这种事情以前发生过。"

"嗯哼。"有那么一瞬间，兔子看起来像在沉思，"如果你有了发现会及时通知我吧？"

阿尔弗雷德点头："只要你能保密。"实际上，如果兔子知道了阿尔弗雷德的洗脑术项目，"最坏结果"的意思可能就要被刷新了。

幸好兔子并没有继续追究这个问题。"还有一件事，"兔子说，"最后一个联系人，是个有趣的家伙——比你那些地下党行动有趣多了。"

"很好。"阿尔弗雷德决定了，无论兔子说什么，他都顺着往下说。

空中显示出一个年轻华裔的照片。阿尔弗雷德的目光快速扫过下面附的人物介绍。不，这家伙已经不年轻了。"那是鲍勃·顾的父亲？你打算骚扰他？"他想起了最近的巴拉圭事件，有点语无伦次，一时忘了附和兔子的意见。有些太过愚蠢的意见实在让人难以消化，"听着，这次行动必须绝对保密。你怎么能……"

"别担心。我对他儿子没兴趣，这只是个疯狂的巧合。你看，鲍勃·顾的父亲也就是爱丽丝·顾的公公。"

嗯？阿尔弗雷德琢磨着这句别扭的话，然后才意识到兔子说的是爱丽丝·宫。哦。兔子已经脱离了愚蠢的境界，在疯狂的道路上越走越远了。阿尔弗雷德无言以对。

"啊，那你听说过爱丽丝？你知道她正在准备全面审查圣地亚哥生物实验室吗？想想看，美国人很快就会要她升级那里的安全措施。我们一定要对她严加防范啊，老家伙。"

"……对。"如果欧盟和日本知道爱丽丝·顾参与了此事，一定会退出的。而且爱丽丝一定会发现我在实验室做的事情。"那你有什么建议？"

"我要确保我们的行动避开爱丽丝·顾当值的日子。我的人已经跟老顾接上头好几天了，但是进展太缓慢。而且……"兔子又挑衅地露齿大笑，

"我已经等不及要和他直接谈话了，我们需要一个替死鬼。"又一张带简介的照片弹出来。

"一个印度人？"

"是不是很巧妙？是的，不过谢里夫先生过去两年都住在美国。他和印欧情报组织一点关系都没有，我会制造一些巧合去接近他。万一他被美国人发现了，也只是个很好的替死鬼。你欧盟和日本的朋友们胆子太小，可能不会接受这个方案，但我觉得你有这个胆量。所以我先跟你说一声，请配合一下，让你的人别去烦谢里夫，有时候他其实是我。"

阿尔弗雷德沉默了半晌。他不知道爱丽丝·顾正在接受训练，准备审查圣地亚哥实验室。那是个坏消息，非常坏，避开她一个晚上远远不够。突然，他灵光乍现。爱丽丝·顾的天赋源于一个可怕的牺牲，几年前他偶然发现了她的这个秘密，她以她的方式，承受了比阿尔弗雷德大得多的风险。我的武器虽然还不成熟，却足以让她掉链子。他看了看兔子，说道："好，我支持你。这件事就你知我知。"

兔子满意地笑了。

"但我有个建议，"阿尔弗雷德用跟同事说话的语气继续说道，"我们最好在爱丽丝·顾当值的那天晚上行动。只要做好充分准备，她在现场对我们只有好处。"

"真的？"兔子好奇得瞪圆了眼，"怎么会？"

"我过几天再告诉你细节。"实际上，有很多细节，但不能让兔子知道。阿尔弗雷德已经把行动需求发给了他的核心团队。研制一个针对爱丽丝·顾弱点的伪拟菌病毒要多长时间？最可靠的传播方式是什么？间接传播在这里似乎不合适。

还有该用什么借口打发这只可恶的兔子呢？

这只兔子仍在用期待的眼光注视着他。

"当然了，"阿尔弗雷德说，"有些细节我不便透露。"

"嘻，当然。改变世界的大计划之类的？没关系，我乐于成为你完美的卒子。我会再来找你的。现在……"突然它换了一件灰色军装，身上挂满了勋章和绶带，伸出右手行了个纳粹礼，"印欧联盟万岁！"

说完之后兔子的影像就消失了，这种俗套的戏剧效果就是它的风格。

大约两分钟的时间里，阿尔弗雷德坐着一动不动，对办公室网络上刺耳的警报和分析师们如潮水般涌来的报告置之不理，他在调整任务的优先级。之前他不知道爱丽丝·顾的事，可现在他知道了，而且有足够的时间让她的出现变成对自己有利的条件。他很不愿意伤害这个实际上和他站在同一条战线上的女人。说到拯救世界，她做出的贡献也许比其他任何人做出的都多。

他把思绪扳回到正事上来。除了对付爱丽丝·顾，还有一件更重要的事：调查兔子，找出摧毁它的办法。

阿尔弗雷德在国际情报局虽没有正式职务，但拥有巨大的权力。否则即使在科技分工如此精细的现代社会，他也无法掩盖他的研发项目。而现在……唉，兔子的造访可以说是过去十年中国际情报局最大的疏漏，好在还没有外人知道。阿尔弗雷德动用了他在情报局中的所有力量以及过去七十年积累下来的政治杠杆，才把这件事情压下来。只要国际情报局督察长听到一点风声，阿尔弗雷德的所有计划就曝光了。真是悲哀，尽管他所做的一切都是为了拯救这个世界，然而他自己的政府一旦知道他的所作所为，很可能会把他视为叛徒。

由于这些缘故，调查兔子的恶作剧变得非常棘手。这个对手不知道用什么方式破解了世界上最安全的防火墙，兔子甚至运用了高精度定位支持（它完美的影像投射证明了这一点）。最简单的解释就是兔子成功地破解了安全硬件环境。如果真是那样，那么整个现代安全系统的基础都动摇了——兔子的造访预示着世界末日的来临。

肯定不会由一只蠢兔子来宣布世界末日吧？接下来的将近八十个小时，阿尔弗雷德提心吊胆地等待着核心团队的调查结果。最后，他的国际情报局分析师们发现了真正的原因。一方面令人如释重负，另一方面又实在令人尴尬：毫无疑问，兔子是非常聪明的，它巧妙地利用了软件漏洞和愚蠢的注册设定，这种组合漏洞能让粗心大意的用户犯下大罪。结论就是：兔子比阿尔弗雷德原先估计的危险得多，但还算不上是人类下一个危机。

阿尔弗雷德在分分秒秒的煎熬中等到了结果。但最后，最气人的却是兔子留在他桌上的那截胡萝卜。尽管调用了现代印度所有的资源和技术，国际情报局还是花了整整三天才把在他办公室网络植入胡萝卜影像的那些代码清除掉。

- 10 -
绝妙的论文主题

米莉在家保持着沉默，这让爱丽丝有些担心，但鲍勃正好希望米莉近期不要和罗伯特接触。他俩都认为罗伯特一有机会就会再次伤害米莉。

好吧。她把客厅让给罗伯特，让他随心所欲地待在里面，只要他在里面她就不进去。但她也不放过任何可以正大光明窥探罗伯特行踪的机会。

万圣节马上就要到了，她应该去朋友家一起商量计划的细节。她和安妮特还有宝拉为斯皮尔伯格－罗琳主题做了那么多准备工作。但现在，这一切看起来都很无聊。

于是米莉和远方的朋友们一起玩。晋的父母是海南省医疗集团的心理医生，晋的英文不太好，但是米莉的普通话更糟。实际上，语言并不是障碍。他们会在他的海滩或她的海滩上碰头——这取决于哪边是白天，或者哪边天气比较好——用过得去的英文聊天。他们周围会浮动着各种大致准确的翻译和替代图片，他们这个小圈子给问答平台做出了很多贡献，这是米莉最有"社会责任感"的一个爱好。

晋对罗伯特的行为给出了很多理论上的解释："你祖父早就过世了，在医生治好他之前就死了。他现在不开心是正常的。"他调出两篇学术论文来证明自己的观点。今天晋还邀请了其他几个家中有残障老年人的孩子，他们大部分化身为沙蟹或者简单的图标，一言不发地听着。有几个现出了人形，也许是他们的本来面目。其中一个看起来十岁左右的女孩开口说话了："我太姨婆就是这样。20 世纪时，她是个业务经理。"嗯，她说的业务经理和英文中的业务经理可不一样，"但 2010 年以来，她的日子变得很艰难。我看过她的照片，她变得颓废抑郁。我外婆说她先是变迟钝了，然后工作也丢了。"

潜水员开始冒泡了。一只沙蟹站了起来："这有什么新鲜的？我哥哥也失业了，抑郁了，可是他才二十岁啊，跟上时代潮流太难了。"

十岁小女孩没理会这个插话的家伙，继续说道："唉，太姨婆就是个老古董。我外婆给她找了个屏保设计师的工作——"小姑娘的影像切换成了纯图片，显示出老式手机上的背景屏保广告——就是你可以花钱租用、在不方便接电话时显示给对方的那种风景画，"太姨婆对这个很在行，但她赚的钱比以前少多了。然后，风景屏保也过时了。总之，她在我外婆家已经住了十二年了。听起来跟你爷爷的情况一模一样，米莉。"

十二年！我一年也受不了。她盯着那个小女孩："后来呢？"

"哦，后来问题都解决了。我妈妈找到一个专门升级技能的康复中心，太姨婆在那里接受了四十八小时的治疗，然后就掌握了广告经理的技能。"广告经理就是现代的"业务经理"。

一片沉默，看起来连有些螃蟹都震惊了。

过了一会儿，晋开口了："我觉得这听起来像即时培训。"

"即时培训？是又怎么了？"

"即时培训是非法的。"米莉说道。这可不是我想谈的内容。

"那时候还不违法，而且这个即时培训没那么糟。太姨婆过得不错，只要她不断升级她的技能。她看起来蛮开心的，除了经常哭之外。"

"对我来说，这听起来像心智控制。"晋说。

小女孩笑了起来："不是的。你应该懂的，李晋！你父母都是精神病学家。"她的眼珠乱转，别人看不见她在搜索什么东西，"你父母都参过军吧？他们最懂心智控制了。"

　　　　　　　　　　　　　　10　绝妙的论文主题

晋站了起来，朝小女孩的影像踢了一脚沙子："没有！我是说，那是很久很久以前的事了。现在没人那么做了，我们肯定没有！"

米莉确定她不喜欢这个小女孩，她也跟着站了起来。"嘿！"她用爱丽丝偶尔会用的语气说，"我不是来谈什么心智控制的！我是来找办法帮助我爷爷的。"

小女孩带着诡异的笑容看了她一会儿。空气中的评论几乎是一边倒地支持米莉，除了一个人。过了一会儿，小女孩耸了耸肩："我只是想帮忙。好了，我会乖乖的，洗耳恭听。"同时她夸张地在自己头上变出了一对摇来摇去的兔子耳朵。

于是大家都坐下来，安静了一会儿。米莉顺着沙滩看过去，她知道这是实景，虽然她从来没亲自来过海南。这里很美，有点像拉荷亚海湾，只是大得多，真人也多些。地平线远处能看到三座白色的山峰，那是正被运往北边海滨城市的冰山，和加州一模一样。

"好吧，那么，"晋开口说，"我们怎么帮助米莉·顾？即时培训是绝对不行的。你爷爷现在还能干什么呢？"

"嗯，他一直擅长写作，在这方面比我认识的任何人都有才华。他对穿网衣一窍不通，但是他现在对数字和机械方面还挺敏感的。"这番话让大家提起了兴趣，有些螃蟹开始聊起算数的小故事，"但那似乎只会让他生气。"她给他们讲了那个被开膛的汽车的故事。要不是露易丝·查姆莉格帮他求情，他早就被开除了。

小女孩的大耳朵缩回正常尺寸。不出所料，她又有话要说："嗨，我在读他的资料，看看他以前是个什么样的人。他是 20 世纪的'著名诗人'，还有一大堆履历。但只有从未见过他的人才会喜欢他。"

"不是那样的！罗伯特对蠢人从来没什么耐心，但……但是……"她突然安静下来，想起了莉娜和姑奶卡拉的事，还有艾兹拉·庞德事件。

晋把脚趾埋进沙子里："咱们回到正题上来，他在学校有朋友吗？"

"没……没有。他和胡安组成了小组，那孩子跟班上大部分人一样，是个傻瓜。"

"那从前有朋友吗？"小女孩问道。

米莉摇头。罗伯特还是大诗人的时候，认识过也帮助过一些人，但那些人中没有一个人联系过他。友情就这么昙花一现吗？"班上还有其他老年人，但他们在做不同的课题，他们几乎不怎么来往。"

"去做性格配对呀，世界上肯定有很多跟他互补的人。"小女孩笑着说，"找到之后安排他们巧遇？只要他不知道这是你设计的，他就不会抗拒。"她抬起头，仿佛被自己的好主意震惊了，"还有个更好的办法——你祖父曾经不是赫赫有名的作家吗？现在肯定还有研究生愿意去拍他马屁。把他当作一个绝妙的论文主题推销出去呗！"

散场后，米莉做了一些人物搜索。罗伯特在费尔蒙特班上的同学中有一个竟然已经认识他多年了！她早应该注意到这一点。这两个人有太多共同点！如果能把他俩凑到一块儿的话……唉，可惜那个叫胡安·奥罗斯科的傻瓜已经跟罗伯特组队了……但是温斯顿在校外还从事着某项活动，那个团体里至少还有另一个人在20世纪70年代就和罗伯特一起读研究生。

有什么办法能把这些人聚到一起呢？

她也搜了可能对罗伯特感兴趣的研究生。她相信自己的祖父对假惺惺的阿谀奉承不会感冒，但如果能和一个真心尊敬他的人交往一下，对罗伯特应该是有好处的。如果这个人的数据技术不太行的话……那也不错，她也许能直接插手帮一把。

她发起了全球搜索，通常这种搜索会找到一大堆想学英语的边远山区的牧民。但这一次——嘿，不到五分钟，她就找到了一个完美人选。这个人叫谢里夫，住在俄勒冈，距离不太远也不太近，正好能保证彼此间大部分联络要通过网络，便于操纵。那小女孩虽然令人讨厌，她的建议还是蛮管用的。

米莉迟疑了。她意识到所有有用的建议都是那个小女孩提出来的。也许"小女孩"身份是假的。米莉又做了一次搜索，寻找有可能提供小女孩身份的线索。但即使她真的是个十岁的孩子，也说明不了任何事情，有些五年级小孩也很可怕。

女人身材高大，一袭黑衣。"我听说你需要某种帮助。"她说。

嗯？祖尔菲卡·谢里夫把视线从手里的牛肉玉米卷饼移开，抬头看过去，他没听到有人走近。然后他才意识到自己仍然独自坐在俄勒冈州立大学食堂里的一张餐桌旁。他对幻象皱了皱眉头："我不需要幻想伴侣。"上帝保佑我，我又被劫持了。

女人用严厉的眼神看着他。她还不到三十岁，但他无法把她当作约会对象。"年轻人，我不是你的幻想伴侣。你不是在找论文题目吗？"

"噢！"祖尔菲卡·谢里夫并不喜欢高科技，但如今，在进入俄勒冈州立大学文学系第二年之后，他有点病急乱投医了。他的论文导师布兰丁斯教授完全不帮忙，似乎只想把他当作一个长期的免费研究助理。因此在一月份时，谢里夫发了寻求帮助的帖子。结果大量抄袭和代写论文的广告蜂拥而至。谢里夫被讨厌的安妮·布兰丁斯逼得差点上了其中一些广告的当，幸好一些比较懂行的朋友警告了他后果的严重性。

谢里夫过滤掉了那些提供剽窃服务和冷嘲热讽的回复，剩下的选项寥寥无几，高科技也帮不上什么忙。过去两个学期他都在给布兰丁斯打杂，推动她在"解构主义分析重构文学"领域的事业。同时他还在美国诗歌协会的 411 热线兼职，还要绞尽脑汁无中生有地攒一篇论文出来。他怀揣梦想来到美国，希望能在这片创造了无数文学奇迹的土地上得到灵感。而现在，他开始怀疑自己当初是否应该留在老家加尔各答了。

可是现在，这个女人突然来了。一定是上帝听到了我的祈祷。是的，没错。他招手让她坐下，至少这能先给她个下马威。

但这个幻象定位十分精准。它准确地滑进了桌子对面的椅子里，身体和家具贴合得天衣无缝。

"我以为你会发个邮件。"他说。

黑衣女人耸耸肩，目光依然凌厉。过了一会儿，谢里夫继续说道："我确实在找论文主题。但我得先说清楚，我对欺诈、剽窃、合作都不感兴趣。如果你是来兜售这些的，那么就请趁早消失吧。我只需要一些指点"——还有支持——"就像一个称职的论文导师对学生做的那些。"

黑衣女士冷笑了一下，那一瞬间谢里夫突然想到她可能与安妮·布兰丁斯有什么关系。那个老怪物连网衣都不会穿，但她也许有朋友会。

"完全不违法，谢里夫先生。我只不过是看到了你的广告，我给你带来了一个绝好的机会。"

"可我也没什么钱！"

"我相信我们能找到其他的支付方式。想听吗？"

"嗯……也许吧。"

黑衣女士往前靠了靠。连她的影子都和食堂的灯光配合得天衣无缝，谢里夫第一次见识到这么精确的投影。"我猜你不知道罗伯特·顾活得好好的，就住在南加州？"

"哈？胡扯！他死了几年了。都没有……"她一言不发地看着他把后面的话咽了回去。他迅速敲了几下虚拟键盘，发起一个标准搜索。411 的兼职让他对这种超快速搜索得心应手，桌面上方显示出搜索结果，"好吧。

他只是封笔了。得了阿尔茨海默病……然后，他真的起死回生了！"

"确实如此。你觉得这个机会如何？"

"嗯。"谢里夫像金鱼一样瞪着眼睛呆了一两秒，心想：要不是找错了门，自己一个月前就应该知道这个消息了。"这机会确实不错。"采访罗伯特·顾仅次于采访莎士比亚了。

"很好。"黑衣女士把手指顶在一起，"但是，还有些麻烦需要注意。"

"什么麻烦？"这么好的机会，只怕是骗局吧。

"罗伯特——"女人的影像停滞了一下，可能是信号不良，"——顾教授从来不迁就傻瓜，现在就更不会了。我可以给你他的私人号码，引他上钩就是你自己的事了。"

如果没有电子号码，联系上这个伟人是很难的。

"多少钱？"他问。他的学生信用户头里还有两万美元。也许他能找在加尔各答的哥哥再贷笔款。

"啊，我要的不是美元。我只想跟你一起去，偶尔提个建议，问个问题什么的。"

"但我能优先使用？"

"那当然。"

"我，那个……"谢里夫犹豫了。这可是罗伯特·顾！"好吧，成交。"

"很好。"黑衣女士指了指他的手，"给我完全的访问权限。"

主显系统使用手册第一条：永远不要把完全的访问权限交给外人，除了父母和配偶——除非你愿意冒险的话。不知是被她的语气震慑还是自己太需要这个机会，他顺从地伸手在空中点击了一下，降低了自己的安全级别。他指尖麻了一下，这一定是幻觉。但他俩之间现在充斥着各种绑定协议。

文件签署完毕，空中只剩下一个电子号码。谢里夫盯着这个符号，突然明白过来："我就这样直接打给他？"

她点头："现在你可以联系他了。但是别忘了我说过的，他……他不会迁就傻瓜。你了解他的作品吗？"

"当然。"

"你喜欢它们吗？"

"绝对的！我真心实意地喜欢，而且知道该怎么欣赏。"这句话对谢里夫认识的所有教授都奏效。但这一次，他并没有夸张。

黑衣女士点点头："那应该行了。别忘了，顾教授身体不好，还在康复中。你也许需要直接帮他一些忙。"

"如果需要的话，我愿意为他倒夜壶。"

黑衣女人的表情又僵了一下："啊！那用不着。但他怀念过去的东西，他想念过去的图书的样子。你懂的，就是那种需要拿来拿去的笨重东西。"

这个人到底是谁？他想着，但点点头："我知道很多……嗯……实体书的信息。我会带他去看很多书，亲自去。"他已经在找出租车了。

"很好，"幻象笑了，"祝你好运，谢里夫先生。"话音一落，就消失了。

谢里夫坐在那里，盯着黑衣女人刚才坐的位置愣了将近一分钟。然后他按捺不住想要把这个好消息分享给别人，幸好这时已经很晚了，食堂里没什么人，而谢里夫发信息还不是很熟练，跟不上他的心血来潮。过了一会儿他冷静下来，意识到此事最好先保密，至少等到他联系上罗伯特·顾再说。

而且……另一种想法开始冒头。我怎么会蠢到让她直接控制我的网衣？他运行了主显系统查了几遍，他的玉米卷饼上方浮动着的组件显示一切正常。主显系统说他没问题，当然了，假如他完全被劫持了，主显系统应该也是这种反应。该死的。我可不想再给网衣杀一次毒了！

尤其是这次。他看着那个金色的电子号码：罗伯特·顾的私人号码。

　　　　　　　　　　　10　绝妙的论文主题

如果他做得好，他的论文就有着落了，而且还是一篇很有分量的论文。在谢里夫眼中，罗伯特·顾跟威廉姆斯和赵一样，是现代文学的巅峰人物。

而在安妮·布兰丁斯眼中，罗伯特·顾就是上帝。

- 11 -
初遇图书馆升级项目

　　网衣电脑，真是异想天开，IBM 个人电脑和主显时尚品牌的融合。罗伯特可能把他的新网衣当成普通衣服了，不过这些衬衫和裤子确实不合他的品位。衣服内外都有刺绣图案，但这些刺绣几乎看不出来，只能摸得到。只有胡安给他打开特殊视角时，他才能看到里面的晶片网络。隐形眼镜最令人头疼，他得从早到晚戴一整天，眼前时常出现闪烁和强光。但慢慢地，他掌握了其中的窍门。第一次成功地用虚拟键盘敲入搜索命令，然后看到空气中浮现出谷歌的搜索结果时，他心花怒放……这样信手拈来的答案让他觉得自己充满了力量。

　　随后胡安开始教他"体感输入"。

　　一个星期过去了。罗伯特穿着他的入门网衣，练习着胡安教他的那些输入技巧。刚开始他连最简单的手势都做不好，但他不停地比画着。最后终于成功了，他欣喜若狂，接下来的练习更卖力了，就像拿到新的电脑游戏的小男孩或者一只训练有素的小白鼠一样。

　　接到电话的时候，他还以为自己中风了：满眼的白光，远处还传来了嗡嗡声。嗡嗡声逐渐变成了说话声："……非常……嗡嗡嗡……希望……采访您……嗡嗡嗡……"

　　啊哈！大概是垃圾电话吧，也可能是记者。

　　"我为什么要接受你的采访？"

　　"嗡嗡……简短的采……访。"

"简短的也不行。"罗伯特不假思索地答道。他已经很多年没拒绝过记者了。

强光仍然很刺眼。罗伯特拉了一下衣领,声音马上就变清晰了:"先生,我叫谢里夫,祖尔菲卡·谢里夫。我采访您是为了完成我的英语文学论文。"

罗伯特眯了眯眼,耸了耸肩,然后又眯了眯眼。图像突然清晰起来:来访者站在他的卧室中间。我得告诉胡安这个好消息!这是他第一次成功地看到三维影像,那孩子说的视网膜成像原来是这样的。罗伯特站起来走到一边,从背后观察来访者。影像没有死角,非常完整。嗯。但是影子的方向错了。这是谁的问题呢?

这位棕皮肤的来访者是印度人,还是巴基斯坦人?他带着一种抑扬顿挫的南亚口音,滔滔不绝地说道:"请不要拒绝我,先生!采访您将是我莫大的荣幸。您是全人类的瑰宝。"

罗伯特在来访者面前来回踱步,他还在为看到三维影像而兴奋不已。

"只需要占用您一点点宝贵的时间,先生!我只有这么点要求。还有……"他环顾四周,也许看到了屋里的真实陈设。罗伯特还没来得及设置虚拟背景,胡安本来昨天要教他这个的,但被罗伯特帮助胡安提高英文的任务给打断了,这也是他俩约定的一部分,可怜的半文盲胡安。而这个谢里夫不知道是什么程度:现在的研究生水平如何?

屋里的这位研究生看起来越来越绝望,他望向罗伯特身后的东西:"啊,书!您还珍藏着实体书啊。"

罗伯特的"书架"是用一些塑料板子和硬纸箱搭的,他从地下室拯救回来的书都在这里了。有些书——比如吉卜林的——他从前都不会正眼瞧一下,但现在这些是他全部的藏书了。他回头看着谢里夫:"我确实珍藏着它们。你想说什么,谢里夫先生?"

"我只是觉得——这说明我们有一样的价值观。您可以通过帮助我，来推广这种高尚的趣味。"他停了一下——是在听私密消息吗？自从胡安给他开小灶以来，罗伯特就开始变得疑神疑鬼的，总是觉得有人在偷听他们之间的私密消息，"我们也许能做个交易，先生。您接受我几个小时的采访，谈谈文学，聊聊旧日时光，我为您做什么都行。您可以把我当成您的私人411热线，在这方面我很专业，我的研究生学费就是在411打工挣的。我可以成为您在现代社会的向导。"

"我已经有辅导老师了。"这句话脱口而出。细想之后他自己都惊讶了，在某种程度上来说，这是事实：他有胡安。

又一阵尴尬的沉默。"哦，他啊。"谢里夫的影像非常完美，只是影子投错了方向，还有鞋子有四分之一都没入了地板。他绕到罗伯特背后，是要仔细看一眼那些书吗？罗伯特突然冒出了很多问题需要请教胡安。就在这时，谢里夫又开口了，"这些是永久印刷品？不是即时印刷的小册子？"

"当然！"

"太棒了。您知道吗……我能带您去加州大学圣地亚哥分校图书馆看看。"

那里有上百万册藏书。

"我自己随时都能去那里。"但到目前为止，他还没敢尝试过。罗伯特看了看他的藏书，在中世纪，只有有钱人才能拥有这么多书吧。而现在，拥有藏书的人再次变得罕见起来。但加州大学圣地亚哥分校有一个真正的实体图书馆，跟这个研究生一起去那里……将恍如昨日重现。

他抬头看向谢里夫："什么时候去？"

"现在怎么样？"

罗伯特得取消和胡安今天下午的会面，一时间，他感到一阵内疚。本来今天下午胡安要教他扫视搜索，他要教胡安韵律分析。罗伯特把内心的歉意抛到一边，"那就走吧。"他说。

罗伯特开车来到学校。不知为什么，他在车里看不清楚谢里夫的影像，只能听到他的声音。一路上，谢里夫不管看到什么都要问问罗伯特的想法。只要罗伯特表现出一丁点儿困惑，他就热情地解释一大堆。

罗伯特曾开车路过校园外围，今天他终于看到这地方变成了什么样子。从西福尔布鲁克出来之后，眼前是寻常的街区，没什么特别的。但是出了校园往北走一点，就出现了一座又一座灰绿色的建筑物，整个峡谷中到处散布着没有窗户的走廊。

"那些是生物科学实验室。"谢里夫殷勤地解释道，"大部分在地下。"他给罗伯特的主显系统传过去一些图片和细节的指针。啊，原来这些没有窗户的建筑物不是 21 世纪的集体住宅。实际上，这些建筑物里面的人也就几十个，连接这些建筑物的走廊其实是传送生物样品的管道。

这些建筑物和下面的地下室内部可能孕育着可怕的怪物，但它们也拯救着人类。罗伯特向它们微微颔首致意，里德·韦伯所说的"天堂的雷区"就是在这种地方创造出来的。

他们经过了加州大学圣地亚哥分校的接待室。他已经准备好迎接一个自己完全不认得的未来主义设计风格的主校区。他们经过了托瑞松路，十字路口跟他记忆中的差不多，只是少了交通灯，车也不在路口停留。车流不停穿梭交织着，令人心惊胆战，却又有条不紊。有空我得写一首轻快的小诗——《汽车的秘密》。这些车子除了等人上下车之外从来不停，上次在沙漠里，他一下车，他的车就开走了，把他一个人扔在那里。但当他回到马路上时，另一辆车已经停在那里等他了。这些车永不停歇，他觉得它们一直在绕着圈子跑，能马上飞奔到每个乘客面前。但是到了夜晚，没什么生意的时候呢？那就是他诗的主题了。有没有隐蔽的车库或停车场呢？

肯定还是有车库，用来修车——至少换换零件什么的，除此之外可能没有其他停靠点了。还有一种想法既有诗意又很前卫：也许夜间需求量降低的时候，它们并不是干躺在车库里，而是像日本人的变形金刚玩具那样组合起来，变成货车，用来运输空中特快无法搬运的大件货物。

不管他的猜想是否正确，校园北侧的停车场已经不见了，变成了运动场地和"纸牌屋"式的办公楼。罗伯特在旧校区边缘，靠近应用物理和数学系大楼的地方下了车。

"全都变样了，就连以前本来有楼的地方都不一样了。"实际上，眼前的景象和他记忆中 20 世纪 70 年代的景象相比，房子反而变少了。

"别担心，教授。"谢里夫还是只闻其声不见其人，听起来他好像在照着宣传手册念一样，"圣地亚哥分校是个特别的校区，比加州大学的其他分校更现代一些。大部分建筑在玫瑰峡谷大地震之后重建过了，这是官方视角。"周围的建筑物突然间变成了坚固的钢筋混凝土建筑，和他记忆中的差不多。

罗伯特用胡安之前教他的方式一挥手，把人造影像关掉了。"别碰主视角，谢里夫先生。"

"对不起。"

罗伯特往东穿过校园，边走边观察。运动场上跑来跑去的人和 20 世纪 70 年代的一样多，好几组橄榄球和足球比赛同时进行着，罗伯特从来没玩过这些。但圣地亚哥分校有一点令他赞赏有加：在别的学校已被半职业化的这些运动，这里的学生们真的只是纯玩而已。

走近一看……身边的路人看起来都很普通。背着熟悉的双肩包，从包里露出来的网球拍柄，像冲锋枪一样。

很多人都在自言自语，有的人对着空气比画着手势，有的人对着看不见的对手竖中指。罗伯特一直喜欢默默观察手机上瘾族，所以对这些都已习以为常。但这些人比费尔蒙特高中的孩子们还要明目张胆，一个家伙走在路上，突然停下来敲打自己的腰带，然后对着空气说话，真是傻得可以。

重生后颇有数学头脑的罗伯特忍不住开始计数。没过多久，他就观察到一个从前的罗伯特可能注意不到的细节：虽然有很多年轻大学生跑来跑去，但那里也有很多老年人，十个当中有一个看起来跟罗伯特的真实年龄一样大。他们中的三分之一瘦削利索，是 20 世纪被称作"健康乐龄人士"的那种类型。还有一些……他花了些力气才辨认出那几个现代医学的奇迹。他们皮肤光洁、步履稳健，看起来跟年轻人几乎没有差别。

然后，最激动人心的景象映入眼帘：一对老糊涂虫朝他走来——手里都拿着书！罗伯特开心得想拉起他们没拿书的手跳支吉格舞。不过他忍住了，只在这两人经过的时候朝他们露出了灿烂的笑容。

谢里夫认为随便走进一座大楼——哪怕是学校书店——都无法保证能找到实体书。"大学图书馆希望最大，教授。"

罗伯特走下一个小斜坡，路旁的桉树比他记忆中的更为茂盛。干枯的树叶随风起舞，地上的树皮和枯枝在他脚下噼啪作响，合唱团的歌声在前方响起。

然后，透过树的缝隙，他看到了盖泽尔图书馆。这么多年过去了，它一点也没变！好吧，立柱上爬满了藤蔓，但一点虚拟景物都没有。他从树下走出来，注视着它。

谢里夫的声音冒了出来："教授，您可以向右走，这条小路通往主……"

罗伯特记得这条路，但他听到对方声音变小了。"怎么？"

"哎呀，嗯，我们得从左边绕过去了。有帮唱歌的家伙堵在了主入口。"

"好吧。他们为什么在这里唱歌？"

谢里夫没有回答。

罗伯特耸耸肩，照着他的隐身向导的指示，绕到图书馆北侧，来到过去的地下停车场。从这边看过去，图书馆高高耸立着。他记得建造图书馆时，对它的批评声不绝于耳："华而不实""外星人入侵即视感"。它看起来确实有点像来自外太空的东西：地面上的六层楼形成一个巨大的八面体，只有一个顶点着地，整体被几根五十英尺长的柱子托着。在罗伯特的时代，这座楼是混凝土和玻璃幕墙结构的。现在藤蔓爬到了五楼，已经看不出混凝土了。这座图书馆看起来仍然像天外之物，但现在更像一座古老的宝石矿山，而那些立柱则是长着绿色植物的土壤。

歌声越来越响，听起来像是《马赛曲》，不过其中夹杂着一些从前学生抗议时经常会喊的口号。

他走到了悬空楼层的正下方，抬头看着四、五、六层的底部，想看看藤蔓覆盖到了哪里。

奇怪。每层楼的边缘还是笔直的，但混凝土中出现了一些不规则的浅色线条，在阳光下看起来就像被嵌入石头的银线。

"谢里夫？"

没有回答。*我应该搜索一下。胡安几乎可以不动脑子就能搜到结果。*接着他笑了起来：银线是个恶作剧，故意让图书馆蒙上一层神秘的色彩——应该是这样。圣地亚哥分校一直有这种怪异而绝妙的校园艺术传统。

罗伯特踏上通往卸货平台的台阶，这看起来是去图书馆最近的路了。墙上褪了色的标语写着"闲人止步"。货运门紧闭着，但旁边有个小门留了条缝，从里面传来了某种电锯的声音——有人在做木工？他想起胡安教他的打开主显系统默认本地视角的方法。他试着摆了摆手，没反应。他换了个姿势又摆了一下：哎呀。卸货平台上贴满了"不得入内"的标志。他向上望，主入口应该在最高点后面。主显系统显示出一个随着音乐跳动的淡紫色光轮，光轮上方飘浮着一行字："打倒图书馆升级项目！"现在传送到他耳边的声音和远处的声音混在一起，音乐听起来刺耳极了。

"发生什么事了，谢里夫？"

这次他回答了："只是寻常的学生抗议，正门走不通了。"

他在那儿站了一会儿，有些好奇如今的学生们会抗议些什么。这并不重要，可以日后再查。他靠近那扇虚掩的门，望向里面昏暗的走廊。虽然墙上贴着铺天盖地的警告和规定，但他不觉得有什么实际障碍。但现在那个奇怪的声音已经盖过了合唱，这声音时断时续，仿佛在粗暴地撕扯着什么东西。

罗伯特打开门走了进去。

- 12 -
过去的卫士，未来的侍女

    从一开始，老年团就把盖泽尔图书馆六楼作为活动地点。温斯顿通过在文学院多年的关系搞到了这个场地。有段时间，他甚至在那里的教工活动室弄到了一个房间。那是在玫瑰峡谷地震之后，有段时间那帮年轻的未来狂人对他们自己的技术修复心存疑虑，于是高层的空间就充裕了起来，只要你敢于登上高楼就有地方用。

    最初几年，有近三十名固定成员。成员每年都在变，但大部分都是21世纪的教职员工，几乎每个人不是退休了就是被裁了。

    慢慢地，老年团成员越来越少。连温斯顿也离开了，因为他已经意识到继续待下去也没有什么好处了，他把重返职场的希望押在了费尔蒙特高中的成人教育课程上。那个叫胡安·奥罗斯科的男孩无意间给他指了条捷径：抗议图书馆升级项目。这个任务简直是为老年团的核心成员量身定做的，这几个核心成员基本上也是老年团剩下的全部力量了。

    汤姆·帕克挨着玻璃墙坐着。他和温斯顿俯瞰着那些抗议者。汤姆笑道："院长，你是打算对这些唱诗班布道吗？"

    温斯顿哼了一声："没这个打算。但是他们能看到咱们，朝他们挥挥手，汤姆。"温斯顿说完便举起手臂，像在祈福一样，朝着在正门的合唱团和蛇路旁边的台阶上规模稍小的人群挥手。他其实曾经主动提出在游行中发表演讲，要是在过去，他肯定能以特邀嘉宾的身份发言。尽管他现在还是个重要人物，但已经没有任何宣传价值了。他翻阅着在人群上空闪闪发光的图层，"哎哟，活动搞得很隆重嘛。还分了图层。"但有些图层是反对者建的，一些下流的幻象窜来窜去，模仿着抗议的人群。该死的。他关掉所有人工图层，发现汤姆正在朝他笑。

"还在努力适应那些隐形眼镜呢，院长？"他爱惜地摸了摸自己的笔记本电脑，"事实证明，鼠标和视窗环境才是最好用的。"汤姆的手划过键盘，他还在打开温斯顿用隐形眼镜直接就能看到的那些图层。汤姆也许是老年团剩下的人中最聪明的，但他就是不肯与时俱进，"我设置了我的笔记本，它会挑出真正重要的东西来显示。"他小小的屏幕上有图像闪现。有些是戴着隐形眼镜的温斯顿没注意到的：有人在抗议者上方设置了一个像光轮一样的东西。有意思。

汤姆还在笑："我不知道那个紫色光环是谁干的。它是支持图书馆升级项目呢，还是抗议呢？"

汤姆的另一边，卡洛斯·里维拉离开窗边往后一靠，伸了个懒腰："据记者报道，它反对图书馆升级项目。他们说光环是保佑过去的卫士的。"三个人静静地看了一会儿。合唱声不仅来自窗外的空地，也来自世界各地的抗议者之口。这样汇集而成的大合唱象征意义远大于欣赏价值，因为不同地方传来的歌声完全不同步。

过了一会儿，卡洛斯又开口了："近三分之一的实体抗议者来自外地！"

温斯顿对他笑了笑。卡洛斯是个奇怪的年轻人，一个残疾退伍军人。他离老年团不成文的年龄要求差得有点远，但在某些方面，他简直和汤姆一样守旧。他戴着小小的厚眼镜，是 21 世纪初流行的那种款式。每个手指上都戴着戒指，两个拇指也不例外。他穿着最老式的有显示功能的衬衫，现在上面显示的是黑底白字："图书管理员：过去的卫士，未来的侍女。"而最重要的一点是，卡洛斯是图书馆的员工。

汤姆在研究笔记本上的数字。"很好，全世界都注意到我们了。刚才访问量冲过了两百万，以后看录像的人会更多。"

"圣地亚哥分校的公关部门怎么说？"

汤姆快速地敲了几下键盘："他们在撒谎，公关部那帮人说事件会很快平息下来。哈。但是主流媒体可没有放过他们……"汤姆往后一靠，陷入回忆，"要是在从前，我会把我的相机藏在下面的楼层。如果他们屏蔽我，我就黑进公关部门的网站，把他们烧书的照片贴得到处都是。"

"dui，"卡洛斯点着头，"但现在不容易做到了。"

"是的。变难了，这么做需要勇气。"汤姆摸摸他的笔记本，"现在的人就是这样，他们拿自由换来了安全。我年轻的时候，警察可不像现在这样无孔不入，也没有时不时来收版税的跳梁小丑。那时候还没有'安全硬件环境'，触发信号也需要用上一万个晶体管。我记得我在1991年摧毁……"他又开始讲他的光辉事迹了。可怜的汤姆，现代医学也没能治好他反复啰唆旧日荣耀的毛病。

但卡洛斯似乎挺喜欢听这些故事。他全神贯注地听着，还不时点头。温斯顿有时不确定卡洛斯的热情到底是好事还是坏事。

"……到最后，他们想起来检查光纤连接点的时候，我们已经把所有文件都删除了，还……"

令人意外的是，卡洛斯竟然没在听了。他转身面对书架，一脸惊讶。他蹦出了两句中文，还好又迅速转回英语："我是说，请等一下。"

"怎么了？"汤姆瞄了一眼笔记本，"他们把碎纸机打开了？"

该死，温斯顿想。他本来希望抗议者能目睹那可怕的一幕。

"是的，"卡洛斯说，"但那是几分钟前，当时你正在说话。现在是另一个问题：有人闯进了卸货区。"

温斯顿跳了起来——以他那把恢复了一半活力的老骨头能允许的程度："你不是说下面有警戒措施吗？"

"我以为有！"卡洛斯也站了起来，"你看。"一大堆图像在温斯顿眼前冒了出来，都是大楼北侧和东侧的监控视点，多得他看不过来。

温斯顿挥手关掉了图像："我自己去看。"他钻进书架之中，卡洛斯紧随其后。

"早知道的话，我们可以在那里安插几个自己人。"这是现代才有的问题。大家习惯了安全防护滴水不漏，以至于当它出现漏洞的时候，都没人去占便宜！温斯顿在心底暗暗盘算着这个新局面。温斯顿本来胸有成竹，正在尽力不让那些不知情的人搞砸计划。可现在……唉，现在，可能得捅出更大的娄子才能让计划执行下去。

"合唱团看到这个了吗？"

"不知道，最佳视点被封了。"卡洛斯有点上气不接下气。

他们绕过楼中间的电梯和办公室，朝着垂直于书架的方向走去。在书架的尽头，温斯顿瞥见了窗外的蓝天。"你说过今天麦克斯·胡尔塔斯可能会来？"

"dui。是的，他可能会来。这周有好几个图书馆要开始升级，但最重要的还是圣地亚哥分校。"胡尔塔斯不仅是"图书馆升级项目"背后的金主，也是校园附近生物实验室的主要投资人。他那荒唐的图书馆升级项目把学校搅得天翻地覆的，可是本该抗争到底的管理层竟然通过了这个项目。

快到窗口的时候，温斯顿的脚步慢了下来。过去几十年间，圣地亚哥分校的校园发生了翻天覆地的变化。他任院长时大兴土木造出来的建筑已经被清空了——先是玫瑰峡谷地震，然后又遇上现代大学管理层的趋简理念。校园重新变成绿树成荫、建筑稀少的样子，仅有的建筑可能也是预制的半圆形大棚，这景象令他不无伤感地回想起早年他读研时的校园。我们建了一个如此美丽的校园，却被机会主义倾向、远程教育和该死的实验室败光了。如果连自己的灵魂都没有了，就算它能招五十万个学生，又有什么用呢？

他凑近东北侧的窗户向下望去。六楼是悬空楼层的最高点。从这里几乎可以看到正下方——图书馆的卸货平台，一片满是裂纹的水泥地。那里有一个人，鬼鬼祟祟地四处张望。卡洛斯追上了温斯顿的脚步，两人一起往下看。过了一会儿，温斯顿才意识到这个年轻人调出了低楼层的监控，可以看穿地板。"那不是麦克斯·胡尔塔斯，"卡洛斯说，"他身边总有一大群跟班。"

"对。"但那是个有能力说服图书馆保安让他进来的人。温斯顿敲了敲玻璃，"往上看，你这个浑蛋！"从正上方这个角度能看到的实在有限。那个人的动作笨拙，带着点抽搐感，像是重建过神经系统的老年人……温斯顿有种不祥的感觉。然后陌生人抬头了，温斯顿有一种踩到狗屎般的感觉。

"上帝啊。"他感到既厌恶又好奇，只好说，"把他带上来吧。"

从阳光直射的卸货平台进入走廊，这里显得一片漆黑。罗伯特停下了脚步，适应这里的光线。墙上布满磨痕和剐痕，地面是裸露的水泥。这里不是公共区域，他想起多年前和一群本科生一起潜入学校大楼装备间的往事。

主显系统在门和天花板上都显示了小标签，甚至连墙缝里都有。这些标签信息量并不大，都是一些标识符号和维护说明，跟从前人们贴在墙上的那些说明书差不多。如果不怕麻烦的话，他可以搜索这些标签获取更多背景信息，有些看起来很神秘。墙上有个银灰色的大缝隙，上面显示着："悬臂 - 限制周期 <1.2mm : 25s"。就在罗伯特打算开始搜索这个标签的时候，他看到了一扇贴着更大标签的门，这标签还在倒计时：

00：07：03 图书馆升级项目设备运行中：禁止入内！

　　　　　　　　　　12　过去的卫士，未来的侍女

搞什么鬼，反正这扇门敞开着。

进门之后，电锯声更响了。他往里走了五十英尺，经过一些塑料箱，标签上显示着："已拯救的数据"。在走廊尽头，一架有腿的叉车后面，是另一扇没上锁的门。穿过这扇门，他总算来到了熟悉的地方：图书馆中央楼梯的底部。他抬头看着螺旋状的楼梯蜿蜒向上，直到变成一个点。细小的白色碎片在光线中飞舞，是雪花吗？有一片落到了他的手上：是碎纸片。

电锯的轰鸣声越来越大，还伴随着一个巨大的吸尘器的声音。这不规则的轰鸣声在楼梯间回荡着，震耳欲聋。这声音有点熟悉，但应该不是来自室内。他沿着楼梯往上爬，每走一层就停下来歇一会儿。第四层的灰尘最多，噪声最大，标签上显示着："目录单元 P——Z"。门一碰就开了，里面应该是藏书架。绵延数里的书架，上面摆着不计其数的书，任何你想看的书都可以在这里找到。无数的奇思妙想都潜藏在那里，等着人前去发掘。

但这里和他记忆中的完全不一样了，地上铺满白色防水帆布，空气中飘浮着小碎片。他一吸气，就闻到令人窒息的松焦油沥青和焦木头的味道，他忍不住咳嗽了一阵儿。

此时的轰鸣声让罗伯特备受折磨。声音是从他右边第四排过道传来的，那边有空空的书架、一地废纸和厚厚的灰尘。

嗡嗡嗡。对于不合常理的事物，人们有时候要花一点时间才能辨认出来。但罗伯特终于想起来那个突兀的轰鸣声是什么了。他过去听到过几次，但都是在户外。

嗡嗡嗡嗡嗡嗡！是粉碎机的声音！

他前方的书架空荡荡的，犹如一排排骨架。罗伯特来到过道尽头，循着声音走去，碎纸片如雾一般弥漫在空气中。在第四排过道，书架之间的空地上有一条震动着的软管。这条"巨型蠕虫"身体里面发射着强光，噪声来自过道另一头大概二十英尺的地方，也就是这条虫子的大嘴。在这遮天蔽日的碎纸雾霾中，罗伯特看到两个身穿白色工作服的身影，他们的衣服上显示着"胡尔塔斯数据拯救"。两人都戴着防毒面具和安全帽，看起来和建筑工人差不多，而实际上他们是终极毁灭者。他们轮流把书从书架上扒下来，扔进粉碎机的大嘴里。维护标签上的显示轻描淡写地描述着这恐怖的一幕：疯狂的大嘴是"云读拆分机"。在它身后铺开的软管是"照相隧道"。罗伯特不禁别过脸去，主显系统便根据他的举动，随机向他展示怪物内部的影像：化成碎片的书籍和杂志像龙卷风中的树叶一样，在隧道中盘旋飞舞着。软管内部粘着成千上万个微型相机，碎纸片从各个角度、各个方向被反复拍摄下来，直到落进罗伯特面前的一个垃圾桶里。这些就是数据拯救。

嗡嗡嗡嗡嗡嗡嗡！怪物往前挪了一英尺，身后又多了一英尺的空书架，几乎全空了。罗伯特走进过道，他的手碰到了书架上的一个东西。不是灰尘，是被吸入"数据拯救"机器的成千上万本书中幸存下来的半页纸。他朝穿着白色工作服的两个工人挥舞着这半页纸，朝他们大喊着，但他的声音被淹没在碎纸机和软管风扇发出的轰鸣声中。

但那两个人抬头看到了他，也朝他喊了几句。

要不是那只发光的巨型蠕虫挡在他们中间，罗伯特肯定会朝他们冲过去。但现在他们只能徒劳地隔空互喊。

这时，第三个人出现在罗伯特身后。这人三十多岁，身材肥胖，穿着沙滩短裤和非常宽松的黑色 T 恤。这个年轻人在对他喊着什么——好像说的是普通话？他急切地挥手示意，让罗伯特跟他离开这噩梦般的现场，回到楼梯间去。

图书馆六楼还没有被噩梦蚕食，其实这里跟罗伯特记忆中的 1970 年

　　　　　　　　　　　12　过去的卫士，未来的侍女

代初的样子差不多。穿着肥大 T 恤的人带着他穿过书架，来到南侧的一片自习区。有个矮个子坐在窗边，抱着一台古老的笔记本电脑。小个子站起来看着他们，突然间一阵大笑，伸出手来："我的妈呀。你真的是罗伯特·顾！"

罗伯特握住伸向他的手，茫然地站着。楼下有碎纸机，这里有神秘人，还有疯狂的大合唱。他终于能看到在广场上唱歌的那些人了。

"哈，你不认识我了，罗伯特？"确实不认识。这个家伙有一头浓密的金发，但是脸上已经老态龙钟，只有他的笑声听起来很熟悉。过了一秒钟，他耸耸肩，挥手让罗伯特坐下，"不怪你。"他继续说道，"但是认出你很容易。你运气不错啊，罗伯特。我猜维恩 - 仓泽疗法对你百分之百有效，你的皮肤看起来比你二十五岁的时候还好些。"矮个子老头用长满老年斑的手摸摸自己的脸，苦笑了一下，"但你其他方面怎么样？你动作有点抽搐。"

"我……我失智了。阿尔兹海默病。但是……"

"嘿，对。看得出来。"

这种直肠子的说话方式让罗伯特突然记起来了，这张陌生面孔属于那个给罗伯特的校园生活平添了很多乐趣的一年级新生。"汤姆·帕克！"这个桀骜不驯的年轻人，入学前就已经是个电脑高手，那时他连高中都还没毕业，大学里连计算机系都还没出现。那个迫不及待要奔向未来的小家伙。

汤姆笑着点点头："对。对。但很久以前就变成'托马斯·帕克教授[1]'了。你知道吗，我在麻省理工读了博士，然后回来教了快四十年的书，我现在可是学校里的风云人物了。"

---

1 汤姆·帕克的全名是"托马斯·帕克"。

看看岁月留下的痕迹吧……罗伯特一时间沉默了。我应该已经习惯这种事了。他将视线从汤姆身上移开，看向窗外的人群："汤姆，下面发生了什么事？你怎么像个总指挥一样守在这儿？"

汤姆哈哈大笑，敲起了键盘。罗伯特看着显示器，这是个非常古老的系统，比他的浏览纸还老，比起主显系统更是差远了。但汤姆激情昂扬地说了起来："这是我们组织的一个抗议游行，反对图书馆升级项目的。我们没能阻止他们粉碎书籍，但……天哪，看这个，我找到了你闯入时的监控录像。"汤姆的屏幕显示出一张看起来像是校园北侧的电子监控画面。一个可能是罗伯特·顾小小的身影走进了图书馆的卸货区域，"你是怎么通过警戒线的，罗伯特？"

"管理部门也觉得奇怪。"救回罗伯特的小个子说道。他已经在主桌后面坐了下来，掸掉了头发和T恤上的碎纸屑。这一幕正好和他衣服上显示的"抵制碎屑"口号对应上了。他注意到了罗伯特的目光，对他挥挥手："嗨，顾教授。我是卡洛斯·里维拉，图书管理员。"他把T恤的颜色变成了白色，这样一来，哪怕上面沾的有碎纸屑，也不会那么明显了。

"你和那些破坏者是一伙的？"他突然想到自己从碎纸机下抢救出来的那半页纸，他轻轻地把它放在桌上。纸上面有文字，也许他能找出这张纸来自哪本书。

"不是，不是，"汤姆说，"卡洛斯是我们这边的。其实除了管理层之外，所有的图书管理员都反对碎书。既然你通过了安全警戒线，说不定管理层也有支持我们的人。你是个名人，罗伯特。我们可以利用你拍下的视频。"

"可我……"罗伯特刚想说他没带相机，转而又想起自己穿着网衣，"好的，但你们得教我怎么把影像导出来。"

"没问题……"卡洛斯说。

"你在用那个垃圾主显系统吗，罗伯特？那你得找个穿网衣的人来教你。网衣听起来方便，可它实际上为别人堂而皇之地干涉你的生活提供了借口。至于我嘛，我还是喜欢老办法。"他拍了拍他的笔记本。罗伯特对这个型号的笔记本有一点模糊的印象，二十多年前，这可是当时的顶尖技术，外形小巧而功能卓越，尺寸不到八乘以十英寸，屏幕仅几毫米厚，相机功能强大。而现在……连罗伯特都嫌它笨重碍事。这个玩意儿竟然能和现代技术接轨？

汤姆看着图书管理员："他是怎么进入大楼的，卡洛斯？"

卡洛斯答道："wo bu zhi dao。"

汤姆叹了口气："你在说中文，卡洛斯。"

"哎呀，对不起。"他看了罗伯特一眼，"战争期间我是部队的翻译，"他说道，好像这能解释他的行为一样，"我不知道他是怎么进来的，帕克教授。我看到他从瓦尔沙夫斯基大楼下来，我看了保安监控视点。但是你看，就连他靠近碎纸机之后，都没有人来拦住他。"他扭头，期待地望向书架的方向，"也许院长还找了别的帮手。"

过了一会儿，一位老人从书架后方走了出来。"我没有，卡洛斯。"他没看罗伯特，径直走到窗边。啊哈，罗伯特心想，前两周维尼老是神龙见首不见尾的，原来是在干这个。温斯顿盯着下面的广场看了几秒，终于开口说道，"歌声停了。他们知道罗伯特来了，对不对？"

"是的，先生。虽然我们还没发布我们的视频，但周围有很多记者。至少有三家大众媒体认出了他。"此时，外面的人群正在欢呼。

罗伯特用胡安教他的方法耸耸肩，试图打开本地新闻，但只看到了广告。

谢里夫仍然保持着沉默。

过了一会儿，温斯顿回到桌子尽头坐下，叹了口气。他还是没有直视罗伯特，在查姆莉格课堂上的那个自信的温斯顿仿佛消失了一样。我们上次钩心斗角是什么年代的事了？罗伯特冷静地注视着温斯顿，这么做应该能让主显系统调出他的资料。而且在过去，这样的眼神总能让这家伙如坐针毡。

"好吧，"温斯顿对汤姆点点头，"告诉抗议者们，准备准备收尾。采访、评论之类的。"

"那这个新情况怎么处理？"汤姆用大拇指指了指罗伯特。

温斯顿终于看向了罗伯特。而主显系统也开始在罗伯特眼前显示对方的背景资料：谷歌人物：温斯顿·C.布朗特，1971 年，加州大学圣地亚哥分校英语系硕士；1973 年，加州大学洛杉矶分校英语文学博士；1973—1980 年，斯坦福大学英语系副教授；1980—2012 年加州大学圣地亚哥分校文学系教授，后任文学院院长。[简历，讲座，爱好]……

"看来，维尼，"他说，"你还在搞阴谋诡计？"

对方的脸一下子变得刷白，却不紧不慢地回复道："请叫我温斯顿，或者布朗特院长。"有段时间他让别人叫他"温[1]"，是罗伯特帮他改掉了这个习惯。

两人默默地盯着彼此。最后，温斯顿开口道："你能解释一下，你是怎么进入设备入口的吗？"

罗伯特笑了："就那么走进去的呗。我什么也不知道，温斯顿。"祖尔菲卡·谢里夫跑哪儿去了？

汤姆从笔记本上抬起头来："找到罗伯特·顾最近的公开信息了。罗伯特患上严重的阿尔兹海默病快四年了，他是最近痊愈的患者之一。"他瞄了罗伯特一眼，"天哪，老兄，你在康复之前差点就老死了。不过，看

---

1 原文 Win，与英文中的 win（胜利）谐音。

起来你在医疗方面撞大运了。不过你跑来圣地亚哥分校干什么？"

罗伯特耸肩。他非常不愿意谈他与鲍勃和米莉之间的问题，这让他备感意外。"纯属巧合。我只是来……来看看书。"

温斯顿露出一丝不太友好的笑容："真是你的作风，偏挑了我们开始焚书的这天来。"

卡洛斯纠正道："是碎书，院长。我是说，严格来说，粉碎之后都保存了下来，除了那些碎屑之外。"

罗伯特看了看他从楼下带回来的那半张纸，那张"死里逃生"的碎纸片。他举起这张被遗忘的纸片："说真的，我不明白发生了什么事。这是什么？它来自哪本书？你们有什么疯狂理由这么毁书？"

温斯顿没有立刻回答，而是招手让卡洛斯把碎纸片递给他。他把它放在桌上注视了一秒。他嘴边的苦笑越发明显了："真是讽刺啊！他们是从P——Z开始的，对吗，卡洛斯？"

"dui……"年轻人迟疑地答道。

"这……"温斯顿挥舞着那张纸片，"出自一本科幻小说！"他冷笑道，"那些写科幻的浑蛋自作自受。整整三十年来，他们把持着文学教育——而这就是他们秉持的还原主义给他们带来的报应，总算等到了。"他把纸揉成一团，扔给罗伯特。

汤姆接住了那个纸团，试图抚平它："科幻小说排在前面只是个巧合，院长。"

"其实，"卡洛斯说，"有传闻说从科幻小说开始是因为那些科幻迷抗议的可能性最小。"

"这不重要，"汤姆说，"按原定计划，到今晚他们就能粉碎很多其他类别的书了。"

温斯顿往前靠了靠："为什么说'原定计划'？"

"你不知道吗？"汤姆又拍了拍他的笔记本，他就这么深爱他的这台老古董吗？"因为一个小小的技术故障，他们今天收工了。"他咧嘴笑道，"大众媒体口中的这个'小小的技术故障'就是罗伯特的突然出现。"

卡洛斯迟疑了一下，厚厚的眼镜片下有东西在闪烁。"没错。"他说。外面的人群终于得到了一个值得庆贺的消息。温斯顿站起来朝窗外看了一眼，又坐了回来："很好，这是我们打的第一场胜仗！向抗议队伍转达我们的祝贺，汤姆。"

罗伯特举手："谁能给我解释一下这场闹剧？这里并没有烧东西，但整个看起来就像《华氏451》中所描述的情节。这也是一本科幻小说，温斯顿。"

卡洛斯漫不经心地挥了挥手："请搜索关键词'图书馆升级项目'，顾教授。"

罗伯特做着手势，还不断地点来点去。胡安这么做的时候就没有那么傻，他是怎么做到的？

"来，用我的笔记本看吧。你永远也搞不懂怎么用主显系统查新闻。"

温斯顿拍了一下桌子："他可以回头自己查，汤姆。我们还有正事。"

"好的，院长。不过，罗伯特为我们扳回一城，我们可以利用他的名声。"

卡洛斯点点头："是的。所有能得的文学奖项他都得过了。"

"别提这个，"温斯顿说，"我们当中已经有五位诺贝尔奖得主了。跟他们相比，罗伯特没什么特别之处。"温斯顿的目光飞快地扫过罗伯特的脸。他贬低罗伯特的时候有那么一丝犹豫，但其他人应该都看不出来。

谷歌人物并没有收录温斯顿的关键信息，他曾经认为自己是个诗人。但他并不是，他只是个能说会道的自大狂。到了他俩同时在斯坦福担任初级教员的时候，罗伯特再也受不了这个装腔作势的家伙了。而且，要不是能时常捉弄一下温斯顿，委员会会议该多么无聊啊。这个家伙以为自己比罗伯特高明，结果成了取之不尽的笑料来源。一个又一个学期过去了，他们的口水战越来越针锋相对，温斯顿的劣势也越来越明显。温斯顿缺乏自己最向往的文学才华，非常被动，罗伯特的随意挑衅给他造成了沉重的打击。到了20世纪70年代，可怜的温斯顿成了全系背地里的笑话。他仍然自命不凡，但是没人再把他的远大理想当真了。他最终离开了斯坦福。罗伯特记得当时自己很得意，觉得替社会做了件好事，让温斯顿摆正了位置，转行做管理去了……

但重生后，罗伯特的水平可能和他的水平差不多。维尼真的知道这件事吗？

汤姆显然对两人的明争暗斗毫不知情，他以为温斯顿那番话只是陈述事实。"有人觉得他重要，院长。而且那个人有能力破解运作良好的商业安全系统。"他转向罗伯特，"回忆一下，罗伯特。我知道你对这些信息网络还不熟，主显系统又屏蔽了很多信息，但是你今天有没有注意到什么不寻常的情况？我是说，在你进入图书馆之前。"

"嗯……"他看着头顶上空。他的搜索结果终于出来了，显示着各种"图书馆升级项目：为现代的学生恢复史前文化"的图片和文字，都是些陌生的内容。除此之外……还有那些飘浮的光点，可能代表着不同的含义。他努力回忆胡安讲过的东西。啊，想起来了。谢里夫回来了，就是飘浮在书架角落上的那个深红色光标，"有人在帮我，一个叫祖尔菲卡·谢里夫的研究生。"

"你走向图书馆的时候一直在跟他联系吗？"

"是的。谢里夫说避开主入口的人群，进图书馆会更容易一些。"

卡洛斯和汤姆交换了眼神。"你没看到警戒线吗？它们应该会引导你去往大楼南侧。"

"教授，我认为你被劫持了。"

汤姆点头赞同："别难过，罗伯特。这种事对网衣来说是家常便饭，我们应该追踪这个叫祖尔菲卡·谢里夫的家伙。"

罗伯特指向那个红点："他还在这里。"

他的手势被主显系统当成命令了——结果红点被转到了公共视点。卡洛斯望向他手指的方向："对！你看到了吗，帕克教授？"

汤姆把头埋进笔记本，噼里啪啦一阵操作："当然看到了。我猜他正通过罗伯特偷听我们谈话呢，把他叫进来聊聊怎么样？"

温斯顿绝望地眯着眼四处张望，显然，他看不到红色光点。但他把汤姆的问题看成向他征询意见的请求，便抢先回答道："行，叫他进来。"

罗伯特的手点击了一下"确认"。一秒钟后，深红色的光点降落到桌边，然后突然变成一个真人大小的图像，皮肤黝黑、眼神诚恳。谢里夫满怀歉意地笑了笑，挪到桌边另一头的椅子上"坐"下。"谢谢你激活我，顾教授。你们说得对，"他向其他几人点点头，"我是在偷听你们的谈话。非常抱歉，我的通信系统出了点问题。"

"你这是在利用初学者的无知。"汤姆说。

温斯顿果断点头："我也这么认为！我……"他犹豫了一下，似乎在反复斟酌，"啊，算了。有什么关系，汤姆？我们今天的所作所为完全是公开的。"

汤姆笑了："没错！但我的经验告诉我，收到礼物一定要里外检查，没准儿它就是特洛伊木马的变种。"他看着笔记本中的图像，"那么，谢里夫先生，我不在乎你有没有偷听。只要告诉我们，你对罗伯特·顾都做了些什么。有人带着他闯过了层层警戒，进入了员工通道。"

谢里夫迟疑地笑道："老实说，我跟你们一样惊讶。刚到校园的时候，顾教授和我一直漫无边际地聊天。从瓦尔沙夫斯基大楼那个斜坡下来之后，他就不说话了。然后不知怎的他开始往左转，我们就来到了图书馆北边，接下来我看到他走进了货物入口走，再后来我就联系不上他了，不知道还能说些什么。当然，我自己网衣的安全等级已经设到最高，嗯。"他迟疑了一会儿，然后换了个话题，"你们对这整件事是不是小题大做了？我是说，'图书馆升级项目'会把有史以来的全部书籍分享给所有人，而且比其他项目做得都快。这有什么不好呢？"

谢里夫说完最后几句话，所有人都陷入了沉默。终于，温斯顿干笑了一声："你没浏览过我们的网站吧？"

"啊，还没有。"他停下来，眼睛仿佛看着远处，"哦，我明白你的意思了。"他笑道，"我和你们应该是一个阵营的——你们的诉求可以帮我保住在411的工作！看，我喜欢古诗，但古代文学资料实在太难找了。如果你只研究2000年后的作品，到处都有评论资料，在网上能搜到很多东西。但更早的，你就得去那里翻了。"谢里夫指了指图书馆六楼摆满整齐书籍的书架，"可能花上好几天也只能找到一些细枝末节。"

懒虫，罗伯特想，不禁对谢里夫早前表现出来的对"真正的书"的热情产生了怀疑。但早在他还在教书的时候，他就发现这种趋势了：不只是学生们懒得翻书，连有些所谓的研究人员也对海量的线下信息视若无睹。

温斯顿盯着这个年轻人："谢里夫先生，你不明白书架的意义。它们不是被用来解决你的燃眉之急的，不是这样用的。我在这些书架中搜索过无数次了，很少能直接找到我问题的答案。你猜你找到了什么？我找到了相关主题的书。我找到了我从未想过要问的问题，以及它们的答案。这些答案把我引向新的方向，而这些方向通常比我原本想的更有价值。"他朝卡洛斯看了一眼，"对吗，卡洛斯？"

卡洛斯弱弱地点了点头。

但温斯顿说得完全正确，连罗伯特都不得不支持他了。"这种事情太疯狂了，谢里夫。这个图书馆升级项目就是打算扫描所有的书，然后把图书馆数字化。可是……"他突然想起了在斯坦福最后几年的事"……谷歌不是已经这么做过了吗？"

"是的，"卡洛斯说，"那是我们首要的论据，也许是最有力的一个。但是胡尔塔斯是个销售天才，他也有有利于他的论据。他的方法很快，而且非常非常便宜。过去的数字化远不如这个计划完整，也不如它统一。而且胡尔塔斯强大的律师团队和软件系统，足以在所有老的版权体系中实现微版权支付，不用额外购买版权。"

温斯顿苦笑道："管理层认可这个项目的真正原因是他们对胡尔塔斯的钱感兴趣，也许还有他的知名度。但是，听我说一句，谢里夫先生，粉碎书是毁书，这是底线。而留给我们的是一堆没用的废纸。"

"噢，不是的，布朗特教授，读一下这篇简介吧。从照相隧道传出来的图片会被分析重组，软件可以直接调整图像，按照撕痕给它们配对，再按照原来的顺序把文字拼回去。实际上，在机械化操作方面来看，这么做最为简单省事，所以才会用这种看似暴力的方法撕书。因为每一块碎片的形状几乎都是独一无二的。真的，这不是什么新技术。鸟枪法可是基因学研究中的典型做法了。"

"噢，是吗？"罗伯特捡起那张他从 P——Z 书架上救回的皱巴巴的纸片。他像举着一个浑身瘫软的凶杀案受害者一样地举它，"那么，什么万能软件能复原那些从书上扯下来但没被拍到的文字呢？"

谢里夫正想耸肩，看到罗伯特的表情后便打住了："先生，这真的不是问题。的确，免不了有一些疏漏。就算每张纸都顺利地被拍了照，软件在配对的时候也会出现差错。潜在的错误率大概是每数字化一百万册书错几个字，比人工编辑再版的错误率还要低得多。而且其他大型图书馆也要

　　　　　　　12　过去的卫士，未来的侍女

参与这个项目，经过交叉核对之后，结果就更精确了。"

其他大型图书馆？罗伯特下巴都惊掉了。他闭上嘴，无言以对。

汤姆盯着他的笔记本："你似乎突然间变得消息灵通了，谢里夫先生。"

"那……当然，我穿着网衣呢。"年轻人答道。

"嗯哼。而你真正想做只是继续追寻你钟爱的文学？"

"……当然！我的论文导师一辈子都在研究顾教授'年龄的秘密'系列的诗作。而现在我发现这位伟大的诗人从阿尔兹海默病中康复了！这是千载难逢的机会……好吧，如果你不相信谷歌人物，你可以去查 411 的名录。我有很多顾客可以为我背书，他们当中很多人是圣地亚哥分校文学系的学生——当然，我绝对，绝对没有提供过有违职业道德的帮助！"啊哈，看来即便在这个无所顾忌的新世界，找枪手代写作业仍然是被明令禁止的，"我不知道顾教授今天遇到了什么。不过他不是阻止了图书馆升级项目吗？那不正合你们的意思吗？"

温斯顿和卡洛斯都点头赞同。

"别装了，"汤姆说，"你是个卧底。"

"我只不过是个英文系的学生！"

汤姆摇摇头："你可能是任何人，你也可能是一帮人。你想装文学青年的时候，就派一个懂诗的人来和我们聊。"汤姆往后一靠，"老话说：信任始于面对面的交流。我从你的简历中看不到任何可信的内容。"

谢里夫站起来，穿过桌子走到中间。他抬起头，朝天空挥舞着双手："你要面对面？这个我可以做到。看下面，小路旁的凳子上。"

汤姆躺在椅背上继续往后仰，然后扭头向下看去。罗伯特走到窗边向下俯瞰，人群已经散了，只剩下零星几个顽固的示威者。这条小路犹如用砖铺就的长蛇，沿着山坡蜿蜒而上，蛇脑袋刚好伸到图书馆台阶边缘。这是一件栩栩如生的马赛克艺术品，是罗伯特离开圣地亚哥分校之后才出现的。

　　"我大老远从科瓦利斯赶来，就是为了见顾教授一面。拜托不要赶我走！"

　　另一个祖尔菲卡·谢里夫——真真切切的——就在小路旁边，他抬着头，正在向他们招手。

- 13 -
米莉帮成立

从米莉记事起，就没什么祖父母缘。爱丽丝的父母和祖父母以前都住在芝加哥，如今都已不在人世。在鲍勃这一边，罗伯特和死了差不多，不过他又活过来了！现在米莉担心再次失去他。

还有莉娜……

莉娜只是在官方信息中死了。莉娜说服了鲍勃，让隐私之友放出了这个谣言，莉娜甚至让他对米莉也保密。但鲍勃告诉了米莉真相，这是明智的做法，因为米莉迟早也会发现的。但这样一来，她就不得不对鲍勃做出保密的承诺。就连她和罗伯特关系还正常的时候，看到罗伯特如此绝望的样子，她也没向他吐露过半个字。

但现在，米莉自己却越来越绝望了，她已经五个月没见过莉娜了。在艾兹拉·庞德事件之后，她差一点打电话给莉娜。但那除了能验证莉娜对罗伯特的看法之外，什么忙都帮不上。鲍勃对罗伯特的问题只会视若无睹，他就是个懦夫。爱丽丝不是懦夫，但她最近正忙着培训，看起来进展很不顺利。好吧，米莉心想，我自己能搞定。她利用了祖尔菲卡·谢里夫，制订了一个巧妙的康复计划。一开始，计划执行得不错。谢里夫的网衣很容易破解，她可以直接接触到罗伯特。但在罗伯特的圣地亚哥分校之行过后，她才意识到，还有别的人也在利用谢里夫。

是时候去见见莉娜了。

米莉等到周末，叫了辆车来到金字塔山。每到星期六，这里总是非常热闹。鲍勃说这里让他想起他小时候的那些电子游戏厅。你得亲自到场，到了之后就能玩上各种各样有真实触感的绝佳游戏。这里虽然由巴哈赌场运营，但针对的却是还未到法定赌博年龄的孩子们。米莉看中的是乐园强大的安保系统，即使罗伯特好奇她的行踪，也不太可能跟着她找到莉娜家去。

她把自行车从车后面的架子上取下来，把它伪装成一头小毛驴。她选了经典的日本漫画形象：大眼睛，竖起的头发，樱桃小嘴。变成这副模样之后，应该就没人主动来找她一起玩了吧。

米莉牵着小毛驴，沿着环山小路走着。她关闭了日漫影像，想观察一下如今的流行趋势。呃，大部分都是那些乱七八糟的斯酷奇形象。满眼都是塞西普尔和芭芭雅嘎。一年前，斯酷奇还默默无闻，现在却比一些大公司的名头还要响，连最新版《白垩纪归来》的重大发布都被它盖过了一头。这里有上百种不同的斯酷奇角色，有的狡猾地窃取了别人的知识产权，有的来自偏远国家的民间传说。形象都非常非常恶俗，一点创造性都没有，怪不得铁粉都是些小孩子。

快到山顶的时候，一只斯酷奇小兽仰天长啸。那不是电子合成器发出的声音，这只斯酷奇小兽是乐园里的蹦极车在她的视角里对应的虚拟形象。蹦极车的车舱从山谷弹上天空，到达顶点的时候加速度几乎达到四个 G，让乘客们体验完长达一分钟的零重力自由落体运动之后，才回到乐园地面，这是南加州最刺激的游乐项目。现在米莉的朋友们对它嗤之以鼻，说它"跟空快投递的包裹差不多"。但米莉小时候在这里度过了许多个快乐的下午，反复在半空中弹上弹下。

今天，去往东门的路程她走了一半，但她一个游戏也没玩。她十分谨慎，不让自己触碰任何游玩设备，别说上去玩了。她尤其不想碰那些可爱的毛茸茸的小动物，除了门口，金字塔山的规矩就是："碰了就要付钱"。

那些花式推销让她心烦意乱，也许她应该花钱玩一局。

她停下来望向山坡，那边一片喧闹。但如果你仔细听，就会发现灌木丛中的那些孩子各自玩着不同的游戏。乐园调度得很好，玩家和设备都不会互相干扰。她的伪装造型选得对，经典的日本漫画形象对那些乡巴佬来说太高雅了。

"要不要来一局《双星奇缘》？两个人就可以玩。"

"咦！"米莉差点被毛驴绊倒。她转过身去，把自行车横在自己和那个声音之间。这是个真人，也用着日漫造型。米莉切换到实体视角：是胡安·奥罗斯科。这运气也太差了，她完全没想到他会喜欢经典日漫。

她找到准备好的声音，是安妮特·罗素尖细颤抖的英音腔调："今天恐怕不行，我想玩更宏大一点的。"

胡安，或者说他展示的那个竖着头发的小动物，歪头问道："你是米莉·顾吧？"

这种问法非常不礼貌。不过你能指望一个十四岁的小废物多有礼貌呢？"是又怎么样？我还是不想玩。"她转身推着车就走。胡安跟了上来，他带着一辆轻便的折叠自行车。

"你知道吗，我和你爷爷在查姆莉格女士的写作课上是搭档。"

"我知道。"讨厌鬼！如果胡安知道了米莉的计划，罗伯特可能也会知道，"你在跟踪我吗？"

"这又不犯法！"

"这不礼貌。"她看都不看他，大步快速地往前走。

"我并没有一直跟着你。我只是一直希望能遇到你，然后我看到你从西门进来了……"也许他只是设置了临近警告，"那个，你爷爷在帮我，呃，提高写作水平，我觉得我有进步。我在教他怎么穿戴网衣，但是……我为他感到难过。他似乎总是气呼呼的。"

米莉继续走着。

"反正，我在想……如果他能遇到一些老朋友……也许能好受些。"

米莉转身瞪着他："你在招募人手吗？"

"不是的！我是说，我是有个可能对老年人有益的联盟，但这是另外一回事。你爷爷在学校帮了我的忙，我也想帮他。"

他们走在下坡的路上，快到东门了，这是金字塔山赚钱的最后机会了。越靠近门口，推销的力度越大，乐园所有的游戏一齐上阵了。毛茸茸的小动物在他们身边跳着舞，乞求能被抱起来。这些小动物背后是实体机械装置，如果你伸手去碰它们，就会摸到柔软浓密的毛发，还能感觉到它们身体的重量。乐园在门口兜售这些小机器人，即使不买也可以拥抱告别一下，再说抱一下又不要钱，很多好不容易忍到这里的孩子就是被这一招击垮了。米莉小一点的时候，每个月都要在这儿买一个玩偶，她最喜欢的那个现在还在她的卧室里摆着。

她推着她平凡无奇的小毛驴穿过人群，一路避开说话的小熊、迷你斯酷奇兽和真实的孩子们。随后，他们走出了大门。米莉出了点小故障，人工影像随即消失了。她变回了那个普通的胖女孩，推着一辆傻乎乎的自行车。胡安看起来就是个紧张的瘦小子，他带着一辆亮闪闪的新自行车，但他好像不知道怎么打开它。

我不想让他发现莉娜的秘密。

她伸出手指戳向他的胸口："我爷爷没事，不要拉他去搞什么付费的阴谋。出了学校，你就离他远一点。"她飞快地显示了一下安妮特给他们的复仇者小圈子制作的影像，他吓得往后一缩。

"但我只是想帮助他！"

"还有，如果我再发现你跟踪我……"她转成非实名模式，并把消息设置为几小时后自动发送。

无名氏→胡安·奥罗斯科：如果你把我惹火了，小心你的成绩单大变身。

　　突然的沉默让胡安稍微睁大了眼睛，接下来他得好好消化一下这条消息了。

　　当然，这都是虚张声势。不管米莉怎么装，她都是个遵纪守法的好孩子。

　　她蹬了几下自行车，翻身骑了上去，可是差点连车带人摔倒在地。不过最终她稳住了，一溜烟冲下山坡，甩掉了胡安。

　　"彩虹尽头"退休之家坐落在金字塔山西北的一个山谷里。这地方年代久远，远近闻名。它是六十年前建成的，远在这一带被开发之前。鼎盛时期是 21 世纪初，一大批老年土豪住进来的时候。

　　米莉沿着自行车道骑着，竭力避开所有路人。她的访客卡还有效，但在"彩虹尽头"，小孩子并不受待见。她小时候来这里看莉娜时觉得这里就是魔法世界，这里的实体草坪和西福尔布鲁克的虚拟草坪一样美丽，这里有真正的铜像。柱廊和砖墙也是真的，比大多数商场的都要精致，不过最高档的那几家除外。

　　后来，她在学校里钻研老年问题，不可避免地得出一个悲观的论断："彩虹尽头"里仍然有钱，但这些钱来自那些找不到更好的出路的人。留在这里的大部分人在投资或治疗上都不怎么顺利，只是靠着对医学奇迹的幻想勉力支撑着。

　　胡安没有试图跟踪她，也没隐身，她探测到他往东边去了。他蹬着好不容易才打开的折叠自行车，往梅斯塔斯区去了，她眯着眼看了他一会儿。胡安·奥罗斯科会不会是在圣地亚哥分校劫持了谢里夫一会儿的那个小流氓呢？不可能，那是个喋喋不休的牛皮大王。而且牛皮大王先生还是有点真本事的，也许跟米莉不相上下。

行了，还有更重要的事情要考虑。莉娜的家就在前面第二条街的尽头，该打开图层，好好准备一下了。关于这次见面，她想了很多，一直在想该说些什么话，可能会遇到的打击……她在二年级时亲眼看见了"第12型顽固性骨质疏松症"的威力。从那时开始，她就做了一些设计，并以此为基础建立了一套专属视像。

首先，她把路旁的树变得又高又大，看起来完全不像棕榈树。在她沿着山坡向上走的时候，高大的阔叶树木变成了常绿的针叶林。当然，这些都只是没有实感的图像而已。她的衣服上没有装游戏带，也没有微型空调。尽管她把天气设成了阴天，树枝弯得很低，太阳照在她身上仍然毒辣辣的。也许她应该把热浪想象成某种咒语，她以前也这么想过，但总被别的更重要的改进耽搁了。她花了好几个月来构建这个世界，这套视像不会比任何商用幻象逊色。虽然它借鉴了上百种幻象，但最终效果是米莉根据她对莉娜的感觉独立创作的，她没有对外公布过自己的作品。虽然大多数视像与人共享之后会更有趣，但这个不一样。

最后，她一个急刹车，翻身下车，最后几百英尺只能步行。周围还有几个人，但在她的视像中，他们都是面目模糊的农民。人行道和轮椅道在她眼中成了林间小路和长满苔藓的台阶，她好几次差点因为虚拟和现实的错位而被绊倒。不过她现在是个谦卑的求助者，吃点小苦头也是应当的。

然后她来到了树林深处，偶尔会有岔路，指向树林深处的人家。她视角中的树木都是参天古木，巨大的树枝高悬在她头顶上空，米莉推着车走在林间古道上。住在树林深处的人级别比较高——不见得有莉娜那么高，但仍然是令人敬畏的权力阶层。米莉低头看着地面，不希望有人前来和她搭讪。

她转过最后一个弯，又走了五十英尺，终于来到一座宽敞的木屋前。她抬头望去，透过树叶的缝隙，看到的并不是天空，而是阳光照射下明亮的绿色。森林最高的树冠就在这个地方的正上方，这里就是女巫的家，古老智慧的源泉。她把自行车靠在木墙上，伸手拍了拍巨大的黄铜门环。门环发出铮铮的声音，在她耳朵里回响着。实际上，门上装的是莉娜从帕罗奥图带回来的旧门铃，响起来的是20世纪的难听旋律。

过了一会儿，米莉听到屋里传来脚步声。脚步声？大门吱呀一声朝里打开。米莉的幻象不够用了：一个女人，看起来不比学校的老师老多少。你在这儿干什么！米莉惊呆了，一句话也说不出来。她很少遇到这么令她震惊的事。过了一会儿，她镇静下来，礼貌地点点头："你是向秀？"

"没错。你是米莉，莉娜的孙女，对吗？"她侧身让米莉进来。

"噢，我以为你不认识我呢。"米莉走进屋，脑子飞速地转着。向秀看起来太年轻了，不像个真正的女巫。好吧，那就让她当莉娜的学徒吧，叫什么来着——新女巫。

新女巫向秀笑了："莉娜给我看过你的照片，我还在学校见过你一次。莉娜同我说过你会来的，嗯，早晚的事。"

"那么……她肯见我喽？"

"我去问问她。"

米莉微微鞠躬："谢谢您。"

新女巫向秀把米莉带到一张软座椅子前，旁边有张堆满书的桌子。"我去去就来。"

米莉在椅子上坐下来。哎哟，这是硬塑料椅子。而那张桌子……嗯，上面的书是真的，是那种用来即时阅读的书。每一页上的内容可以随便定义，但纸都是真纸。当然它们不是米莉想象中的那种大部头古董书，但也堆得够高的。书堆顶上是一张浏览纸，非常违和。这说明幻象需要改进了，米莉随手把它变成了一本闪着荧光的魔法书。她往前凑了凑，观察着那些书——机械与电子工程。这应该是新女巫向秀的，米莉查看过罗伯特班上每个学生的背景。桌子底下那箱小玩意儿应该是她在精工课上的作品，米莉认出了在新闻中见过的那个弯曲的传送平台。

怎么会这么巧？向秀和莉娜竟然成了室友……

她身后传来了声响，通往里面的房门打开了。是新女巫向秀，身后紧跟着老女巫，米莉已经为此准备好了影像。莉娜现实中的轮椅有六个万向轮，实用但无聊。但女巫莉娜的轮椅装着六个向外倾斜的银边大木轮，一滚动起来，边缘就冒出一圈圈蓝色的火花。在米莉的幻象中，莉娜穿着深黑色的衣服，就像经典魔法场景中出现的那样，深不见底的黑色仿佛吞噬了周围的光芒，掩盖了穿衣人的面容，莉娜的女巫帽被随意地挂在高高的椅背上。米莉的特效就到这儿了，她总是让其他部分保持原样。实际上，她设计的这些视像只是为了衬托她的祖母，更好地展现出她本来的风采。

老女巫上下打量了米莉一番，开口问道："鲍勃没跟你说过别来烦我吗？"但她的语气不像米莉担心的那么生气。

"他说了，但我太想你了。"

"噢。"她身体微微前倾，"你妈妈怎么样，米莉？她还好吗？"

"爱丽丝很好。"莉娜对爱丽丝的情况太了解了，但她没有必要知道她的烦心事，知道了也帮不上忙，"我想跟你谈谈别的事情。"

莉娜叹了口气，闭上了她深凹的眼睛，然后睁开时似乎带着笑意："见到你我很高兴，小家伙。我只是不想和你或者鲍勃争论。更重要的是，我不想让那个人知道我还活着。"

"不会的，即使有争论，我也会只争一下下的，莉娜。"尽力让事情朝积极的方向发展，但还要留有余地，争取下次还能前来拜访。"你不用担心那个人。"莉娜措辞犹如传统魔法情景再现，只可惜罗伯特不得不担当大魔王的角色了，"我保证不告诉他你的秘密。"至少在得到你的允许之前不会，"我来的路上很小心，再说那个人一点儿也不擅长跟踪。"

莉娜摇摇头:"那只是你的想法而已。"

新女巫向秀在轮椅旁坐下,一言不发地看着她们。她也许能帮上忙。"你每天都能见到那个人,对吗,女士?"米莉问道。

"是的,"向秀说,"我们一起上精工课,还有露易丝·查姆莉格的搜索与分析课。"

"查姆莉格女士还可以——"至少教那班笨学生是绰绰有余的了。米莉及时咽下了后半句,但她还是感到自己脸红了。

新女巫向秀似乎没注意到米莉的尴尬:"其实她很不错。我一直这么跟莉娜说。"她瞥了一眼老女巫,"露易丝很擅长提正确的问题,这个我花了一辈子才理解。是她让我明白了分析包的重要性,别人都没做到这一点。"她指了指那本旧魔法书。米莉有点惊讶,查姆莉格女士人是不错,但她总是满嘴的陈词滥调,而且又啰里啰唆的。

不过,即便对方是一个新女巫,你也不能随随便便就反驳。更何况米莉正在努力示好。她轻轻点了一下头,说:"是的,女士。不管怎样,您经常见到那个人,他真的有那么可怕吗?"

向秀摇摇头:"他是个奇怪的人,看起来是那么年轻。罗伯特,我是说'那个人',有时候表现得很亲切,但突然就能翻脸不认人,我见他对好几个孩子这么做过。老年人都躲着他,我觉得温斯顿·布朗特就很讨厌他。"

是的,米莉看到了温斯顿上周六在圣地亚哥分校图书馆不安的表现。虽然当时她主要忙于抢夺祖尔菲卡·谢里夫的控制权,但温斯顿的敌意还是没逃过她的眼睛。

新女巫向秀扫了一眼坐在轮椅里的虚弱的老太太:"莉娜对他的评价恐怕是正确的,他总是利用别人。他假装欣赏我的精工课作品,转头就把它抢走了。"

莉娜咯咯地笑了起来，老年人都很擅长这么笑。米莉觉得这笑声是衰老带来的唯一的好事。"秀，秀，你不是跟我说过看到他切割那辆车的时候，你高兴坏了吗？"

新女巫向秀面露尴尬："呃，是的。我是从火箭模型和自制射频控制器开始喜欢上科学的。如果不能亲手操作，我就会一事无成。可是现在，我们都接触不到真实的东西，只能通过层层封装好的标准零件来控制——这和我自己发明的安全硬件环境也脱不了关系。所以说，罗伯特和我都想打破一点什么。只是他真的付诸行动了，我真的为他感到高兴。但他并不关心我的想法，我只是他随手找到的一件工具而已。"

莉娜又笑了起来："你太走运了，才几天就把他看透了。我可是花了好多年。"她举起一只骨瘦如柴的手撩了撩头发，现代医学在莉娜身上并非完全无用。五年前她得了帕金森症，米莉还记得她不由自主颤抖的样子。现代医学治好了她的帕金森症，让她保持了清醒的头脑，还预防了其他大大小小的疾病，但她的异常骨质疏松症却无法治愈。早在二年级的时候，米莉就从技术上明白了这一点。至于她精神层面的疑惑，就连爱丽丝也无法排解。

米莉端详着老女巫饱经风霜的脸："我……我很高兴你花了很多年才看清那个人。否则你们就不会有鲍勃了，然后他不会跟爱丽丝结婚……也就没有我了。"

莉娜移开了视线。"是的，"她嘟囔道，"鲍勃是我待在他身边的唯一理由。我们给了鲍勃一个温暖的家，他在孩子面前总算有点人样，至少在他发觉自己再也无法掌控鲍勃的生活之前。那时鲍勃已经长大，离开他到海军陆战队去了。"她又将视线转到米莉身上，"我为自己感到高兴，和你爷爷结婚是我犯的一个大错误。但这个错误也把两个可爱的生命带到了这个世界——而这只花了我二十年的时间。"

13 米莉帮成立

"你从来不会想他吗？"

莉娜的眼睛眯了起来："你这是准备跟我吵架吗，小姑娘？"

"对不起。"米莉走过去跪在莉娜的轮椅旁，伸手握住莉娜的手。老太太笑了，她知道米莉接下来要说什么，但还没有准备好完全有效的托词，"你和他分开了那么多年。我记得你来看过我，那时候那个人身体还好，但他从没来看我。"那时候莉娜已经上了年纪，并且是个忙得不可开交的医生，但和米莉聊天的时候她最开心了。"那时你幸福吗？"

"当然了！过了那么多年，我终于离开了那个怪物！"

"但是那个人发病之后，你又回去照顾他。"

莉娜翻了个白眼，回头看着新女巫向秀："我一说暗号，你就把这个小浑蛋踢出去。"

向秀迟疑地说道："呃，好吧。"

"但是现在先……别踢。"莉娜回头看着米莉，"这个问题我们早就谈过了，米莉。是鲍勃来'彩虹尽头'求我回去帮忙的，记得吗？他带着你一起来的。鲍勃从来不明白我和罗伯特之间的问题。上帝保佑他，他不明白我们表面上的亲密只是做给他看的。但他的恳求和你可爱的脸蛋让我无法拒绝，只好答应在那怪物的最后几年照顾他……有时候，人痴呆了之后反而变得温柔起来。大概有一年的时间，罗伯特眼看就要不行了，但还能认出身边的人，记得我们的过往——那段时间他变得很温顺，我们竟然融洽地相处了一段日子。"

米莉点了点头。

"然后，他们说罗伯特得的这种痴呆病可以治好，那时他已经从温顺的状态恶化成植物人了。米莉，如果不是这个奇迹出现，我会一直陪他到最后的。但我知道接下来会发生什么，他会变回原来的那个怪物。"莉娜伸出一根弯弯的手指，指着她的孙女，"吃一堑，长一智，所以我躲得远远的，明白了吗？"

但她的另一只手还握在米莉手中，米莉轻轻地捏了一下。"但这次可能会不一样。他们治好爷爷的时候，他身体里的某些部分已经死了。"那是李晋的理论，不是米莉的，"我知道他现在还是经常发火，但那是因为他失去了太多东西。也许你记忆中他的那些坏毛病也消失了。"

莉娜用另一只手朝新女巫向秀一指："你没听见秀刚才描述过他崭新的高贵品质吗？"

米莉想出一个对策：迅速转移话题这一招对爱丽丝不灵，但有时候却能分散鲍勃的注意力。她看了一眼新女巫向秀，然后说道："莉娜，自爷爷生病以来，你就住在这里。既然你不来看我们了，你完全可以搬到其他任何地方去。但你还是住在离家十英里远的地方。"

莉娜扬起了下巴："我在圣地亚哥住了很多年。我不能为了这个就放弃和老友相聚、去熟悉的店里购物、徒步远足——好吧，徒步远足我是放弃了。但重点是，就算那个人重生了，也不能再让他来打乱我的生活！"

"但是——"现在非常危险了！"——你以前认识向博士吗？"

老女巫抿紧了嘴："不认识。你是不是想说或者暗示，既然'彩虹尽头'住着两千五百个老家伙，我们两人成为室友一定不是巧合？"

米莉没有回答。

最后打破沉默的是新女巫向秀："是我选的。今年夏天，一得到医生的允许我就搬到这儿来了。我在这里算年纪大的，但我还生龙活虎着呢——"她尴尬地苦笑了一下，"他们不知道该拿我怎么办，于是我主动提出与人合住。这个安排挺不错的，你奶奶比我小十岁。但在我们这个年纪，这点差别可以忽略不计。"她拍了拍莉娜的肩膀。

米莉记得莉娜在彩虹尽头担任了多年的心理咨询师。如果有人可以做向秀室友的话，她是不二人选。她睁大眼睛，刚想提这茬儿，就看到了莉娜警告的眼神——那眼神的意思清楚极了，跟直接发默信差不多。

过了一会儿，莉娜在轮椅上换了个姿势。"明白了吗，小丫头？完全是巧合。不过这安排确实挺有用的，秀让我对那个人在现代教育系统中的经历了如指掌。"她朝米莉狡黠一笑，犹如一个真正的女巫，根本用不着米莉特效的衬托。

"对，"向秀说，"我们都盯着他呢。"

"这次那个怪物再也抓不着我了。"

米莉往后退了几步："你们俩组成联合体了！"她没想到两个女巫能拥有如此真实的现代魔法。

"什么体？"新女巫向秀问道。

"联合体。就是长处和短处互补的搭档。对外时，你们是一体的，代言人是行动方便的那个搭档。通过这样的合作，可以取长补短，做到单独一个人做不到的事情。"

向秀不解地看着她。

噢。米莉向她俩发了条测试信号。除了莉娜的医学信息，她们都没上线。米莉被自己的幻象搞得心烦意乱的。"你们都没穿网衣吗？"

向秀指了指她的书桌："我有浏览纸和那堆书。我有那么多正经的知识需要学习，没时间去搞什么网衣，米莉。"

米莉差点儿忘了自己来这儿的目的。"向博士，您对网衣的理解太片面了。我是说，查姆莉格女士不是说过吗，有些分析包是没法百分之百支持静态视频图像的。"

新女巫向秀勉强点了一下头："她给我看过BLAST9。但我觉得那不过是披着花哨游戏外壳的分子设计而已。"

"那是因为你在浏览纸上运行它，功能当然差远了。"

新女巫向秀低下头："我要学的东西太多了。我先从简单的学起，从浏览纸上可以运行的东西开始。"

莉娜盯了向秀一会儿，然后整个人仿佛缩进了她的轮椅里。她低头看着她的孙女："可怜的米莉，你不明白。你生长在相信可以忽略人体局限的时代。"她仰起头，"你从来没读过《年龄的秘密》吧？"

"我当然读过了！"

"噢，对不起，米莉，我相信你读过。毕竟，这是我那位讨厌的前夫最著名的作品。我必须承认，那些诗是天才之作。它们'令人无法承受的重量'都源自他内心的痛苦，转而又印证了赤裸裸的现实。但你理解不了，是吗，米莉？你周围充斥着虚假的医学承诺和不成熟的疗效，它们让你看不清埋藏在其背后的真相。"她停下来，晃着脑袋，犹如帕金森症复发一样。不过也许她只是犹豫不决，不确定该不该继续说下去，"米莉，真相是，如果我们足够小心且幸运的话，我们可以活很久，直到变得又老又虚弱，疲惫不堪，最后主动放弃挣扎。"

"不会的！你会好起来的，莉娜。你只是运气差了点，但你会好起来的，这是早晚的事。"

听到莉娜咯咯的轻笑声，米莉这才想起来"这是早晚的事"是罗伯特诗中经常出现的一句话。

祖母和孙女互不相让地对视了一会儿。然后莉娜说道："今天的谈话就到此为止吧。对不起了，米莉。"

米莉低下头。但我只是想帮忙！奇怪了，那个奥罗斯科也是这么恳求我的。好吧，也许他不是一个彻头彻尾的浑蛋，也许他真的可以帮上忙。但他还说了些什么很重要的话来着……对了！米莉突然找到了转败为胜的办法。她抬头看着她祖母的脸，露出无辜的笑容："你知道吗，莉娜……那个人，开始学习穿网衣了。"

- 14 -

神秘陌生人

三周都过去了，罗伯特和胡安仍然用面对面的方式完成他们大部分的作业。往往一放学，他俩就走到体育场看台上，一个傻瓜尽其所能地向另一个傻瓜传授经验。

作为非正式的第三个和第四个傻瓜，弗雷德和杰瑞偶尔也会跟他们一起去。这对双胞胎在查姆莉格的写作课上互为搭档，但他们似乎对罗伯特的进步很感兴趣，并且会主动出谋划策。不过，他们的点子跟胡安的不一样，总是趣味有余，实用性不足。

还有第五个傻瓜。向秀退出了创意写作课，但还在费尔蒙特中学上其他课程。她也像罗伯特一样，开始学习穿网衣了，她最近穿的是一件钉珠百褶衬衫，也是一款主显系统入门网衣。有一天下午，罗伯特和胡安在那里遇到了一些智利人，那时她正好也在。他们坐在操场的环形跑道外面。周围一个人也没有，校队要过一会儿才会过来。

米莉→胡安：嘿！醒醒，奥罗斯科。快传送＜电子号码／＞。

胡安→米莉：对不起，我没看到他们。

米莉→胡安：你昨天也没看到。在他们去找拉德纳兄弟之前把电子号码给他们。我告诉过你，这些家伙是很好的练习对象。

胡安→米莉：好的，好的！

"嘿，"胡安突然开口道，"顾博士，向博士，快看！"他给罗伯特的主显系统发送了一个可打开的电子号码，这几天他们一直在练习这项操作。这孩子说，只要你勤加练习，这种互动就会变得非常自然，就像看别人用手指方向一样。这对于罗伯特来说就没这么容易了。他停下来，眯着眼睛看着那个图标。照理说，这样就能强制打开图标，但什么也没发生。他在虚拟键盘上敲了几下，他注意到几英尺外的向秀也在做同样的动作。

……突然间，出现了六七个说着西班牙语的学生。

米莉→胡安，莉娜，秀：行了，我觉得罗伯特看到他们了。

莉娜→胡安，米莉，秀：我看到他们了！你看到了吗，向博士？

秀→胡安，莉娜，米莉：还没有，我得……

米莉→胡安，莉娜，秀：别急着回默信，向博士。你还不够快，罗伯特会起疑心的。假装对着他或者胡安大声说话就好。

向秀沉默着敲了一会儿虚拟键盘。她的网衣穿戴技术比他的还差。但她开口了："对，我看到他们了！"她扫了胡安一眼，"他们是谁？"

"弗雷德和杰瑞的朋友，来自遥远的南方，智利。"

米莉→胡安：让他们玩同步怪兽。

胡安→米莉：好的。

胡安用西班牙语对来访者说了一通，说得很快，罗伯特没怎么听懂。好像是帮助初学者打怪物之类的话。

对方的西班牙语就更难懂了，但是也许这不重要。他们退后了几步，中间的空地上突然摇摇晃晃地走出来一个紫色的东西。

向秀大笑起来："我也看到那个了。但这个怪兽……做得太假了。"

罗伯特凑近那个歪歪斜斜的视像："作为毛绒玩具还不算太假。"它的缝合针脚很粗糙，关节处还露着一截里面的填充物。但这个视像差不多有七英尺高，当罗伯特靠近时还会蹒跚着后退。

罗伯特笑了："我读到过这种东西。"

莉娜→胡安，米莉，秀：我查了，秀。你动，它会跟着你动。但是你们每个人只能控制它身体的某一部分。

"哦。"向秀往前走了几步，堵住怪兽的退路。它的后腿停住了，但前腿还在后退，差点仰面朝天，摔倒在地。

米莉→胡安：告诉大家，任务是让它跳一段优雅的舞蹈。

胡安说："我们的任务是互相配合，让它动起来。绕着它跳舞，向博士。"

她照做了，音乐随着她的动作响起来。怪兽的后腿重新活动起来，它的屁股似乎也在随着她的舞步扭动着。那些智利孩子被逗得哈哈大笑。

罗伯特抬起手腕挥了挥，音乐随之响起。胡安开始拍手，怪兽的肩膀也随着音乐耸动。南美的孩子们静静地观察了一会儿，他们看起来和胡安与向秀本人一样真实，不过他们的网衣水平和圣地亚哥大部分用户一样，都不是专家级别的。他们的影子投错了方向，影子和草地结合得也不够自然。但是过了一会儿，那些智利孩子好像也能听到音乐了，开始一起拍手。现在这只动物的尾巴开始上下摆动——他们在游戏里控制的是这部分没错吧？

罗伯特扩大了动作范围，带动了怪兽软塌塌的爪子。有那么一瞬间，怪兽跳得挺合拍，动作也挺连贯。但是网络有大约一秒的延迟，更糟的是，延迟时间不固定，在几毫秒到一秒多钟之间随机变动。随着错误不断地被修正及过分修正，舞蹈变得越来越狂热，直到最后那只怪兽的尾巴打到了脚爪，让它四仰八叉地摔倒在地上，四条腿还在空中乱舞。

莉娜→胡安，米莉，秀：太好玩了！

"该死！"罗伯特说。

但每个人都在笑，不过并没有针对谁。远方的孩子一个接一个地消失了，最后只剩下几个实体人：罗伯特、胡安和向秀。

"我们本来可以玩得更好的，胡安！"

莉娜→秀：看到了吗，他总是在抱怨。再过一分钟他就要狡猾地把一切失误都怪罪到你头上。

胡安还在笑着："我知道，我知道，但是网络链接太不稳定了。游戏公司免费提供的廉价网络就是这样，好让大家忍无可忍，最后付费升级。"

"那我们干吗还要玩？"

"嘿，练习啊。找乐子嘛。"

罗伯特想起了在圣地亚哥分校那场惨不忍睹的国际大合唱。"我们应该用个节拍器。你能把那些孩子叫回来吗？"

"呃，不行，我们只是……点头之交而已。你懂的，路上偶遇。"

路上偶遇。"你给我发号码之前我根本没看见他们。这里的网络上有多少人？"罗伯特用手划过空气，这空间中到底挤着多少层虚拟现实？

"这里的公开视角太拥挤了，你不可能一次都看完。你的主显系统上有三四百个节点，每个节点可以运行几十个图层。在热闹的地方可能有几百个活跃的虚拟现实层，从理论上来说，可能有更多……"

米莉→胡安：别再说下去了。我爷爷很聪明的，再给他一点点线索，他就能猜到我们也在了。

胡安→米莉：是吗？是你自己露的马脚。把顾夫人的形象显示给向博士只能把她搞糊涂了。看，她一直躲着你让莉娜站的位置。

男孩的思路似乎被打断了。"当然，如果周围只有两三个人，就根本用不着激光通信。"他们沿着跑道往前走着，男孩一路演示着如何浏览公共视点。罗伯特和向秀按照他的指导练习着，有些时候两人能看到相同的视角。向秀看起来比开始时放松了一点，至少她不再与胡安和罗伯特保持着距离了。

但是当罗伯特开玩笑说"我觉得我们会变得很厉害"的时候，向秀没理他。

莉娜→秀：又来了！

罗伯特觉得向秀这个女人真是太令人费解了。

向秀在其他方面也很怪。虽然她由于太害羞，不敢在大家面前演示而退出了写作课，但她非常喜欢精工课。她好像每天都能在精工课的工具箱里找到一些新元件来摆弄，只有在这时，她才露出快乐的模样，面带微笑，还哼着歌。她有些作品新生的罗伯特很容易理解，有些只能靠猜了。她倒是很乐于向别人阐述自己的作品。"也许这里面没有'用户可操作零件'，"她说，"但只要是我自己造的东西，我就能理解！"

向秀也不完全是个怪人，罗伯特教胡安的时候她一般都不出现。罗伯特从来没教过小孩子，他也不喜欢笨蛋。虽然胡安心地善良，但他是个笨小孩。所以现在，罗伯特只好假装教他写作。

"这很容易，胡安。"罗伯特听见自己说。不仅假装还撒谎！好吧，也许应该说：写些垃圾文字很容易。在研究生院教了二十年的诗歌课之后，他对此深有感触。写出好的文字就是另一回事了，任何学校都无法教人写出美妙绝伦的文字，天才们只能自己摸索。胡安比罗伯特以前的学生的水平差一大截，按照 20 世纪的标准，他就是个半文盲……只认识搜索数据和理解结果所必需的那些字。好吧，也许说他是个半文盲并不准确。也许有其他来形容这些脑袋不好使的孩子的词。准文盲？好吧，我相信我也能教他写出些垃圾文字。

于是他俩坐在高高的看台上，在空中打出文字。胡安完全忘了下面的运动员和远处的比赛。他练得越来越投入，后来连字体都顾不上选了。

终于有一天，他写出了一些带点真情实感的东西，不再是完全的垃圾，几乎达到了没有逻辑的陈词滥调的水准。男孩张着嘴，盯着天空发了半分钟呆："真是太……棒了。这些文字，似乎让我亲眼看到了它们所描述的事物。"他满脸笑容，扭头看着身边的罗伯特，"你学会了穿网衣，我学会了写作。咱俩进展神速！"

"也许吧。"但罗伯特还是没忍住，也向他露出了笑容。

一个星期过去了。大多数晚上，罗伯特都要接受祖尔菲卡·谢里夫的采访。每天放学之后以及偶尔在周末，他会和胡安一起学习，现在大部分是远程进行了，他们还在推敲着他们的期末演示项目。罗伯特对远程协调越来越感兴趣，无论是游戏、音乐还是体育，在距离超过几千英里、通过二十几个路由器中转之后，总会变得有点磕巴。男孩对于他们的项目有个新奇的点子："我们可以配上音乐，亲自动手演奏，这比游戏同步要容易得多。"罗伯特一次能学习好几个小时，完全把精神不够健全的状况抛到脑后。

对于新生的罗伯特来说，这些学校的作业比谢里夫带着崇拜色彩的采访更有趣，比偶尔的圣地亚哥分校之行就有趣得多了。由于抗议活动和他本人的意外卷入，图书馆碎书计划已经暂停了。但是抗议者走了之后，图书馆就变得一片死寂。现代学生不怎么用它，只剩下温斯顿的"老年团"驻守在六楼，而他们突然失去了抗议的目标。

罗伯特和向秀掌握了主显系统的大部分默认设置。现在，他只要用"正常的方式"看某个物体，相关说明就会自动弹出来。再用正确的方式眯眼或盯着看，他就能获取更多细节。如果换作其他方式，他还常常能看穿物体，看到物体背后图层！向秀对视觉指令掌握得不如罗伯特娴熟，但只要她不紧张，她在声音搜索方面更拿手一些。声音搜索是指当你听到一个生词的时候，只要给它加上标签，搜索结果就会自动出现。难怪现在的孩子词汇量大得惊人——不过词汇误用的情况也不少。

米莉→胡安：你应该告诉他，非默认设置比这些难多了。

　　　　　　　　　　　　　　　14　神秘陌生人

胡安→米莉：好的。

"那个，顾博士，你和向博士，呃，对默认设置已经用得很好了。不过我们也得练习一下非默认设置。"

向秀点点头。她今天也是以远程的方式参与学习的，不过不如胡安那么真实。她的投影很稳定，但是双脚融入了她面前的长凳。他偶尔还能瞥见她的——背景？是在她家里吗？他为此开了个玩笑。但像往常一样，他一开玩笑，她就变得更沉默了。

莉娜→胡安，米莉，秀：什么！他看到什么了？

米莉→胡安，莉娜，秀：别担心。向博士有很好的背景过滤器。再说她坐在客厅里，而你在厨房。

罗伯特扭头看着胡安："那最有用的非默认设置是什么？"

"哦，比如默信。它比特率很低，即使别的通信手段都失效了，它依然能用。"

"对！关于默信的知识，我读到过。和老式的即时短信差不多，只是别人看不到你在和其他人交流。"

胡安点点头："大部分人是这么设置的。"

莉娜→胡安，米莉，秀：别说了！让这个浑蛋自己去学习发默信吧！

米莉→胡安，莉娜，秀：别这样，莉娜！

胡安→莉娜，米莉，秀：每个人都会用这个，夫人。

莉娜→胡安，米莉，秀：我说了不要！他已经够鬼鬼祟祟的了。

男孩犹豫了："……但要练习很久才能熟练掌握。万一被人发现，它带来的麻烦远比好处多。"也许他记起了某次被老师抓现行的经历？

向秀走上前坐在长凳上，身体靠着一件隐形的家具："还有其他的吗？"

"啊！还有很多。你可以取消默认设置，这样一来，就可以随心所欲地看向任何方向了。你还是可以像在默认设置下那样发送请求，比如在叠加图层中查询信息。你还可以叠加不同视点的影像，让自己'处于'没有实体视点的地方，这就叫重影。如果你练熟了，还可以用实时模拟的结果来指导实体动作，拉德纳兄弟就是靠这一招在棒球场上所向披靡的。如果找到了网络漏洞，你还能伪造结果。另外，如果你想让发信人变得更真实的话……"男孩滔滔不绝地讲着，但是罗伯特有点跟不上了，好在他现在已经学会了录音，可以随后听回放。

莉娜→胡安，米莉，秀：老怪物眼神呆滞起来了。我觉得你成功地转移了他的注意力，胡安。

向秀说："好吧，那我们从最简单的开始，胡安。"

"最简单的就是让视线不再只对准正前方。"男孩给他们演示了一些简单的练习。罗伯特不知道向秀是什么感觉，毕竟她是远程参与的。对他来说，直接往后看挺容易，特别是通过他衬衫的视角去看。但胡安让他先不要用镜像定位，他说一旦开始用其他角度，人很容易犯迷糊。

关掉默认设置之后，操作变得非常复杂。"时间都浪费在敲命令上了，胡安。"

"也许用视觉菜单会好点。"向秀说道。

罗伯特瞪了她一眼："我正在用，正在用！"

莉娜→秀：千万不要批评他，他会在最伤人的时刻报复你。

向秀将视线从罗伯特身上移开。罗伯特看着胡安："我从来没见你用手指敲命令。"

"我是个小孩，我是用着体感输入技术长大的。嘿，连我妈在多数情况下都用虚拟键盘的。"

"那么，向秀和我就是白痴，胡安。我们不是有学习可塑性吗？教我们一些动作指令或者眼部指令什么的。"

"没问题！但这些不像你学过的那些标准动作。最强大的那些命令都是为你和你的网衣特别定制的，独此一份。你的皮肤传感器会收集到别人根本看不见的肌肉动作，你和你的主显系统互相学习之后，才能定制这些命令。"

胡安说的话，罗伯特读到过。练习起来跟听起来的一样奇怪，你不仅自己要练习玩杂耍，还要教一个愚蠢的动物帮助自己玩杂耍。他和向秀练习了差不多二十分钟，出尽洋相，然后足球队过来开始训练了。但这练习颇有成效，罗伯特现在只需一个轻微的耸肩动作就能眼观八方了。

胡安笑了："你俩非常棒，对于……"

"对于老人家来说？"向秀说。

胡安笑得更灿烂了："是啊。"他看向罗伯特，"如果你能学会这个，也许我也能学会写文章……好了，我要回家帮我妈干活去了，她今天下午在带一个团游玩。那我们明天见？"

"好的，"向秀说道，"我也该走了。这些动作怎么才能做得优雅一点呢？"

"哈！多练习才能优雅——不过我想让看到咱们离开的人都觉得这很酷。"他指着球场上闹哄哄的球队说，"就是他们。我把你变成一个图标，带着你走，如何，向博士？"

"好极了。"

向秀的影像缩成一个红色的光点。

男孩站起来，朝罗伯特微微一笑："我觉得我的几何形体够好的了，不需要接受者的协助就能把对方变成图标。"他的影像朝看台下方走去，影子效果比谢里夫通常展示的好得多。向秀的光标就附在他肩膀上，跟着他移动。他走到草坪上，沿着看台边缘越走越远，越来越小。

突然间，罗伯特眼前出现了一行金色字体。

向→顾：明天见！

哈。原来默信是这样的。罗伯特目送着胡安和向秀，直到他们从自己的视线中消失。

莉娜→米莉，秀：哇！胡安看起来跟真人一模一样，我都分不出来了。这孩子很聪明。

米莉→莉娜，秀：他还行吧。

罗伯特接下来没有课了，他现在也可以回家。可以搭的车多得是，孩子们放学的时候，交通环岛周围总是车辆云集，但他现在还不想回西福尔布鲁克。米莉几分钟后就会到家，鲍勃今晚值班——虽然他不明白那是什么意思。如果再和米莉起一次冲突，爱丽丝就要不客气了。罗伯特曾经还认为儿媳妇是个八面玲珑、易于相处的人，对此，连他自己都感到惊讶。她有一种不露声色的威慑力，也许只是因为罗伯特意识到，如果爱丽丝下定了决心，他马上就会被流放到"彩虹尽头"去。

好吧，那就在学校再待一会儿，四处看看。这个地方有种活力，和他小时候一样，也许自有史以来就一直这样，他要重拾自己的优越感。他爬上南边的看台，居高临下地望着远处正在组队踢球的足球队员，而且还远离了那些躲在角落里面毫不掩饰地嘲笑别人的孩子。

米莉→莉娜，秀：他现在该回家了。

莉娜→米莉，秀：这个老怪物才不想回家。看到他的眼神了吗？他在回味刚才发生的事情，琢磨着怎么报复秀呢。

秀→莉娜，米莉：在精工课上那次发狂之后，他一直显得挺正常的。

秀→莉娜，米莉：不，莉娜，还是用默信吧。我知我刚挨着你在厨房桌旁坐下了。我想多练习练习。

莉娜→米莉：唉。秀很好，但她有些强迫症。

秀→莉娜：哟嗬，莉娜！你在给米莉发什么呢？

太阳在他身后渐渐西沉，看台的影子延伸到了球场上。在这个位置，他裸眼就能看到校园的大部分地方。实际上校园里的建筑蛮糟糕的，就像过去人们为了在院子里加一个仓库而邮购来的简易搭棚一样，但并不是所有的新建筑都是垃圾。学校主礼堂是木质结构，带着零星的塑料补丁。他调出图层资料，发现它原来是一个用来展示马的马棚！

秀→莉娜，米莉：我觉得他只是在训练他的主显系统。

罗伯特的视线又回到了球场上。这里看起来跟鲍勃上学的时候差不多——只是场上少了标线和球门。罗伯特打开运动视角，才看到了正常的球场。运动员们冲进球场，他们穿着防撞服、实体头盔，但是跟他印象中的不太一样。孩子们尖锐的叫声，没有借助任何现代电子魔法，直接传到了他耳朵里。他们在中场围成圈，好像在听谁发号施令。

一阵叫喊声过后，队员们朝彼此冲了过去，好像在追着——什么东西？一个隐形球？罗伯特手忙脚乱地翻着菜单，一大沓可能的叠加图层在他眼前跳动。啊哈！现在队员们穿上了华丽的队服，场上还有裁判。看台上稀稀拉拉地坐着些成年人——老师？家长？——这场比赛看起来更像一次班级活动，而不是校际比赛，由此看来，看台上的观众应该不会是旁人了吧。

秀→莉娜，米莉：这是什么运动？

米莉→莉娜，秀：伊根足球。

秀→莉娜，米莉：他只是在看球赛，莉娜。

莉娜→米莉，秀：也许吧。

秀→莉娜，米莉：我觉得胡安对他的看法是对的，莉娜。让我去跟他谈谈，他不会发现你的。

秀→莉娜：别这样。

罗伯特还是看不到球。而场上此时被一团金雾笼罩着，有几个地方雾气的高度几乎达到了运动员腰部。雾气中飘浮着小小的数字，随着雾气的浓度和亮度不停变化。当双方队员靠近的时候，雾气就会变亮，孩子们就会做出提腿开踢的动作。然后亮光就会突然爆发，像野火一样掠过球场。

秀→莉娜，米莉：谢里夫呢，米莉？你不是通过他跟罗伯特沟通的吗？

米莉→莉娜，秀：对，我觉得谢里夫是个完美的工具，他的学术背景正好能和罗伯特搭上线。而他的网络安全习惯又很差！控制他太容易了。但问题是，还有别人也在控制他。大多数时候我们会互相干扰。嘿！

秀→莉娜，米莉：我连不上你爷爷的任何近距离视角了。

米莉→莉娜，秀：本地音频信号也断了。干得漂亮，我没想到罗伯特这么快就上手了。

莉娜→米莉，秀：我警告过你们。

一个女孩脱离阵形，朝着金色火焰追过去，也不知道她是如何推测出它爆发的地点的。她用奇怪的姿势甩开腿踢了一脚，然后一屁股坐在了地上。突然间一道光在距离最近的球门里闪了一下，这道光强而有力，仿佛所有雾气突然凝聚成了一个模糊的足球影像。大家都在欢呼，连看台上那些虚拟的成年观众也都跟着喝彩。

罗伯特不满地哼了一声，他现在连学生们玩的简单游戏都看不懂了。他拉了拉袖口，准备换一个更清晰的视角。

"这不是你的错，朋友。你的视点没问题。"声音似乎就在他身边。罗伯特往旁边看了一眼，却看不到任何人，他瞪着空气。过了一会儿，那个声音继续说道，"你看记分牌。整场比赛都是模糊的，连比分都是。"正对看台的记分牌上显示的分数为 0.97，"我觉得应该得 1 分。那姑娘踢的那一脚非常棒，十有八九能进球。"球场上，双方队员们退回到各自的半场，等待即将开始的下一轮虚拟开球。

罗伯特盯着场上的动静，没有理会这声音。"不认识这比赛吧，教授？这是伊根足球，看……"罗伯特的视像中出现了一段注释，把伊根足球介绍得一清二楚。与此同时，场上有三个孩子摔倒了，两个撞了个满怀。"当然，"声音继续说道，"这只是对理想情况的近似模拟。"

"我猜也是。"罗伯特答道，几乎笑出声。陌生人语气真诚、用词讲究，但几乎每句话都略带贬低的意味。这种人他再熟悉不过了，偶尔碰上一个，还真是有趣。他扭头望着空气说："少来这套，孩子。跟我玩游戏你还嫩了点。"

"我不玩游戏，朋友。"回答的声音先是有些恼怒，但很快变回了先前高人一等的语气，"你是个有趣的家伙，罗伯特·顾。我习惯控制别人，但通常都是通过代理。我太忙了，没空直接和底层打交道。但你让我产生了兴趣。"

罗伯特装作在看球赛，但那个声音继续说道："我知道你内心的煎熬，我知道无法创作诗歌这件事让你多么痛苦。"

罗伯特惊讶得一颤。那个看不见的陌生人咯咯地笑了起来，也不知道他用什么方式看出这不是罗伯特的寻常反应。"用不着害羞，你在这里掩饰不了你的身体反应。学校内安装的医学感应器太敏感了，就像给你戴上了测谎仪一样。"

我应该转身走开。 但他没有，而是继续坐在那里观看"足球比赛"。确定自己能控制好自己的声音之后，他才开了口："那么，你承认你自己在犯罪？"

又一阵笑声。"算是吧，不过是高明的网络技术犯罪。你大可把我当作一种更高等的生物，而我凭借的不过是你们凡人用来让环境智能化的工具。"

对方一定是个小孩，也可能不是。也许他隐身是因为他这种人即使在学校以虚拟形象出现都算违法。罗伯特耸了耸肩："我很乐意把你的'高明的网络技术'汇报给有关部门。"

"你不会的。首先，警方根本查不到我的身份。其次，我能帮你把失去的能力找回来，你的诗歌天赋。"

这次，罗伯特自我控制做得很好，只发出了一声冷笑。

"啊，"对方说，"疑心不小嘛。不过怀疑是相信的开始！你可以看看新闻，或者把广告过滤器设置得宽松一些。以前运动员吃类固醇，学生们吃安非他命，这些药的效果都被夸大了。不过现在，我们找到了真正有效的东西。"

原来是个卖毒品的，上帝啊！罗伯特差点笑了出来。但他审视了一下自己，如今他有了光滑的皮肤，能自如地奔跑跳跃，很少有喘不过气的情况。这些变化按他上辈子的标准来说已经是奇迹了。对，这个家伙可能是个毒品贩子，但那又如何呢？"这种能让世界一流诗人恢复才华的药物的盈利点在哪里呢？"罗伯特随口一问，接着意识到自己可能露了底。或许，暴露与否已经没那么重要了。

"你真是老派，教授。"陌生人顿了一下，"看到你南边那片山了吗？"那片山上盖满了房子，"山后几英里有个地方，是如今为数不多的仍然需要实体访问的地点之一。"

"圣地亚哥分校？"

"差不多。我指的是环绕着校园的生物实验室，那里面的实验和 20 世纪的医学研究已经完全不一样了。现代医学非常强大，但经常只对个体有效。"

"你不是为这个来募集资金的吧？"

"别误会我的意思。挣大钱还是要靠广谱疗法的，不过即使广谱疗法也需要分析个体差异来预防副作用。没错，你是个特例。阿尔茨海默病有时候会留下一些后遗症，但每一例的情况都不一样。并没有其他伟大诗人

14 神秘陌生人

遇到过你现在的问题，到目前为止，这病无药可医。"这个小丑很擅长明褒暗贬，"但我们生活在一个依赖于增强药物的时代，教授，其中很多药物都是针对个体的。如果让这些实验室来研究你的疗法，你还是有机会恢复原来的才华的，而且机会非常大。"

魔法。但要是他真能做到呢？现在就是未来世界，而且我也获得重生，也许还能——希望开始在罗伯特体内膨胀，他有些不能自已。这个狗娘养的抓住了我的痛点，我知道他在操纵我，但是管不了那么多了。

"那么您怎么称呼呢，神秘陌生人？"这个问题他一不留神就问了出来。

"神秘陌生人？嗯——"这个准文盲停顿了一下，肯定是在查资料，"很好，你一下就抓住了精髓！神秘陌生人这名字不错。"

罗伯特咬牙切齿地说道："我猜你想要得到我的帮助，恐怕我要做点什么危险的或者违法的勾当。"

"违法是肯定的，教授。至于危险嘛——对你来说也许有一点。找到治好你的病的药需要探索未知的医学领域，但这个险值得冒，你觉得呢？"

当然！"也许吧。"罗伯特强装淡定，朝旁边的空气扫了一眼，"代价是什么？你想让我做什么？"

陌生人笑了起来："噢，别担心。我需要的只不过是你能在你正在做的项目上跟我保持合作。继续跟你在圣地亚哥分校图书馆的朋友们来往，跟着他们一起行动就行。"

"然后向你汇报他们的进展？"

"啊，用不着，我的朋友。我是一团全能全知的云，我需要的只是你的双手。你过去是个诗人，现在把自己当作一个网络搜集器就好了。这么说来，你觉得怎样啊，教授？"

"我会考虑考虑的。"

"不用考虑，你一定会签约的。"

"用血来签吗？"

"噢，你太老派了，教授。不用流血，现在还不用。"

小罗伯特·顾中校在家加班。至少他自己是这么认为的，因为他晚上本应该是要陪伴家人的。但米莉今晚有作业要做，而爱丽丝……她最近的任务是她从业以来最艰难的。她板着脸走来走去，换了其他任何人来做这份工作，应该不是死了就是疯了。但她依然顽强地撑着，成功地度过了任务准备期，还没有丢掉自己原有的个性。正因为如此，军队那边才变本加厉，把她逼得越来越紧。

鲍勃尽量不去理睬这些想法这些牺牲都是有原因的，芝加哥事件已经过去十几年了。过去五年多，美国和其他盟国都没有再次遭到核攻击，但威胁一直存在。他仍然会做噩梦，梦到亚松森孤儿院里的核发射器，以及他为了阻止发射险些做出的傻事。而网络上几十年如一日地充斥着各种谣言，说新技术即将颠覆传统武器。尽管安全技术获得了极大的普及，尽管美国、中国以及印欧联盟付出了不懈的努力，但威胁仍然在不停地滋生，仍然会有地方在月黑风高的时候遭到袭击。

鲍勃翻阅了最新的威胁评估表，有种山雨欲来的感觉，而且也许比乌拉圭行动更加紧迫。后面两段是真正的坏消息：中情局的分析师团体认为印欧联盟可能与敌人合作了。天哪！如果连大国都不能团结一致，人类靠什么挺过这个世纪呢？

他身后传来了一阵动静。是他父亲，站在门廊里。

"爸。"他客气地打了个招呼。

他的老父亲盯着他看了一会儿。鲍勃把报告主表设为可见状态。

"噢，对不起，儿子。你在工作？"他眯着眼睛看了看鲍勃的书桌。

"对，有些公事。看不清别紧张，因为这些没在家里的系统上。"

"啊。我……我在想，能不能问你几个问题。"

鲍勃掩饰着内心的震惊，老头子可从来没这么示弱过。他招手让他父亲坐下："当然可以。"

"今天在学校，有个人和我谈话了，只有声音。说话的人可能藏在世界另一头，是吗？"

"是的，"鲍勃说，"如果是远程对话，你也许能察觉到。"

"是的。会抖动，还有延迟。"

他这是鹦鹉学舌吗？在父亲失智之前，他完全是个技术盲。鲍勃记得在非智能手机流行的时候，他有一次坚持认为家里的无绳电话是手机廉价的替代品。是母亲让鲍勃拿着无绳电话走到街上打她的家庭办公电话号码，才证明他错了。她很少犯这样的错误，之后的几个星期里，老头子对她的态度糟糕透顶。

鲍勃的父亲自顾自地点着头："我觉得通过分析时间能发现很多问题。"

"对。你的高中同学都很擅长这个，侦查和反侦查都擅长。"如果不是你自己搞砸了，米莉就能教会你。

老头子看向了别处，似乎在沉思着什么。他是在担心吗？

"有人在学校骚扰你吗，爸？"这似乎不太可能。

罗伯特发出他标志性的冷笑："有人试图骚扰我。"

"呃，也许你应该跟老师谈谈。让他们看看你主显系统里的记录，这就是他们日常要处理的问题。"

老顾没有反击，只是郑重地点了点头："我知道，我应该这么做，我会的。但你知道的，这不容易。对了，你不正好就是做这个的吗？这么多年了，你处理的都是这种问题，只是更为棘手一些，对吗？你应该能给出最权威的解决方案。"

鲍勃有生以来第一次听到老头子正面评价他的工作。这不是圈套还能是什么！

一时间，房间陷入了一片寂静——父亲在耐心等待，而儿子在斟酌该如何回答。终于，鲍勃笑着说道："对的。不过动用军方力量有点小题大做，爸。我们并没有比十几亿青少年聪明到哪里去，我们的优势是安全硬件环境，我们从根本上控制着所有的硬件。"除了地下硬件厂生产的非法硬件和被人滥用的那些。

"今天下午和我说话的家伙自称'一团全能全知的云'，那是吹牛吧？他能掌握多少我的信息？"

"如果这个浑蛋甘愿违法的话，他能找到很多你的信息。比如你的病历，连你对里德·韦伯说过的话都有可能被他查到。至于实时监控你的行动嘛，他通常能在公共场所观察你，当然这取决于你的设置和本地监控网络的覆盖率。如果他有同伙或者僵尸，他甚至能掌握你在信号盲区的活动，不过在那种情况下，信息不是实时更新的。"

"僵尸？"

"就是中病毒的系统。还记得我小时候那些东西吗？我们在电脑上中过的那些病毒，几乎都在网衣上重现了。要不是有安全硬件环境，情况绝对会惨不忍睹的。"鲍勃的父亲眼神茫然，也许他在忙着用谷歌搜索，"别担心这个，爸。你的主显系统安全得很，记住别轻信他人就行。"

罗伯特似乎正在消化儿子所说的话："但是还有别的可能性吗？也许有，呃，小孩子们可以粘在你身上的那种小玩意儿？"

"是的！现在的小笨蛋们跟我小时候没两样，但他们可以玩的鬼把戏更多。"上个学期流行的是爬到衣服上的蜘蛛摄像头，这个鬼东西有段时间简直泛滥成灾。米莉被它们惹得生了好几天气，后来突然就平静了下来，害得鲍勃怀疑她暗中进行了什么可怕的报复。"这就是你应该只从前门进屋的原因。我们在那里安装了高质量的商业防跟踪系统，咱俩现在的谈话跟你的主显系统一样私密……那个家伙骚扰你到底想干吗？你跟学校的圈子离得很远，我想象不出他们能怎么骚扰你。"

上帝啊，老爸看起来竟然有点心虚！"我不太确定。我觉得他们只是欺负新人。"他挤出一丝笑容，"虽然这个新人是个老家伙。谢谢你的建议，儿子。"

"不客气。"

老头子侧身走出房间。鲍勃看着他走进客厅，上楼回到他自己的房间。老爸绝对隐瞒了什么，鲍勃盯着紧闭的房门，感叹了一会儿他们互为颠倒的角色。如果他和爱丽丝能像有些家长那样，可以肆意窥探被监护人的隐私就好了。

- 15 -
比喻成真

　　接下来一个星期，罗伯特都没有去圣地亚哥分校，他想看看神秘陌生人是否会对此有所反应。

　　他对主显系统的操作开始得心应手起来，尽管他操作起来可能永远也无法像那些孩子那般娴熟，毕竟他们可是穿着网衣长大的。向秀比他落后一些，主要是因为不够自信。她曾因操作失误进入了一个错误视角，之后整整三天都不肯再穿网衣。她拒绝透露具体的细节，但罗伯特怀疑她进入的是一个色情视角。

　　罗伯特和胡安搭档演示的作品的语言虽不似诗歌那么动人，但至少不再是令人难受的噪声了。在处理视觉效果和网络信号抖动的问题时，罗伯特很是开心，令人感到意外。如果他们的作品出现在 20 世纪 90 年代，会被当作天才之作。这不过是因为他们的工具库中有很多现成的视觉特效包，胡安很担心他们的作品达不到查姆莉格的要求。"我们得加点新东西，否则她是不会让我们过的。"他用谷歌搜到一些设有手工音乐课的高中，"那些小孩觉得这是个悲剧性的游戏。"最后罗伯特与波士顿和南智利的一些学音乐的学生聊了聊——这两拨人的距离远得足以使他实操其网络同步计划。

　　谢里夫回到科瓦利斯后，反而对罗伯特做了更多次访谈。让罗伯特感到意外的是，他提的有些问题还颇有深度，这让罗伯特对他的第一印象大为改观。

罗伯特经常上网学习安全知识，偶尔也看一下当今文学界的动态。在表面日臻完美的今天，什么才称得上是艺术呢？啊，严肃文学竟然还在。即使有版权支付系统，多数还是不怎么挣钱的。不过，仍然有人能写出漂亮的文字，写得几乎跟从前的罗伯特一样好。该死的！

依然没有陌生人的消息。他要么已经失去了兴趣，要么就是非常了解对付罗伯特时本身的优势。击败一个濒临绝望的对手太容易了。已经很久没人能在气势上压倒罗伯特了……又一个星期六，这次他没去见胡安，而是坐车去了圣地亚哥分校。

半路上，谢里夫出现了："谢谢您接我的电话，顾教授。"谢里夫的影像在车里坐下，半个屁股消失在坐垫中，跟近来那个利落的祖尔菲卡完全判若两人，"最近想要联系您可真不容易。"

"我以为我们星期四聊得挺多的。"

谢里夫露出痛苦的表情。

罗伯特扬了扬眉毛："你是在抱怨？"

"不是不是，绝对不是！是这样的，我的网衣可能……呃……中毒了。我可能……被劫持了。"

罗伯特想起最近读到的一些文章："就像是怀孕了，身体里面还有别人？"

谢里夫的影像又往坐垫中缩了缩："是的，先生，您说得有道理。但是，坦白说，我的网衣偶尔会中些小病毒，我打赌大部分用户也都这样。我自以为能搞定，没想到现在已经发展到……嗯……您看，上周四我根本没有采访您。"

"啊。"看来是神秘陌生人双管齐下了：一面保持沉默吊着罗伯特，一面用另一个身份继续套他的话。

谢里夫顿了一下，等待罗伯特回答，然后又急忙恳求起来："拜托您了，教授，我非常希望能够继续采访您！现在既然我们已经知道这个问题，那么一定可以想办法绕过它。请您别屏蔽我。"

"你可以给你的系统杀杀毒。"

"噢，从理论上来说是可以的。我本科的时候就干过一次，但不知怎的，最后我被卷入一场骗局，成了替罪羊。我什么也没做错，但加尔各答大学勒令我对所有的网衣杀毒。"他摊开双手，举到空中，似乎在祈祷，"我对备份不太在行，那次崩溃让我的学习成果化为乌有，白白浪费了一个多学期的时间。请别让我再杀毒了，现在的结果可能会更糟。"

罗伯特看着窗外的车流。他的车已经上了 56 号高速公路，正向海边驶去。生物实验室的第一栋楼出现在前方，可能神秘陌生人也在那里。相比之下，他更了解谢里夫。他回头看着这个年轻人，温和地说："好吧，谢里夫先生，继续穿你这中了小病毒的网衣吧。"他突然想起了很久以前，斯坦福的网管再三督促他更新杀毒软件的情景，"我们不会被这些搞小破坏的打倒的。"

"正是，先生！太感谢您了。"谢里夫长舒一口气，"我已经等不及要继续采访您了。我连问题都准备好了。"在他转换到提问模式的时候，他停顿了一下，眼神呆滞，"啊，对了，《年龄的秘密》修订版有什么进展吗？"

"没有。"罗伯特简短地回答道。这才是真正的祖尔菲卡·谢里夫会问的问题。罗伯特又用一些真假参半的信息润色了一下他的答案，"你知道，我还在做整体规划……"他滔滔不绝地论述了一通，阐述了在诗作数量不多的情况下依然坚持精心规划的原因。他以前也就这个问题发表过看法，但从来没有像今天这样说得这么具体。谢里夫把罗伯特说的话一字不差地记录了下来。

"接下来几周，我会去图书馆拜访我那些老朋友，以便了解垂暮之年的人面临的困境。你可以跟我一起去，如果你仔细观察的话，也许能了解一些我的工作方法。在那之后，我也乐意给你的报告提点意见。"

年轻人激动地点点头："太好了。谢谢您！"

被人崇拜的感觉是如此令人兴奋，简直不可思议，即使崇拜者是一个他早年间会竭力避开的毫无天分的人。可怜的维尼大概就是这么干的，用空话去愚弄那些天分还不如自己的人。罗伯特偏过头去，极力克制着自己，以免对谢里夫的影像露出猎食者的狰狞微笑。他知道，只要谢里夫变得聪明起来，那就一定是被神秘陌生人附体了。

今天图书馆没有示威者，但出人意料的是，来了很多实体学生。这暖心的一幕让他想起多年以前，图书馆仍是大学学术生活中心的日子。上周发生了什么好事？他和虚拟的谢里夫穿过玻璃门，乘电梯来到六楼。即使用上了新掌握的访问技术，罗伯特也无法看到建筑内部的情况。好吧，那就看看近期新闻……不过此时他们已经到了五楼。

莉娜→胡安，米莉，秀：嘿！我的视角连不上了！

胡安→莉娜，米莉，秀：六楼视角今天不对外开放。

米莉→胡安，莉娜，秀：要不我让罗伯特帮忙转发信号？

谢里夫缩成一个微弱的红色光斑。"我看不见你了，"他说，"而且我猜我也许只能听到你一个人的声音。"

罗伯特犹豫了一下，朝谢里夫所在的方向挥了挥手。我们看看老年团怎么说。

温斯顿和卡洛斯坐在玻璃幕墙旁。汤姆俯身看着他的笔记本。

"ni hao，顾教授！"里维拉说，"谢谢您能过来。"

汤姆从电脑上抬起头来："但你的小朋友可不一定受欢迎哦。"

一个意想不到的人却站在了谢里夫这边。温斯顿说："汤姆，我觉得谢里夫也许能帮上点忙。"

汤姆摇头："太晚了。圣地亚哥分校已经粉碎了。"

"什么？"书架上依然摆满了书。罗伯特后退一步，抚摸着书脊，"这些摸起来像真的。"

"你没看到下面几层的标语吗？"

"没有，我坐电梯上来的。我现在还不怎么擅长穿墙看物。"

汤姆耸耸肩："我们就剩下这一层的书没被粉碎。如我们所想，管理部门只是在等风头过去。之后他们会趁晚上带着更多碎纸机闯进来，等我们得到消息的时候，书已经被他们全部碎完了。那时候就太迟了。"

"该死！"罗伯特跌坐在椅子上，"那现在抗议还有什么用？"

"我们确实救不了圣地亚哥分校了。那帮浑蛋扭曲了事实，搞得学生们越来越支持'图书馆升级项目'了。但是到目前为止，圣地亚哥分校图书馆是唯一一个被粉碎的。"温斯顿回道。

卡洛斯蹦出一串中文："dui, dan shi ta men xu yao hui diao qi ta de tu shu guan, yin wei……"他犹豫了一下，似乎注意到大家茫然的眼神，"对……对不起。我是说，但是他们还是需要毁掉其他图书馆，因为还要交叉核对。数据压缩和虚拟重组是一个长期项目，这样才能逐渐接近完美的数据重现。"

罗伯特注意到汤姆的脸上挂着一丝浅笑。"那么，你有什么计划？"罗伯特问他。

"只要谢里夫在这里我就什么都不说。"

温斯顿叹了口气："好吧，汤姆，屏蔽他吧。"

谢里夫的红色光点往书架外移动了一下："没关系。我不想给你们添麻……"说着，光点便消失了。

汤姆从笔记本上抬起头："他走了，我还关掉了整个六楼的访问权限。"他指着他那台老古董电脑边上的屏幕说。

罗伯特想起了鲍勃的话:"连国土安全部的硬件都能屏蔽吗?"

"别跟别人说,罗伯特。"他拍拍他的电脑,"原装巴拉圭芯片,在他们查封那家硬件工厂前搞到手的。"他微微一笑,"现在都是自己人了,除非你们谁穿了脏内裤。"

温斯顿不满地看了罗伯特一眼:"或者除非有人是内奸。"

罗伯特叹了口气:"这里不是斯坦福,温斯顿。"但是万一神秘陌生人是警察怎么办?他早该想到这个可能。他暂时打消了这个念头,转而问道,"你们有什么打算?"

"我们一直在读《经济学人》,"卡洛斯说,"胡尔塔斯国际集团的财务状况不佳。圣地亚哥分校的行动受阻的话,可能会迫使胡尔塔斯取消整个项目。"他的目光穿过厚厚的镜片,落在罗伯特身上。他的镜片上有图像在闪动。

"即便他们已经快把这里粉碎光了?"

"dui。"年轻人向前探了探身子,他的 T 恤上显示出一连串焦虑的人脸,"是这样的,'图书馆升级项目'不仅仅是给千禧年以前的书拍照,也不仅仅是数字化。这个项目比谷歌这样的公司所做的项目都宏大。胡尔塔斯打算把所有的传统知识整合成一个单一的、收费方式透明的'对象-情境'数据库。"

"对象-情境"数据库?罗伯特新学到的技术词汇中没有这个词。他盯着卡洛斯的头,想查查这个词条的意思,什么都没有显示出来。噢,对,汤姆屏蔽了这里。

卡洛斯觉得罗伯特那么盯着他,是因为不信。"数据量其实并不大,顾博士。几个拍字节而已。主要问题是,和大部分应用程序中同规模的数据库相比,它的结构要复杂得多。"

"当然,所以呢?"他用眼角的余光捕捉到温斯顿脸上的一丝笑容。

那家伙知道罗伯特在误导他们。

"所以，"卡洛斯继续说道，"胡尔塔斯的数据库将包含二十年前以及在此之前人类的所有知识，这些知识都将互相关联。这才是胡尔塔斯付钱给加州政府，取得许可实施这场暴行的真正原因。第一版汇编即便粗糙也是个金矿，六周前项目开始实施，胡尔塔斯国际集团对此享有六个月的垄断权，也就是说，他们对人类历史的真相有六个月的垄断权。这种资源能解决很多问题，比如，谁终结了巴勒斯坦在以色列占领区的武装起义？伦敦赝品事件的背后主谋是谁？20世纪末的石油资金最后流向了何处？有些答案只有名不见经传的历史研究机构会感兴趣，但有些却能带来大笔的财富。而胡尔塔斯将对这些无价预言拥有六个月的专享权。"

"但是他得把数据整合在一起，"温斯顿说道，"有成百上千个组织在等着他们的垄断效力过期，那时他们无须付费就能得到更加完整的答案。事实其实更糟糕。中国魔讯已经拿下了大英博物馆和大英图书馆的使用权，他们的设备也比胡尔塔斯的先进得多。英国人比圣地亚哥分校更有魄力一些，他们的数字化随时都有可能开始。如果胡尔塔斯再耽误下去的话，他们就得跟中国人打价格战了。"

"常见的死亡旋涡！"汤姆开心起来，不过他并没有恶意，他一直都对事物的毁灭很着迷。罗伯特想起1970年的丛林大火时，十几岁的汤姆在东县帮忙安排通信——但那场火灾的每一分钟都让他无比愉悦。

"那么，嗯……"陌生人为什么要我掺和这件事？

温斯顿笑了："搞不懂了吧，罗伯特？"

在斯坦福时，温斯顿绝不敢这么公开讥笑他，至少在第一年之后就不敢了。但现在，罗伯特除了一些小儿科的反讽之外想不出什么有力的回复，只好温和地回答道："是的，我还不太明白。"

温斯顿却犹豫了，似乎觉得这是老罗伯特惯用的圈套。"我们现在打算给胡尔塔斯和'图书馆升级项目'制造点真正的麻烦。合法手段已经不能阻挡他们了，所以现在任何能拖延敌人行动的手段都不免要触犯法律了。明白吗？"

"明白，我们现在做事确实见不得光。"

卡洛斯点点头："而且这本身就是重罪。"

汤姆笑道："那又怎么样？我刚破解了 DHS 的监视层！那可是破坏国家安全的罪行呢。"

"即使是叛国重罪我也无所谓！"罗伯特说。只要能换回失去的才华……"我是说，你们都知道我是个爱书之人。"

其他人点点头。

"那么，行动计划是什么？"

温斯顿向汤姆做了个手势。小个子开口了："你还记得我们的地下探险吗？"

"20 世纪 70 年代那些吗？当然，我们都开心傻了。"

汤姆脸上的笑意更浓了。

"你不会是说那些暖气管道还在用吧？"

"正是。那种建筑结构在 20 世纪 90 年代就过时了，出现了很多不再相连的新建筑。但到了 21 世纪 20 年代，人们需要高速通信。而生物实验室那些人需要自动传送样本，这些人有的是钱。"

"现在更有钱了。"卡洛斯说。

汤姆点点头："他们看不上近红外激光，用的是 X 射线和 γ 射线。有几万亿条线路，每条线路上有几万亿种颜色。如今的'暖气管道'不是用来供暖或供电的。现在从托瑞松路到斯克里普斯和索尔克学院的地下都有管道分支，据说沿着那些管道走不多远就能到海底，天知道他们在那里面干些什么。往东走的话，就能通到任何一个生物实验室。"

罗伯特突然间明白神秘陌生人为什么对老年团感兴趣了。他大声说道："这跟'图书馆升级项目'有什么关系呢，汤姆？"

"啊！你知道麦克斯·胡尔塔斯是靠生物科技发家的。北美最大的实验室中好几家是属于他的——包括东北方向上离我们仅几千英尺的那家。修改一下基因软件用来支持'图书馆升级项目'对他来说轻而易举。所以，他应该是把书的碎片存放在了校园北侧的地窖里。"

"所以呢？"

"所以，他还没干完呢！粉碎的时候他获得了大批影像，但覆盖面还不全。第一批扫描覆盖不到的地方，他得通过不断再次扫描来修补。要不是赶时间，他大可以等到粉碎下一个图书馆的时候再进行交叉核对，但他等不及了。"

"碎片储存的方式也被他们用来做宣传了，"温斯顿说，"等他们所有的扫描都结束了，碎片会被'存放于胡尔塔斯的地窖中，留给未来的考古学家'。有些教职员工竟然相信这些鬼话！"

"其实，"卡洛斯说，"他们说的也不全是假话。纸在液氮中保存的时间比在书架上长得多。"

温斯顿不耐烦地摆摆手："问题是，书已经被毁坏了，如果不阻止他们的话，胡尔塔斯还打算毁掉更多图书馆。我们的计划是……"他环顾四周，好像突然意识到自己已经在犯罪边缘试探了，"我们的计划是闯进暖气管道，找到胡尔塔斯存放碎纸的地方。汤姆发明了一种办法，能让那些碎纸无法被读取。"

"什么？难道我们抗议毁灭图书馆的办法就是把仅剩的东西也毁掉吗？"

"只是暂时的！"汤姆说道，"我找到了一种神奇的气溶胶。喷一点上去，碎纸就会凝固成一大团硬纸板，不过几个月之后它就挥发掉了。"

　　　　　　　　　　　　　　　　　　　　15　比喻成真

卡洛斯在点头："所以我们并不是火上浇油。如果真的要把书的残骸毁掉，此刻我就不会在这儿了。像胡尔塔斯这样为了赶时间而蛮干完全没有必要，完全可以用循序渐进的方式取得同样的效果。我们可以拖他一段时间，等到老式的无损数字化技术进度赶上来——那就不会再有图书馆被摧毁了。"这时他的 T 恤高调显示着美国图书馆协会的标志。

罗伯特往后靠了靠，假装在考虑他们说的话："你说中国人要粉碎大英图书馆了？"

卡洛斯叹了口气："是的，还有大英博物馆。不过欧盟正在找借口阻止他们。如果我们能搞臭胡尔塔斯……"

"明白了。"罗伯特果断说道。他避而不看温斯顿的眼睛，温斯顿已经在怀疑他了，"好吧，这计划听起来不是很靠谱……但是聊胜于无。算我一个。"

汤姆咧嘴一笑："嘿，罗伯特！"

罗伯特终于看向了温斯顿："现在的问题是，你们为什么要我加入？"

温斯顿露出一副苦相："多一双手总是好的。人多好办事。"

汤姆翻了个白眼："其实，在你出现之前，我们根本想不到还可以这么干。"

"我？为什么？"

"哈。想想我们都说了些什么：闯入暖气管道，走上一英里，穿过地球上戒备最森严的生物实验室。我应该能把咱们弄进去，但是我能让大家穿过实验室后不被察觉吗？没门。这种桥段只在《星际迷航》里才行得通，那里面的'通风系统'的主要功能是推动弱智情节发展。这里可是真实世界——真实世界里的安保不会漏掉管道的。"

"你还是没回答为什么非我不可。"

"什么？噢，我会说到的！在我们的示威行动失败之后，我做了点调查。"汤姆摸了摸他的笔记本，"讨论组、聊天室、搜索引擎——我都用上了，还有一种看起来像网上赌博的怪玩意儿。调查时要避免惊动联邦调查局，这一点最难，影响了我的进度。不过最后我还是比较全面地了解了实验室的安保系统。果然不出所料，它的安全措施和那些国家重点安全部门差不多，是好东西，但是很笨重。这个系统是以密码和固定用户为导向的，大部分是自动的。固定用户使用标准的生物识别功能——只有美国安全部门的少数官员有权限。猜猜我们周围有谁碰巧在名单上？"

"我儿子。"

"沾点边。你儿媳。"

爱丽丝。"这太荒唐了。她只是个亚洲事务专家。"在她精神还算正常的时候。接着，他想起了神秘陌生人，"这一切未免太巧合了。"

温斯顿问道："你什么时候变成安全问题专家了，罗伯特？"

我应该闭上嘴。事情发展的方向正合我意！但他已经不像从前那样能言善辩了，于是随口说道："像这种信息在谷歌上可是搜不到的啊。"

汤姆摇了摇头，眼里流露出怜悯的神色："世界已经不一样了，罗伯特。现在我能用二十年前无法想象的方法寻找答案。来自世界各地的十万个人参与了我的搜索计划，每人负责其中某个被拆解得面目全非的细小环节。最大的风险是得到伪造的答案，现在是伪信息当道的时代。有时候，人们并不是故意造假，有很多奇幻小组整天就忙着把现实扭曲成最新潮的冒险游戏。如果有人故意欺骗我们，那可不是一般的骗子，因为我手下散布各地的独立的消息源传来了海量的细节和确凿的事实。"

"噢。"罗伯特做出叹服的样子，他是真心为之叹服。也许神秘陌生人的确能够兑现他的承诺。

他们又谈了半个小时，但没有谈到需要罗伯特实施的叛国罪行细节。

汤姆给他们布置了另外一个任务：他们需要搞到一些大学的密码以及伪造的声音。暖气管道的入口嵌在水泥之中，已不像五十年前施工时那样设有地面入口了。而汤姆的"气溶胶"也有点问题。

"那个胶水……"汤姆看起来有些窘迫，"还不存在。不过差不多快发明出来了。"汤姆在一个装饰园艺论坛上提过这个创意，并且就此与风投公司交涉过。日本装饰灌木协会正在与一些来自阿根廷的生物学家合作，打磨产品的最终形式。用不了两周，成品就会出来，在东京园艺展上首次亮相。在那之前不久，他们会用空中特快把一升样本快递给汤姆。他看着一脸怀疑的罗伯特说，"嘿，如今的黑客就是这么干的。"

已经过了下午三点。图书馆的影子已经延伸到东边，遮住了周围的建筑物。四个阴谋家散会准备回家了。

汤姆站了起来："我们一定会成功的！也许都不会被人发现。就算被发现了又怎样？就像过去一样，都会没事的。"

卡洛斯慢条斯理地站了起来："我们又没有破坏什么。"

汤姆把食指放在嘴唇上："我要解除屏蔽了，先生们。"他在笔记本电脑上敲了几下，机箱上端的指示灯便熄灭了。

大家陷入了沉默，不知道什么话可以放心说。

"啊，对了。"卡洛斯瞥了罗伯特一眼，"你想看看我们——图书馆是怎么处置空书架的吗？"

"你是说，汤姆刚才说的都是糊弄人的？"

卡洛斯勉强笑道："是的，但在某种程度上来说，他们的设计还是挺棒的。要不是他们用这么暴力的方式去实现数字化，我肯定会毫无保留地支持升级计划。"

他带着他们绕过电梯往前走："楼梯间的氛围是最棒的。"

温斯顿表情苦涩，但罗伯特发现他也跟了过来。

楼梯间灯光昏暗。裸眼视角显示的是水泥墙，里面嵌着他在外面看到的那种银线。跨过门廊之后，罗伯特的视角就转换成某种标准增强效果：光源成了墙上的煤气灯。昏暗的水泥墙变成了石头墙，一块块凿成方形的大石头之间严丝合缝，几乎连灰泥都抹不进去。罗伯特伸手去触摸墙壁，碰到的那一瞬间，他马上缩回了手。他摸到的是光滑的石头，并不是水泥墙！

卡洛斯笑道："你本来以为会失望，对吗，顾博士？"当触感对应不上影像的时候，确实会如此。

"是的。"罗伯特伸出手来，顺着青苔的柔软痕迹抚摸着石块。

"学校管理层在处理这件事的时候做得很高明。他们招募了网络公会，鼓励他们在墙上添加有真实触感的图层。有的地方即使没有叠加图层，光触感就非常令人难忘了。"

他们走下两段楼梯，应该到了五楼入口了，但大门变成了木雕的，在煤气灯下乌黑发亮。卡洛斯一拽黄铜手柄，八英尺高的门就打开了，闪烁的紫色荧光从里面照射出来，驱走了门外的黑暗。此外，还伴着火花噼里啪啦的声音。卡洛斯探头进去，说了几句语焉不详的话。接着，光线柔和下来，只剩下从远处传来的声音。

"好了，"图书管理员说，"进来吧。"

罗伯特从虚掩的门走了进去，环顾四周，这绝对不是地球上那个盖泽尔图书馆的五楼。这里的确有书，但都是些超大尺寸的书，摆在向上无限延伸的木质书架上。罗伯特弯下腰，紫光灯沿着书架向上排开，照亮了书架弯曲的支柱。这里看起来就像老式图形学中的那些分形森林一样。目之所及还有更多书，只是随着距离的增加，书籍变得越来越小。

哎哟。他脚底一滑，而汤姆用一只手从背后稳住了他。

"不错吧？"汤姆说，"我真希望自己穿了网衣。"

"不……不错。"罗伯特扶着身边的书架稳住身子。木头是真的,厚重结实。他把目光转向地面,沿着过道一直往外看,书架之间的过道是弯曲的。墙离他们三四十英尺远,但过道并没有在这里终止,而是在应该有窗户的地方出现了向下的木头梯子。木梯的工艺是他喜欢的类型,在旧书店里可以经常见到。台阶背后的书架看起来是倾斜的,就好像重力场改变了方向一样。

"这都是什么啊?"

三人沉默了一会儿。罗伯特注意到他们似乎穿着深色的盔甲,卡洛斯的盔甲上有些漂亮的徽章。奇怪的是,他这身盔甲看起来又很像他本身穿的 T 恤和沙滩裤,只不过布料变成了深色金属。

"你还没明白吗?"终于,卡洛斯开口了,"你们三个是守护骑士,而我是图书馆斗士。这都出自杰西·哈塞克的《危险的知识》。"

温斯顿点了点头:"你从来没读过这些书,是吗,罗伯特?"

罗伯特隐约记得在他退休前后听说过哈塞克这个名字。他哼了一声:"重要的东西我都读过。"

他们缓慢地走过狭窄的过道。过道有时会分岔,岔路不光通往左右,还会通往上下。有些岔路上传来类似蛇吐芯子时的嗞嗞声。在有些岔路上,罗伯特能看到"守护骑士"俯身坐在堆满书和羊皮纸的桌子旁,从翻开的书页上发出的光打在他们脸上。手稿真的在发光,他停下脚步来端详:上面的文字是英文,印刷成有裂纹的哥特字体,这是一本经济学教材。其中一位读者,一位长着浓密眉毛的年轻女人,飞快地瞥了这几个来访者一眼,然后用手指了指上方。书架高处发出一声巨响,一本四英尺宽、真皮外壳的羊皮纸书滚落下来。罗伯特吓得往后一跳,差点踩到汤姆。但是这本书在离学生们一臂之遥的地方停了下来,它飘浮在半空中,自动翻开了书页。

噢。罗伯特小心翼翼地退了出来:"我明白了。这些是被摧毁的书籍的电子版。"

"第一拨电子化内容。"温斯顿说，"这比该死的现代管理者其他所有的宣传手段都有效。每个人都认为这个点子既聪明又可爱。下个星期他们就要把六楼的书也粉碎了。"

卡洛斯带领他们向外走去，走向下楼的木梯子："并不是每个人都乐见其成。苏斯博士的盖泽尔地产就赞同大学这么做。"

"应该这样！"温斯顿踢了一脚木头书架，"早知是这样，学生们还不如去金字塔山玩呢。"

罗伯特做了个手势，想关掉现实视像增强的效果。但他仍然能看到紫光和古旧的羊皮书稿。他点击了信号返回按钮，但依然没有看到真实世界。"我卡在这个视角里了。"

"是的。除非你摘掉隐形眼镜或者打'911'，否则你在这儿看不到真实世界。这是又一个不使用主显系统的原因。"汤姆挥了挥他打开的笔记本电脑，好像它是个护身符，"我也可以看到幻象，但只在我想看到它们的时候。"这个小个子走到另一条岔路上，一会儿戳戳躺在地上呻吟的书，一会儿拐进一个角落，看看其他人在做什么，"这个地方太酷了！"

当他们走到木梯边时，卡洛斯说："小心，这个梯子有点问题。"往下走了一半的时候，梯子开始转向，梯级和视角都斜了。温斯顿走在前面，在拐点处他犹豫了。"我以前走过，"他小声地嘟囔了一句，"我能行。"他迈步前进，身体一歪差点摔倒，好在随后立马站直了身子——但和罗伯特等人比起来，他的身体依然歪着。

罗伯特来到拐点的时候，他闭上了眼睛。主显系统默认"闭眼"会关掉所有的附加图层，所以他暂时清除了视觉干扰。他迈出了脚步——其实木梯并没有真正倾斜，只是转了个方向！

汤姆紧跟在他身后，脸上挂着灿烂的笑容。"欢迎来到埃舍尔座！"

　　　　　　　　　　　　　　　15 比喻成真

他说，"孩子们可喜欢这个了。"在楼梯的底部还有另一个九十度的转弯。汤姆说，"好吧，现在我们正走向大楼的装备间，只是我们仍然感觉自己徜徉在漫无边际的书海中。"

在他们的前面、后面以及岔路上隐秘的过道中，到处都是书。他们上方的书像烟囱一样高耸着，消失在紫光中。他甚至可以看到他们下面的书，摇摇晃晃的梯子似乎伸向了无底的深渊。如果罗伯特稍微增强一点视像效果，就能看到书脊和封面上的字母散发着幽暗的光，是一种深得几乎看不清的深紫色，但上面的每一个字都清清楚楚，而且还有国会图书馆的代码。这些是被摧毁的书的幽灵——或者说是化身。

它们呻吟着，嗞嗞吐气，窃窃私语，好像在密谋着什么。在过道深处，有些书被拴了起来。

"《资本论》可得看好了。"卡洛斯说。

罗伯特看到一本巨著——货真价实的巨著！——拉扯着锁链，发出丁零咣当的声音。

"嗯，危险的知识渴望得到自由。"

这里有些书应该是真实的，并且带有触感器。在一条过道里，学生们把书堆在一起，然后退后几步，看着上面的文字彼此融合一页页地汇聚在一起。"这是在自动生成参考书目吗？"

卡洛斯顺着他的目光看过去："呃，是的，正如布朗特院长说的那样，这一开始就是个骗局，旨在把毁书变成一件容易让人接受的事。他们把书拟人化，把它们变得像个有生命的东西，为读者服务，蛊惑人心。特里·普拉切特，再到后来的杰西·哈塞克都围绕这个主题做了很多年研究。但是我们真的没有意识到这种东西的力量，现在，有些一流的哈塞克公会正在帮助我们，给每个数据库的操作赋予实体演示，就像哈塞克的图书馆斗士的故事所呈现的那样。大多数用户都觉得这比标准的目录软件更好。"

温斯顿回头看着他们。他已经走得很远了，整个人看起来变小了，仿佛他们在远距离用望远镜看他一样。他厌恶地挥挥手："这就是背叛，卡洛斯，你们图书管理员不赞成粉碎，但看看你们都做了什么，孩子们对人类文化永恒的载体的恭敬心将会一点点消失殆尽。"

汤姆站在罗伯特身后，他咕哝道："维尼，孩子们的恭敬心早就没了。"

卡洛斯低下了头："我很遗憾，布朗特院长。邪恶的是碎书，而不是数字化。这是学生们生平第一次用现代手段接触到千禧年前的知识。"他向过道里的学生挥手致意，"不仅仅是在这里，你可以从网上访问图书馆，只不过没有那些酷炫的实体触感。即使在垄断期间，胡尔塔斯也允许公众免费访问有限内容。这还只是第一拨，而且只数字化了 H——B 到 H——X 的内容，但我们上周对千禧年前内容的访问量比过去四年的访问总量还要多，而且大部分新读者都是教职员工！"

"一帮浑蛋伪君子！"温斯顿说。

罗伯特看着角落里的那群学生。书籍之间的"性爱派对"已经结束了，现在这些书飘浮在学生们头顶上，书页低声吟唱着尚未被收录的卷目，比喻成真。

他们大步朝装备间走去，距离比罗伯特记得的远了好几倍。应该是这迷宫般的过道让他们绕着真正的四楼中央兜了好几圈。

八英尺高的门终于出现在他们眼前。在刚才的那些事之后，这座木雕大门显得十分朴素，连地板也恢复了以往平坦稳固的样子。

这时，罗伯特脚下的地板动了起来。

"怎么……"罗伯特手脚乱摆，摔倒在墙上。书籍在书架上晃动，而他记得当中有些书看起来跟它们的幻象一样真实，一样厚重。

一道道弧形的闪电从他们眼前划过。

卡洛斯用普通话喊着假地震之类的话。不管这地震是不是假的，他感

　　　　　　　　　　　　　　　　　　　15 比喻成真

受到的震动和摇晃都是真实的。

下方传来一阵呻吟声，蝙蝠在他们上空飞来飞去。渐渐地，摇晃变弱了，不断循环着，犹如一个舞者在跳着吉格舞。终于，一切都平静了下来，地板和墙壁恢复了正常。

汤姆爬了起来，然后伸手把温斯顿也拉了起来。"你还好吧？"他说。

温斯顿默默地点头，他已经没有力气挖苦人了。

"以前从来没这样过。"汤姆说。

卡洛斯点点头："ai ya，dui bu qi，wo gang xiang qi lai ta men jin tian shi xin dong xi。"

汤姆拍拍图书管理员的肩膀："老兄，你在说中文。"

卡洛斯呆看了一会儿，然后依然用普通话回答，只是语速更快，声音更大。

"没关系，卡洛斯。别担心。"汤姆领着这个年轻人走下梯子。卡洛斯还在说话，但一阵一阵地重复着："wo zai shuo ying yu ma？ shi ying yu ma？"

"慢慢来，卡洛斯。你会没事的。"

罗伯特和温斯顿两人殿后，温斯顿用他特有的夸张方式眯着眼睛寻找着什么。"哈！"他说，"那群浑蛋用了稳定伺服系统来摇晃这栋大楼。看。"

奇迹发生了，罗伯特确实看到了，辛苦的练习终于得到了回报。"是！"盖泽尔图书馆是玫瑰峡谷地震后少数没有被重建的建筑之一。他们在旧结构中加入了主动稳定装置。"管理人员认为这会带来一点额外的真实感……"

"我们刚才差点被害死。"温斯顿说。

他们到了三楼，从下面上来了一群学生。至少，罗伯特认为他们是学生，因为他们在笑，而且大部分人都选用了怪物的外表。两伙人擦肩而过，老家伙们沉默着，直到学生们消失不见。

汤姆问道："是什么引发了这次震动，卡洛斯？"

卡洛斯绕开嵌在墙上的一套盔甲。现在他大喊着："我在说英语吗？是的，噢，感谢上帝，有时我会梦见自己被永远卡住了。"他走了几步，差点喜极而泣，然后又滔滔不绝地说起来，"是的，是的，我了解你的问题：我不确定什么会引发假地震。我参加了决定这样使用稳定系统的会议。理论上，只要有人试图'打开'包含'人类不应该了解的知识'的书，就会引发震动。当然，这只是一个玩笑——如果真这么严重，国土安全部早该到场了。所以我认为震动只是被随机引发的。"

他们继续往下走。卡洛斯喋喋不休地说道："我们的首席图书管理员全心全意地支持升级项目，她还是本地哈塞克公会的大人物。她希望对违反图书馆规则的用户实施哈塞克式的惩罚。"

汤姆担忧的表情不见了，反而满脸对技术细节的好奇。"天哪，"他说，"这是哈塞克式的惩罚？"

到了主楼层，他们踩上了图书馆主门厅的标准地毯。一个小时前，罗伯特和谢里夫经过这里进了电梯。罗伯特几乎没注意到这个干净开阔的空间，以及矗立在其中的西奥多·苏斯·盖泽尔的雕像。现在，这里让他恢复了往常的理智。他们穿过玻璃门，迈进午后的阳光中。

温斯顿回头看着图书馆悬空的楼层："他们把这个地方变得真可怕，那次地震真是……真是……"突然间，他的视线从空中转向身旁，"你没事吧，卡洛斯？"

图书管理员挥挥手："没事。卡住的感觉有时候有点像癫痫发作。"大汗淋漓的他擦了把脸，"天啊，这次好像特别严重……"

"你应该去看看医生，卡洛斯。"

"我在看。看到了吗？"他脑袋周围突然跳出了一些医疗标志，"在梯子上时，我就发布了信号。现在至少有一位真正的医生在观察我。我……"他停顿了一下，倾听着什么，"好吧，他们叫我去诊所，做脑部扫描。下次见吧。"看到他们脸上的表情后，他又补充道，"嘿，别担心，兄弟们。"

"我陪你去。"汤姆说。

"好的，但你别说话，他们准备给我做扫描了。"他俩向交通环岛西侧走去。

罗伯特和温斯顿看着他们的背影。温斯顿的语气中流露出罕见的困惑："也许我不应该用有关哈塞克的那些东西来烦他。"

"他不会有事吧？"

"大概吧。每次有退役军人被永久卡住，退役军人管理部门的形象就会大受损害。所以他们会尽全力治好他的。"

罗伯特回忆着卡洛斯的所有奇怪的言谈举止，通常他的普通话只是简短的几个词，几乎像在装腔作势。如果换成西班牙语，他可能根本注意不到。但这次……"他到底怎么了，维尼？"

温斯顿有些心不在焉。他耸耸肩道："卡洛斯是即时培训生。"

"那是什么？"

"哈？老天啊，罗伯特！看上面。"他瞪着眼睛环顾广场，"好吧，好吧。"他勉强对罗伯特挤出一个笑容，"对不起，罗伯特。即时培训的资料很容易搜到，你能找到很多有价值的讨论。重要的是，我们得专注于我们的目标。嗯，卡洛斯肯定也希望这样。很多事情取决于你做出正确的行动。"

"可那是什么？什么……"

温斯顿举起一只手："我们正在努力，你马上就能知道细节了。"

在回家的车上，罗伯特搜索了"即时培训"，搜出的结果有几百万条，涉及医学、军事和缉毒等方面。他从"最受尊敬的反对者"提供的消息中选择了"全球安全"的摘要：

"即时培训"（又指在即时培训中遭受伤害的培训生）。这种培训结合了地址素疗法和密集数据培训，能够在 100 小时之内向受训人快速输送大量技能。

还有罗伯特闻所未闻的一长串技能。美军在九十天之内就解决了语言问题。但问题也随之而来：

这批培训生在地面行动中起着决定性作用。然而，甚至在战争结束之前，副作用就已经在他们身上显现了。

罗伯特——也许每一个学生——都曾经梦想着有捷径可走。想想看，不费吹灰之力一夜之间就学会俄语、拉丁语、中文或西班牙语！但可别随便许愿……他读着关于副作用的那部分内容：学习一门语言或专业技能，会改变一个人。如果不管即时培训生愿不愿意，将这些技能一股脑儿强加给他们，有可能会扭曲其潜在的人格。也有极少数即时培训生没有产生任何副作用。在罕见的情况下，这些人在接受第二次培训，甚至第三次后，才开始受到伤害。培训的排异反应有点像体内新旧视点之间的争夺战，症状包括抽搐和精神状态的改变。即时培训生经常被卡在新技能中……战后，出现了一批患有即时培训后遗症的退役军人，以及世界各地滥用即时培训而致病的傻学生们。

可怜的卡洛斯。

神秘陌生人许诺我的到底是什么东西？

今天注定是个接受未来冲击的日子。罗伯特摇下车窗，感受拂面而过的微风，他正沿着 115 号公路向北行驶。四周是密集的郊区，和 20 世纪加州人口集中的地区很像，只是房子的式样更单调，购物中心更像仓库。奇怪的是，这个未来世界竟然也有真正的购物中心。他逛过一两个，有些里面有大量的实体建筑。他们的口号是购买"老味道"，而这在 2000 年时是绝对行不通的。

罗伯特逼着自己把疑虑和恐惧都抛到脑后，开始练习主显系统的运用。让我们看看极简风格是什么样的。罗伯特做了个熟悉的耸肩动作。目前为止，成效还不错，他可以看到简单的标签。视线之内的所有东西，连高速公路两侧的冰厂，都被标上了微小的字符串。再耸一下肩膀，他就看到了他经过的建筑物——准确地说是建筑物的主人——想让他看到的内容，都是广告。购物中心猜到他是一个老家伙，相应地调整了广告内容。但是没有以前总看到的一些纯垃圾信息，或许他总算把过滤器设置对了。

罗伯特往后靠了靠，把视线从车窗转向更宽广的宇宙。他眼前出现了彩色的地图，有些地理位置相当远，根本不在圣地亚哥。那些应该是 20 世纪八九十年代的网络垃圾。最后，他终于找到了标着"仅限本地公共视点"的视窗。好吧，圣地亚哥县的这一部分只有二十万个视点，他随便选了一个。车窗外，北县山坡上的民居全被清走了。公路上现在只有三条车道，路上的车辆也变成了 20 世纪 60 年代的款式。他注意到他的挡风玻璃上的标签（现在是一辆福特猎鹰）：圣地亚哥历史协会。他们正在一个字节一个字节地重建过去，为那些怀念质朴时代的人展现 20 世纪的历史风情画卷。

罗伯特几乎想留在这一视点里。这和他的研究生时代是那么接近，是那么……让人心生宽慰。但他又想到，这些历史迷可能是图书馆粉碎计划的盟友。胡尔塔斯的数据库到位之后，他们可以更快地重建历史场景。

他打开了控制窗口。有个选项叫作"持续平行空间视图"。也许他应该选定一位作家，有杰西·哈塞克。不要这个，他今天已经看够了。

特里·普拉切特怎么样？好吧。民居变成了土坯房，他的车变成了漂亮的飞毯，沿着刚才还是公路、现在长满绿草的山坡，向北俯冲而下。前方的山谷里扎着几个彩色帐篷，上面写着草体的罗马字母，看起来有点像阿拉伯书法。在连绵不绝向西延伸的山谷中，大海隐约可见。还有，那是船吗？

罗伯特只读过一本普拉切特的小说。他记得故事情节主要发生在一个类似于中世纪伦敦的城市，和这里完全不同。他仔细望向那座帐篷之城……

米莉→莉娜，秀：我又有他的信号了！看到了吗？

秀→米莉，莉娜：哇。你在他旁边的车里吗？

米莉→莉娜，秀：没有，这是用山上的摄像头和路上车里的摄像头的视点拼成的。

秀→米莉，莉娜：他看起来只是在兜风。

米莉→莉娜，秀：我可以用谢里夫的身份登录。然后我们就可以和罗伯特私聊了。

莉娜→米莉，秀：简直胡闹。

米莉→莉娜，秀：好了，现在我是谢里夫，坐在罗伯特旁边……噢，见鬼！

罗伯特听到有人礼貌地咳了一声，于是转过头来。

谢里夫坐在乘客座位的另一头。"我并不是要故意吓您一跳，教授。"影像谄媚地笑着，"我之前试图出来，但遇到了一点技术问题。"

"没关系，"罗伯特暗暗称奇，汤姆的干扰居然持续了那么久。

谢里夫指了指周围的景色："您觉得怎么样？"

这里还是圣地亚哥，只是水源更充沛，换了一些人，换了一种文明。

"我以为我选择的是一个特里·普拉切特式的故事。"

谢里夫耸耸肩："没错，你选的是普拉切特主网络公会。至少在圣地亚哥这儿就是这样。"

"嗯，可是……"罗伯特指着草地说，"安科莫波克市在哪儿呢？那些贫民窟呢？破酒吧呢？城管呢？"

谢里夫笑了："那些主要在伦敦和北京，教授。虚拟世界和实体地貌相吻合的时候效果才最好。普拉切特创造了一个完整的世界，这里只是适合圣地亚哥的部分。"谢里夫停顿了一下，接着说，"对了，这里是阿布达吉。就是他在《愤怒的乌鸦》里写过的苏马尔巴德南部那个苏丹王国。"

"噢。"《愤怒的乌鸦》？

"这书出版的时候您已经失，呃……"

在我失智后，没错。"这真是壮观。我可以想象有人能写出这么一个地方，但是想象不出什么人或者电影公司能实现这么……"这时窗外飞过一只长着翅膀的蜥蜴，背上还骑着一个女人，罗伯特顿时从窗边缩了回来（他切换回现实视角，原来是一辆高速公路巡逻车从他们旁边超过）。

谢里夫笑了起来："这可不是一个人完成的，可能有一百万粉丝为此出了力。就像其他那些顶尖的虚拟现实一样，这也是一种商业行为，是2019年最成功的户外电影。从那之后，粉丝们一直在不停地完善它，把它变得越来越好。"

"嗯。"罗伯特一直对涌入电影业的大量资金和以此致富的作家莫名反感，"我敢打赌，普拉切特靠这个赚了一大笔钱。"

谢里夫敷衍地笑道："比哈塞克多，但还比不上罗琳，但是算上小额的版税的话就很可观了。现在很大一部分苏格兰都属于普拉切特。"

罗伯特退出了普拉切特的影像。还有其他视点：托尔金视点，以及那些看了标签也认不出来的东西。SCA 是什么？哦。在 SCA 视点中，郊区变成了城墙后的村庄，山上出现了城堡，县里的绿地变成了凶险的丛林。

谢里夫似乎能看到他的视点。他用拇指指着从右侧掠过的美洲狮谷公园说："你应该看看游戏部落，他们占领了整个公园，有时候会玩起战争游戏，我的朋友，那非常棒，真的很棒。"

啊。罗伯特回头仔细看着谢里夫。他装得挺像的，只是那一脸奸诈的笑容露了马脚："你不是谢里夫。"

他笑得更灿烂了："我正纳闷儿你什么时候才会发现呢。在辨别身份方面，你真得多一点怀疑才行，教授。我知道你亲眼见过祖尔菲卡·谢里夫，那个才是你以为的对你崇拜得五体投地的研究生，但他控制能力不行。只要我愿意，我随时可以用谢里夫的身份出现。"

"几分钟前你可不是这么说的。"

谢里夫皱了皱眉头："那是别人。你还有别的粉丝，其中有一个还有点本事。"

啊？罗伯特想了一下，然后挤出一丝笑容："那你最好给我一个口令，这样我就不会一不小心就把你的秘密泄露给谢里夫了，对吗？"

神秘陌生人看起来有点严肃："好吧……以后我第一次说'我的朋友'时，就会触发证书交换，你什么也不用做。"现在谢里夫的脸微微泛绿，斜着眼睛，"你一看到这个精灵，就知道我来了。那么，你觉得汤姆·帕克的计划怎么样？"

"啊……"

谢里夫——陌生人扮演的谢里夫——凑近了罗伯特，但他坐着的人造皮椅完全没有动。"我无所不在。为了达到我的目的，我想去哪儿就去哪儿。汤姆虽然聪明，但他还是拦不住我。"他直视着罗伯特的眼睛，"呃，找不到词儿了，是吗，教授？你苦恼的一直就是这个，对不对？我想帮助你，但首先你必须帮助我。"

罗伯特挤出一个强作镇定的笑容。他无力反驳,只好说:"你承诺给我一个奇迹,却没有向我展示任何证据。如果你说的是即时培训,我不感兴趣。创造力可不是那样的。"

谢里夫往椅背上一靠,发出了爽朗又愉悦的笑声:"非常正确,即时培训是一个可怕的奇迹,但是现在也有快乐的奇迹。我可以制造这种奇迹。"

他驶下高速公路,沿着弯弯曲曲的瑞奇路向前行驶。距离西福尔布鲁克和鲍勃家只有几分钟的路程了。神秘陌生人似乎看了一会儿风景,然后说:"我真的迫不及待地想马上开始,但是如果你要先看证据……"他做了个手势,两人之间闪现出一些东西。通常这代表着有数据传送已经完成,"看看这些资料,这能证明我在这些突破性进展背后付出了多少努力。"

"好的,我看了之后再联系你。"

"请不要拖得太久,教授,如果没有你的及时帮助,你们的小组计划就注定夭折。如果想让我帮助你,我需要你完成你们的计划。"

他的车转弯进入荣誉庭,在鲍勃家门前减速停了下来。还不到四点半,海上的雾气已经弥漫过来,天色开始变暗。孩子们东一群西一群地在街上玩耍,只有上帝知道他们看的是什么视点。罗伯特走进阴冷的空气中,米莉正蹬着一辆脚踏车朝他骑过来,他俩尴尬地打了个照面。至少,罗伯特觉得尴尬,通常他们不会在鲍勃和爱丽丝都不在场的时候见到对方。要是在从前,我才不会因为伤了这孩子的心而感到一丝尴尬。但不知怎的,鲍勃和爱丽丝不约而同的愤怒——以及米莉一如既往的忍让——让他非常不舒服。我不能再留在这里了,跟欠了这孩子多大人情似的。

米莉下了自行车,站在他身旁。她在往他的车里看,罗伯特看了一眼正在离开的车子。他看到谢里夫仍然坐在后座上,也许她也能看到。"那就是祖尔菲卡·谢里夫，"罗伯特忙不迭地解释道，好像非常心虚的样子，"他在采访我，问一些关于过去的问题。"

"噢。"她好像不感兴趣。

"嘿，米莉，我不知道你有自行车。"

她推着自行车走到他旁边，认真地回答道："我有自行车，虽然它不是个很好的交通工具，但爱丽丝说我需要锻炼。我喜欢在西福尔布鲁克周围骑车，探索最新的虚拟现实。"

多亏了万能的主显系统，罗伯特能猜到她在说什么。

"其实，这不是我的自行车，是鲍勃的。他比我还小的时候就有这辆车了。"

自行车轮胎看起来很新，但是他扫了一眼铝质车架，以及剥落的黄色、绿色油漆。天哪。莉娜坚持要给儿子买这辆自行车。小鲍勃努力学习骑车的那些回忆一下子涌上罗伯特心头，他那时真是缠人啊。

罗伯特跟在米莉背后，两人沉默不语地走向家门口。

- 16 -
前厅卫生间事件

接下来几天，温斯顿打了好几个电话。他的小团体迫切地想进一步讨论"那件事"。罗伯特一直让他再等等，拒绝私聊。他几乎可以听到温斯顿沮丧得咬牙切齿的声音，但那家伙还是又等了他一周。

真正的谢里夫又采访了几次罗伯特——他希望这个谢里夫是真的。这些采访和与神秘陌生人打交道完全不同，让他回想起温馨美好的旧日岁月。这位年轻的研究生热情高涨，偶尔也会犯蠢。但有时看起来，他似乎蛮喜欢科幻小说的。只是有时，当罗伯特提到这一点时，谢里夫表现得很惊讶。啊！神秘陌生人又得手了。或者也许有三个……人……在使用祖尔菲卡·谢里夫的影像。罗伯特开始记录每个用词、每个细微的语言差别。

胡安的写作水平也提高了，他可以写出完整的句子了。这个男孩似乎因此认定了罗伯特是天才教师。是的，很快就会有黑猩猩来找我拜师了。但罗伯特把这个想法憋在了心里。胡安正在努力突破他的"瓶颈"，他注定平庸，就像罗伯特自己一样。面对这种让人痛苦的事实，罗伯特心里已经没有太大波澜了。

神秘陌生人没有再出现，也许他认为罗伯特自己的需求已经足够让他上钩了，这个浑蛋。罗伯特反复阅读了陌生人给他的资料，它们描述了过去十个月中发生的三个医疗奇迹，其中一例成功治愈了疟疾。这没什么了不起的，更便宜的治疗方法已经存在多年了。但另外两个奇迹与情绪和智力紊乱有关，这些跟里德·韦伯口中的随机"天堂的雷区"的例子不一样，这两例都是由客户委托的治疗。

那又怎么样呢？现代社会存在着奇迹。有什么证据说明创造它们的是神秘陌生人？他拿出了陌生人给他的文件，它们看起来像中世纪的密信，用蜡封印着。如果能破解这个隐喻，很容易就能看到内部底层，几兆字节的加密数据，什么也看不懂。但是如果你跟随着隐喻从头开始，那么你就能找到有用的指针，有的指向能打开证书的工具，有的指向阐述这些工具如何处理底层数据的技术论文。

三天了，罗伯特一直在研究这些文件。老罗伯特可没有这种头脑，上帝剥夺了他独一无二的天赋，却任性地给了他这种分析才能作为补偿，折腾各种协议还挺有趣的。好吧，再过几天，他就能全部搞懂了——然后就能明白陌生人葫芦里卖的是什么药了。

与此同时，他与胡安在写作课上的作业进度更落后了。

"你有时间做一下我建议的图像吗？"一天下午，胡安问道，"我是说，在明天之前。"那是他们每周交作业的截止日期。

"没问题，当然。"这个孩子对罗伯特教他做的东西很上心。而罗伯特却没有做到这一点，他为此感到一丝内疚。"我是说，我尽力。我遇到了一些其他的问题……"

"噢，什么问题？我能帮忙吗？"

天哪。"一些安全文件。它们应该能证明我的一个……呃……朋友真的参与解决了一个……游戏问题。"他把其中一份文件显示给胡安看。

这孩子看着蜡封的镀金羊皮纸："哦！信用凭证，我见过类似的证书。你……哎呀，你这个被封住了，所以只有你能完成所有的步骤，但是你看……"他抓住证书，示意罗伯特应该在哪里做什么，"……你应该先盖上自己的印章，然后沿着切割线撕开，接着其中的内容就会被释放出来了。"周围的空中充满了虚拟的交换文件，"如果你这位朋友没吹牛，你应

　　　　　　　　　　　　16　前厅卫生间事件

该在这里看到亮绿色，还有关于他的贡献的文字描述，由微软或美国银行或其他机构认证过。"

然后胡安得回去帮助他母亲干活了。当他的影像开始淡出时，罗伯特研究了这些案例。他从协议描述中看出了几个步骤。但是……"你是怎么知道这些的？"

愚蠢的问题。男孩看起来有点吃惊："就是……就是凭直觉，你懂吗？我觉得这就是界面的设计方式啊。"然后他就完全消失了。

此时此刻，没有人在家，所以罗伯特下楼给自己拿了些点心。然后他回放了胡安展示给他的步骤，没有理由再拖延了。他又犹豫了一会儿……然后对每个"信用凭证"实施了同样的操作步骤。

亮绿色，亮绿色，亮绿色。

神秘陌生人不喜欢在罗伯特宅在家里的时候来拜访他。也许美国海军陆战队并不像陌生人声称的那样无能。罗伯特开始盼望着离家出走，既期待又不安。很快他就要做出决定，为了再次成为自己而承担背叛的代价是否值得？

日子一天天过去，对方仍然没有消息。陌生人是在等我自己沦陷啊！

消息终于来的时候，罗伯特在家附近一边散步，一边接受祖尔菲卡·谢里夫的采访。那个年轻人一个问题问了一半，突然愣住了，接着呆呆地注视着他。

米莉→胡安：我被踢出来了！

胡安→米莉：又来了？

米莉→胡安：是的，又来了！

谢里夫诚恳的面容换成了狡猾的、绿莹莹的神秘陌生人。"还好吗，我的朋友？"

罗伯特故作镇定："还可以。"

陌生人笑道："你看起来有点憔悴，教授。也许你坐下来会舒服点儿。"一辆车停在他们身边。门开了，陌生人客气地招手让罗伯特上车。

"这样更安全吗？"车启动离开路边的时候，罗伯特问道。

"这辆车更安全。记住，我的能力远在你的小朋友之上。"他在面朝后的座位上坐下来，"那么你现在相信我可以帮助你了吗？"

"也许你可以。"罗伯特说。他的声音听起来十分平静，对此他非常满意，"我检查了你的信用凭证。你看起来什么都不懂，但是你有能力把合适的人聚在一起，看着他们解决那些重要的问题。"

陌生人轻蔑地挥挥手："我什么都不懂？教授，你很天真。我们的世界充满了技术人才，知识堆积了几光年那么高。由此，我拥有的才是真正的黄金技能——将知识和能力整合在一起解决问题。你们的查姆莉格女士懂得这一点。学生们肯定也懂。就连汤姆都懂，尽管他把一个关键细节搞反了。而我，"他又做了一个复杂的姿势，一只手整理着他的高领衫，"而我，将这种能力发挥到了极致。我在'协调解决问题'上的能力是一流的。"

真是个自大狂。他是怎么与这个时代的爱因斯坦和霍金们打交道的呢？他不可能了解每个人的弱点吧？

陌生人的身子往前倾："但是我的事已经说够了。温斯顿和他的'老年团'开始绝望了。我并不绝望，但如果你再拖延几天，结果能不能令你满意，我就不能保证了。所以，你要不要加入？"

"我……加入。"二十年前，背叛鲍勃不会让他感到心烦意乱，毕竟，那个傻瓜是个忘恩负义的家伙。现在，他想不出任何借口，可是……只要能拿回我失去的东西，我会不惜任何代价。"你想要的爱丽丝的什么生物识别信息？"

"一些我们无法在公开场合取得的声谱图，还有一微克血。"神秘陌生人指着他们中间座位上的一个小盒子说，"看一下这个。"

罗伯特伸手去拿……他碰到了一个又冷又硬的东西，是一个真实的盒子。这是神秘陌生人第一次提供实体物品，他仔细看了一下，是个灰色塑料盒，没有开口，连虚拟标签都没有。等等，它上面也有"内部无用户可操作零件"这几个字——简直是无处不在。

"然后呢？"

"然后，今天晚上把它留在前面的卫生间里。剩下的就交给我。"

"我不会做任何伤害爱丽丝的事。"

陌生人笑了："你怎么就不相信我呢？我们这么做只是为了不被发现。爱丽丝·顾每周都会在公共场所现身几次。如果要害她，那才是好机会。但你和老年团需要的只是生物识别信息……还有其他问题吗？"

"暂时没有了。"罗伯特把灰色塑料盒塞进口袋里，"21世纪的军事安全系统能凭借一滴血和一些声谱图这么稀松平常的东西破解，真是难以想象。"

陌生人笑道："哦，不，还需要很多别的。汤姆·帕克觉得他考虑得很周全，但要不是我帮忙，你们四个连暖气管道都进不去。"看到罗伯特僵硬的表情，他又笑了起来，"你相当于用户界面。"他微微鞠了一躬，"而我，却是用户。"

罗伯特特意带着陌生人给的东西穿过前厅的安检通道，他没看到小盒子触发任何警报。原来背叛这么简单，只要走进一楼的卫生间，把盒子放在侧柜挤成一堆的瓶瓶罐罐中就行了。现代洗浴用品上充斥着旧式的实体广告，毕竟，就连现代人洗澡的时候也得脱掉衣服，摘掉隐形眼镜。爱丽丝和鲍勃都不讲究，只挑便宜的买，正好魔鬼盒子可以无缝融入。

罗伯特洗澡洗了很久，干净的感觉太棒了。他没有听到奇怪的声音，也没有透过磨砂玻璃看到什么奇怪的东西。但当他从淋浴间出来时，他发现神秘的灰色盒子不见了。他在洗脸台周围翻了半天，把上面的每个东西都摸了一遍——没有任何入侵迹象，卫生间的门一直关着。

有人敲了敲门，自觉遵循着不透过卫生间墙壁偷窥的家庭规矩。"罗伯特，你没事吧？"是米莉的声音，"爱丽丝喊大家吃晚饭了。"

晚餐是场噩梦。

每当他们四个人一起吃饭时，气氛总是很紧张。通常罗伯特可以避开这样的聚会，但爱丽丝似乎决心让他每周至少和全家人聚一次。罗伯特知道她打算什么。她在重新评估，看现在是否可以降低她公公的危害等级。

今晚，她比往常更严肃。而罗伯特心怀鬼胎，因此更加难熬。难道有别的什么事情引起了她的怀疑？他发现鲍勃和米莉忙着在厨房和饭桌之间跑来跑去。通常爱丽丝也会帮忙，但今晚她端坐在她的专座上，用一种无情而又随意的方式考问着罗伯特：学校怎么样，和胡安的项目进展得怎么样。她甚至还问起了他的"老朋友"！上帝啊！罗伯特笑盈盈地解释，暗暗祈祷自己能过关。过去的罗伯特撒谎的时候可从来没这么惊慌失措！

鲍勃和米莉随后也落座吃饭，爱丽丝的注意力从她邪恶的公公身上转移开了。她用她对罗伯特说话时那种友好、兴致勃勃的语气和米莉聊天。米莉回答得很精确，详细描述着学校里发生的好事和坏事。

有那么一会儿，罗伯特几乎放松了下来。毕竟他们在这儿是吃饭的，这总不能让他露馅儿吧。

但有什么地方不对头，这绝不是他在疑神疑鬼。鲍勃和爱丽丝开始讨论圣地亚哥的政治局势，什么学校债券的问题，但是他们的谈话背后有一种暗流在涌动着。有些夫妇真的会为政治局势而争论，但罗伯特还是第一次见到他俩这样。爱丽丝的衣服时不时地就会闪烁一下，在现实世界的房子周围，爱丽丝穿着一件破旧的家庭主妇连衣裙，看起来像 20 世纪 50 年代流行的款式。她的衣服闪烁时会显示虚拟影像，跟卡洛斯穿的那种老式智能 T 恤不一样。衣服第一次闪烁时，罗伯特几乎没注意到——部分是因为鲍勃和米莉都对此无动于衷。半分钟后，当爱丽丝激动地说起一些非常微不足道的选举问题时，衣服又闪了一次。那一瞬间，她似乎穿着白色海军服，但领章上显示着"PHS"。PHS？谷歌对这个缩写列出了不同版本的解释。一两分钟过后，她又变身为美国海军陆战队上校。这身打扮罗伯特见过，因为这是她的真实军衔。

鲍勃温柔地说："你太激动了，亲爱的。"

"这不是重点，"爱丽丝干脆利落地说道，"你知道的，重点是——"她继续讨论着学校债券问题。但是她的目光在房间中扫了一圈，最后落在罗伯特身上，这目光一点儿也不友好。她的声音听上去也有些尖，虽然她说的话与罗伯特无关。然后，差不多有两秒钟，她穿着一件普通西装，佩戴着一个老式的身份挂牌。挂牌绳上印着熟悉的印章和字母"DHS"，罗伯特知道那是什么意思。此刻，他唯一能做的就是不要退缩。她不可能知道一切！他怀疑，爱丽丝和鲍勃是不是暗中合作搞出了这些可怕的标志，想让他在震惊之下自行坦白。不知怎的，他觉得鲍勃没有那么老练。

于是罗伯特只是点点头，随意地看向周围。米莉比平常更安静，她百无聊赖地盯着远方发呆，看上去就是一个十三岁小孩看到父母为一些无关紧要的小事争论时的正常反应。但这可是米莉·顾，并且现在又不是 20 世纪。她很有可能正在上网，虽然在饭桌上她通常会稍微掩饰一下她的心不在焉。

爱丽丝拍了拍桌子，罗伯特猛地把视线转回她身上。她怒视着他："你同意吗，罗伯特？"

就连露易丝·查姆莉格的目光都没这么凶，这么咄咄逼人。

"对不起，我刚才走神了，爱丽丝。"

她突然摆摆手："没关系。"

这时，一行金色的字母悄无声息地浮现在空中。

米莉→罗伯特：别担心，她不是生你的气。

米莉仍然盯着远处发呆。她的手就在眼前，很明显完全没有动。她对网衣的控制能力真是太强了。好吧，但到底发生什么事了？这是他想要回复的信息，但是他不能用手指打字，只好满脸不解地看着她。

爱丽丝继续喋喋不休着，偶尔被鲍勃打断，但现在罗伯特不再那么恐惧了。他又等了三四分钟，然后借口离开了饭桌。

鲍勃看起来松了口气："我们不该讨论这么多学校债券的问题，罗伯特。还有别的……"

"噢，没关系。我现在还有作业要做。"罗伯特挤出一个微笑，接着便上楼回房间了。他感觉自己的每一步都暴露在爱丽丝灼热的目光下。要不是米莉的默信，他早就跑着上楼去了。

到目前为止，爱丽丝还没有接近过前厅的卫生间。

他真的有作业要做。胡安来了，给他讲了差不多半小时的浸入式大纲，让他暂时不去想饭桌上发生的事情。罗伯特应该准备好这个大纲，明天查姆莉格的课上的进度报告要用到。胡安高兴地离开了，罗伯特也很高兴，他松懈了好几天，现在终于赶上了进度。他用胡安的模板瞎折腾了一通，直到弄懂上面所有功能。上帝啊，我们这种互相帮助的精神应该得个 A。这个孩子写的散文拿得出手了——而"他"构建的这个浸入式环境，也很漂亮。他知道米莉在晚餐后帮忙收拾了桌子，现在已经在她的房间里了，鲍勃和爱丽丝就坐在客厅里。他在一楼设置了一个动作感应提示，然后就开始忘我地打磨他的图形设计。

天哪！已经过了一个小时了！他迅速地扫了一眼楼下，没有人去过前厅的卫生间。有一条来自汤姆的未读消息，老年团想知道他的进展如何了。

他又看了一眼楼下。奇怪。他看不到客厅了。通常客厅会在家庭菜单上，但现在却像卧室一样私密不可见了。他站起来走到门口，轻轻地把门开了条缝，用老式的办法窥探着。

他们在吵架！鲍勃非常激动。他的声音越来越大，最后变成愤怒的嘶吼："我他妈的不在乎他们需不需要你！他们总是说最后一次。但这一次你……"

鲍勃在盛怒中停了下来。罗伯特往前靠了靠，把耳朵贴在门上。什么声音也没有，甚至连窃窃私语都没有，儿子和儿媳已经转战虚拟网络了。但罗伯特继续听着，他能听到两个人走来走去的脚步声。有一次还听到用手拍东西的声音，像打枪一样。是爱丽丝在敲桌子吗？接着是半分钟的沉默，最后又传来了摔门声。

过了一秒钟，客厅里的景象便重新可见了。鲍勃一个人待在那里，盯着底楼书房的门发呆。他站了一会儿，然后绕着客厅踱了会儿步，在他最喜欢的椅子上坐了下去。他从茶几上拿起一本书，那是楼下仅有的三本实体书之一——而且还是即时打印的假书。

罗伯特轻轻关上卧室的门，回到椅子上坐下。他思考了一会儿，随即开始敲打他的虚拟键盘。

罗伯特→米莉：他们这是怎么了？

米莉就在走廊另一头，离他只有二十英尺。他为什么不走几步路去敲她的门呢？或者以虚拟影像出现？也许只是习惯了躲着她，也许隐藏在文字后面对他来说更容易些。

也许他不是唯一需要隐藏的人。他等了快一分钟才等来回复。

米莉→罗伯特：他们不是在生你的气。

罗伯特→米莉：好吧，不过到底出了什么事？

米莉→罗伯特：没什么问题。

米莉随后又发来一条。

米莉→罗伯特：爱丽丝正准备接受一个新任务。这种时候她总是压力很大，然后鲍勃就生气了。

米莉又停顿了一会儿，才接着发短信

米莉→罗伯特：这是公事，罗伯特。我不应该知道，你就更不应该知道了。对不起，谈话结束。

谈话结束。罗伯特等了等，再没有新消息传来了，但这已经是两个月来他和米莉之间最真实的一次对话了。这小姑娘都有些什么秘密呢？肯定比他想象的重要得多。她拥有比20世纪所有文明更好的通信手段，但她谨慎的个性使她无法向他人诉苦。或者也许她有一些可以推心置腹的朋友？

罗伯特没有任何朋友，他也不需要朋友。今晚他的注意力被太多的危机和悬而未决的事情分散了。他一边盯着前厅的卫生间，一边盯着书房的门。鲍勃仍然在看书，偶尔也朝书房的门那里瞥一眼。

"现在方便说话吗，教授？"声音从身后不远处传过来。

罗伯特惊得从椅子上弹起来，转身面对着声音的源头。"天哪！"

是祖尔菲卡·谢里夫。

谢里夫一脸惊讶地退后一步。

"你应该先敲门的。"罗伯特说。

"我敲了，教授。"谢里夫听起来有点委屈。

"好吧，好吧。"罗伯特还是没能弄清主显系统各种奇怪的"朋友圈"的功能。他让谢里夫留下："你想说什么？"

谢里夫坐在椅子上，他这次做得很棒，影像没有沉进椅子里。"嗯，我只是想和您聊一聊。"他想了一会儿，又说道，"我的意思是，我们可以继续讨论讨论《年龄的秘密》。"

楼下依然没有动静。"……可以呀，尽管问吧。"所以这是谁？真的谢里夫？陌生人谢里夫？科幻谢里夫？还是某些邪恶的组合？无论如何，他这时出现太过巧合了。罗伯特坐回到椅子上，听着他的问题，并注意观察。

"呃……我想想。"也太健忘了吧，但他突然又恢复了记忆，"啊！我希望在论文中讨论的一点就是语言的真和美之间的平衡。它们是互不相干的吗？"

一个深不见底的问题。罗伯特停顿了好一会儿，然后开始瞎扯："虽然你自己不写诗，到现在也应该明白了，祖尔菲卡。这两者是无法分开的，只有优美的文字才能够捕捉到真实。读一读我那篇写加洛林王朝的文章……"

谢里夫认真地点点头："那您是否认为一方的缺失就意味着另一方的终结？我是说，美与真？"

咦？这问题够古怪，扰乱了他的思路。罗伯特反复在脑海中解析这愚蠢的现实。你已经失去创造美的能力了吗？答案是肯定的，我已经无法创造美了。也许这是陌生人谢里夫，正在一边等待灰色小盒子生效，一边拿他寻开心。

"我觉得……可能会终结。"然后他想到了问题的另一半，"去他的，谢里夫，真相——新的真相——很久以前就不终结存在了。我们这些艺术家坐在厚达上万年的故纸堆上，我们当中勤奋的那些人对历史上所有重要事件烂熟于心。我们反复推敲，有些人非常精于此道，但所有努力的结果只不过是换汤不换药。"我都胡扯了些什么？

"如果它们是相互联系的，那么，美也消失了？"谢里夫身体前倾，双手托腮，手肘支在腿上。他睁大了眼睛，眼神严肃。

罗伯特看向一边。终于，他哽咽着说道："美仍然存在。我会把它带回来的。"我会找回它的。

谢里夫笑了，他恐怕是把罗伯特的决心误认为对人类未来的信心了。"太好了，教授。这番话的深度已经超越了您那篇有关加洛林王朝的文章。"

"没错。"罗伯特放松下来，心里嘀咕着刚刚自己到底是怎么回事。

谢里夫犹豫了一会儿，仿佛不确定接下来该说点什么。"您在加州大学圣地亚哥分校图书馆的项目进展得怎么样了？"

楼下依然没有动静。罗伯特说："你认为，我的作品跟……'图书馆升级项目'有联系？"

"是的。我无意冒犯，但你在圣地亚哥分校的行动似乎是对当代艺术和文学界发出的一种声明。"

也许眼前这位是科幻谢里夫，试图弄明白陌生人谢里夫在谋划些什么。如果我能用一个对付另一个就好了。罗伯特审慎而理智地对他的访客点点头："我会和我的朋友们讨论一下。也许我们可以合作。"

这个回答似乎满足了这位身份不明的访客。他们约定了下次见面的时间，然后访客便离开了。

罗伯特关掉了朋友圈访问功能，今晚他不想再被不速之客打扰了。

而此时的楼下，仍然没有动静。他透过墙壁观察了将近十五分钟，真是一个高产的晚上。该死，想点别的事情吧。

他把房顶打开，看着西福尔布鲁克。如果不打开增强效果，这个地方一片漆黑，更像一座废弃的城镇，而不是富有生活气息的郊区。现实中的圣地亚哥已不似 20 世纪 70 年代那样繁星满天了，但在这个真实视角的背后隐藏着无穷无尽的其他选项，都是鲍勃这一代人可以想象的所有网络空间的乐趣。今晚有数亿人在那里比赛，罗伯特可以感受到——主显系统可以让他感觉到——它在颤动、招手。相反，他敲出了查姆莉格提到的命令；在北郡的各处，小小的灯光闪闪发亮。那些是他班上的其他学生，至少是那些今晚学习并且对其他人正在做的事感兴趣的学生。二十盏小灯，超过了他全班人数的三分之二，一个特殊的信仰圈，致力于尽可能地提高他们的合作分数。他没有意识到这些小三流人物居然这么刻苦。

罗伯特在郊区飘着，朝着最近的灯光移动过去。他之前没有尝试过主显系统的"出窍"功能，他没有感受到气流涌动。仅仅是人工视点带着他穿行在风景中，他仍然能感觉到屁股坐在卧室里的椅子上，他总算明白了说明书里建议坐着使用这个功能的原因。他的视点突然带着他俯冲下山谷，速度快得令他感到头晕目眩。

他飘进一扇敞开着的窗户，胡安和穆罕默德·关以及其他几个人聚集在客厅里讨论着明天可能与开普敦交流的话题。他们抬头打了个招呼，但是罗伯特看得出来他们只是看到一个代表他的图标悬浮在房间里。他可以以虚拟形象出现，甚至可能让自己看起来像谢里夫通常表现的那样"真实"。但罗伯特只是悬在空中，听了一会儿谈话，然后——

警铃响了！

他切断连接，回到了卧室。

楼下，鲍勃走出了客厅。他站在爱丽丝的门前，轻轻地敲了敲门，罗伯特没有听到回答。过了一会儿，鲍勃垂头转身离开了。罗伯特盯着他走上楼梯，脚步声从大厅传来，鲍勃像往常那样敲了敲米莉的门。他听到两人小声说了几句话，然后听到米莉说话的声音："晚安，爸爸。"这是罗伯特第一次听到她叫鲍勃爸爸。

鲍勃的脚步声越来越近，他在罗伯特的门口停了下来，但他什么也没说。罗伯特透过墙壁看到他转身进了开启了隐私模式的主卧，然后消失了。

罗伯特弯腰趴在桌子上，盯着楼下。一直以来，爱丽丝几乎都比鲍勃早回房。当然，今晚不一样。该死的，你的勇气居然用来背叛自己的家庭——老天自然会因为这个可耻行径给你出各种难题。但即使爱丽丝今晚睡书房，也还是要用卫生间的，不是吗？

二十分钟过去了。

爱丽丝的房门打开了，她走了出来，迈向楼梯。该死，用一楼的卫生间啊！她又转过身，在客厅里愤怒地来回踱步。踱步？每一步都精准有力，像在跳舞，或者武术表演，完全不是那个不修边幅的圆脸爱丽丝。然而这是真实的视点，这是她本人的脸，虽然痛苦得紧绷着，并且满脸是汗。咦？罗伯特试图放大她的滑行舞步，仔细观察。这女人汗如雨下，衣服都已经被汗水浸湿了，好像刚拼命跑完一场长跑。

就像卡洛斯一样。

这不可能，爱丽丝从未被困在外语或其他特定专业技能中，从未发生过。但他记得即时培训的网络讨论：少数异人能够接受多次"培训"，掌握多种技能，直到最终被副作用摧毁。如果身怀十几种可以陷人的技能，这些可怜的人会被困在哪里？

爱丽丝的滑行舞步变慢了，最终停了下来。她低着头站了一会儿，肩膀起伏。然后她转过身，慢条斯理地走进前面的卫生间。

终于，终于成功了。现在我应该松口气才对啊。可正相反，他的脑海反复闪现出各种茅塞顿开的念头。很多小谜团如今被解开了，与他先前确信无疑的一些事实相矛盾。也许爱丽丝并没有针对他，也许她与鲍勃和米莉一样，并不是他的敌人。

有时，真相并不像表面上看起来的那样。

周围一片寂静。帕罗奥图的老房子隔音不太好，经常听到地板嘎吱嘎吱的声音，还有从鲍勃的电脑里传来的盗版音乐声。而这里，今晚……只

16　前厅卫生间事件

是，偶尔有一点声响，是房子在凉爽的夜晚中沉寂下来的声音。等等，在设备视角中，其中一个热水器已经打开了，他能够听到水流的声音。

罗伯特又在琢磨着那个小灰盒所拥有的魔法，它没有触发家里的报警装置。也许它根本不是电子设备，而是 19 世纪那种由金属弹簧驱动的轴承和齿轮。然后，它从罗伯特眼皮底下消失了。这倒是新鲜，并不是视觉魔术。也许这个盒子长了脚，自己走了出去。不管它是什么，问题是，它到底会做什么？也许陌生人需要的不是几滴血，而是一摊血。罗伯特静坐了一秒钟，猛地站了起来——然后再次呆住。我竟然绝望到这种地步。对于渴望奇迹的受害者来说，再拙劣的骗术也足够让他们上当了。因此，神秘陌生人嘲讽了这种不惜伤害爱丽丝来卷入这场阴谋的行为。而绝望的我，微笑着相信了这一点。

罗伯特离开房间，飞身下楼。他冲过客厅，使劲敲着卫生间的门："爱丽丝！爱丽……"门开了，爱丽丝迎面瞪着他。他抓着她的胳膊把她拽进了走廊。爱丽丝个子不高，很容易就被他拽走了。但她马上一个转身，让他的身体失去了平衡，接下来又不知怎的，他的脚绊到了爱丽丝的脚，随即他猛地撞上了门框。

"干什么？！"她的声音带着怒意。

"我……"罗伯特扭头看看灯火通明的浴室，然后又看看爱丽丝。她现在穿着长袍，短发湿漉漉的。没有人受伤，地上没有血泊……也许除了我的头撞到门框的地方。

"你还好吧，罗伯特？"她的语气逐渐由恼怒转为担心。

罗伯特摸了摸后脑勺："还好，还好。现在我很皮实。"他回忆着自己是如何冲下楼梯的。即使在他十七岁时，也从来没有一步跨越四级台阶过。

"但是……"爱丽丝说道。显然，她更关心的不是别的，而是他的精神状态。

没关系，儿媳。我以为有人要谋杀你，想来阻止，但现在我发现这不过是虚惊一场。不过，他觉得这不是一个好理由。那他半夜冲过来砸浴室的门是要干吗？他又看了一眼浴室："我……嗯……我只是憋不住了。"

她关心的表情不见了。"我不耽误你了，罗伯特。"说完，她便转身上楼去了。

"你还好吗，爱丽丝？"鲍勃的声音从楼梯上方传来。罗伯特没有勇气看向那边，但他知道米莉的小脸也在往下张望着。走进卫生间并关上门时，他听到了儿媳疲惫的声音："别担心，只是罗伯特而已。"

罗伯特在马桶上坐了几分钟，颤抖的身体才渐渐平息下来。也许这里还藏着一颗炸弹，但即使它爆炸了，也只会炸死他这个坏老头。

然而他并没有看到那个制造这番闹剧的小盒子。看来，他只能空着手去图书馆交差了。不然呢？过了一会儿，罗伯特站了起来，盯着真实的玻璃镜子，他对着镜中的自己苦笑了一下。也许可以带个假盒子交给他们，汤姆会注意到吗？至于神秘陌生人，也许他的法力已经消失……一切希望都随之落空了。

他的视线移向台面。在那里，远离杂物堆的地方，有一个灰色的小盒子。爱丽丝离开时，它并不在那里。他伸出手，手指碰到了温暖的塑料。不是幻觉，这比他正逐渐习惯的那些网络魔法还要神奇……

他把盒子揣进兜里，悄然回到房间。

- 17 -
阿尔弗雷德毛遂自荐

　　金伯克和惠子分别是各自系统内的高级官员。从他们大学时代起，阿尔弗雷德就开始关注这两个人。他们绝对想象不到阿尔弗雷德有多了解他们，这就是活得够长、关系网够广的优势。从某种程度上来说，是阿尔弗雷德引导他们走上了情报道路，虽然他们本人和他们工作的机构都从未怀疑过这一点。他们不会背叛欧盟或日本，但阿尔弗雷德完全可以凭自己对他们的了解，设下精心布置的圈套，引诱他们做出这样的事情。

　　他是这么计划的，现在他也仍然希望如此。但他的这两位年轻朋友锲而不舍的态度，已经成了他计划的最大绊脚石。就像今天——

　　"是的，是的，是有风险，"阿尔弗雷德说，"我们从一开始就知道。但是万一我们漏掉的是一个洗脑术项目，那就更危险了。我们必须搞清楚他们正在圣地亚哥实验室做些什么。兔子计划可以做到这一点。"

　　惠子摇了摇头："阿尔弗雷德，我在美国的情报系统中有多年的联络人。他们不是我的人，但我可以用我的生命担保，他们不会允许这么一个致命的武器项目在自己眼皮子底下开展。我们应该联系他们，非正式联系，看看他们对圣地亚哥实验室了解多少。"

　　阿尔弗雷德向前探探身体："你能以自己国家的命运担保吗？因为这就是我们现在面临的局面。最坏的可能是，圣地亚哥不仅在进行洗脑术研究，而且是由美国政府的最高层支持的。如果是这种情况，你朋友们的努力只会打草惊蛇，让他们的上司知道我们已经开始怀疑了，然后证据就会被他们销毁。涉及这种严重威胁的调查时，我们只能靠自己人。"

从某种意义上来说，这场辩论从巴塞罗那会面时就开始了，今天这一次可能是决定性的。

惠子往后一靠，沮丧地耸了耸肩。她现在的影像多少体现了她真实的外表和地点：一个三十岁的女人，坐在东京某处的一张办公桌前。她还在阿尔弗雷德办公室的一侧投上了她自己的极简主义家具和窗外的东京天际线。

金伯克没那么多花哨的背景，他的形象只占据了阿尔弗雷德的一把办公椅。看来金伯克对欧盟的分量足够自信，认为自己不需要那么咄咄逼人。金伯克可能是今天真正的麻烦，但到目前为止，他一直在安静地聆听。

好吧。阿尔弗雷德摊开手："我真心认为我们在巴塞罗那制订的计划是最谨慎的。我们取得的进展是有目共睹的，不是吗？"他指了指散落在桌子上的报告，"现场有我们的人在调查和行动——这些联系全都可以切断，而且没有人知道他们的幕后操纵者是谁。事实上，对这次行动的重要性，他们心里完全没有数，你们对这一点有疑问吗？你认为美国人已经觉察到我们在调查了吗？"

两个年轻人都摇了摇头。惠子甚至露出一丝苦笑："不。你基于安全硬件环境的模块化调查确实是军事行动中的一场革命。"

"确实如此，而我们公开这些方法，即使是对联盟内部的兄弟部门，也能说明我们印度国际情报局认为当前局势已经到了危急关头。所以，请你们三思。如果我们再拖延一百多个小时，那还不如重新开始，你们到底在犹豫什么？"

金伯克看了一眼他的日本同事，她做了一个不耐烦的手势，示意他尽管说。"我认为你的问题是个反问句，阿尔弗雷德。兔子计划的问题是兔子本身，我们把一切希望都押在它身上，却对它一无所知。"

"但美国人也对它一无所知。我们可以否认跟它的一切联系，这是最重要的。兔子正是我们需要的。"

"它并不只是我们需要的，阿尔弗雷德。"金伯克目光坚毅。尽管金伯克年纪轻轻，他却像世纪之交典型的德国人那样喜怒不形于色。他沉着地从一点推到另一点，"在准备这次行动时，兔子为我们创造了奇迹，但它的能力表明它本身就是一个威胁。"

阿尔弗雷德扫了一眼金伯克最新的调查结果："可是你已经发现了兔子的致命弱点。无论它怎么伪装，你依然追溯到了它所有的授权证书都来自一个最高机构。"所有证书来自一个机构并不罕见，但找到兔子所属的机构对金伯克来说是一项巨大成就。对阿尔弗雷德来说——鉴于他自己与兔子的微妙关系——这是个非常好的消息。

金伯克点点头："是瑞士信贷。但这又怎样呢？"

"所以，万一兔子变成敌人，你只要把瑞士信贷关掉，就能断了它的财路。"

"关掉瑞士信贷的授权证书？你知道那会对欧洲经济造成什么后果吗？我为我的员工挖出这条信息感到骄傲，但我们没法在实际中运用它。"

"我们在巴塞罗那和兔子第一次会面之后就应该放弃这条路。"惠子说，"它太聪明了。"

阿尔弗雷德举起一只手："也许吧，但我们没有证据。"

"是吗？抱歉，阿尔弗雷德，我总觉得你比我们更了解兔子。"

该死！"没有的事。真的。"阿尔弗雷德往后靠了靠，看着这两位紧张的同事，"你们背着我讨论过，是吗？"他温和地笑了笑，"你们真的认为兔子是美国特工吗？"他俩的确花了很长时间调查过这些可能性。但现在惠子摇了摇头："那么你们的理论是什么呢，朋友们？"

"呃，"金伯克有点窘迫地说，"也许兔子先生根本不是人类，也许它只是个人工智能。"

阿尔弗雷德笑了起来，然后看向惠子："你呢？"

"我认为我们应该考虑人工智能这种可能性。兔子的能力如此广泛，工作如此高效——但它的个性却像个青少年。最后这一点是美国国防高级研究计划局认为的人工智能的特征之一。"她看着阿尔弗雷德怀疑的表情，"并非所有威胁都来自犯罪组织或者阴谋家。"

"当然。但是人工智能怪物？那是 20 世纪的鬼故事。情报圈中谁会把它当真啊？噢！那是帕斯卡·赫瑞反复论及的话题，对吗？"阿尔弗雷德的语调变得低沉严肃，"你是不是和帕斯卡谈过这个项目了？"

"当然没有。但近年来人工智能的威胁确实被大大低估了。"

"没错，那是因为它什么影响都没产生过。在中美战争之前，国防高级研究计划局在小帮手项目上投入了数十亿美元。结果差不多和他们的太空禁飞计划一样遭到惨败。"

"太空禁飞成功了。"

阿尔弗雷德笑了："惠子，它对所有人都是不利的，尤其是美国人。但你说得对，太空禁飞计划不是一个恰当的对比。我的意思是，世界上最聪明的一帮人试图创造人工智能，而他们都失败了。"

"那些研究人员失败了，但他们的可执行代码肯定保留了下来。如今的互联网已经不是从前的那种破玩意儿了，也许国防高级研究计划局的小助手的碎片已经自我进化到从前的技术无法企及的程度了。"

"那是科学幻想！有一部电影就……"

"其实，不止一部，"金伯克说，"阿尔弗雷德，惠子说多年前的程序仅仅因为现在资源丰富了就可以实现自我进化，这一点我不同意。但在情报局内，我们一直在跟踪各种可能性。我认为帕斯卡·赫瑞说得有道理。纵使有大多数人否认，这也不代表可能性不存在。在电脑硬件方面，我们

　　　　　　　　17　阿尔弗雷德毛遂自荐

肯定已经越过了临界点。帕斯卡认为，当它最终发生时，将不会有任何预警。这点和许多研发项目一样，只是更具灾难性。"只是又多了一种使人类毁灭于21世纪的方式。

"不管原因如何，"惠子说，"兔子就是太聪明、太神秘了……对不起，阿尔弗雷德，我们认为应该终止这项行动，还是向我们的美国朋友求助吧。"

"但是设备都到位了，我们的人手也到位了。"

她耸了耸肩："然后让兔子来负责整个行动？那么无论我们在圣地亚哥发现什么，都会一样不差地暴露在兔子眼前。即使我们同意，我们的上级也绝不会同意的。"

她是认真的。阿尔弗雷德看了一眼金伯克，他也是。这太糟了。"惠子，金伯克，请你们考虑一下这么做的风险和收益。"

"我们就在考虑啊，"惠子说，"兔子就是这个宏伟计划中巨大的安全漏洞！"她完美地展现了现代日本人直率的一面。

阿尔弗雷德说："但我们可以做一些安排，让兔子只在行动前夕得到任务指示。"

幸好，金伯克马上就驳回了："啊，不行。这种远程微观管理肯定会坏事的。"

阿尔弗雷德犹豫良久，故意做出努力思考却又难以抉择的样子："也许，也许可以找到一个两全其美的办法——呃，既保证'宏伟的计划'的实施，同时又降低兔子带来的风险。假如我们不提前向兔子提供所有细节，假如在南加州的潜入之夜安插进一个我们自己的人？"

惠子和金伯克盯着他看了一秒钟。"但怎么摆脱干系呢？"惠子说，"如果让我们自己的特工潜入的话……"

"想想看，惠子。我的计划只是有可能被美国人发现，而你的计划肯定会被他们发现。这样一来我们可以把风险降到最低。只要把我们自己的人放在现场，安排在一个精心挑选的位置，消除时间差就行了。美国人管这叫现场指挥。"

金伯克的精神为之一振："就像爱丽丝·宫在奥蒂兹城时做的那样！"

"对，就是那样。"他没把这事和爱丽丝联系起来，但金伯克说得没错。在奥蒂兹的冰山上，爱丽丝·宫几乎是以一己之力发现并阻止了自由水前线运动，也许这个运动注定会失败。毕竟，没有人试过把土制手枪改造成三亿吨量级的炸弹。但如果那颗炸弹被成功引爆了，将会危害南极洲西部的淡水采水工业。外界对爱丽丝·宫仍然一无所知，但她在情报界内已经成为传奇，她是个好人。

谢天谢地，金伯克和惠子似乎都没有注意到阿尔弗雷德在听到爱丽丝·宫的名字时尴尬的表情。

"现在很难插入一个现场指挥，"惠子说，"是让他扮作一个旅行者过去呢，还是兵行险着，用集装箱偷渡过去？"暗地里安插人手，犹如走私大规模杀伤性武器，都是万分惊险的举动。"我所有的手下都达不到参加此项行动的级别。这需要一个特别的人，具有特别的才能，特别的许可。"

"我在加州有一些不错的人手，"金伯克说，"但他们也都达不到级别。"

"没有关系，"阿尔弗雷德语气坚毅如铁，"我愿意去，我自己。"

他以前也令他们意外过，但这次他却让他们无比震惊。金伯克张着嘴呆坐了一会儿。"阿尔弗雷德！"

"这次行动很重要。"阿尔弗雷德说道，真诚地直视着他俩。

"但你和我们一样，只是文职人员！"

阿尔弗雷德摇了摇头。今天他不得不透露一点点自己的背景了，希望不会暴露得太多。他曾花了数年时间才"融入"国际情报局中层，如果他的身份被揭穿了，那么最好的结果是他会像总理一样，被迫回去当高层政客。而最坏的结果……最坏的结果是，金伯克和惠子可能会发现他在圣地亚哥的秘密。

瓦兹→国际情报局核心办公室：向盟友情报机构共享第三号简历。

同时，他大声说道："我的确有现场经验。就在美国，在2010之后。"

金伯克和惠子同时盯着他看了很久。他们忙着浏览文件，第三号简历里有任务信息。一切都与他们已知的信息吻合，但又展示了更多他们的印度同事的信息。金伯克先回过神来："我……我明白了。"他沉默了一会儿，继续浏览文件，"你做得很好。但那是很多年前，阿尔弗雷德。而这次行动任务繁重，会涉及很多网络技术方面的内容。"

阿尔弗雷德点点头说道："是的，我不再年轻了。"美津里惠子和金伯克认为他五十岁出头，"但是，我在国际情报局就是专门负责网络问题的，所以我并没有落伍。"

惠子脸上闪过一丝惊讶的笑容："而且你确实比其他任何人都了解这次行动。因此，如果你在现场，可以直接向有关人员提供关键信息，并且无须通过兔子。"

"没错。"

金伯克仍然没有被完全说服："但这是一次极其危险的行动。大国之间有竞争，这是事实。但是面临武器威胁的时候，我们必须合作。在我的职业生涯中，这是头一次违背这条盟约。"

阿尔弗雷德郑重地点头："我们必须找出真相，金伯克。我们对圣地亚哥的怀疑可能是错误的。如果是那样，我们会心怀感激，然后悄无声息地离开。但无论这种武器的来源是哪里，我们必须找到它。如果事实证明是来自圣地亚哥，美国人很可能还要感谢我们呢。"

惠子和金伯克对视了很久，最后他们点了点头。惠子说："我们同意安插一个现场指挥，假定是你。我会让专家制定备用方案，以防你暴露身份，我们会提供网络和分析师支持。现场的关键数据将由你来负责。"

"以防兔子掌控整个计划！"金伯克说。

在朋友们都离开之后，阿尔弗雷德在他的办公室里坐了几分钟，刚才真是好险。

当赌注增加时，危险总是会随着成倍增加。兔子行动是印度政府有史以来主动参与过的最敏感的行动，而且好不容易才得到总理的支持。今天，惠子和金伯克差点就叫停他的行动，就像过去总理做的那样。至于兔子——嗯，人工智能或许太夸张了点，但是金伯克和惠子担心得有道理，兔子本身也是一个威胁。

阿尔弗雷德放松了一点儿，露出了微笑。是的，这些威胁就像……就像兔子一样，会成倍增长。但是今天他遇到了其中一些威胁并消除了它们，他为这个现场指挥的角色已经谋划了几个星期。最后，金伯克和惠子终于为他出现在圣地亚哥现场提供了绝佳借口。

17 阿尔弗雷德毛遂自荐

- 18 -
老年探洞者社团

老年团仍然在图书馆六楼聚会，但这里已经变得和以前完全不同了。罗伯特乘电梯上楼，避开了哈塞克信徒和他们的图书馆斗士们。然而，想要留在现实视点并不容易。西奥多·盖泽尔仍然占领着大厅，但是管理层正在其他区域引进各种交互主题。斯酷奇角色在地下室泛滥成灾，据说H.P. 洛夫克拉的作品藏在更深的地下，那里曾经是非借阅书库。

六楼……已经完全空了，只剩下光秃秃的书架。从楼中间的电梯入口处，罗伯特可以透过如骨架般的书架看到窗边。碎纸机来了又走了。在东南边的角落里，这帮阴谋家在一片废墟中规划着他们未来帝国的蓝图。

"图书馆斗士为什么没占领这里？"罗伯特指着那堆空书架问道。

卡洛斯答道："官方的解释是，最新的触感设置延误了，实际上是因为政治斗争。斯酷奇公会想让这层变成他们的基地，图书馆斗士们可不肯。而管理层最终可能会让双方都失望，用这层来模拟还原真实的图书馆。"

"用虚拟书的影像吗？"

"对。"汤姆笑道，"你还指望什么？不过趁此机会我们还能继续占用六楼一段时间。"

"我们还没失败，先生们。"温斯顿一脸严肃，"但我们几周前就知道，这是不可避免的。我们输了一场重大战役，但这只是整个战争中的第一场。"他看了汤姆一眼。

汤姆指着笔记本电脑上的指示灯说道："盲区已经布置好了。接下来继续进行我们的‘犯罪阴谋’了。"他微笑地看向大家，和每个人都对视了一眼，"好了，我的研究已经完成了。我可以让大家进入暖气管道。我还安排好了庆祝活动，可以把实验室的工作人员引开。我可以把大家带到碎纸收藏箱那里，气溶胶也准备好了。我们可以给‘图书馆升级项目’和胡尔塔斯制造一大堆障碍。当然，这并不能完全阻止项目的进展，但它会……"

温斯顿发出一声闷哼："我们都明白不可能彻底阻止这个项目。但我们能阻止那些选择破坏性最大的办法的浑蛋——只能这样了。"

"没错，院长。这正是我们能做的。现在万事俱备，只欠东风了。"汤姆的目光转向罗伯特。

在常识力量的震慑之下，罗伯特没怎么犹豫就从兜里掏出陌生人给他的小盒子："看看这个，汤姆。"

汤姆扬起了眉毛："出人意料啊，我还以为是纸巾之类的东西。"他瞄了一眼笔记本电脑的屏幕，然后拿起盒子，"看起来像一个生物取样盒。"这时，盒子正好显示出彩色的功能标签，"你是怎么做到的？"

是啊，我怎么做到的呢？罗伯特想不出任何合理的解释。

汤姆误会了他的沉默。"没关系，不用告诉我。我应该能自己搞定。"汤姆看着盒子笑了一下，然后把它塞进自己兜里。

"好了，万事俱备了。现在我们确定一下行动时间吧。"

卡洛斯往前靠了靠："要快点，一放假实验室的很多项目就开始了。"

"是的，还有其他的限制。我必须做的准备工作还有很多，我连风水师都找好了。别担心，院长，他们每个人只能看到整个计划的一小部分。我快成真正的招募专家了。"汤姆兴高采烈地说道，"我保证我们会成功的，朋友们！嘿，就像以前一样——好吧，除了你，卡洛斯，那时你还没出生呢。"他对温斯顿和罗伯特咧嘴一笑。罗伯特那时经常参与这些地下探险，徒步穿过数百英尺的隧道，然后突然从黑漆漆、空荡荡、尚未竣工的建筑物中钻出来。楼梯间有时候有楼梯，有时什么都没有。

温斯顿也微微一笑："是的，老年探洞者社团。"他皱着眉头，想起了更多细节，"我们都没弄断自己的脖子，真是太走运了。"这话是当时温斯顿在办公桌前说的。他做了大半辈子的行政人员，大部分时间都做着与责任和诉讼相关的噩梦。

"是的。这比游戏有趣，不过也危险得多。总之，那时还没有电脑——至少还没有现代意义上的电脑。现在情况很不一样，但凭着我的准备和罗伯特拿到的生物样本，我可以让大家躲过自动警报装置，只要我们在合适的时间进入。"他在笔记本上敲了几下，"好，这是最新版本。接下来的六个星期里会有三个极短的时间段，在此期间，所有的安全漏洞会同时出现。"

"第一次是什么时候？"温斯顿问道。

"很快。下周一之后一周内。"他把笔记本转过去给其他人看，"我们从皮尔彻大楼进去。"他开始详细阐述着整个冒险计划，"管道在这里分岔，通往校外。我们从那里再往前走差不多半英里，从旧基因主楼下面出来。"

"胡尔塔斯的实验室就在它的北面。"卡洛斯说。

"没错。我们有十分之一的概率能完成任务，甚至有可能安全离开！"

卡洛斯和温斯顿似乎都没觉得不妥。过了一会儿，温斯顿说："我们真的不能再拖了。我提议下周一之后一周内开始。"

"我同意。"罗伯特说。

"wo tong yi。好的。"

"好吧！"汤姆把笔记本电脑转了回来，做了条记录，"来的时候穿上网衣，但我会提供新衣服和所有必要的电子设备。我……"

温斯顿打断道："还有一件事，汤姆。"

"啊。哦。"

"只是一件小事，但它可以给我们带来一些正面的宣传。"

"嗯。"

"我建议我们带上一个远程参与者，那个叫谢里夫的家伙。"

"你疯了！"汤姆跳了起来然后突然又坐下，"你要带一个远程参与者？你明不明白，你在下面连网衣都穿不了？"

温斯顿讨好地笑了笑："但你会带电子设备，汤姆。我们不能通过那个跟他连线吗？"

汤姆气得倒吸一口凉气："你知道远程参与的工作原理吗，院长？"

"嗯，就是视点叠加吧。"

"就显示来说是这样，但视点不是本地的。在漂亮的影像背后，是通过环境微型光纤传导的高速通信系统，管道里没有其他网络。我的计划的关键是我们必须保持安静，尤其不能使用任何实验室节点。而你想要的是……"他摇了摇头，一副难以置信的样子。

罗伯特看着温斯顿："我也不明白。两周前我们还把谢里夫当作安全隐患给屏蔽了。"

温斯顿脸红了，就像从前在系里开会被罗伯特抓住小辫子时一样。

罗伯特举起手来："我只是觉得奇怪，温斯顿。真的。"

过了一秒钟，温斯顿点了点头："好吧，我从来没有针对过他。我们见过他本人，就在图书馆这儿，他看起来是个诚恳的学生。他真的在采访你，对吧？"

是的，当他不是陌生人或科幻先生时。罗伯特意识到此刻他的话举足轻重，搞不好，计划会就此止步。他以为只是背叛一下而已，没想到做戏需要做全套："是的。他经常问些蠢问题，但都是学术方面的。"

"就是这样！我认为，如果我们的计划不能百分之百成功的话，最好能有个局外人来传达我们的观点，最好是可以全程目睹我们行动的人。有没有这样一个人，结果的差别可就大了，我们要么可能是悄无声息地被扔进监狱，要么是发表一个惊天地泣鬼神的道德声明。"

"对，"卡洛斯说，"在安全方面，你是天才，帕克教授。但即便是最周密的计划也可能会出差错。如果带上谢里夫，那就像……给我们的计划加了道保险。"

汤姆轻轻地用头撞着桌子："你们这是提的什么要求？！"

尽管反应如此夸张，不过汤姆并没有拒绝。过了一会儿，这小个子坐了起来，瞪着他们："你们想要奇迹。也许我能做到，也许做不到。给我一天时间，让我想想。"

"当然，教授。"

"没问题。"温斯顿如释重负，喜笑颜开。

汤姆摇了摇头，缩到他的笔记本电脑后面。当大家结束讨论，各自心满意足地走向电梯时，他看起来跟其他人一样高兴。

通常他们走到电梯间时，总有一部电梯等在那里。汤姆设置的盲区似乎把电梯软件也屏蔽了。他们盯着紧闭的电梯门等了一会儿，卡洛斯伸手按了一下去一楼的按钮。"保留旧时的控制方式还是有好处的。"他微笑着说。

温斯顿咧嘴笑了，但他笑的不是电梯："别担心。汤姆会想出办法的。"

罗伯特点头："他总能找到办法，不是吗？"

"是的。"温斯顿说道，然后大家都笑了。罗伯特突然想明白了温斯顿和卡洛斯想要谢里夫加入的原因。

电梯门打开，卡洛斯和温斯顿走了进去。罗伯特说："等会儿见。我想再去会一会图书馆斗士。"

温斯顿翻了个白眼："随便你。"然后他们就下去了。

罗伯特站了一会儿，听着电梯离开的声音。左边楼梯间门背后就是通往虚拟图书馆的台阶。现在没有人制造地震了，但图书馆斗士仍然用大型功放播放着音乐。他能听见砖石滚动的声音，比电梯升降时的声音还要响。他脚下的地板随着杰西·哈塞克的奇幻主题音乐颤动着。

他又等了一会儿。在这之后，他没有走下楼梯，而是回头去找汤姆了。

汤姆身子前倾，仍然埋头在电脑上工作着。他的盲区指示灯仍然亮着，他看起来真的像一个读着古籍的巫师，不需要任何虚拟辅助。罗伯特在对面的椅子上坐下，看着他。这家伙好像根本没有注意到他来了。他完全沉浸在游戏、谜题和破解之中。

我无所不在。为了达到我的目的，我想去哪儿就去哪儿。神秘陌生人就是这么吹嘘的。在经历了昨晚前厅卫生间的奇迹之后，罗伯特愿意相信，无论陌生人是什么东西，他也许真有他吹嘘的那些本事。他是如何控制维尼和卡洛斯的呢？

最后，罗伯特打破了沉默："那么，汤姆，我们的情况有多糟糕？"

笔记本电脑上方露出一双蓝眼睛。汤姆露出一副"你在这里干什么"的表情，然后又把目光移到电脑上："不知道。我只是希望你们拿定主意。"然后又扫了罗伯特一眼，"你好像没有强烈要求带上谢里夫？"

"对此，我感到……很矛盾。"陌生人下周一将现身，再次证明他的无处不在。"我一直主张放手让技术专家自己做主。"

汤姆点头肯定："对。"

实际上，老罗伯特从来都不关心技术是怎么实现的，但现在情况变得不同了。"我记得你总是能出奇制胜。这次是不是要求太多了，汤姆？"

汤姆坐直了一点，全神贯注地看着罗伯特："我……我只是不明白，

　　　　　　　　　　　　　　18 老年探洞者社团

罗伯特。我以前根本无法做到这样的事情。我可以设计超级专用集成电路，我可以破解协议，我可以在我狭隘的学术领域外同时做十几件事。但现在，这些都不算什么了，因为……"

"因为你现在面对的问题比任何专业领域都要宏大。"

"对！你怎么知道的？"

查姆莉格女士教我的，罗伯特想。但他只是说："要解决现在的问题，你得处理各种彼此毫不相关的专业领域的知识。"

"是的。我的一些核心技能仍然有用，在那些方面我和以前一样高效。但是……到了我退休的时候，我几乎成了学院的笑柄。在某些小众科目上我教得还不错，但是在我尝试教新的综合课时——嗯，我一辈子都跑在学生前面，连新课都不例外。但到了最后，我挣扎得很痛苦。最后一个学期我是靠着每周布置项目，然后让学生们互相评分才熬过来的。"他看起来非常尴尬。老罗伯特从来没经历过这些——至少我对作品的质量和表现还是有数的。

"总之，退休之后我又回到了学校——至少我精神上回到了学校。现在有一整套崭新的方法帮助人们快速解决大型问题。就像学习使用电动工具一样，只不过现在的工具不只是谷歌和符号数学库，还有各种讨论组和预测工具，以及……"

"以及与人打交道？"

"对。与人打交道从来不是我的强项——但现在这已经不重要了。有专人处理这一块儿。"汤姆向前靠了靠，说出了心里话，"自从我开始这个项目以来，一切进展都很顺利！如果工作人员还留在实验室里，那么我们进入管道是没用的。所以我把哈塞克和斯酷奇之间的矛盾炒成了媒体热点——不同网络公会之间的摩擦。一定会非常酷！我找到了一个设计协调员，他了解我的目标。我制定整体概念，然后交给他外包到全世界。具体的计划就这样一步步逐渐落实到位！"

汤姆往后靠了靠。他对自己新能力的展望把刚才的愁云一扫而光："看看我的电脑！"他一脸怜爱地抚摩着电脑。它的外壳上坑坑洼洼的，仿佛历尽了沧桑。顶部金属外壳的凹陷处镶嵌着指示灯。老汤姆才不理会"内部无用户可操作零件"呢。"这些年来，我已经把里面的所有东西都换掉了，往往是为了符合新标准和该死的安全硬件环境。但是最近两个月，我给它进行了彻底的改装。它破解了安全硬件环境里面的一些重要部件。我发誓，罗伯特，我比 20 世纪的国防高级研究计划局和中情局还厉害。"

罗伯特沉默了一会儿，然后说道："那你肯定能想出让谢里夫参与的办法了。"

"哈。那就是锦上添花了。我从 20 世纪找到了灵感：只要铺设一根自己的网线就行了。它的数据传输率还不错——至少对谢里夫来说够用了——我们仍然可以保持隐蔽。"他看了罗伯特一眼，把他的沉默当成了怀疑，"我知道，这条路很长，管道里还有安全系统。但是有一种薄镀层光纤……我的设计协调员能搞定这个东西。"

"是吗？你的设计协调员？"

我无所不在。为了达到我的目的，我想去哪儿就去哪儿。现在这个世界充满奇迹，但奇迹也分好几个等级：有的奇迹是胡安和罗伯特可以实现的，有的奇迹是露易丝·查姆莉格试图教会他们的，有的奇迹是汤姆可以自学掌握的，而在所有这些奇迹之上的，是神秘陌生人可以创造的奇迹。

- 19 -
可能失败

费尔蒙特高中的期末考试要持续好几天，与他儿时的记忆有一些相似之处，孩子们的注意力都集中在即将到来的假期上。更糟糕的是，圣诞电影季的宣传已开始轰炸他们周围的各种共享世界。

但是，期末考试与他高中时的体验还有一个本质上的不同。对于罗伯特来说，现在的考试很难。他再也不具有压倒性的优势，能随便超过周围的同学了，他过去唯一的类似体验是在本科时被迫修了一些理科课程。在那些课程中，他终于遇到了一些并不总是比他弱的对手和一些并不欣赏他天赋的老师。修完那些必修的理科科目之后，罗伯特就一直避免再遇到这种羞辱。

直到现在。

数学和常识、统计和数据、搜索和分析。即使是搜索和分析考试也对上网做出了限制，以防他们向网友寻求答案。查姆莉格教的虽然是合作，但她始终强调核心竞争力的重要性。现在他们要在一周里集中对她这些自相矛盾的陈词滥调进行考试。

刚考完"常识"，神秘陌生人就出现了。他化身为一个绿色光点，对他说道："考试很难吧，我的朋友？"

"我可以应付。"实际上，数学还蛮有趣的。

米莉→胡安，秀：他又在跟别人说话了。

秀→胡安，米莉：他在说什么？

米莉→胡安，秀：我不知道。本地音频被设成私密模式了。胡安！快过去看看。

胡安→米莉，秀：你别对我指手画脚的。我本来就准备跟罗伯特谈谈的。

陌生人咯咯地笑了："在费尔蒙特高中，他们不会自动给你 A，甚至都不会自动让你及格。你是有可能挂科的。可是你……"

救星来了。他看到胡安从教学楼出来，朝他走过来。陌生人继续说道："而胡安·奥罗斯科不一定会挂科。你上的是简化版的课程，你应该看看你孙女要参加的考试。"

"我孙女怎么了？"如果这浑球把她卷进来。

但是陌生人没有回答。

胡安疑惑地环顾四周："你在和谁说话吗，罗伯特？"

"跟学校的事情无关。"

"因为我没看到人。"他犹豫着，然后罗伯特的视角中出现了一行字。

胡安→罗伯特：不要违规接受别人的帮助，这一点很重要。

"我明白。"罗伯特大声回答。

"那就好。"很明显，胡安觉得罗伯特无法通过所有考试。这个傻孩子有时候看起来似乎想要保护他。"看，"胡安继续说道，"学校使用了非常强大的安全系统。也许有些孩子能够蒙混过关，但更多的人只是自以为能够蒙混过关而已。"

而神秘陌生人，安全系统对他来说似乎没有任何影响。这么强大的一个人，却依然以捉弄罗伯特为乐。他会是罗伯特从前的敌人吗——一个比维斯顿·布朗特聪明得多的人？

"话说回来，我认为我们的学期演示还是有机会得 A 的，罗伯特。"这个男孩开始展示他最新的计划，将他的原创词曲和罗伯特的网络算法结合起来，简直是一个盲人带领着另一个盲人。但过了一会儿，罗伯特就被胡安的计划吸引了。

家里的气氛非常紧张，而这与期末考试无关。罗伯特在前厅卫生间的午夜骚扰实际上算是一次人身攻击了，虽然他是为了保护爱丽丝——当然他也说不出口。这次没有人威胁他，也没有人找他摊牌。但罗伯特可以看到鲍勃眼中前所未有的不安，就像一个人开始怀疑他养的宠物蛇是黑曼巴毒蛇时的表情。一旦他得出这个结论，罗伯特就会被立刻送到"彩虹尽头"。

是米莉向罗伯特透露了他没被送走的原因。一天下午，当他在西福尔布鲁克附近徘徊，等待真正的谢里夫出现时，她赶上了他。

米莉骑着她的旧自行车，在他身边骑了一段路。她想跟他保持同样的速度，无奈车子剧烈晃动着，最终她从车上跳下来，开始推着走。像往常一样，她的背挺得笔直，像个女教师一样。她侧身看了他一眼："你的期末考试怎么样，罗伯特？"

"嗨，米莉。你的期末考试怎么样？"

"是我先问的！另外，你知道我的期末考试在假期后才开始。"她的嚣张跋扈语气出卖了她表面的和平，"那么你考得怎么样？"

"看起来我的数学要得 C。"

她瞪大眼睛："噢！真抱歉。"

罗伯特笑了："这是个好消息。在我得阿尔兹海默病之前，我对数学还一窍不通呢。"

她别扭地微笑了一下："那是还不错。"

"嗯。我的……一个……朋友说你们班上的孩子们对这些很在行。"

"我们熟悉那些工具。"

"我觉得我的数学会越来越好的。"罗伯特几乎在自言自语,"甚至还可能很有趣。"当然,如果在接下来几天,他在现实中的计划能够得以实现,那么他就能重新做回诗人,而数学这些东西将不再重要。

这次米莉笑得更加开心了:"我敢打赌你可以的!你知道……我可以帮助你。我非常喜欢数学,我有各种各样的自定义启发式。我可以在假期教你如何使用它们。"当她为他做假期计划时,她的领导腔又回来了,真是有其母必有其女。罗伯特差点儿笑了出来。"等等,我还有期末考试呢。"他想到了胡安最新的演示计划。这个男孩做得还可以,而罗伯特在自己负责的图形和界面上遇到了麻烦,"这才是我真正需要帮助的地方。"

米莉的脸色唰地就变了:"我是不会帮你作弊的,罗伯特!"

两人都停下了脚步,盯着对方。"我不是这个意思,米莉!"然后他想了想自己刚刚说的话。天哪。过去我动不动就羞辱别人,但这么做的时候,我都是知道的。"说真的。我只是觉得期末考试很难,明白吗?"

莉娜→米莉,秀:别慌,孩子。连我都不觉得罗伯特是在挑衅你。

秀→莉娜,米莉:你还是第一次站在他这边。

米莉又瞪了他一秒钟,然后发出一个奇怪的声音,可能是笑声:"好吧,我应该知道顾家人不会作弊。我的学习小组中有些孩子太让我生气了,我告诉他们该怎么做,我告诉他们不要作弊,但他们总是试图钻合作规定的空子。"

她又开始往前走,罗伯特跟在她身后。"实际上,"她说,"刚才我只是在跟你搭话。我有件事要告诉你。"

"噢?"

"是这样。鲍勃想把你赶出家门,他认为你想伤害爱丽丝。"她停顿了一下,似乎在等待对方辩解。

但是罗伯特想起了鲍勃的眼神,只是点点头。看来"彩虹尽头"确实近在眼前。"我还有多长时间？"

"我想告诉你的就是，不用担心。你看……"拯救他的是最不可能的人，即爱丽丝上校本人。显然，她一点儿都没有被吓到。"爱丽丝知道你只是太绝望了，我的意思是……"米莉小心翼翼地挑选着合适的措辞，以免说出具有侮辱色彩或者粗俗的话来：爱丽丝已经基本认定他是一个疯狂的老头了。疯狂的老头得不停地去洗手间，他们对这个问题反应过度了。此外，爱丽丝并不认为罗伯特袭击了她。罗伯特记得自己被她绊倒撞上门把手后，头疼得厉害。爱丽丝无数的即时训练中应该也包含了柔道。爱丽丝才是危险人物。可怜的爱丽丝，可怜的鲍勃，可怜的米莉。

"总之，她告诉鲍勃，他反应过度了，你真的需要在这里上学。她说你可以留下来，只要你……"她的声音越来越小，她抬头看着他。她想不出如何委婉地说出下半句：只要你不再欺负我的女儿。

"我明白，米莉。我会的。"

"哦，那好吧。"米莉环顾四周，"我，嗯，我想这就是我要说的。我会让你继续……你在做的事情。祝你期末考试顺利。"

她翻身跳上自行车，使劲儿蹬着走远了。那辆旧自行车只有三种变速，罗伯特摇了摇头，忍不住笑了起来。

- 20 -
当值军官

罗伯特的期末考试结束了。他的平均得分为 2.6，搜索与分析得了 B。他一辈子都没有这么用功过，要不是这一切马上就要变得无关紧要，他肯定会为自己感到骄傲的。

现在是星期一下午，罗伯特正在进行几乎精确到分钟的倒计时。神秘陌生人最近鲜少露面。老年团碰过一两次头，每次汤姆都只是向大家提供必需的情报，汤姆读了太多间谍小说。现在罗伯特只知道他们下午五点半在图书馆见面。

与此同时，在彭德顿营地下某处……

从理论上来说，在美国大陆西南部当值，与在世界其他任何地方指挥一场闪电侦查行动没有什么不同，因为破坏世界的阴谋家也可能在这里活动。而事实上，这里毕竟是家乡，有着全世界网络覆盖率最高的居民区。需要发兵的概率接近于零。尽管如此，在接下来的四个小时内，小罗伯特·顾中校将负责保护他将近一亿的邻居免遭大规模伤害。

小罗伯特·顾提前二十分钟到达，与当值官员交接，然后开始查找国土安全部的错误，这些通常是监控美国本土时最棘手的事情。虚拟官僚主义奇迹般地把小罗伯特·顾的海军陆战队远征小组在今晚变成了国土安全部的一部分。国土安全部就是这样保持预算，呃，可控的。"就像一家现代公司一样，国土安全部可以与当前所需的任何组织无缝融合。"那是他们的宣传口号。而令人骄傲的是，今晚没有发现一个授权故障。

鲍勃在指挥部里巡视了一圈，把绿色的塑料墙变成了南加州的夜景。空中充满了各种缩写：他的人和设备的状态、分配给他的分析师的改组情况。他从门口的咖啡机上取了杯咖啡，在离发射区只有几英尺的一张普通办公桌旁坐了下来。

"帕特里克？"

他的副手出现在桌子对面："长官？"

"我们今晚都有哪些人？"这个问题毫无必要，但帕特里克·威斯汀还是列出了名单。海军陆战队远征小组由四个十二人的海上小分队组成，其他人会称他为班。要是在 20 世纪，鲍勃的指挥权只相当于一个少尉的权限。但另一方面，海军陆战队远征小组控制了成千上万台车辆（尽管大多数只有模型飞机那么大），并且拥有足够的火力，几乎可以终结历史上任何一场战争。对鲍勃来说，最重要的是：他团队中的每个人都接受过像过去一样残酷的实战搏击训练，他们是海军陆战队队员，帕特里克把他们全召集起来开了个短会。办公室从鲍勃的桌子后方延伸开来，变成了一个会议室。每个人看起来都很平静，美国本土已经很久没出过大事了。这其中有很大一部分是我们的功劳。

"我们要在这里待四个小时，"鲍勃说，"但愿，在这段时间里，我们只需要进行一些无聊的监视。只要没有意外，你们就可以自由地待在你们车辆附近的工作区域中。你们中的大多数人之前在我的指挥下工作过，你们知道我的规矩：睁大眼睛，跟上分析师的数据。"他向分析师组挥了下手。美国本土西南部的监控大约要用一千五百名专职分析师，通过他们可以连接到数十万种服务和数百万个嵌入式处理器。今晚的分析师组是由爱丽丝负责的，变化已经显而易见了：往常那个杂乱无章的三维线团变得异常清晰且有条理，简直像是管理者的梦想成真。尽管她对组合方式进行了奇妙的调整，但依然沿用了传统的显示方式。最高级别官员们可以直接通信，通过数百种不同的颜色编码进行区分。低级别人员之间的连接则不断闪烁，它们的权重、评估以及连接方式每分每秒都在变化着。

鲍勃指着当中始终亮着的红色威胁节点问道："接下来四个小时中的主要威胁是什么？"红色节点背后的分析师马上推送出他们共同认定的列表和支持指针。

即使是偏执狂，今晚也没什么可以说的。

行动要点

加州大学圣地亚哥分校可能发生反图书馆升级项目抗议活动

网络公会骚乱十有八九会发生

可能有组织的参与者

杰西·哈塞克公会

中情局对其与印欧联系的评估

斯酷奇公会

中情局对其与中非联系的评估

中情局对其与撒哈拉以南地区的联系的评估

中情局对其与巴拉圭联系的评估

录音工业协会向国会提交的报告

商业实体

可能对基础设施存在威胁

与关键国家安全节点接近部分

一般基因组学

胡尔塔斯国际

非法计算机设备进口增加

奥兰治县

洛杉矶县

上述项目超测量范围的低概率估计

执法部门注意事项

联邦调查局突袭拉斯维加斯光辉农场行动几乎确定

可能需要情报部门支持

缉毒局在克恩县突袭反毒

可能需要情报支持

可能需要在辖区外行动

阿尔伯塔省的太平洋岛民聚居区

相关区域

亚利桑那

加州

圣地亚哥县

南亚游客短期增加

其他

内华达州

建议回避人员

鲍勃让这个清单在空中显示了一会儿。

"哈，"其中一名下士说道，"至少警察不会给我们找麻烦了。"没有什么绑架或谋杀之类的重案，今晚拒绝执法要求应该很容易。

一名技术中士突出了圣地亚哥分校事件的那块内容："让我们忙得昏天黑地的就是这个了。"她暂停了一下，然后展开释义，"什么？这是一场网络公会之间的争斗？我对此真是闻所未闻。"

一名比较年轻的海军陆战队队员笑了起来："你年纪不小了，南希。网络公会冲突现在流行得一塌糊涂。"

鲍勃没有费心去查这个名词的意思，他从他父亲和米莉那里听到的只言片语足够让他理解它了。他打开有关这场预料之中的骚乱的描述："它看起来像 20 世纪抗议活动和现代游戏的结合，应该像大多数公共事件一样无害。问题在于其发生的地点。"加州大学圣地亚哥分校附近有很多生物实验室。在那里，任何不稳定因素都是隐患。"应该对此多加关注。请注意国外势力的统计数据。"他转到了相关人员的链接。像往常一样，链接扩展到了成千上万条，几乎涵盖每个人都会遭到审查——除了死人，而生物恐袭偏执狂连死人都会算上。"我不要求你们审查所有相关人员，这么做的话，监控恐怕会没完没了。但请相信你们的直觉，并随时注意变化。"最后一点宝贵经验，已经在 21 世纪迄今为止发生及幸免的数十次灾难中得到验证。分析师们总是能找出无数个疑点。但在冷冰冰的现实世界中，成功取决于一线监控人员是否认真。

有一个条目在清单最下面：建议回避人员，即可能对本次监控带来危害的团队成员。通常，这是最偏执的一个名单——但他的手下看不到任何细节，连链接都没有。这个名单只有他自己和他的副手们能看到。实际上，如果那个名单里的人有任何严重问题，早在这个会议之前就应该被解决了。

"有问题吗？"

他环顾四周。大家沉默了片刻，海军陆战队队员们各自回味着刚才的话。然后那个年轻的海军陆战队队员又开口了："先生，这次的设备和应对海外技术威胁任务时用的一样吗？"

鲍勃回头望着年轻人的眼睛说道："推进装置要轻一些……这是唯一的区别，下士。我们来这里是为了保卫，保卫整个国家。"也有人说是为了保卫全世界。"所以，是的，我们要全副武装。"他往后靠了靠，看向全体队员，"我觉得今晚不会有任何问题。如果我们提高警惕，忠于职守，对于加州居民来说，今晚只会是又一个宁静祥和的夜晚。"

他宣布散会，房间缩回了它原来的尺寸。帕特里克·威斯汀问了几个部署的后续问题，问完之后他的形象也离开了。鲍勃暂时关掉了虚拟扩展功能，这一刻，只有他的桌子和椅子静静地摆放在咖啡机边。他的右边是通往真正硬件装备的大门，如果运气好的话，他今晚用不着看到里面的东西。

鲍勃→爱丽丝：你还好吗？

*爱丽丝→鲍勃：很好。圣地亚哥分校事件对我的实验室审核来说是个*很好的练手机会。回头聊。"回头"是指监控任务完成后。今晚爱丽丝是首席分析师，要不是她正在接受审计培训，她可能会担任监控指挥官。她是少数几个能同时胜任这两项工作的人之一。不管她负责哪个任务，与她合作都十分轻松——只要不去多想她为此付出的代价。

他喝完咖啡，重新打开了已经完全被设置好的虚拟层。他向准备下班的谢丽尔·格兰特再次确认。一切就绪，开始记录：

*顾→格兰特：我来接班，女士。*他和格兰特互相敬礼。计时开始，他的小队进入全面警备状态。他们必须这样坚持四个小时——时间不长，但这是在不依赖药品的情况下可以做到的极限了。

鲍勃的工作和他们的不一样，他就像一只在羊群外围跑来跑去的牧羊犬，从一个主题跳到另一个主题。他监视着海军陆战队队员和分析师，看他们都把时间花在了哪里。这么做一半是为了走在热点之前，一半是为了发现监控盲点。他通过一个大众媒体视点监视了一会儿圣地亚哥分校。这个……事件……会引来一大群示威者，其中许多人都是亲自到场。网络统计显示，示威人数有可能突然间激增。他想知道米莉是否也正在浏览这条消息。

这个想法把他唤回现实，他又看了一遍建议回避人员。他的海军陆战队队员中有一半人都有亲戚在加州大学圣地亚哥分校上学，这是本地监控任务最棘手的地方。其中三个人实际上正在圣地亚哥分校兼职读书。那个年轻的海军陆战队队员就爱好斯酷奇公会，和那些来自班加罗尔的狂热粉丝一样。如果不是今天值班，这孩子现在肯定就在校园里。但分析师们已经对这位年轻人过去十四个月的行踪进行了一次精确到分钟的彻底审查，他是有一些小小的违法行为，滥用增强药物，但没有过任何会影响本次任务的行为。

鲍勃搜索了整个建议回避人员的名单，一直查到最下层，父亲的名字没有上榜。而我确信他卷入了"图书馆升级项目"的事件中，不是说这会严重到害他失去监视资格。对此，他确实多虑了，不过，这对于高级指挥官来说是个常见的问题。

向秀？这个名字有些耳熟，但要不是他自己的名字也出现在这个条目中，他就不会注意到。美国本土西南部地区大约有三十万名硬件爱好者，向秀是其中之一。当然，大多数爱好者都违反了法律，他们大可以把这些人扔给联邦调查局，但其实监控他们更有效。这些人大多数是无害的爱好者，或者搞点盗版。有些人是恐怖主义分子的工具，还有些人则是这些恐怖分子背后的智囊分析师，向秀的智商和受过的教育足以使她成为最后一类人。但到目前为止，有关她的最有趣的事情不过是她制造的一系列玩具，可以组成一个古怪电子设备博物馆。并且她还是爸爸的同学，这种联系被标记为"微弱"。

但同时她的资料上也提到了"彩虹尽头"疗养院……这个女人是母亲的室友！而他一直都担心母亲现在的生活会非常无聊。真是奇妙的组合：疯狂科学家和他的精神病学家母亲——这又是怎么回事？米莉、他母亲，还有这个向秀已经监控他父亲好几个星期了。他的脑海里浮现出十几种猜测，但是——任务，任务，把注意力放到你的任务上。他坚决地把所有个人问题都抛在了脑后。这件事证明了让当地人员参与当地监控任务是一个愚蠢的选择。

鲍勃又倒了杯咖啡，坐下来接着监视圣地亚哥分校和今晚的其他热点。在现代军队中，走神就像在值班时睡着一样，都属于重大失误，该专心一点了。

然而，在他内心深处，一个微小的声音仍然在搅扰着他：米莉和母亲到底在搞什么鬼？

星期一，下午五点。总算到了。

罗伯特开车进入瓦尔沙夫斯基大楼北边的交通环岛时，拉霍亚海滩仍然彩霞满天。他下了车，向东边的盖泽尔图书馆走去。

"准备好今晚大干一场了，我的朋友？"说话的是神秘陌生人谢里夫。其他路人似乎看不见走在他身边的这位绿脸同伴。

罗伯特露出一个不屑的表情："我准备好看你兑现承诺了。"

"别担心，只要今晚成功了，你就能完全恢复你特有的才能，我向你保证。"

罗伯特哼了一声。他暗暗猜想着濒临绝望的人能够疯狂到何种程度，这已经不是他第一次这么想了。

"教授，别这么沮丧。你已经完成了最难的部分。今晚主要是看汤姆·帕克的表现。"

"汤姆？我不明白。"

"你不明白？"陌生人笑得更开心了，"所以你见过汤姆的'奇迹设计局'了？可怜的汤姆，你们这一群人当中，只有他被蒙在鼓里。但实际上，他认为我只是他最好的合作者之一。你看，在绝对有必要的时候，我也可以当个好人。"

校园里人山人海，比罗伯特读研时期的任何一个晚上都热闹。前面图书馆方向，灯光从空中洒下来，比它们身后的晚霞还要亮。透过桉树的树冠往下看，罗伯特看到图书馆东边和南边的大道上都挤满了人。那里似乎有好几个互不相干的团体。"这是怎么回事？"那一定是汤姆制造的骚乱，规模比温斯顿组织的反图书馆升级抗议行动大得多。

"嘿。我今晚要在图书馆周围举办盛大的庆祝活动，几乎邀请了每个人，尤其是基因组实验室的工作人员。但你没被邀请，我建议我们从图书馆外面绕过去。"

"但我们说好在那里碰头……"

"这里人太多了，我们直接去皮尔彻大楼。请这边走。"陌生人指向右边，进入黑暗的桉树林。

与此同时，在实验室中……

夜班开始后半小时，希拉·汉森突然出现了："你准备好了吗，蒂姆？"

蒂姆·胡恩坐在桌后，指了指他的小帮手们："我们都准备好了，老板。"他走进走廊，顺着希拉沿路布置的小箭头走上楼梯。她和其他实验室技术人员已经在地面入口处等着了。其中有四五个是刚毕业的新人，其余的就像蒂姆本人一样，是兼职打工的学生。"你确定这不会害我们丢了工作吗？"工作之余，玩玩网络公会的游戏挺好的，但要不是他的上司提议的话，蒂姆绝不会冒险这么干。

希拉笑了："我说过了，一般基因组实验室把这场战斗当作一种公共服务。而且，这还能羞辱一下胡尔塔斯国际集团。"她看向全体成员。一般基因组实验室整个夜班成员都到了，除了调节组学部门。蒂姆已经被希拉的解释说服了，在一般基因组实验室工作曾经是他的梦想。这些设备都是他们大学专业建立的基础——有多少人能够亲眼一见呢？但通常来说，他的工作是对付不听话的扫地机器人，以及运送还未准备好的货物。有时的确会遇到真正的问题，需要与用户协商并帮助他们自定义实验设置。但在那之后，他就要花上几天时间来设计自动流程，以避免这些问题再次发生。对于今晚的课外活动，没有一个人不情愿，包括那些非斯酷奇公会的人。

"好了，大家听着，"希拉说，"大家摆好阵形。"大家纷纷变身为各自的斯酷奇角色，有羚羊龙和杜尔博，还有一只巨大的三足兽。三足兽是希拉扮演的，她瞥了蒂姆一眼，说："你不能当斯酷奇兽，蒂姆，已经有人选了。"

"但我正在指挥那些小动物啊。"他指了指跟着他上楼梯的那群帮手机器人。

"你只是在给他们带路而已，蒂姆，你可以当一只斯酷奇小兽。"

"好吧。"他改变了造型。这些都是世界一流的设计，今晚首次亮相。他很想知道这些形象能保留多长时间。但如果希拉一定要坚持原则的话，他也不打算破坏规矩。

他们一行人迎着晚霞走出大门，桉树的顶部仍然有些亮光。在南边，隔着几条沟壑，有座巨大的双金字塔，那就是他们的目标。建筑顶部是玻璃结构，黑暗的底部爬满了藤蔓。那是真实的、肉眼可见的建筑——盖泽尔图书馆。前进的时候，希拉和其他人将他们的视像融入周围的环境，这并没有经过排练。他们不仅要给哈塞克公会一个惊喜，更重要的是要以此震惊即将前来观战的全世界的观众。路边的桉树一棵接一棵地轻轻发出"砰砰"的声音，接着变成月亮花树，叶子在暮色中闪耀着荧光。

"有人发现我们了。"有人说。

"当然，到处都是我们的人。文学院楼还派来了斯奈斯和奔跑兽。"

"还有一些福艾克和里巴鲁正从我们的地下室往图书馆飞来！"

每出现一个形象，斯酷奇创作者们都会得到一点儿版税。这一次，蒂姆总算不在意这种坐地抬价的行为了。斯酷奇公会遍布世界各个角落，即使是位于世界犄角旮旯的硬件盗版者都能从中受益。

汉森→夜班人员：尽量掩护我们的装备。

本地摄像头的实体视点能显示有些被斯酷奇角色掩盖的实体原型，所以现在希拉想尽可能隐蔽一点。哈塞克公会的成员只能通过公共视点和裸眼观察得到信息，蒂姆把这些交给了里克·斯梅尔和其他人。他专心地指挥着那些小机器人：实验室里所有移动距离和灵活性足够走到图书馆的机器人都被他带来了。这些机器人的常规工作是打扫和更换零件，而不是被用来进行户外作业的。

但一般基因组实验室同意他们外出了，蒂莫西·胡恩[1]才得以组织这场盛典。首先，他为机器人们设计了统一的外观。有一些机器人叽叽喳喳，向四面八方吐着口水、射着子弹。这些实际上是他的四百个移动操纵器——在业内被称为"镊子机器人"，它们的速度还赶不上人类。他还把巨嘴兽、佐尔兽和塞西普尔映射到了他的扫地机器人和样品传送机器人上。在它们身后潜伏着蒂姆实验室中的体形最大的两个机器：组合式叉车和重型装载机，它们暂时被伪装成灰桅蓝伊尼波。在两周前，这场行动的流言刚开始在实验室传开时，他就提交了物理参数。最终的视觉效果非常壮观，而且与机器人的物理实体以及蒂姆附加在上面的触感装置完美融合。如果你拍一拍佐尔兽的屁股，你甚至能感觉到它柔软的皮毛下滑动的肌肉，和视觉呈现出来的完全一致。只要没有太多双手同时拍它，触觉装置的反应速度就足以维持这种感觉，这些比他在金字塔山碰过的所有东西都要真实。当然，远程观众就体会不到这么多了，但这肯定有助于提升现场斯酷奇成

1　蒂莫西为蒂姆的全称。

员的士气，削弱对手哈塞克人的信心。

敌人已经开始摆阵形了。五个骑士卫兵站在图书馆东边的露台上，一个图书管理员潜伏在蛇形小径旁。

"他们就这点人？"

"到目前为止是这样，"三足兽希拉说道，"我只希望我们不要太分散了。"

"是啊。"这既是斯酷奇公会的优点，也是他们的弱点。斯酷奇兽们东一点西一点分布在世界各地，它是根据孩子们的愿望定制的，不仅有大国的孩子，也有世界边缘的落后国家的孩子。斯酷奇有很多各不相同的创作，而哈塞克公会遵循用知识向外扩张的概念，他们认为万物应该保持统一的设计，现在他们对图书馆几乎完全的控制就很好地体现了这一点。

三足兽用它的三只脚上下跳个不停。希拉应该是用了外接扩音器对着敌人们吼着，蒂姆只觉得全身都被她的声音震撼着。"别挡路！"

"这是我们的楼层！"

"这是我们的图书馆！"

"最重要的是，我们要真正的书！"最后这条虽然不太适合斯酷奇来自边缘世界的背景，但至少念起来朗朗上口。

希拉的队伍嘶吼着冲了出去，但现在又有几十名哈塞克人加入了那五位骑士的卫队。当然，大多数是虚拟的，但混合效果堪称完美。双方都知道这一战不可避免，这是网络公会之间的冲突。他们的任务是通过信仰和影像向广大世人证明：自己所在的公会才是最棒的。

双方都觉得胜券在握。但蒂姆这一方准备了一些特别的东西：

哈塞克人向斯酷奇大军以及那些叽叽喳喳的机器人，还有它们身后模糊不清的那些庞然大物，发出震慑的怒吼。哈塞克人认为那些不过是人类玩家伪装出来的小把戏，然后，当第一头灰桅蓝伊尼波踩到沥青马路上时，哈塞克人才意识到，它的脚步声是真实的。这时有一只塞西普尔——一台样品传送机器人——冲出来在一个骑士的脚踝上咬了一口。其实只是一阵微弱的电击，但是哈塞克人被电得一边后退，一边哭喊着："你们作弊！你们作弊！"

这确实是作弊，但蒂姆从网络统计数据中看到自己公会的支持率已经翻了一番。再说，我们是为了正义才这么做的。蒂姆自己并不怎么使用实体图书馆，但那里发生的事情让他很生气。

他们占领了平台，希拉却犹豫起来。

汉森→夜班人员：我不想就这么直接进去。我认为他们有埋伏。

"是的！看！"斯梅尔一边大喊，一边指着图书馆入口上方的视点让他们看。摄像显示，一些形似蜘蛛的东西守在通往图书馆大门的最后一道关口。这些蜘蛛厚厚的一层，几乎把地面上的马赛克都挡住了。随后，这些视点被关掉了。

"老天，那些东西是真的吗？"

"……我觉得有一部分是。"希拉说。

"不可能，连电子工程系都没有那么多机器人。在这场战斗中，我们的机器人才是最多的！"

但如果敌人从业余爱好者手中买了一大批机器人怎么办？即使其中一半的机器人是真的——

希拉停顿了一下，听着来自地球某个地方的建议。听罢，她吼道："到树林里去！"

大家发出不整齐的嘶吼。通过合成器之后，应答的声音变得响亮而又怪异，非常斯酷奇。他们冲进图书馆东南的灌木丛中，他们的影像随之虚化了，巧妙地掩饰了这里糟糕的网速。

那些小型机器人，比如扫地机器人、样品传送机器人和镊子机器人，对杂乱的地面适应得还不错。麻烦的是叉车，它们陷进了柔软的泥土中。蒂姆在它们周围跑来跑去，这里推一下，那里搬掉一块石头。怪物慢吞吞地前进着，这与在实验室里做的一些工作其实没什么不同。但现在蒂姆忍不住在线下抱怨起来：

胡恩→汉森：这样不行，希拉。蜘蛛机器人会跟着我们过来的。

汉森→胡恩：相信我。绕道可以甩开它们的。看我……

希拉一声尖叫，敲到一半的默信停在空中。虚拟斯酷奇兽根据各自的延迟时间，又跌跌撞撞地往前走了一两步。但一般基因组实验室夜班人员都一个跟跄，猛然停了下来。随后他们在周围转悠了一阵儿，等找到路线走出树林之后，影像才重新流畅起来。

但大家突然止步不是因网络，因为他们都看到了——一个男人和一只兔子。前者是真实的，后者是虚拟的。他们并没有刻意隐藏，而是站在灌木丛中间的一块空地上。在斯酷奇大军闯进来之前，这里没有任何摄像头视点。

兔子没有什么特别的，一个卡通造型而已，带着肆无忌惮的眼神，这个细节倒是很独特。

三足兽希拉犹豫了一下，朝着兔子逼近了几步："你不该来这里。"

小家伙咬了一大口胡萝卜，摇了摇耳朵："怎么了，博士？"

"我还不是博士呢。"三足兽说道。

兔子笑了："那么它应该是你的梦想吧。我是来提醒你，今晚的冲突方不仅有你们和哈塞克人，还有其他更强大的力量在场。"它呜咽着说完最后一句，然后抓着胡萝卜的毛茸茸的白爪子指向了天空。

胡恩→夜班人员：别管它，希拉，总有来看热闹的。

斯梅尔→夜班人员：在这里停下的话，将有损我们的声誉。

但希拉没有理睬这些异议，她绕过无礼的兔子，靠近那个真实的人。那个家伙……看起来正常得可怕：五十多岁，也许是西班牙裔，穿着深色工作服，非常像加州大学圣地亚哥分校教师，不过穿得稍微正式了点。他穿了网衣，但非常低调，连礼貌信息都没有显示。他紧盯着三足兽，眼神很平静——蒂姆注意到了这点，这有点令人不安。

然后蒂姆看到了希拉看到的东西。陌生人正在投射影像，做得很巧妙，一团若隐若现的淡紫色雾气从他的脚面上升起，飘入林中，变得越来越亮。

汉森→夜班人员：切换到设备视点。

一般基因组的实验设备诊断程序在实验室外用起来很麻烦，但它们比主显系统的配备功能要复杂得多。在设备视点中……你可以看出这个家伙装备很完善。刚才的淡紫色雾气已经暗示了这一点，但现在蒂姆可以看到这个男人网衣上的高速激光链接在闪烁。

要不是紫雾的提示，他们可能完全注意不到。有时最高级的炫耀方式是故意扮傻失败。

斯梅尔→夜班人员：嘿！这家伙——他在校园里和宝莱坞的人通话呢。

他们看着对方，欣喜地猜测着。这应该是一个真正的宝莱坞巨头。网络公会是电影行业的支柱。

汉森→夜班人员：我说了吧，与哈塞克作战对我们的声誉有极大提升。

把哈塞克人从图书馆一屁股踹出去这件事马上变得更重要了。"冲啊！"希拉向全世界大声喊道，"打倒哈塞克！打倒'图书馆升级项目'！"

虚拟生物和几乎所有的夜班人员继续在森林里行进。蒂姆停留了几秒钟，确保没有叽叽喳喳的机器人被树叶卡住，确保树的间距足够叉车通过。然后他跟上大家，一起以整齐的步伐大步前进。

"这是我们的楼层！"

"这是我们的图书馆！"

"最重要的是，我们要真正的书！"

蒂姆不认为他们能躲过蜘蛛机器人，希拉这只三足兽在打什么算盘？

- 21 -
网络公会冲突

阿尔弗雷德看着这群疯子走远了。

兔子站在他身边，随着他们的战斗口号摇晃着。这个小动物似乎是第一次对别人表现出欣赏，也许不是。"嘿，"它握着胡萝卜敬了个礼，"我迫不及待地想看到他们发现对手是谁时脸上的表情。"

阿尔弗雷德低头对那对毛茸茸的耳朵说："把你的公开信息关掉。"他们的目标是不引人注意。

"你担心太多了。"但兔子最后啃了一口胡萝卜，把胡萝卜蒂往旁边一扔，而它没落地就消失了，"好吧，博士。只有你能看到我了，下一步干什么？"

阿尔弗雷德哼了一声，向南边走去。兔子的草率不只让他担心，更让他恼火。如果今晚顺利的话，美国人就不会把这项行动与兔子联系起来，更不用说印欧联盟了。如果美国人着手认真调查，他们很快会发现阿尔弗雷德在这里扮演的角色——无论有没有人真的看到他和兔子在一起。惠子的团队精心设计了一个复杂的决策程序——一棵"意外决策树"——它描述了在各种故障情况下，可以否定的东西以及可以实现的目标。二十年前，阿尔弗雷德会嘲笑这种自动规划，但现在不会了。他的秘密分析团队也设计了一棵意外决策树，它基于惠子的成果，一直指向最坏的情况——比如，他的洗脑术项目被暴露。

阿尔弗雷德从桉树林中最茂密的地方走了出来，他的小机器人们默默地跟随在周围。它们都是非法组装的，里面一片美国国土安全部批准的芯片都没有。在公共网络中，阿尔弗雷德继续扮演着宝莱坞高管。而这些设备同时给他提供了私人网络和对策，在意外决策树中的某些情况下，它们可能大有用武之地。

与此同时，一个微型隐形无人机跟在他的上方，把他本地网络的数据分成上千个小块，往西边的天空中发散出去了。每个脉冲的能量都微不可见，除非你就在附近而且高度警觉。但这些信号通过正确的同步信号组合起来之后，惠子在大洋彼岸设置的天线阵列应该能够接收到，这是他们的秘密军事网络。理论上，他们靠这个来联系；而实际上，阿尔弗雷德已经断网差不多三分钟了。他知道爱丽丝·宫今晚值班，担任的也许是一个分析师。就在军事网络中断之前，他攻击了她。她的监控任务很快就会引导她打开一个无害的波纹图案文件，只是对她来说，那图案并非无害。她打开了吗？也许他应该通过公网查一下。

"来吧，博士，来吧、来吧。"兔子跳了几步吉格舞，模仿着阿尔弗雷德八十年前第一次听到的口音说，"有什么问题吗？"

"没问题，"阿尔弗雷德说，"你的人手都到位了吗？"

"别担心。除了卡洛斯和罗伯特之外，其他人都到位了。我现在正一面跟你说话，一面给他们指路，领他们绕开示威人群呢。但如果你想连上网搜索的话，最好快点。"

他们走出了林子，路面变得平坦坚实。现在，他们行进的速度受限于潜行的机器人的速度。

路上有很多人，但几乎都在朝图书馆方向走去，他看到了卡洛斯和罗伯特。有那么一瞬间，他还看到了两个骑着自行车的小孩，他们跟哈塞克和斯酷奇有关系吗？如果能连上军事网络的话，他会把这个问题发给他的分析师团队。

神秘陌生人带着罗伯特离开地面小路，走过从前的行政楼。罗伯特打开虚拟灯照着坑洼不平的路面，效果几乎是实时的，而且比手电筒照明的效果还要清晰。但是要跟上神秘陌生人的脚步，他可没有时间在图书馆周围东张西望。"后面那些都是实体灯，"他说，"比以前还多，怎么……"

"哈塞克人激情过头了，破坏了一些摄像系统，所以需要实体灯。"他笑了起来，"别担心，不会有人受伤的。而且正好帮我们转移了……注意力。"

陌生人放慢了脚步，罗伯特把目光从地面上移开，掠过山头，森林高处的一个视点看到了地面上的人。在现实视角中，那是一群互相喊叫的学生，有几个还打了起来。但是只要稍微打开一些图层，这些人物就变成了各种组织希望你看到的影像。哈塞克骑士和图书管理员正与一群毛茸茸的彩色小动物搏斗，可能是大眼睛的哺乳动物或者……"啊！所以这是斯酷奇粉丝们在进攻哈塞克人？"

"差不多。"陌生人似乎在注意听着什么。有人从山上冲着他们直接走过来，是图书馆斗士卡洛斯。这个胖乎乎的图书管理员朝陌生人谢里夫和罗伯特点了点头："真是乱成一团。"

"乱得好啊。"陌生人说。

"是啊。"卡洛斯卸下了他的伪装：图书馆斗士的帽子变回了反着戴的日常棒球帽，而他的盔甲也变回了沙滩短裤和常穿的T恤，"我只希望这种战斗别变成一种传统。"

神秘陌生人挥手示意他们穿过灌木丛："传统？那就更好了。就像抢内裤、把车停在行政大楼顶上，正是这类事情才使美国大学变得伟大。"

卡洛斯气喘吁吁地跟着："也许吧。图书馆虚拟化以后，我们的点击率增加了很多，但是……"

罗伯特还在看着山那边激动的人群："我以为网络公会的核心价值是和谐共存呢。"

"原则上是的。"卡洛斯说。他们绕着一块甚至在虚拟视点中都很暗的地方走了一大圈，谢里夫的形象似乎有点闪烁不稳定。这个区域人太少，随机网络十分稀疏，网衣不得不做出太多的猜测。

"但是，"卡洛斯继续说道，"图书馆空间太小了。原则上我们可以变形以支持多种网络公会，就像金字塔山那样。但事实上，我们有限的空间往往无法满足各种互相矛盾的触感。所以管理层想把地下空间留给斯酷奇公会。"卡洛斯停了一下，罗伯特差点撞到他，"你知道这么做行不通，对吗？"卡洛斯看着陌生人谢里夫，或者罗伯特以为的陌生人谢里夫，说道。

陌生人转身笑了："我给了你最好的建议，亲爱的孩子。"

"是啊。"卡洛斯听起来有点忧郁，他扭头看着罗伯特，"教授，他许诺了您什么？"

"我……"

"啊，啊，啊！"陌生人打断道，"我觉得保留一点隐私，大家会更舒服些。"

"好的。"两名受害者齐声说。

"不管怎么说，"陌生人说，"我把对'图书馆升级项目'的争议变成了网络公会之间的冲突，对此我相当骄傲。这种混乱会转移人们对其他事情的注意力——比如我们要干的事。"

他们出了树林，走到了一条陡峭的下坡路上。此时，他们已经在图书馆南边很远的地方了，正前方是吉尔曼路。卡洛斯大大咧咧地走在马路中间，他周围的车不是减速就是加速，要么换道，总在他身旁留下一小块空地。罗伯特犹豫着，想找条斑马线。该死。最后他还是跟着卡洛斯走进了车流中。

米莉在吉尔曼路北侧停了下来。

21 网络公会冲突

"他们要去哪儿？"胡安问道。

"他们朝着吉尔曼路走过来了。"桉树中的视点显示罗伯特和图书管理员卡洛斯正穿过浓密的灌木丛。影像不太连贯，因为那一带的摄像头不太多，不过米莉确信没有人调换摄像头的画面。再过一两分钟，他俩就要到吉尔曼路了。

"但只要往南走，都会到那条路。"

米莉停下自行车，单脚踩地："嘿！你是想让我说我不知道他们要去哪里，对吗？"

胡安这个孩子把他的维基自行车停在她旁边："其实，我只是好奇他们要去的地方而已。"

向秀突然出现了，紧接着，又冒出一个年轻版的莉娜·顾。她们的形象还是很僵硬，像芭比娃娃一样，但每天都在进步。比如说，莉娜已经掌握了面部表情——现在她看起来很严厉。"胡安并不是唯一想问这个问题的人，年轻女士。如果你不知道，就应该说不知道。"

向秀听起来很着急："莉娜和我开着车在校园北边，也许我的分析都错了。如果他们在南边行动，我们怎么能帮上忙呢？"

米莉努力让自己的声音保持镇定："我觉得你说得对，向博士。我和胡安一直紧盯着罗伯特，但是现在……我想我也不知道他要去哪里。所以我们更加需要分头行动了。求你了，向博士，你和莉娜最好还是留在北边。"过去几天，向秀的侦探工作做得很不错。当她不自我怀疑的时候，她可以变得非常聪明。他们知道胡尔塔斯把"图书馆升级项目"的碎纸屑存放在他北边的实验室里了。罗伯特的朋友们如果是在策划"直接抗议"，应该闯入的地方就是那里。可罗伯特和他的同伴为什么不往那边走呢？他们心中疑窦渐起。

但向秀只是点了点头，连胡安也没问这个明显会令人尴尬的问题。不管怎样，他们仍然是米莉帮。

罗伯特和里维拉先生已经从树顶上的摄像头中消失了，米莉关掉了这些视点，几乎是抬头用裸眼向山坡上望去，还是看不到那两个人的影子。他们有可能从吉尔曼路上任何地方冒出来。

米莉舔了舔嘴唇："关键是别让他们……"

"疯子！傻瓜！"莉娜说。

"……捅出太大的娄子。"

"是的，"胡安点点头说道，"你觉得那个远程参与的家伙是谁，和他们一起散步的那个人？"

"什么？"胡安通常是个糊涂孩子，但偶尔他也会十分敏锐细心。米莉回放了罗伯特和卡洛斯在一起的最后几帧画面，尽管画面不太完整，但胡安是对的。他俩总是看着身旁的一个位置，而且还留出了一定空间。这说明，有人以私密模式在场。

胡安说："我打赌，他们看到的是祖尔菲卡·谢里夫。"

"我敢打赌你是对的。"她再次尝试控制谢里夫，仍然没有回应，这种情况在今晚可不止一次了。

得做点什么！"来吧，胡安。"她推着自行车走到吉尔曼路上，慢慢地穿过马路，以免收到罚单。

向秀和莉娜跟着她过来了。"好多车啊！"莉娜说。

"这是网络公会之间的冲突，人们亲自来参加了。"尽管这场喧嚣的搏斗来得突然，但米莉不相信这纯属巧合。组织这么一场活动需要多层协调，虽然冲突还只是传闻，但是到场的人已经很多了。不断有人从他们周围的汽车里下来，人们一路笑着、叫着、高谈阔论着走向图书馆，而吉尔曼大道另一边的人行道几乎是空的。

　　　　　　　　　　　　　　　21　网络公会冲突

她到了对面的路边，回头喊道："快点，胡安！"

现在，图书馆上空显示着漂亮的紫罗兰色纹样，这是中国北方某个艺术社团创作的分行特效。她看了一眼网络状态……繁忙的可不只是交通。她看到整个加州的网络干线都亮了起来。圣地亚哥分校的校园接口输出着数百万个视点，还有成千上万的虚拟参与者。当胡安赶上来时，她说："真是一场旋风啊，就像大型游戏的首发日一样。"

胡安点点头，但他并没往心里去："你看我在马路上捡到了什么。"

一个快被碾碎的小工具，一根金属纤维从旁边耷拉下来。

她挥手让他扔掉它："被车轧坏的东西。怎么了？"如果一个失去网络连接的节点出现在马路上，它那么小，肯定会被注意不到它的车碾碎的。

"我觉得它还在线，但我匹配不上目录。"

米莉凑近看了看，有微弱的闪烁，但没有任何回应。"这是块无法访问的残片，胡安。"

胡安耸了耸肩，然后把小零件放进了他的自行车包里。他面无表情，看来他还在搜索："看起来像思科 33，但是……"

幸好胡安并没有分散每个人的注意力。莉娜说："米莉，我找到罗伯特和里维拉了。"莉娜停了一下，找到了摄像头编号。在那儿！罗伯特和里维拉正在他们西边四分之一英里的地方过马路。

"我们马上过去，莉娜！"

在罗伯特那个年代，吉尔曼路的这一边都是圆拱房屋。后来变成了典型的加州大学混凝土建筑，用作医学院教学楼。而现在立在这里的皮尔彻大楼，和校园里几乎所有其他建筑一样，看起来和以前的圆拱房屋一样，像是临时搭建的。

神秘陌生人带着罗伯特和卡洛斯走进大楼，他们经过之处周围亮起了一小片实体灯，而大厅深处的景象是虚拟的。楼里可能还有其他人，但陌生人避开了他们。他沿着一段楼梯走下去，来到一堆拥挤的小房间前。地板上有些地方积了灰，有些地方干净得发亮，或者还留着条状的擦痕。"嘿，"陌生人指着擦痕说，"汤姆开始行动了，已经为今晚重新布置了整个楼层，有些地方是不会在大学的安保系统中显示的。"

他们像在迷宫里穿行一样。最后，神秘陌生人停在一扇关闭的门前。停顿了一会儿之后，他严肃地说道："你们可能知道，帕克教授并不了解详情。为了能顺利实现你们各自的目标，我建议你们不要向他透露口风。"

罗伯特和卡洛斯点点头。

神秘陌生人转身对着塑料门，做出敲门的动作，听起来像锤子敲打木头的声音。过了一会儿，门开了，温斯顿探出头来："你好，卡洛斯。"看到罗伯特和陌生人时，他的眼神就变得不那么友好了，他挥手让他们进去。

这是一个楔形的房间，夹在几道斜墙之间，一个混凝土沉箱占据了大部分的地面空间。汤姆坐在地上，旁边是一个手推车，里面装满了塑料袋和背包。"你们好，弟兄们。你们很准时。"他看了一眼他的笔记本电脑，"告诉你们一个好消息，记者和警察都没发现你们来了。现在我们站在一个不存在的房间里。这个……"他拍了拍沉箱，"……大学仍然可以看到，但他们会很乐意为我们打掩护的。"

罗伯特围着那一大块东西转了一圈："我记得这个。"20 世纪 70 年代，沉箱是用木盖子盖住，放在室外的。他从边缘往里看，没错，和以前的一模一样：上面还有蜿蜒而下的铁梯。

汤姆站了起来，他用吊带绑着笔记本电脑挂在身上，露出的键盘和显示器可以随时使用，他自己也能自由活动。汤姆以他自己的方式进入了网衣计算机时代。

汤姆伸手从手推车里拿出两个塑料袋："该扔掉你们的主显系统了，

兄弟们。我给你们准备了新衣服。"

"你认真的？"卡洛斯说。

"是的，我要用你们的旧衣服伪造你们的定位。而你们其实和我待在一起，用着更好的设备。"

"我希望不是笔记本电脑。"温斯顿嫌弃地看了一眼汤姆的笔记本电脑吊带，说道。但他和其他人都脱掉了衬衫、裤子和鞋子，隐形眼镜他们还戴着，但已经没有可以驱动它们的东西了。真实的灯光依旧明亮，但外部声音和视像一消失，这个房间瞬间变得跟棺材一样。

面对这么多赤裸松弛的肉体，汤姆似乎感到很尴尬，好在这种情况不用持续很久。他打开一个塑料袋，从里面拿出裤子和衬衫递给大家，它们看起来像普通的灰布工作服。卡洛斯把他的新衬衫举到灯下，观察着它的纹理。他把它折叠起来，在双手间揉搓着："这不是网衣。"

"是的。没有红外线微型激光器，没有处理器节点。纯棉的，上帝的馈赠。"

"但是……"

"别担心，我有处理器。"

"我刚才说笔记本电脑的话是开玩笑的，汤姆。"

汤姆摇了摇头："不，不是笔记本电脑，是赫德盒。"

什么？没了网衣，罗伯特就什么也不懂了。

卡洛斯看起来同样茫然，但随后可能想起了些什么："哦！赫德操作系统！那个不是已经过时了吗？"

汤姆翻着第二个塑料袋，没有抬头。"没有过时。只是变成非法产品了……啊，找到了。真正的巴拉圭制造。"他给他的每个同谋都发了一个黑色塑料盒，大小跟平装书差不多，一侧有一个真正的键盘，另一侧有一个金属夹子。"把它别在腰带上就行，注意要让金属片直接接触到皮肤。"

罗伯特的新裤子太短了，衬衫又大得像顶帐篷。他把非法电脑别在腰带上，然后就感觉到了金属触碰肌肤的凉意。他现在可以看到一个模糊的叠加图层，是一个键盘的影像。他一用手碰腰上的盒子，影像上就出现与指尖对应的标记，多么简陋的界面啊！

"不要用衬衫盖住盒子，卡洛斯。通信端口都在上面呢。"

温斯顿："你是说我们必须转到正确的方向才能建立连接？"

"是的。我们在地下时，唯一的外部路由在我的笔记本电脑上，而我的笔记本电脑唯一的上行链路是通过这个。"汤姆举起了一个状如转经轮的东西。他轻轻地转了一下，空气中闪现出一道微光，沿着一条细得看不见的线，滑行到汤姆另一只手拿着的连接器上。他转过身，把它插进手推车上的一个盒子里："试试看。"

罗伯特把衬衣下摆从腰带里拉出来，转身让盒子正对着汤姆的笔记本电脑。什么也没有。他输入一个简单的命令，随即，他又可以看穿墙壁了！吉尔曼路的北边，前往图书馆的人更多了。而在室内……他把视线拉回到走廊。仍然一个人都没有。不对！有一个人正径直走向他们的"秘密"房间。然后，他的视点消失了。

"嘿，汤姆……"

"怎么了？"

陌生人的声音在罗伯特耳边响起，音质和他的旧浏览纸一样糟糕，但他听得很清楚："你什么都没看到，我的朋友。"

"我……"罗伯特把话咽了回去，"你的光纤连接正常，汤姆。"

"好，好。"汤姆在他们中间巡视，确保每个人都能正常接收和发送信号，"好了，你们都装备好了。好玩的部分结束了，现在该当苦力了。"他指着手推车里的背包说。

罗伯特感觉自己的背包有四十磅重，卡洛斯的看起来差不多，汤姆和温斯顿的背包小一些。即便如此，温斯顿还是只能勉强应付。维尼就像个老头。是的，这就是里德·韦伯说的天堂的雷区。罗伯特移开视线，以免冒犯到温斯顿。他耸动肩膀，一边把背包调整到一个较为舒服的位置，一边抱怨道："我以为这里是未来世界，汤姆。小型化哪儿去了？至少得有自动货运机吧？"

"目的地的基础设施不支持这些，罗伯特。"汤姆看了一眼笔记本电脑的显示屏，"你好，谢里夫先生。好的，我们已经准备好了。"他对着房间中间的黑洞向大家示意，"你们先请，先生们。"

- 22 -
自行车攻击

阿尔弗雷德在门口等了很长时间才进去，没必要让兔子的手下们听到他的动静。

"我说了吧，博士！我们进去了。我们进去了！"兔子开心地围着沉箱跳了段吉格舞。给兔子带来如此好消息的光纤细若游丝，只有在光线角度正好的时候才勉强可见。

阿尔弗雷德点点头，他还有通信方面的成功值得庆祝——他重新建立了跨太平洋的军网链接。

布劳恩→美津里，瓦兹：美国国土安全部看起来很平静。阿尔弗雷德看了下联盟监听站传来的实时数据。尽管图书馆的干扰已经把人群带到了加州大学圣地亚哥分校的校园，但国家安全局确实很平静。兔子布置了完美的自相矛盾的烟幕弹——几乎完美，除了把事情闹得太大了之外。

阿尔弗雷德在汤姆的光纤连接终端盒子旁边跪下来，这个盒子是通往犯罪的桥梁。一方面，它接受着从汤姆的非法电脑传来的未经认证的数据流；另一方面，它又是一个"守法公民"，在政府要求的安全硬件环境下运行。它把汤姆的数据隐藏在合法的软件包中，这些软件包带有互联网安全硬件环境所需的所有许可和权限。总的来说，它不像阿尔弗雷德的军网那么安全，但对于意外决策树中的大多数情况来说已经足够了。

阿尔弗雷德调整了一下盒子，现在他能直接看到汤姆的视频，这下他终于成为现场指挥了。

汤姆笔记本电脑上的视频没有经过任何优化，有点晃动。但阿尔弗雷德认出了墙上的设备和一些实体标志，兔子的手下破解了生物实验室的安全系统。更厉害的是，对付实验室的安全系统需要时刻变换策略，而他们始终没被发现。

"他们离目标A还有多远？"阿尔弗雷德问兔子。那里其实是他的秘密研究项目地点，他会假装和其他人一起探察那里。

"快到了。"兔子随手一挥，"十分钟之内他们就会开始放置设备，完全不用担心。"

阿尔弗雷德从他的地表视点看过去："我的大部分移动装备都被困在吉尔曼路以北。"在常规的行动中，他的机器人只要接入当地的网络冲过去就行了。但是这次，他们被整条路上的人群和车流挡住了，至少有一个机器人被车撞了。

兔子假装同情地摊开爪子，最起码，它这次没有再拿出一根胡萝卜。"你不能什么都要啊。哈塞克和斯酷奇粉丝们已经做了我们梦寐以求的事情：工作人员都离开了实验室，当地的通信资源被骚乱占用。等到了峰值，它看起来就像一个个普通的黑洞，并且完全无害。难道说你有办法制造出一个比这更好的烟幕弹？"

阿尔弗雷德没有理会兔子的吹嘘，他开始意识到恼火已经是他对兔子能够产生的最友好的情感了。他背对着混凝土沉箱坐着，追踪着最新动态。他看到美国国土安全部人员也在密切关注着事态，但他们看错了地方。分析师们一致认为，兔子调整了一些东西，与国土安全部的担心完全一致。也许爱丽丝·顾倒下了，但联盟监察员也没有发现？在地下，兔子的手下们马上就要到达目标A。十分钟之内，对那里的"调查"就要开始。再过半个小时，他就可以开始报告他篡改过的结果了……然后，他们就可以轻而易举地脱身，让兔子的手下被人抓住。事情进展得如此顺利，他大可以留在孟买，当然他并不介意来一趟现场！

分析师发来红色警告。有人回顾旧视频时注意到了一些事情，阿尔弗雷德打开相关报告。这是他的一个机器人在吉尔曼路北侧拍到的一段十秒钟的短视频：两个孩子推着自行车，站在路边，看着什么东西，可能是被碾碎的机器人。这就是我之前看到的那两个孩子。他向分析师发出提问：这两个孩子是谁？那是阿尔弗雷德的移动机器人吗？

收到的答案相当令人不安。

兔子接触不到印欧分析师，但突然间，这只动物坐了起来，吹了声响亮的口哨："哎呀，我有麻烦了！有人跟上我们了，博士。"

米莉把她的自行车放在皮尔彻大楼外面的架子上，胡安坚持要把他花哨的折叠单车带进楼里去。当米莉指出这么做很傻时，他只是耸耸肩说："我的自行车很特别。"

莉娜和向秀的影像都消失了，但莉娜的声音却跟着他们穿过了敞开的大门："安全措施应该更严密一点，米莉。我不喜欢这样。"

"这是应急措施，莉娜。没有人的房间锁着，有人的房间才会打开。"

莉娜说："我看不到你们了。"

突然下降的数据传输率非常奇怪，但米莉不想承认，而是说："我觉得只有图书馆周边支持高速转发。"

向秀说："是的，我们这儿还有比较清晰的视点。"

皮尔彻大楼的主要走廊都有可搜索的视点，他们可以搜到罗伯特最近经过的影像片段，只凭这个就足以引导他们去楼下了。但到了有些地方，胡安和米莉失去了外界连接，只能和彼此交谈。

"这里像个鬼屋。"胡安轻声说道。他伸手握住她的手，她也没有甩开他。她需要他保持冷静，在办公楼里失去连接确实是件诡异的事情。

他们来到了一个角落，有了足够发默信的微弱的网络信号：

米莉→米莉帮：我觉得我们已经靠近他了。

莉娜→米莉帮：先是丢了视频信号，现在我们几乎连话都没法说了。快离开那个地方。

米莉→米莉帮：这只是暂时的。维基贝尔肯定马上就会增加额外的信号覆盖，一场娱乐骚乱能有多糟糕？

米莉想象得出来，莉娜正在某辆行驶在校园北部的汽车上与向秀进行着类似的讨论。祖母似乎真的很担心。

秀→米莉帮：我同意米莉的意见，但是请定期向我和莉娜报告行踪。

莉娜→米莉帮：对！即使那意味着你们得折回寻找信号。罗伯特现在在哪里？

米莉→米莉帮：非常近了，我可以直接探测到他。

弯弯曲曲的走廊灯火通明，断网期间这是正常现象。胡安的自行车几乎无声地前进着，全部折叠起来变成便携模式，他只需要时不时推它一下就可以了。四周没有其他声响，只有他们的脚步声和轮胎摩擦地面的微弱声音。他们又转了个弯，走廊变窄了，每隔几英尺就有一个十字路口。这种临时翻新改造是那种疯狂的建筑师最喜欢做的事情。

在这几十英尺的范围内，他们接收到了高速网络信号。墙上出现了广告和通知，左边像怪物一样的东西是某人的医学研究项目展示。她给莉娜和向秀发了段连续视频，然后又转了个弯，外部网络完全断掉了。

胡安放慢速度，拽着米莉停下来："这地方真的是个死区。"

"是的。"米莉说。他们又往前走了几步，在这个地方，米莉只能与胡安点对点连接，还不如待在遥远的月球背面呢。前方又是一个路口，她拉着胡安继续往前走去。

拐过这个弯之后，走廊尽头是一扇紧闭的房门。"我探测不到你爷爷的信号了，米莉。"

米莉看着她缓存的地图："他们肯定来过这里，胡安。如果进不去，我们就使劲儿敲门。"她突然间不那么在乎是否会让罗伯特和他的朋友们尴尬了，这太奇怪了。

但门随即开了，一个身着深色衣服的男人走了出来。他可能是个门卫，或者教授。不管他是谁，他看起来并不友好。"需要帮忙吗？"他说。

"他们怎么找到我们的？"

兔子做了个警告的手势。"别那么大声，博士。"它低声说道，"他们或许能听到你的声音。"它好像在看着阿尔弗雷德的背后，"我认为他们在跟踪这个女孩的祖父。"

阿尔弗雷德看了一眼沉箱下的一堆衣服，发了条语音消息："那些衣服还在传送信号？"

"呃，当然。对外面的人来说，那些老头看起来只是坐在一起，也许在打牌。我伪装好了一切，包括他们的医疗记录。"

阿尔弗雷德意识到自己正在咬牙切齿。

"那个姓顾的小孩真是麻烦，"兔子继续说道，"有时我觉得她……"

阿尔弗雷德手一挥，兔子随着所有的公共网络一起消失了。他周围一片寂静，形成了一个坚固的死区。

但他的军网仍在，通过他的手机连上他的隐形无人机，然后穿过太平洋，形成一道脆弱的网络链接。阿尔弗雷德在孟买的分析师团队估计，死区在被校园警察和消防部门盯上之前可以坚持六十秒钟。

布劳恩→美津里，瓦兹：这坚持不了多久，阿尔弗雷德。

瓦兹→布劳恩，美津里：我会在几秒内清除死区。这就是为什么成功的任务都需要一个现场指挥。他联系上了一个成功进入大楼的移动机器人：孩子们离他大约三十英尺远，已经深入死区，还在往这边靠近，他可以透过塑料墙听到他们的声音。他看了一眼门，门锁着。也许在他们使劲儿敲门的时候，他可以假装不存在。不行，那样他们只会退回去报警。

好的，该直接行动了。阿尔弗雷德启动了离他最近的两个移动机器人。这些都是网络机器人，基本上没有与人类对抗的能力，但它们可以分散他们的注意力。然后他打开门，走进大厅，面对着那两个带着一辆折叠自行车的孩子，问道：

"需要帮忙吗？"

米莉试图怒视着那个老家伙。当你擅闯别人的地方并试图找借口掩盖时，很难理直气壮地表示愤怒。她仍然连不上外界网络。

胡安走上前来，口无遮拦地说出了真相："我们正在寻找米莉的爷爷，我们探测到他在你身后的某个地方。"

门卫（教授或者什么人）耸了耸肩："这里没别人，只有我自己。你们也知道，今晚网络信号非常差。你们不该来这里的，快回到公共区域去吧。"现在门上出现了一个标志，是在皮尔彻大楼许多教室和实验室中出现过的标准生物危害标志之一。看起来公共网络可能正在恢复——虽然米莉仍然无法探测到她视线之外的地方。

胡安点点头，好像这位老人说得很有道理。他向前走了几步，同时把他看到的东西传给了米莉。前面的房间里灯火通明，地板上有个像洞一样的东西，她看到了一个金属梯子顶部从洞口伸了出来。

"好的。"胡安欣然同意。表面上，他在不慌不忙地摆弄自行车上的东西，但他发给米莉的私密信息已经十万火急了：

胡安→米莉：看到衣服了！堆在洞旁边的地板上。

米莉→胡安：快走。到楼外面去，到他们可以打电话报警的地方去。

她装作不经意地耸耸肩，然后说道："那我们就走了。"

陌生人叹了口气："不，现在走太晚了。"他向他们走来。她身后传来硬物摩擦地面的吱吱声，紧接着，她看到黑乎乎的东西向她奔过来。

前后的路都被堵死了。

胡安向前冲了过去，用自行车猛地撞向陌生人，橡皮轮胎发出尖锐的摩擦声。车轮借着突然刹车带来的动力飞速旋转起来，自行车猛地冲进屋子，撞倒了陌生人和他身后的设备。米莉朝洞口跑过去："快来，胡安！"她知道罗伯特肯定在那里，也知道如何弄坏警报。

她手忙脚乱地爬到洞口，看到了金属横档："胡安！"

门卫（教授）爬了起来，摇摇晃晃地往前走，他手里拿着一个尖尖的东西。米莉顿时僵住了，眼看着那个尖尖的东西朝她刺过来。

胡安是小不点儿，尽管他拦不住那个家伙，但他依然尽力去阻拦。那个坏家伙踉踉跄跄地后退了几步，他手里的东西闪过一道紫光。米莉只觉得半边身体一阵麻木，从洞口掉了下去，幸好，她用仍有知觉的手抓到了横档，但她的脚在空中摇晃着。她想用另一只麻木的手抓住横档，却没有抓到，紧接着，就摔到了坚硬的混凝土地面上。

她前言所有的影像都消失了，也许她的主显系统坏掉了。但她可以看到上面的光圈，她可以听到从上面传来的声音。

"快跑，米莉！快跑……"一阵身体到底的声音之后，胡安的喊声戛然而止。

米莉拔腿就跑。

- 23 -
在教堂里

加州大学圣地亚哥分校图书馆的骚乱是当晚的热点新闻。作为最新的公共娱乐八卦，未来几周内，它无疑将在世界各地引起热论。它也是鲍勃的局势图上的一个亮点，简直太亮了。鲍勃看着分析师们一窝蜂地扑到了南加州那个地点上，连那些诸如法医病毒学之类的冷门专业分析师也不例外。

各位，今晚还有其他事情发生。缉毒局在克恩县进行的反毒突袭引发了加拿大北部的真实暴力事件。那不在鲍勃的监控范围内——但这也许意味着事情更为严重，绝不是涉及毒品那么简单。要不是图书馆骚乱，他早就看到数十种可能的相关推测了：也许克恩县的突袭实际上是在搜查非法移民，也许那儿有比毒品更致命的东西。分析师们擅长提出这种疯狂的假设，同样擅长深入分析，然后否定掉其中一些，或者找到确凿的证据，作为鲍勃调遣军力的凭据。

但是今晚加州大学圣地亚哥分校的骚乱看起来确实像一个经典的烟幕弹，用来掩盖发生在美国本土西南其他某个地方的大规模恶性事件。爱丽丝已经将分析师的数量增加了一倍，现在不仅有疾控中心的专家，甚至还有其他区域的监控人员。通常到这时候，她应该已经理顺了不同背景的专家团队。她知识的广度、深度，以及个人魅力，甚至能让学术界的平民顺利参与任务。但今晚，爱丽丝本人却成了问题的一部分。每次他扩大团队的注意范围时，她都会把它调回去，就是她把病毒学家调了过来。生物科学领域的分析师越来越亮，越来越集中，占用的带宽也越来越多。爱丽丝研究的并不是骚乱本身，而是它与学校外围的生物科学实验室的关系。除了夜班人员离开岗位之外，实验室所有的参数都显示绿色。她对实验室的网络安全性测试得越严格，结果看起来越安全。

都怪该死的即时培训！ 爱丽丝刚刚完成生物实验室审查培训，那是她接受过的规模最大的即时培训。在对实验室自动化和相关研究上，他认为现在没有比她更了解的人了。*我应该直接跟她说，不要再为了面子绕弯子了……见鬼，如果她不自己停止的话，我就停了她的职！* 这些想法和他们最近在家里大吵那一次非常相似。

结果还是鲍勃停了下来，他坐在那里看着相关性和统计异常值，他把自己的团队调离了圣地亚哥事件。如果圣地亚哥分校是个烟幕弹，他们将成为拦截网。

生物科学专家组变得更亮了，爱丽丝已经抢占了疾控中心的基因部门。他会在事后的总结会议上听到关于这一点的汇报，他有一种不祥的直觉，今夜可能要出事。他最担心的事情还是发生了，虽然爱丽丝总是否认这种可能性。*她要发作吗？* 跟那些退伍军人医院中培训后遗症最严重的患者比起来，她接受过的即时培训多了十几倍。*她这样的人一旦全面发作了，会是什么样呢？*

"你听到什么声音了吗？"

"什么样的声音，汤姆？"

"就像，从远处传来的撞击声。"

他们停下来回头看了看，温斯顿恼怒地哼了一声。就像从前一样，汤姆总是想方设法地给他们的非法探险增添一股悬疑色彩。

汤姆犹豫了。他在队伍最后指路，以免他放下的那根纤细的光纤被其他人踩到。他继续听了一会儿，然后转身跟上大家："也许什么都没有……但刚才网络信号也消失了一会儿。"他看了一眼他的笔记本电脑，"现在又好了。"他指挥大家沿着隧道往前走，经过小小的光斑，走进黑暗之中，"继续走。"

隧道的第一段他们非常熟悉，这是一条诡异的怀旧之旅。五十多年前，有一段时间，除了卡洛斯之外，他们每个人都探索过这条隧道。那时汤姆是一位神气活现的本科新生，哄着几位头脑发热的研究生一起来进行这种不靠谱的冒险。

再往前走一点，见到的事物就变得不那么熟悉了。玻璃管子沿墙延伸着，罗伯特看到墙上印着标志，那些是网络节点的实体备份，但是对他的电脑完全没反应。嗖——一个排球大小的白色东西从管子里飞过，嗖——嗖——从对面又飞过来了一个类似的东西。压缩空气管道曾经是美国的象征，罗伯特小时候在萧条得快要倒闭的百货商店见过这样的东西。"压缩空气管道是用来干什么的，汤姆？"

"好吧，这就是理论与现实相遇的地方。蛋白质组学、基因组学、调节组学……各种组学，都在这里，这些实验室非常庞大。本地数据流量是公共网络的百万倍，却跟家庭网络一样存在延迟，但他们仍然需要使用真正的生物样品。有时他们需要传输样品——短距离移动靠传送平台，长距离的就靠空气压缩管道了。一般基因组甚至有专用的空中特快发射器，可以把包裹发往世界各地的其他实验室。"

现在，罗伯特听到了从他们前方的黑暗中传来的声音，让人分辨不出字句的模糊声音，还有像老式打字机那样的嗒嗒声。这就是科学吗？

卡洛斯说："我在探测本地网络时，看到的只有光秃秃的墙壁。"

"我说过的。不要去连接实验室局域网，徒增烦恼。"

"隧道肯定知道我们在这里。"他们走进一个小小的光斑。而他们前面和后面的隧道都是一片漆黑。

"是的。它知道我们在这里。但它只是在潜意识里知道。"

罗伯特走在最前面。他指着光斑边缘的墙壁："这些符号是什么意思？"墙上印着一些实体字母：

5PBps：prot<->Geno.10PBps：Multi

汤姆走上前去："这也许是一般基因组学的十字开关！"他把"转经轮"举得高高的，挥动光纤避开其他人。陌生人就在汤姆身边，但是这家伙在这里无法定位。他的脚飘浮在地板上方，目光也偏了九十度。

汤姆把他的笔记本电脑转过来，让摄像头正对着墙上的文字："不得不承认，这种光纤连接非常方便。我可以把视频发送给我的分析师。"汤姆看不见的那个神秘陌生人竖起大拇指，指了指自己，咧嘴一笑。汤姆盯着笔记本电脑屏幕看了一会儿，"没错！这里就是一般基因组学的光学十字开关。"他指着旁边的隧道岔路说，"棘手的事情要来了。"

又过了不到五十英尺，隧道开始变宽……像洞穴一样。有一个高大的物体倾斜着矗立在阴影之中。"看到那座塔了吗？"汤姆说，"那是一般基因组的专用发射器，他们根本不需要用东县的发射器。"

他们周围都是咔嗒声，声音来自设备架的顶部，听起来富有节奏，像一首韵律突出的诗歌。到了一个诗章的末尾，还有实物在和着韵律移动。一些亚光晶体内部有光线在闪烁，有些柜子上贴着实体标签：

Mus MCog.

陌生人在他们中间跳着舞，拜汤姆的笔记本电脑和他身后的光纤所赐，这个幻象一边紧盯着笔记本电脑的摄像头，一边说话——至少是跟罗伯特说话。陌生人指着晶体的大致方向说："看啊，纳米流体学的奇迹。从前需要十年才能完成的生物学进展，现在只需光线转换的一瞬间。你如何表现几兆的样本和几亿兆个分析结果呢？艺术能做到这些吗？"幻象犹豫了一会儿，仿佛在渴求着答案，随后便再次消失了，但是他留下了一堆标签和说明。

罗伯特看着机器阵列，还有远方黑暗中几不可见的高塔。这个地方是一个机器大教堂。哪怕他花上数年，对它的了解也只有一点点皮毛，在这种情况下，又该如何去描述它呢？那一大片水晶没有鲜艳的颜色，大部分流体路径几乎小得都看不见了，隐藏在犹如超大号冰箱的设备中。陌生人留下的标签随机浮动，给一些非同寻常的处理过程加上注释。这画面几乎让他想起了他所失去的东西。文字在他脑海中涌动着，想竭力刻画出他内心的惊叹。

他们沿着狭窄的过道一直往前走，只有在汤姆叫他们拐弯的时候才拐弯。每隔一分钟左右，他就会让大家停一会儿，从自己背包里拿出几件小工具。

"我们必须安装好这些东西，兄弟们，在这里隐藏行踪比在隧道里要难得多。"汤姆希望把小工具安装在通信节点附近，结果发现它们全都藏在流动晶体内部。罗伯特做了大部分的"安装"工作，卡洛斯把他举过柜子顶端，罗伯特再稍微低头，凑近水晶。他能听到十分微小的咔嗒声和流体发出的哗哗声，声音很微弱，听起来似乎是哪里出现了渗漏。无数这样的声响汇合起来，成了整个房间的背景音。

有一次，罗伯特多等了一会儿。他注意到小工具本身能自动完成最后的安装，它从他身边滑下去，潜入水晶深处，就好像它的底部是个微型传送平台一样。

"你在笑什么，罗伯特？"温斯顿的声音从下面传来。

"没什么！"罗伯特爬下柜子，跳到地上，"我只是解开了一个小谜团。"

他们继续往前走。现在大多数柜子上都有"Dros MCog"的标签了。

他们的速度越来越快，主要是因为卡洛斯和罗伯特已经熟练掌握了这套动作。

"就剩最后几个了，兄弟们！"汤姆从笔记本电脑上抬起头来，看向流体水晶，"所有节点都深埋在实验室设备中，真是奇怪。"

神秘陌生人在汤姆面前现身，并向罗伯特、卡洛斯和温斯顿摇晃着他的绿色手指："不要深究这个问题了。为什么没有人建议我们继续做完汤姆的伟大计划呢，嗯？"

大家沉默了一会儿，但罗伯特已经猜到了两件事：这才是他们来这里的真正目的，只有做成了这个，陌生人才会兑现他的承诺。也许卡洛斯和温斯顿意识到了同样的问题，因为突然间他们几个人同时开口了。温斯顿示意其他人安静，然后转向汤姆："谁知道呢，汤姆？你说过这不易被察觉，可能需要好几周才能弄清楚里面的构造。"

"是的，是的。"汤姆点点头，没有察觉到陌生人露出了满意的表情，"以后再分析！"他看了一眼笔记本电脑，"最难的一步已经完成了。现在我们能直奔胡尔塔斯存放碎纸屑的地方了。"

接下来他们不再安装什么小工具了，汤姆按照笔记本电脑的指示，建议全速前进。无论神秘陌生人给一般基因组安排了什么样的神秘计划，他已经不再需要他们了。罗伯特回头看了一眼，温斯顿喘着粗气，在后面小跑，陌生人一定给了他一些特别的激励。在卡洛斯身后，汤姆旋转着他的"转经轮"，将蜘蛛丝甩在身后。

突然，混凝土地板变得有弹性了。他们的脚步声就像敲着一面紧绷的大鼓时发出的咚咚声。

"隧道什么时候会飞？"汤姆说，"当它真正腾空的时候！"罗伯特突然间意识到他们在哪里了，这是通往校园北面的玫瑰峡谷的其中一条封闭式人行道。现在他们正站在山坡上方七十英尺的空中走道里，下方的山坡上覆盖着灌木丛和熊果树。

然后他们又回到了混凝土地面，前方是另一个洞穴，这个洞穴空空如也。他们来到了胡尔塔斯的地盘。

米莉跑了起来，但有一束灯光跟着她。不，那只是正常的隧道照明。她放慢速度，停了下来，靠在墙上……然后回头看，没有人跟上来。其他的光源就只有那个洞口了，现在被她远远地甩在身后了。胡安！

她观察着，竖起耳朵听着。如果没有人追她，那也许就说明加州大学圣地亚哥分校的安保系统在这里仍然有效。

她试图探测墙壁，她拨打了911，又试了一次，没有回应，也许那个坏蛋彻底摧毁了她的主显系统。她耸了耸肩，做了一些常规测试。还好，没坏。她可以看到自己的文件，但每个本地节点都没有反应。然后她注意到诊断框边缘有个粉红色亮点在闪烁，这是一个极弱且极不稳定的无线信号，她的主显系统通常会直接忽略。一秒钟过去了——鬼知道她重试了多少次——她收到了一个ID。是胡安，是他的网衣。

米莉→胡安：请回答！

没有回复。她没有权限，所以无法检查他的健康状况。突然，胡安的光点闪了一下，然后消失了，米莉吸了一口气。门卫（教授）还在上面，他再次猛力击打了可怜的胡安。不，确切地说：他再次猛力击打了胡安的装备，也许只是为了阻止米莉通过它向外转发信息。有那么一瞬间，米莉退缩了。她的计划和领导的结果就是这个？爱丽丝似乎从未遇到过这种问题。她总是知道下一步该做什么，而鲍勃……鲍勃有时候会犯错，他总是害怕确定性。鲍勃会怎么看待这一切呢？……胡安会怎么做呢？

米莉把视线从洞口移开，向隧道深处望去。里面一片漆黑，但并不是一点声响也没有。有聊天的声音，但是听不清对方具体在聊什么。罗伯特和他在图书馆的朋友都在这里，肯定是被门卫（教授）利用了。我怎样才能破坏他的计划？米莉站了起来，轻手轻脚地往隧道深处跑去，聚光灯仍旧对她紧追不舍。没有看到罗伯特的影子，周围模糊的说话声听起来都不像他的。她穿过了几个隧道岔路口。微小的东西嗖嗖地从透明的管子里通过。

几分钟后，仍然没有罗伯特的踪影。

米莉边跑边读，她提前缓存了大量圣地亚哥分校和生物实验室的背景资料。有一些她看不懂的专有名词和安全资料，但是……每个隧道岔路都通往特定的实验室。一共有十七个独立的房间，占地三百英亩！

米莉跑得越来越慢，逐渐变成走路，最后停了下来。罗伯特可能在任何地方，大坏蛋在这里有多大的控制权？也许我应该大声喊叫。

她身后隐约传来一种微弱而陌生的声音，像软锤敲在金属鼓上，但节奏像脚步声一样。突然间，她明白了那些人所在的地方。现在，只要她能够找出自己与他们的相对位置就行了，米莉转身往回跑去。

- 24 -
图书馆的选择

希拉带领的夜班人员沿紧挨着图书馆东侧的、象征知识的蛇形小径走出森林。哈塞克蜘蛛们已经准备好了，它们占领了高地。蒂姆率领着他的或滚或走的机器人大军来到敌军阵营边缘。

胡恩→夜班人员：天哪，这些都是真的！他指的是那些蜘蛛。大多数人也都是真实的，哈塞克骑士们和图书管理员们密密麻麻地在他们的机器人后面排开。

从图书馆北侧来了一些斯酷奇的增援部队，那些是从斯克里普斯学院海洋学图书馆来的支持者，但是哈塞克人也有增援。从飘浮在图书馆上空的摄像头视点中，蒂姆可以看到那些刚来的哈塞克人追赶着斯克里普斯人。到目前为止，几乎还没有任何财产损失。机器人只是看上去很凶残，大部分人类也只是在奔跑喊叫。希拉还在一个劲儿地喊着："我们要真正的书！"

一个巨大的虚拟物体从哈塞克阵营冲了出来，冲向布满机器人的无人区域。它有十二英尺高，蒂姆从没见过这么厉害的"危险的知识"人物。它一半是图书管理员，一半是守护骑士，结合了哈塞克阵营的两大组成部分。现在，它几乎冲到了斯酷奇阵营边缘，做了个鬼脸，伸出又长又尖的舌头，就像一个毛利人的恶魔。当它叫起来时，每个斯酷奇成员都能听到，但是每个成员听到的消息都是为其定制的：

"蒂莫西·胡恩，你觉得自己是一只斯酷奇小兽，确实够小！你们这些斯酷奇玩偶都是小破孩儿们玩的东西。在我们面前只能暴露你们的浅薄无知，一文不值！""危险的知识"向它周围和后面的哈塞克小动物们挥手致意。

这番话是针对斯酷奇的惯常套路，但是总能惹怒斯酷奇人，因为一无所知的局外人可能会被这种说法所蒙蔽。斯酷奇阵营中有人反驳道："哈塞克只是冒牌的'普拉切特'！"这句话让哈塞克人大发雷霆，因为这显然是事实。

蒂姆推开了希拉和斯梅尔以及其他夜班人员，挤到队伍前沿。从近处看，这个"危险的知识"更显精致。它带有尖刺的长靴巧妙地扎进蛇形小径旁的泥土中，蜘蛛机器人在它们的指挥官周围嗡嗡地跳来跳去。

那些蜘蛛机器人是真实的，在这么短的时间内，哈塞克人是从哪儿弄来这么高明的东西？他探测了一下，全在意料之中，没有任何回应。它们挤成一团、共进退的样子，看起来简直像鲜活的蜘蛛一样。这些小机器人看起来好像英特尔和传奇最新型号的结合体，实验室调节组学部门刚好升级到这种型号。他再次探测它们，这次用了实验室管理员权限。

活见鬼！

"嘿！"蒂姆大喊，"哈塞克的无赖偷走了实验室的设备！"现在，他仔细观察着对方，认出了自己的同事！有凯蒂·罗森鲍姆，她正挥动着战斧向他示威。

罗森鲍姆→胡恩：我们只是借来用用，亲爱的！

他昨天才与凯蒂和她的朋友们一起吃过午餐。他知道在调节组学部门中有哈塞克的支持者，所以他的手下自然会对行动计划一直保密。没想到狡猾的哈塞克人也一直对他们保密！

"危险的知识"继续跳着欢快的舞步，穿过蜘蛛大军阵营，嘲笑着斯酷奇人的意外发现。它大声喊道："生气了，小胡恩？你也太缺乏想象力了！带来的都是一些又旧又慢的老东西，刚好配你小气的影像设计！"

"危险的知识"的设计十分高明，前无古人。但扮演这个角色的人更加厉害，肯定是个世界级的专业演员。有那么一会儿，斯酷奇阵营动摇了，他们的虚拟支持者群体开始消散。蒂姆从上空的视点中看到更多的哈塞克人开始聚集在图书馆的另一边，照这个势头发展下去，斯酷奇将以耻辱和惨败告终。

然后，希拉的声音在公共场地响起，世界上所有参与者都能听到："看！斯酷奇大兽来了！"

在蒂姆身后，一辆叉车苏醒了。啊！蒂姆本应该想到这一步的。谢天谢地，希拉还清醒着。

这台叉车高十二英尺，重心离地面的距离超过了六英尺。鉴于其庞大的体形，它尽可能小心地往前迈了一步。它当然不是在自动驾驶，但他并没有想到希拉能够把它开得这么好。

它的大脚盘缓慢下降，给脚下的人类以及各类机器人留出足够的时间逃命。它很厉害，但它只是台叉车，然后蒂姆意识到他还在用司机视点看着它。换到网络公会视点后，它变成了——

希拉把灰桅蓝伊尼波变成了比"危险的知识"更加壮观的东西。它现在是一只斯酷奇大兽，最受欢迎的斯酷奇角色。虽然诞生时间不久，它却不间断地经历了翻新、衍生、独立、合并等操作，还险些被政府接管。它是非洲和南美洲最贫穷地区的数百万学生心目中的超级英雄，是小人物努力向上获得成功的象征。而今晚这版一出场，它的光芒盖过了周围的一切。

更重要的是，今晚的这个版本建立在四吨重的实体机械内核之上。

斯酷奇大兽来到斯酷奇阵营边缘，冲进了蜘蛛机器人的地盘，然后在它的稳定器和马达允许的范围内全速前进。哇，是谁在驾驶那个家伙？它在哈塞克机器人阵营中横冲直撞，向"危险的知识"发出挑衅的怒吼。

骑士们和图书管理员们、羚羊龙们、杜尔博们和芭芭雅嘎们——双方的所有人马都陷入了疯狂。所有人马上空轮番上演着各式特效，身旁响起一波高过一波的吼声。机器人打了起来，蒂姆看着机器人混战的特效。巨嘴兽和佐尔兽从灌木丛中冲了出来——希拉把后备军团也放了出来，投入战斗。

这是一场真刀实枪的机械战！当斯酷奇大兽舞动的脚步踩到蜘蛛机器人的背时，蜘蛛机器人的甲壳和腿的碎片飞向空中，他通过技术员视点可以看到损坏报告。实验室的实时名单已经把二十只调节组学的蜘蛛标记为"无响应"，他的几十个镊子机器人被摧毁了，三个样本传送机器人也失去了行动能力。

胡恩→汉森：借用机器人是一回事，希拉。但这些很多都变成垃圾了。

希拉在另一端的前线，看起来她正试图指挥机器人大军冲进骑士和图书管理员阵营。而在蒂姆这一边，斯酷奇大兽已经冲到真人玩家的阵营边缘了。

汉森→胡恩：不用担心！管理层很开心！看看我们达到的宣传效果，蒂姆。

他的同事和数千名虚拟参与者向前推进。从网络视点一看……天哪，实验室受到的报道多得花钱都买不来，比 20 世纪媒体垄断时代的关注度还要高。圣地亚哥分校地区已经有一些主干道路由器在超负荷运行了！那只是暂时的，因为到处都有无数的临时路由器和地下光纤，但今晚这里吸引了全世界的目光。

斯酷奇大军一步一步地往前逼近。

"这是我们的楼层！"

"这是我们的图书馆！"

"最重要的是，我们要真正的书！"

网络公会之间通常都是暗自较量，看谁的人气更高。今晚却是一个彻底的例外：网络公会之间直接上场打斗，来抢夺关注和尊重。他们花费数月心血的设计可能在几分钟之内毁于一旦，但获得的关注是他们未曾梦想过的。

斯酷奇大兽的驾驶员直接与蒂姆通话了：

斯酷奇大兽→斯酷奇小兽：该你的机器人出场了！我的朋友！上场吧！

好的！蒂姆开动了另一辆叉车，他经常梦想驾驶着这样的怪物来打一架。他小心翼翼地穿过自己的阵营，让小机器人跟在他身后，来自世界各地的斯酷奇艺术家把这台叉车装点得跟斯酷奇大兽一样壮观。但是，这个视像像烟雾一样善变：蒂姆的叉车被幻化成了集心兽，一个模糊的神灵，在斯酷奇兽遇到最为狡猾的敌人时，有时候会出手相助。它前后都冒着蒸汽，几十名助手和帮助程序确保着效果的连贯性。叉车的车体是由深色复合塑料制成的，除非你用现实视点仔细观察，否则你很难确定它的确切位置。

蒂姆充分利用了这些优势，像一团钢铁烟雾一样大步走过机器人阵营，和斯酷奇大兽击了个掌……又以令人捉摸不定的方式向骑士和图书管理员阵营冲过去。斯酷奇的口号从叉车的扬声器中传出来：

"这是我们的楼层！"

"这是我们的图书馆！"

"最重要的是，我们要真正的书！"

这次进攻集美感、出其不意以及实体威慑于一身，哈塞克人后退了，蒂姆的小机器人迅速向前移动占领阵地。但凯蒂·罗森鲍姆的机器人数量仍然远超过他们，而且动作更敏捷。蜘蛛机器人向后撤退，留下一块由双方的实体人类组成的战斗区。

斯梅尔→夜班人员：追上去！

蒂姆一边跟着他的叉车集心兽往前走，一边从上方俯视，查看评论，有超过一亿人在围观这场盛事。这不是游戏，也不完全是艺术品，而是一场想象力、计算能力和胆量的比拼。到目前为止，公众认为双方的想象力不相上下，但斯酷奇在计算能力和胆量方面遥遥领先。他们创造了真正的实体破坏——就在真正的人群周围，甚至人群中！

战场在图书馆周围一点一点地移动着，斯酷奇大军现在占据了位于校园中轴线上的南广场的一部分。来自全城各地的人们乘车从校园周围的道路上赶过来，但数量远远比不上虚拟参与者。百分之四十的主干路由器已经满负荷，观众人数已经超过了两亿。成千上万的参与者装扮成千变万化的哈塞克和斯酷奇的最新人物参加了这场盛会，实体和虚拟的参与者散布在大学的中心枢纽图书馆周围。从一千英尺以上的记者视点看起来，这场冲突就像一个奇怪的螺旋星系，旋臂处最亮，也就意味着那里的战况最激烈。

还有一些隐形参与者，只有专业的娱乐记者才能看到他们：那些电影和游戏从业者，估计有十万名专业人士。有些人在研究观众，做着采样和民意调查，还有一些人在从机器人战场上采集设计资料。在这里可以看到斯皮尔伯格 - 罗琳公司、游戏诞生、里约魔法，以及宝莱坞大型工作室的踪迹。

蒂姆能看到的更多，毕竟是他控制着实验室的设备。他可以看到藏在背景之中的网络在不断地收集数据——然后还以微妙的方式施加影响。这些肯定是幻想家公会的人，他们是世界上最有钱的艺术家合作组织（他们的座右铭是："我们不需要唯利是图的中间商！"）。当然，来自六七个不同机构的警察也在现场，从校警直到联邦调查局。

斯酷奇大兽→斯酷奇小兽：嘿，我的朋友！我们还有十分钟来争取民意做出正确的决定。之后他们就会把我们关掉了。

阿尔弗雷德从皮尔彻大楼观察着这一切。兔子制造的骚乱已经把生物实验室清空了。印欧检测设备已经到位并开始发回结果（阿尔弗雷德自己伪造的结果）。安装这些设备的人已经离开了实验室区域，现在不管他们在哪里被抓都不会怀疑到他头上来。但是——

"我们至少需要十五分钟。"阿尔弗雷德说。来自调查设备的伪造的数据流用不了多久就可以发送完毕，但清理和退出需要额外的时间。

兔子耸了耸肩："别担心，老兄。我告诉胡安十分钟只是为了让他保持警惕。即使校警出手驱散了人群，实验室的工作人员也要再过半个小时才能回到地下。"

美津里→布劳恩，瓦兹：我认为兔子估计的时间是正确的，它的图书馆行动天衣无缝。如果我们自己来组织这场干扰行动，肯定逃不过任何一个美国安全部门的雷达。

布劳恩→美津里，瓦兹：骚乱的规模太大了。他们的机器人仍然堵在路上。没有足够的现场设备，他们无法完全控制皮尔彻大楼——那两个突然闯入的孩子制造了当晚第一个真正的麻烦，现在其中一个躺在沉箱旁边，他就是在这儿被阿尔弗雷德打晕的。

阿尔弗雷德看了一眼坐在洞口的兔子，它毛茸茸的爪子在黑漆漆的洞里荡来荡去。"那个女孩怎么办，兔子？现在她正不受控制地在隧道里跑来跑去。"

兔子喜笑颜开地说："请叫我意外之神。当事情变得复杂时，就会有副作用产生。米莉·顾只是其中一个。你是现场指挥，你怎么不去追她啊？"

布劳恩→美津里，瓦兹：别去。你要是去了，我们的应急计划人手就不够了。

事实上，阿尔弗雷德很想去。但他忍住了，只派了一个移动机器人去跟踪那个女孩，这也许足以分散她的注意力。就算她追上了那帮人，他们还有另一个足以令兔子震惊的备选方案。这么想着，阿尔弗雷德口头上却说："我不想去，你还有其他建议吗？"

"很显然，老兄，你要像我一样随机应变。谁知道事情会发展成什么样呢？你找不到米莉·顾，但这有什么关系呢？她对你和你的朋友来说一点儿也不重要，对吧？"它好奇地摇着它的耳朵。

布劳恩→美津里，瓦兹：我希望兔子先生离开那里。它在耍我们，总是在胡说八道分散我们的注意力。

兔子又开始啃胡萝卜了，这绝对是个扰乱人心的动作。它咧着嘴，露出硕大的门牙一口接一口地啃着，仿佛在说："别管我，你随意发默信！"

从墙外很远的地方传来兔子制造的骚乱声音。对方分析师报告称，国土安全部正在密切关注加州大学圣地亚哥分校，除此之外都很平静，金伯克和惠子认为这是个好消息。但这是否就意味着爱丽丝·宫还没有倒下？对于阿尔弗雷德来说，这才是当务之急，远比他和那两个毛孩子的小插曲更紧迫。

无论如何，该让好奇的兔子离开这里了，这件事情绝不能引起金伯克和惠子的怀疑。幸运的是，金伯克已经开始动手了。金伯克在他们的视点中打开了一个需求和目标矩阵，概率用不同的颜色来表示，看起来非常直观：在图书馆的暴动方面，和兔子有关的事项呈鲜红色，这意味着如需让骚乱继续，有一百个任务只能由它来完成；在地下实验室方面，有十几条和兔子相关的事项，呈深浅不一的绿色，主要是把兔子的手下送入地下，引导他们并将他们带出操作区域。

瓦兹→布劳恩，美津里：做得好，金伯克。

美津里→布劳恩，瓦兹：好的。切断兔子的联系，但不要那么粗暴。我建议你把责任这件事推到我们身上＜笑／＞。

阿尔弗雷德对着兔子笑了一下："你说得对，兔子先生。我们当中有些人就是做不到随机应变。"

"嘿，没关系。"兔子大度地挥挥手。

"事实上，你已经把地下的事情安排得十分妥当了，我的上级希望你能专心地对付上面的行动。"

"你在干什么——嘿！"

阿尔弗雷德伸手从非法路由器上拔下了光纤。

兔子的影像呆滞了一会儿，就像断开了远程连接而哑掉的影像。当然，兔子仍然有这里的网络连接，短暂的停滞纯粹是因为震惊。再次上线的时候，它对着阿尔弗雷德直跳脚："你为什么要这样做？"它的声音平和，表情淡定。显然，兔子从来没有想过自己会遇到这种令人意外或者困窘的情况。

光纤插头从阿尔弗雷德手中垂了下去，他花了好大力气，才没有对兔子露出幸灾乐祸的笑容。他把光纤插到别在腰带上的收发器里，现在进出光纤的信号都要通过他的私人军网。

布劳恩→美津里，瓦兹：干得好，阿尔弗雷德！

美津里→布劳恩，瓦兹：友好一点！我们还需要它继续控制骚乱。

兔子一边在洞口踱步，一边飞快地挥舞着爪子，快得都看不清它是否握着拳头。"你违背了我们的协议。"它的声音仍然平和。

阿尔弗雷德装出一副亲切的模样，然后不带一丝得意地说道："兔子先生，请你看一看我们的协议，我们都需要满足对方的利益——我们在各自的领域都是最厉害的。设备现已装入实验室，只要你将骚乱再维持一阵子，我们就会兑现给你承诺的一切。"

兔子面无表情地瞪着眼睛："当然，你需要我在实验室里……"

它并不是无所不知！"可以理解。我会向你汇报这里的情况的。怎么样？"

兔子的脸上突然出现了一连串表情：先是愤怒，然后是一个会意的笑容，只不过笑意迅速散去，仿佛背后的控制者不想对方看到这个笑容。最后兔子发出一声夸张的长叹："唉——多疑之人的胜利。非常好，我会满足你的愿望。"它一边说，一边小心翼翼地在洞口跳来跳去，"我会离开这里，在地面上守护你们周全。"它咧嘴亮出那些大得不像食草动物的牙齿，"但我确实期待你们能兑现承诺的报酬，你见识过我的能力。"

"我知道。为免意外，"以及你意欲制造意外的企图，"我们会派一个人与你和你的地面行动对接。"

瓦兹→布劳恩，美津里：惠子？

美津里→布劳恩，瓦兹：明白。

兔子最后又轻率地挥了挥爪子，接着，它的影像便从这个有着塑料墙壁和水泥地板的小房间中消失了。阿尔弗雷德关闭了剩余的互联网连接，现在只剩下一堆旧衣服、手推车、地板中间的洞……和一个昏迷不醒的小孩。

图书馆那边的骚乱声仍然源源不断地沿着山坡飘荡下来，令人放心。

瓦兹→布劳恩：实验室数据看起来如何？检查设备已经传输了几分钟了。假数据起作用了吗？金伯克会放弃他坚持的假设吗？

布劳恩→瓦兹：完成了百分之七十。我们需要做很多后期分析，但粗看起来这些实验室是无害的。

太好了！

斯酷奇大兽→斯酷奇小兽：冲啊，冲啊，我的朋友！哈塞克的浑蛋们正在撤退！

　　　　　　　　24　图书馆的选择

哈塞克人确实在撤退，至少蒂姆前方的区域是这样。他开着叉车继续前进，一路碾碎了所有挡路的蜘蛛机器人。两军对阵的前线不停地移动，直到他冲到了图书馆正门以南，敌方撤退到了这里。斯酷奇在地面上有更多实体参与者，因此有更多的视觉效果支持。但是，哈塞克的远程参与者可能有二十万，虚拟的斯酷奇只有他们的一半。图书馆另一边的卸货区紧靠着山坡，没有足够的空间容纳那么多实体人群。在那里，哈塞克人——包括世界各地的参与者——处于优势地位。"危险的知识"在那里徘徊着，看起来比先前更加壮观了。它精心策划了一场空中表演，占据了北侧山谷的上空。他的增援部队在特效灯光的指引下如潮水般涌来。

蒂姆竭力关注着大局进展，同时还不忘踩扁每一个能够踩到的蜘蛛机器人。今晚双方的表现都很精彩，足以让公会成员回味一整年。然而，他们仍然有机会获得显著胜利。今晚，斯酷奇也许能从曾经的边缘市场跃升为与哈塞克、普拉切特以及宝莱坞巨头相当的大牌。他们需要一些震撼人心的东西，把他们和哈塞克人明显区分开来。他驾驶着那个由烟雾和钢铁幻化而成的集心兽，踏着蜘蛛机器人的残害，在前线来回穿行。他想不出更震撼的特效了。该死。

幸好他的背后还有全世界的斯酷奇同人，并且他们当中人才济济。

斯酷奇大兽→斯酷奇小兽：打开我叉车的手动控制模式。

蒂姆照做了。

斯酷奇大兽的身体停滞了一会儿，但蒂姆从技术员视点可以看到它正在给它的动力电池充电，充得都快要爆掉了。

然后，斯酷奇大兽像个人类运动员一样腾空而起……天哪，它一下子跳了三十英尺远，最后落在蛇形小径旁的草地上。它看了看北边的山谷，分别用虚拟的声音和真实的声音向"危险的知识"发出吼声，真实的声音震得人耳朵生疼。

"喂！你这小知识！我们旗鼓相当，你同意吗？"

"危险的知识"在卸货区旁的山谷里向摇摇晃晃的叉车握了握拳头："相当！相当！"

"但是，我们应该决一胜负，你说呢？"

"当然！全世界都知道，我赢定了。""危险的知识"向它的数百万虚拟支持者挥了挥手（但是蒂姆看得出来，其中很大一部分都是伪造的）。

"也许吧。"斯酷奇大兽再次腾空，这次落在了卸货区边缘。对于几吨重的大型机械来说，这一串动作精准得惊人。"但是我们吵来吵去到底是为了什么？"这位"啦啦队队长"挥舞着手臂，如同上帝一般。所有斯酷奇小动物见状，纷纷把音响开到最大，空中回响起震天的吼声：

"这是我们的楼层！"

"这是我们的图书馆！"

"最重要的是，我们要真正的书！"

"没错！"斯酷奇大兽说道，"我们是在为图书馆而战，这应该由图书馆来决定！"

斯酷奇的吼声停止了，斯酷奇阵营中弥漫着一种不安的沉默。有时候，这些网络公会的人被自己的隐喻绕晕了，会说出一些不明所以的话来。蒂姆来回端详，掂量着斯酷奇大兽这番话引发的反应。征求图书馆的意见听起来不错，但这么做意味着什么呢？

北边的山谷中爆发出一阵笑声。敌人得出了同样的结论。我们搞砸了，蒂姆想。可是他注意到"危险的知识"并没有笑。它来到了山上，和斯酷奇大兽正面相对。现在双方都陷入了诡异的沉默。

不知怎的，"危险的知识"好像听懂了斯酷奇大兽的话。"那么，"哈塞克人的领袖终于开口了，声音如丝绸般柔和，却回荡在图书馆周围，并深深印入全世界观众的内心深处，"你要让图书馆来决定未来的管理者以及拥有者？"

"还有，里面的书该有多真实，"斯酷奇大兽带着近乎友好的微笑说，"我建议把问题交给图书馆——它选择谁，就交给谁。"

"哈！""危险的知识"也笑了，虽然笑得十分狰狞。它往山坡下倒退着，但每走一步就变大一点，眼睛始终平视着斯酷奇大兽。通常这种廉价的特效不会赢得任何尊重，但当前，这一举动似乎无比适合。而且幕后的设计师早就给它的盔甲准备好了瑰丽的分形图案，变大之后也不会影响到细节展现。

"危险的知识"转身面对着它身后的数百万个虚拟支持者："这个挑战是公平的。全体知识追随者，跟我一起对敌人发起最后一击吧。让图书馆看到，我们才是它的未来，才是它最忠实的支持者，让图书馆向全世界宣布它的选择！"

沉默被打破了，数百万哈塞克人，用在校园里新找到的或者从斯酷奇人手里抢来的功放，发出了震天的呼喊。

所有的参与者——有机器人也有人类，有真实的也有虚拟的——都被这场重新点燃的战斗唤醒了。骑士和图书管理员朝着斯酷奇阵营发射火球，蒂姆的集心兽再次抬起大脚猛踩猛踢。大学图书馆周围的口号声又响亮起来，前线旋臂上的光点更加耀眼了。但现在的战斗口号旨在吸引图书馆，图书馆在一束来自无垠高空的光柱的照耀下，开始闪闪发光。那光完全是虚拟的，但人们可以从任何一个视点看到它。

蒂姆和尖叫的人群一起奔跑着，几乎完全被眼前的情景震慑住了，事态发展远远超出了他的预想。一部分原因在于观众，他们是清醒世界的一大组成部分；另一部分原因得益于实验室和圣地亚哥大学分校管理层的出人意料的默许，以及现场四处潜伏的娱乐圈制片人会带来大量资金流的可能性。当然，这些都得归功于战场上突然绽放的异彩纷呈的特效，没有这些一切都无从谈起。双方都花样迭出，艺术感十足的新颖设计，也有像他们的机器人军团那样的实体改装。

但现在无论是哈塞克还是斯酷奇都把希望寄托在了一个不可能的物体上。如果图书馆不"回答"，或者回答得模棱两可，那么再过大概三十秒，大家的热乎劲头儿就会渐渐冷却，很多人——包括蒂姆——会开始觉得这么做有点傻。很多团队的命运就是这么短暂，特别是那些一开始看起来特别成功的团队。承诺越大，回报越大，但首先承诺得兑现。

斯酷奇大兽到底想干什么？蒂姆用技术员视点和设计师视点分别观察了一下。他从斯酷奇摄像头往外看，从无人机视点往下看，甚至还动用了实验室的设备调试视点。他能想象到的最好结果是制造一些俗套的惊喜，将大家的注意力从刚才那个无法兑现的承诺上转移走。

战场逐渐收缩到了图书馆的周围，敌对双方短兵相接，竟然形成了协调一致的节奏。叫喊声中混着音乐声，过了一会儿，现场的声音全都与音乐声同步了，每个人都随着节拍摇摆。声音越来越大，蒂姆注意到警方和消防部门的功放也加入进来了，看来有人为了让现场更加壮观不惜以身试险了。

但如果图书馆没有明确的回答，这一切都是徒劳。

事实上，和着音乐的叫喊声只持续了几秒钟就变小了。因为一直没有实质性的事件发生，大家也无从想象。但是……传来了另一种声音，地面在震动。十年前，蒂姆有过类似的体验，在玫瑰峡谷地震的时候。

蒂姆吓坏了，关掉了所有的虚拟叠加图层。他用裸眼惊恐地环顾四周，真实的灯光来回闪烁，照射在数千名实体参与者的脸上。棱角分明的大型机械也因为灯光显得更为突出了。来自天空的光柱消失了，图书馆偶尔被光线照到，但更多时候它只是一个处在阴影中的轮廓。

地面的震动越来越强烈，图书馆的墙壁和悬空的地板似乎都在颤抖。

在玫瑰峡谷地震屹立不倒、几十年来都平安无事的宏伟的双金字塔——它在颤抖，几千吨混凝土在颤抖。

是时候放音乐了。

有人在尖叫，很多人都想起了玫瑰峡谷地震。但也有很多人纯粹是被这奇观震惊了——歌声又开始响起，被夜间视像接收，传到了世界各地。

图书馆在摇晃，一部分下沉，一部分上升。与其说是在晃动，倒不如说是在跳舞，不是那种轻盈的大河之舞，这座建筑物就像一个双脚深埋在地下的人那样跳着舞。蒂姆意识到这不是地震，而是有人改写了大楼的稳定系统。他曾经读到过，一幢配备了良好动力系统的建筑几乎可以抵御任何地震，除非它底下被震开了一道裂缝。但在现在，动力系统被用在了大楼身上。

有节奏的摇晃变得越来越明显，左十二英尺，右十二英尺，然后是上下震动，并且建筑物的某些部分似乎在分分合合，悬空地板的耸肩摇摆舞转移到了外围的柱子上。有一种声音，不知是真实存在的，还是天才创造出来的，也有可能二者兼而有之，听起来像是山峰被连根拔起时发出的巨响。

柱子移动着，图书馆……走了起来。它的动作并不像虚拟影像那么壮观，但这可是蒂姆用裸眼看到的。两根五十英尺长的柱子如一双长腿一样，从地面上迈了起来，向斯酷奇大兽所在的方向移动了几码，然后在岩石的挤压声中落回了地面。大楼的其余部分跟随它们，绕着位于图书馆中轴的装备间开始移动。

斯酷奇大兽迎上去，抱住了离它最近的一根柱子。音乐变成了胜利之歌，潮水般的欢呼声响彻了整个世界，尽管仍然有人感到困惑，甚至还有些惊恐。

汉森→夜班人员：嘿，我们这是见证历史了吗？

图书馆做出了选择。

- 25 -
不能再依靠爱丽丝了

布劳恩→美津里，瓦兹：该死的！国土安全部会采取措施的。兔子先生疯了吗？

美津里→布劳恩，瓦兹：它声称它的"图书馆舞蹈"只会引得联邦调查局介入，顺便给我们更多时间。

布劳恩→美津里，瓦兹：好的。检测设备的数据传输完毕。谢天谢地，有了这些我们就能证明那些实验室里究竟发生了什么。

阿尔弗雷德已经开始执行退出清单上的任务了。他骗过了他的朋友们，但是……对爱丽丝·顾的攻击生效了吗？如果她还好好的，那么无论他做什么恐怕都没有用。

"联邦调查局要求授权，接手骚乱区域。"

"以什么理由？"鲍勃问道，视线始终没有离开图书馆，连这些未经处理的原始视频都十分精彩。这是一座建于20世纪的混凝土大楼，曾经无比笨重，可它竟然动了起来，而且没有坍塌。

"理由是有明显证据表明，有人违反了联邦法律，具体来说有……"一连串法律词汇涌进了鲍勃的视点，"联邦调查局认为这实际上是一次对联邦大楼的攻击。"

鲍勃犹豫了起来。尽管校方尚未正式报警，但这里确实有犯罪行为。此时，联邦调查局只是要进行单纯的执法行动，不会在监控上提供任何帮助。而监控要优先考虑——他要优先考虑——监视及打击。先监视，收集情报，然后再一网打尽。这场骚乱是为了掩饰什么呢？他看了一眼生物实验室的情况，仍然呈绿色。终于，他回复道："拒绝请求。国土安全部正在调查此事。但是，我们会将初步分析报告抄送给圣地亚哥警察局、救援队以及圣地亚哥分校警察局，准备好随时启动应急网络。"

"初步分析报告发送到圣地亚哥警察局和圣地亚哥分校警察局。遵命，长官。"

鲍勃的目光转回图书馆。它仍然站立着，但看上去太危险了。

鲍勃的分析师团队显然也这么认为。在过去的三十秒，节点结构差点翻了过来，爱丽丝暂时把掌控权交给了工程师们。他们长篇大论地讨论着图书馆是如何"走路"的，以及它这么做对图书馆里面和周围的人群可能带来的伤害。海军陆战队的节点也在深入讨论这个问题，连他自己的手下都彻底陷入了兴奋之中，这种情况说不过去。

鲍勃向前倾身："各团队注意！做好发射准备。"实际上需要发射的可能性仍然接近于零，但这样一来，大家都会在出击艇上待命，更重要的是这样的命令会引起大家的注意。海军陆战队的节点退出那些理论分析，紧张地开始了发射前的协调准备。鲍勃盯着注意力被带偏的分析师群体又看了一会儿，爱丽丝已经将他们的注意力从图书馆那边转移走了，结构工程师不再是他们关注的焦点了。图书馆走了几步路，那它这么做是想掩盖什么呢？他在海军陆战队的职责是监控和预防最致命的意外袭击。比如说，生物实验室还安全吗？美国大陆西南部其他地区都发生了什么？

他转身跑出他的地下办公室，来到一条通往他自己的发射平台的狭窄通道。分析师视点一直跟随着他，悬浮在他右边。爱丽丝又增加了一千五百名分析师，大部分是生物科学家和药物研究人员。

隧道尽头的天花板向下弯曲成弧形。他的出击艇是一个小型飞行器，设计时尽可能兼顾了快速到达目的地和在当地隐身这两种功能，从入口通道只能看到打开的舱盖和一部分漆黑的机身。他坐了进去，但没有启动安全气囊。

爱丽丝到底在干什么？他看到分析师团队不断扩张，人数已经超过了大多数国际组织。但所有人都关注着加州大学圣地亚哥分校的生物科学实验室。没错，那里的情况是很奇怪。尽管安全状态一片绿色，但工作人员全都是骚乱中的主力成员。这当然值得注意，但它也让实验室监控变得更加容易。该死！现在，爱丽丝把负责整个美国大陆西南部地区货物追踪的分析师也调了过来。

滥用首席分析师对任何人来说都是个大污点，但是没有什么办法。即使在实际战斗中，这种偏执狂行为也会显得很奇怪。

这时，爱丽丝又有了进一步的行动。每个视点中都出现了紧急信号，出击艇的舱门盖上了，安全气囊自动扣紧了。"发射""发射""发射"几个大字在他眼前不停闪动，发射时钟也开始了三十秒倒计时。分析师打开了强制发射模式，这是一种只有在分析师意识到他们地下基地的军力即将被敌人的导弹摧毁时才会使用的极端措施。箭在弦上，迫在眉睫。

但分析师团队没有报告这种程度的威胁。

发射目标是加州大学圣地亚哥分校。

安全气囊在他周围膨胀起来，倒计时时钟显示还有二十五秒。他打开了他的首席分析师的视点："爱丽丝！说明发射原因。"

爱丽丝双目圆睁："很简单。我们已经错失先机，但现在已经掌握了足够的情报。这是一次秘密进行的综合性破坏行动，Gat77 号神经调节通道已被破坏。大量信号都指向认知研究区域，但这些资料"——显示出一堆论文链接——"可以显示事态进展。"她皱眉瞪着他，突然间大喊道，"你还不明白吗？我们要失败了！在这种情况下，不能墨守成规，要灵活应变！这个……"

十秒钟后发射。爱丽丝的健康数据出现异常。

八秒钟后发射。鲍勃取消了发射命令，并解除了他的首席分析师的职务："取消发射""取消发射""取消发射"。他周围的安全气囊开始放气，但他几乎没有注意到。爱丽丝的脑袋垂了下来，但她仍在拼命说话，口水都溅到了她的衬衣上，不过他已经顾不上这一点了。他把她的副手提升为首席分析师。那位副手是中情局的特工，对于今晚的情况，她的表现显得过于被动。但是，当爱丽丝这样的明星人物崩溃时，她又能做什么呢？

特工首席分析师在全力以赴："我会在两分钟内让分析师团队重新运行，长官。"

这两分钟之内，鲍勃什么也看不到了，监控团队的一群聪明人毫无头绪地盯着海量的数据流。其中有一条是健康数据：爱丽丝的即时培训后遗症发作了，这是她从业以来最严重、最突然的一次。尽管她拼命地说话，但她始终绕不开各种分子生物学术语。

中央情报局的分析师回来了："长官，您还好吗？"

"我……我没事。"鲍勃读着分析师的报告。特工分析师暂停了美国本土西南部其他地区的行动，他们总算有了周边的后备力量。爱丽丝的分析师网络有大块的错误连接，但特工正在通过强制连接和寻找相关性来修正。也许她还是把太多资源部署到了圣地亚哥分校，爱丽丝最后的几句话可能让她以为敌人在那里行动。好吧，今晚发生了那么多事，那里的确值得追查。"我没事。"

过去十二周内，兔子学到了很多东西，可以说是有所成长，今晚的收获尤其丰盛。在地面上，骚乱达到了高潮——肯定比性爽多了，兔子确信。我成了斯酷奇网络公会的现实化身，哦耶！不过也有一些意外。这次事件中有一个可能与它旗鼓相当的生物浮出了水面（或者只是才进入了它的视线？）。在骚乱初期，兔子一人分饰两角，左右互搏……但后来"危险的知识"已被某个富有创意的东西所取代，这东西今晚玩得和兔子一样开心。总之，它招募了数百万的新下属，其中不乏人类中绝顶聪明的成员。而且，它还找到了一位特别的新朋友。

这次骚乱远远超越了它掩护的地下间谍活动。有趣的是，尽管兔子提供了胡萝卜蒂和大量明显的线索，阿尔弗雷德和他的朋友们还是摸不清它的底细，也不知道它的能耐到底有多大。但兔子有种感觉，从长远来看，地下发生的事情也同样重要，阿尔弗雷德正在那里玩他的神秘游戏。现在兔子该动手挖出阿尔弗雷德要找的东西了——嘿，到时候也许还能分一杯羹。

现在时机正合适，但兔子被锁在外面了。该死的阿尔弗雷德！光纤是通过阿尔弗雷德的军网连接出来的。除非向国土安全部告密——可这样一来，兔子精心策划的这场闹剧也就砸了——兔子是无法连接进去的。呵！但是阿尔弗雷德的军网另一头都是些什么人呢？当然是几千名非常聪明的印欧分析师喽！躲在政府办公楼里的人是不会变得这么聪明的，这些人都在各自的生活中发挥着他们的才智。兔子随心所欲地从布鲁塞尔跳到尼斯，从孟买跳到东京。现在它需要思考一下，怎么把破解美国安全系统的技巧用在这里。兔子调整了一千个下属成员，完全无意识地窃听了上百万个对话。最后在安全硬件环境上施展了一点点魔法，然后，你瞧，大功告成了：

兔子进入了军网！它顺着阿尔弗雷德的隐形无人机连了进去，然后……再次进入了阿尔弗雷德位于皮尔彻大楼的气派的指挥部。兔子看了看小胡安的健康状况，还活着。老阿尔弗雷德到底不是一个冷血动物，不会无谓地杀戮。他到底想要什么？我能分到一点吗？

兔子偷偷摸摸地顺着阿尔弗雷德的网络连到了实验室里。不出所料，阿尔弗雷德正在利用兔子的手下在实验室安装的设备向日本和欧盟的同事们发送大量数据，兔子静静地观察着。在试图隐身的时候，最好不要提任何尖锐的问题。它截获了原始加密数据，记录下阿尔弗雷德在实验室内部向外发出的信息。

但是……这说不通啊，导出的数据与本地观察到的数据不匹配。突然间，兔子脑袋中叮的一声亮起了一个大灯泡。阿尔弗雷德不是在找东西！他是在确保他的盟友看不到某些已经存在的东西！阿尔弗雷德，你这老浑蛋，在美国人的设备上运行你自己的程序，并向每个人隐瞒了这一切。什么样的秘密值得他这样丧心病狂地遮掩？弄清楚这个问题就像猜谜一样——而兔子正好是个猜谜大师，在这方面它比任何印欧分析师专家团都要强，甚至比爱丽丝·顾和她所有的分析师都要强。

哎呀。有情报显示爱丽丝·顾陷入了困境。在阿尔弗雷德窥探爱丽丝·顾的时候，兔子忠心耿耿地为他通风报信、传递物品。爱丽丝·顾的发病肯定跟阿尔弗雷德有关，但他是怎么做到的呢？突然间，他对地下发生的事情更感兴趣了。

阿尔弗雷德研究项目的中心设在认知分子生物学区域的一个角落，其他区域进行的都是正常的专业研究，数据没有经过改动。兔子更加仔细地观察着从分子认知研究区域中传送出的伪造数据，从加密数据中泄露了一个短语"动物模型"。动物模型，动物模型，这个术语通常指的是和人类有某种类似情况的动物——通常是用于研究某种疾病的疗法。不知怎的，兔子觉得阿尔弗雷德并不是试图治疗某种疾病。分子认知研究区域有很多动物，当然大多数都是虫子。几加仑的果蝇，每个都有标签并记录下了各种数据。兔子又研究了一阵儿本地数据库，看起来阿尔弗雷德好像是在研究跟洗脑术有关的东西，但细节非常晦涩难懂。兔子并不总能迅速地解决问题。对于疑难问题，它和那些低等生物一样，得带着问题入睡。早上醒来时，灵感自然就冒出来了。

但现在这情况已经等不到明天了，再等五分钟可能就太迟了。阿尔弗雷德的假数据快要传完了，它与这些窥探节点的连接也会随之中断。见鬼的是，这些小设备很有可能会在完成任务之后自毁。兔子犹豫了一下，倾听着自己的内心。它有一种直觉，现代情报机构是用来防止恐怖袭击的。但阿尔弗雷德……不管他在这里做了什么，其破坏程度很可能会超越任何大规模恐怖袭击，把人类社会拉进无法想象的深渊。

那么也许我应该通知国土安全部。即使爱丽丝不在了，他们也可以在五分钟内中断阿尔弗雷德的行动。兔子认真地考虑了这个可能性……大约两秒钟，然后它所谓的脸上绽开一个大大的笑容。

兔子浑身都是点子，从它闯入阿尔弗雷德军网的那一刻起，就有一个想法一直在它心底蠢蠢欲动。除了拥有更高级的智慧，我现在还拥有实体上的优势！阿尔弗雷德虽然就在现场，而且拥有接近实时的高速网络，以及更多具体数据，但他被困在了那个小房间里，除了一个移动机器人外，他的其他设备都在地面上。但是"老年团"还在地下的实验室里，没错，他们已经离开了一般基因组实验室区域，但还能通过光纤联系上他们。还有，这位是谁……这个微胖的中国忍者公主？她绝对不是最初计划中的一部分，但谢天谢地，她在那里。多么不可思议的一个怪女孩啊！

言归正传。它已经开始准备应急计划和文件了。如果我非常小心，非常小声，我可以沿着光纤溜过去找到罗伯特、维尼、卡洛斯和汤姆，然后告诉他们真相，这样我就能拥有实体的双手了。

阿尔弗雷德的计划可能比大规模恐怖袭击还要可怕。但既然我也掌握了同样的力量……嗯，好戏就要开始了！

- 26 -
如何活过接下来的三十分钟

"我说过，我的计划会成功的！是不是？"汤姆站在齐藤深的图书馆藏书的遗骸中说道，巴掌大小的碎纸屑像脏兮兮的积雪一样在他身后堆得高高的。就像汤姆预测的那样，他们在麦克斯·胡尔塔斯的地下室后面找到了"图书馆升级项目"的碎纸储藏室，碎纸屑存放在一排排标有"已拯救的数据"的坚固的集装箱内。这些容器在汤姆的切割机面前不堪一击。地面被从"A"到"B——X"的书籍碎片完全覆盖了，这些是五楼大部分的藏书。变成碎片后，它们看起来要小得多。罗伯特想。

汤姆指了指碎纸屑堆说："你们准备好喷胶水了吗？我们会中断胡尔塔斯的计划。你的记者朋友到哪儿去了？我有一段时间没看到谢里夫了。"他在他们中间走来走去，分发着喷雾罐。

终于，他注意到了朋友们的沉默。"我们其实不需要谢里夫，对吗？我的意思是，我们自己可以记录。"他举起拴着笔记本电脑的悬带。

罗伯特看着卡洛斯和温斯顿，温斯顿轻轻地摇了摇头，看来神秘陌生人没有联系过他们。"当然了，汤姆。"罗伯特说，"那是……"

"那没问题，派克教授。"谢里夫的声音从汤姆的笔记本电脑中传出来，"也许你可以让顾教授充当摄影师？"

他们将拴着笔记本电脑的悬带解开，那个声音指挥着罗伯特站到一侧，并且对于笔记本电脑的摆放位置给出了非常明确的要求：要把它放在碎纸堆边缘，几乎与他们进入洞穴时所走的路在一条线上。

然后罗伯特发现他的视点中静静地出现了一行字符。他在发默信……而且字是绿色的。

神秘陌生人→罗伯特：嘿，我的朋友！

"我……"

神秘陌生人→罗伯特：啊，啊，小心一点。不要让阿尔弗雷德知道我又回来帮助你们了。

阿尔弗雷德？罗伯特感到纳闷，但没有作声。

其他人似乎都没有注意到陌生人的到来。汤姆走回碎纸堆，抓起一把扔向空中，用喷雾罐对着它们喷起来："摄像头能拍到吗，罗伯特？"

罗伯特低头看着笔记本电脑的屏幕："……拍到了。"

换作其他任何时间，汤姆的气溶胶效果绝对震惊四座。他又抓起一把松散的碎纸屑扔向空中，喷了一通胶水。胶水雾遇到纸屑时，碎纸片突然凝结成团翻滚起来。大团的碎纸缓慢地坠向地面，大多数碎纸片并没有落地，而是一直在空中飘浮着。汤姆笑着又喷了一通胶水，飘浮在空中的碎纸片相互碰撞着，凝成一团。

汤姆兴奋地叫着："都来试试吧，别对着人喷。"他扔了一把又一把碎纸屑。很快，纸团就在他周围堆了起来。

罗伯特没有上前，装出一副在专心摄影的样子。

神秘陌生人→罗伯特：看看阿尔弗雷德让你把相机对着哪里。看到光了吗，从黑暗中照过来的？

一个很小的光斑出现了，有人在沿着台阶一路往下跑来，跑向胡尔塔斯洞穴。

是米莉。她一边跺着脚向这边跑来，一边大喊着："罗伯特！罗伯特！"

汤姆和其他人回头看着她，瞠目结舌。

米莉上气不接下气地跑到了碎纸屑边缘。温斯顿上下打量了她一番，然后看着罗伯特："这是你们顾家的人，对吗？"

"嗯，我的孙女。"

"不是说好了这件事只有我们几个知道的吗？！"温斯顿怒视着他，犹如给罗伯特发了这条高科技默信：你会把我们所有人的心血都毁掉的。

但是最震惊的是汤姆："她怎么可能通过安保系统？警察应该马上就要把这里包围了。"

"不，不。"米莉喘着粗气，好不容易说出一句，"我们必须报警！"

笔记本电脑也发言了："不要理会这个孩子，想想你们来这里是为了什么。"

罗伯特把笔记本电脑推给温斯顿，伸手去拉米莉："你是怎么找到我们的，小家伙？"

她伸出手臂抱住他的腰："是胡安和我一起找到的，但是……"她犹豫了一下，睁大眼睛抬头看着他。她平日里的自信不见了，脸上露出恐惧的神色，"有人在利用你，罗伯特。我想他们也许……也许已经杀死了胡安！"

"不是这样的，"笔记本电脑说道，"呃……"那个声音犹豫了。

神秘陌生人→罗伯特：嘿。阿尔弗雷德在你腰带上的盒子里装了"遗忘气体"，现在他在纳闷儿你们为什么还没有倒下。

"先生们，"那个声音又继续说道，"我建议你们想想自己到这里来的目的。"

汤姆从他的碎纸屑喷泉中走了出来，手上挂着喷雾罐。他看着卡洛斯、温斯顿和罗伯特："没错，我们应该记住什么？我们为什么来这里？"

卡洛斯和温斯顿不敢直视他的眼睛，卡洛斯用普通话嘟囔了几句。

"我们做了我们以为正确的事。"温斯顿说。

是的，每个人都以为做了正确的事，但……胡安遇害了？他回头看着汤姆说："我们骗了你，汤姆。这件事情背后有人指使。"

汤姆走回了碎纸堆，胡乱地踢着他的杰作："……我还以为我的本事又回来了。"他看了米莉一眼，似乎把前后矛盾的地方都串联了起来。他垂下肩膀，"好吧，我是个老糊涂。是谁在利用我，罗伯特？"

"我不知道。"

神秘陌生人→罗伯特：我可以告诉你。也许有一天我会告诉你。

温斯顿和卡洛斯显然看不到这条默信。

米莉昂起了头："我们必须向外界求救。"

笔记本电脑说："四处乱走很危险，待在原地。"

神秘陌生人→罗伯特：实际上，我原本也建议这么做，但是现在阿尔弗雷德惹火了我。你想干什么就干什么吧，我的朋友。

汤姆看着空荡荡的胡尔塔斯洞穴，无意识地晃着他的喷雾罐："我们安装在一般基因组实验室的设备，我还以为是我想出来的，是我这个大天才。它可能是炸弹、毒药、某种木马硬件……或者任何东西。但我们在实验室北边。"他指着集装箱后面在黑暗中若隐若现的墙壁说，"正对着索伦托山谷，那边有一些年代久远的入口，我们可以从那里出去。只是我的研究报告显示那边的警报更难解除——但现在我不在乎从那边冲出去会不会触发警报了！"

"待在原地，"笔记本电脑说，"你们被致命的武器包围了！"

一个黑色的小东西从黑暗中悄悄地溜了出来。

"我在吉尔曼路上见过这个。"米莉朝着它迈了一步。机器人转向她，发出了具有金属质感的咔嗒声，听起来像是子弹上膛。

"米莉……"罗伯特拽住她的胳膊，但是汤姆从另一边走了过去，机器人转向了他。

　　　　　　　　　　26　如何活过接下来的三十分钟

汤姆在距离小机器人大约七英尺远的地方停了下来，他的自信又回来了："我敢打赌这只是一个网络机器人，上面装的大部分都是通信和平衡节点设备，本身并没有多少用处。"

"这层楼有几百个呢，"笔记本电脑说，"不要逼我们采取行动。"

米莉挣脱了罗伯特，向机器人走去："我没有看到其他机器人。"

神秘陌生人→罗伯特：是只有一个，但是……

然后几件事情同时发生了：罗伯特把米莉拉到身后；汤姆像击剑运动员那样一个猛冲，把他的喷雾罐凑到离机器人一英尺的地方；机器人像被踩了的捕鼠夹子一样弹了起来；汤姆尖叫着向前栽倒在地上。

罗伯特冲向机器人，伸手抓住了一把硬化的空气。硬化的空气泡沫无色无形，挡在他和机器人之间，让他难以接近机器人。他挥手驱赶胶雾，寻找着接近敌人的地点。找到了！他把机器甲壳往水泥地上一摔，然后捡起来，又摔了一次。它现在已经被摔碎了，但每个碎片仍被包裹在空气胶雾中。胶雾中传出微弱的马达声，好像想要摆脱胶雾的束缚。米莉和卡洛斯使劲踩着这团碎片。胶雾中火花四溅，罗伯特感到皮肤一阵麻，手臂上的汗毛都竖了起来。

随后，机器人变成了一堆废物，裹在胶雾中一动不动了。

四周安静下来，只能听到汤姆喘气的声音。温斯顿帮他翻了个身，让他侧躺着。

汤姆的脸色发蓝，痛苦地张大了嘴巴。

"怎么了，汤姆？"

汤姆弓起了背："这浑蛋……烧坏了……我的心脏起搏器。"

卡洛斯跪在地上，摸了摸汤姆的肩膀："wo men sha si le na ge ji qi ren，我们杀死了那个机器人，帕克博士。"

汤姆痛苦地在地上滚来滚去，但即便如此他依然哼了一声，表示他听到了。

"我们会带你离开这里，汤姆。"温斯顿说。他抬头看着罗伯特，"不要再耍什么花招了。"

神秘陌生人→罗伯特：哦，该死的。帕克是一个有趣的小学徒。好的，我会帮你带他出去。如果在那之后你照我说的做，我仍然可以兑现我的承诺。怎么样？

罗伯特的目光掠过绿色的文字，向温斯顿点点头："不要花招了。"

汤姆仍然痛苦地扭动着身体，在痉挛之间断断续续地说着："钥匙卡……在我口袋里。"

神秘陌生人→罗伯特：嘿。我真厉害，那张老式的钥匙卡真能派上用场。这是我给阿尔弗雷德准备的小惊喜。

笔记本电脑里的声音——是阿尔弗雷德吗？——陷入了沉默。

卡洛斯低头看着水泥地板上的笔记本电脑："我们应该毁掉这个，这是敌人的眼睛。"

米莉绕着古董笔记本电脑走了一圈："我觉得，只要我们拔掉光纤上的插头，坏人就会消失。"

"对……拔掉它！"

神秘陌生人→罗伯特：嘿，等等。你觉得我是从哪里连过来的？！就算阿尔弗雷德还能看到又如何呢？你们需要的是我。如果你把我拔掉，那么该死的，我就得……

米莉拿起笔记本电脑，把它转过来，对着侧面。她研究了一下那些陌生的实体连接器，然后往下摸去。

神秘陌生人→罗伯特：我恨米莉。

米莉把光纤从笔记本电脑上拔了出来。

他们像一群白痴一样咧着嘴互相笑了一会儿，汤姆挤出一个虚弱的笑容："我们……自由了。"他喘了几口气，"你们得扛着我，兄弟们，抱歉。我会……给你们指到出口的路。"

温斯顿低头看着汤姆："我们会带你出去的，汤姆，你会没事的。"他一手托住汤姆的肩膀下方，另一只手托着他的膝盖。汤姆并不是很重，但温斯顿都快走不稳了。

罗伯特伸出手："我可以背他，维尼。"

温斯顿瞪了他一眼，罗伯特闭上了嘴。然后温斯顿的手滑了，汤姆差点摔到地上："我得抓住他，我得抓住他！"

米莉跑到温斯顿身边，将双手塞进他的手臂和汤姆左臂之间的地方。温斯顿没有反对，也许是因为她没有开口询问。罗伯特抓着汤姆的两条腿，他们沿着墙壁开始往前走。卡洛斯带着切割机和其他可能还会用到的设备跟在大家后面。

一路上平安无事。罗伯特腰上那个愚蠢的小盒子，不管它原本是用来干什么的，此时它显示，在空荡荡的洞穴中，只有一些公共设备在闪着微光。

汤姆的呼吸声沙哑刺耳，他们每走几步，他都会痉挛一下。"还有大约一百码……"他颤抖了一下，身体瘫软下去。

"汤姆？"温斯顿慢下脚步，其他人也跟着停了下来。

"继续走……继续走。"过了一会儿，汤姆又说，"所以我们的'图书馆升级项目'抗议活动……从一开始就是假的，是吧？"

"我不知道，汤姆。我知道这很愚蠢，但似乎值得一试。"温斯顿看着罗伯特，"我认为这能让我得到我真正想要的东西。"

"我也是，"卡洛斯小声说，"结果，谢里夫——不管他是谁，把我们都骗了，不是吗？"

"除了汤姆。"

米莉睁大了眼睛，静静地看着大家。好吧，她已经赢得了倾听这些秘密的权利。

罗伯特说："那么他许诺了你什么，温斯顿？"

温斯顿咬牙切齿地说："我死也不会告诉你。"他犹豫了一下，怒骂的表情变成了狰狞的笑容，"但我敢打赌，我知道你是为了什么做这笔魔鬼交易的。"罗伯特没有回复。温斯顿笑得更灿烂了，然后继续说道，"你在试图掩饰，罗伯特。我们在图书馆遇到过那么多次，你从来没有玩过你的老把戏。起初我只是觉得你是在挖一个大陷阱，等我自己跳进去。在认识了谢里夫之后，我曾以为你在扮演他。"温斯顿笑了，"但后来我开始怀疑，你已经失去了你的撒手锏。你曾经能看透人们的内心，找出他们最致命的弱点，然后对准那里当头一击。你已经失去那个本事了，对不对，罗伯特？"

罗伯特低下头："是。"他的声音轻飘飘的，没有一丝愤怒，更像一声叹息。

"而且我打赌你写不出诗了。"

"我想要找回的是诗，维尼。"

"哦。"

汤姆在他们的手中挣扎着，试图吸气："闭嘴……北门大概还有……一百英尺。"

他们默默地继续往前走，眼睛紧盯着没有任何标记的墙壁，试图寻找一些线索。

现在罗伯特开始注意周围了，他看到了一些别的东西。不是绿色的文字，而是一个表示未读邮件的闪烁图标，那是在米莉拔掉光纤之前收到的最后一条消息。他不假思索地换了只手抓着汤姆的腿，在腰间的盒子上敲击了打开命令。

一个 PDF 文件，上帝啊。自从他离开教学岗位之后就再也没见过这种东西了，目录飘浮在他眼前。文学评论家的职业习惯让他不由自主地看了下去，目录格式无可挑剔，拼写也完美（如果不考虑上下文的话）。但下面的小标题充满了不平行结构和不恰当的语法，看起来像好几个准文盲匆忙拼凑出来的。

但它的内容却……非常重要：

在我们失联的时候

或

如何活过接下来的三十分钟

你的朋友　神秘陌生人

献给：

拔掉光纤的白痴们。现在阿尔弗雷德看不到你们，我也被切断了。因此，在米莉拔掉光纤插头之前，我卸掉了我的隐身伪装把这份救命文件传了过来。

执行摘要

［没有提供］

目录

简介页面·· iv

　〇 如何使用本文档

第 1 章　拯救汤姆·帕克·· 1

　〇 胡尔塔斯的后门

　〇 不应该能用但确实能用的门禁卡

第 2 章　你们古老的网衣·· 3

　〇 不幸的是，并非真的原产巴拉圭——

○ 遗忘气体——啊，这个我已经告诉过你了

○ 这些小工具可以信任和不能信任的地方

第3章　阿尔弗雷德在找什么⋯⋯⋯⋯⋯⋯⋯⋯⋯⋯⋯⋯⋯ 5

○ 以及为什么要阻止他得手

★ 动物模型——来自果蝇的世界控制能力在增长

○ 为什么打 911 报警来不及阻止他

○ 不相信我的话，就把这个文件给米莉看！

第4章　你们可以帮些什么忙⋯⋯⋯⋯⋯⋯⋯⋯⋯⋯⋯⋯⋯13

○ 胡尔塔斯区域的地图

○ 一般基因组实验室分子认知区域的地图。阿尔弗雷德控制着这个
　区域的网络——但我也在那里

○ 如何回到分子认知区域

○ 你们如何打败阿尔弗雷德

○ 来协助我赢得这场正义的战斗！

第5章　你们能得到什么？⋯⋯⋯⋯⋯⋯⋯⋯⋯⋯⋯⋯⋯⋯21

○ 兑现和将要兑现的承诺

○ 只要你帮我这个忙，我仍然可以交付

附录 A ⋯⋯⋯⋯⋯⋯⋯⋯⋯⋯⋯⋯⋯⋯⋯⋯⋯⋯⋯⋯⋯23

○ 能够打动美国国土安全部并让你们被捕之后生活更轻松的东西

附录 B⋯⋯⋯⋯⋯⋯⋯⋯⋯⋯⋯⋯⋯⋯⋯⋯⋯⋯⋯⋯⋯ 117

○ 为什么斯酷奇应该是图书馆的主人和吉祥物

罗伯特看着米莉，她正在专心地扶着汤姆的肩膀，仿佛对网络技术暂时不感兴趣了一样。但现在我们比任何时候都需要一个技术高手。

罗伯特→米莉：文件类型：PDF。

他把陌生人的文件转发给了她。

汤姆尽全力数着温斯顿的脚步，但他无法集中精神。他的胸口好像正在举行一场摇滚音乐会，随着每次心跳，都会有一阵灼痛袭向他的肩膀和手臂。这不是真正的心脏病发作，只是他的心脏起搏器陷入了严重的混乱。过去几年，汤姆对于其他人身上发生的医疗奇迹并不是很眼红，血管系统崩溃又怎样呢？反正他有心脏起搏器，这东西应该能让他撑到科幻小说中描述的永生技术实现的那一天。但现在他的永生计划遇到了麻烦。*数脚步，数脚步！*

随后，疼痛会消退几秒，这时他的心脏就像一只蝴蝶一样在胸口扑腾。他的头脑会清晰几秒，然后又混乱起来……他们仍然抬着他，不过走得很颠簸。老罗伯特不停地换手，好像在他腰上的盒子上忙着什么。

"就这里，停下来。"他轻声说。他想大声喊，但只有力气轻轻吐出这几个字。

他们听到了他说的话，然后把他放在了冰冷坚硬的水泥地面上。

温斯顿的声音从他头顶上方传了过来："那么，门在哪里？……啊，找到了！"然后是温斯顿摸索门卡的声音。一大块东西被推开了，接着出现了一面闪着微光的墙——也许是夜空吧。清凉的微风拂过他的脸颊，高速公路上的声音听起来犹如远方的海浪。

"警报没有响。"温斯顿说。

"也许……是无声警报？"他喘息着，艰难地说。在他的原计划中，从这个出口脱身是万不得已的选择。

温斯顿站在夜幕之下，敲打着键盘："我打了 911，汤姆！"现在，他正和汤姆听不到的人说话，说有人心脏病发作。

"他们已经在来的路上了，汤姆！他们需要你的医疗数据。"

"摇滚音乐会"又开始了，在汤姆胸口奏出新的曲调。"医疗数据……肯定……被烧掉了。"他用肘部支撑着自己的身体，还有更重要的事情，"告诉他们实验室的事，温！"

"我告诉他们了，我刚才也打了911。"说话的是罗伯特的孙女。她的脚就在他的脑袋旁边，现在她走开了，站在温斯顿旁边。她的身体扭来扭去，就像孩子们穿着网衣玩游戏时那样。"我不喜欢这样。"过了一会儿，她说道。

"听到高速公路上巡逻车的声音了吗，孩子？"温斯顿的声音很紧张，仿佛担心得要命，"他们派车过来了，我们只需要坐在这里等一会儿。"

汤姆的心脏起搏器正在向下一个高潮迈进。好吧，再过一会儿，疼痛就会减轻一点——或者这次他的心脏可能会爆裂。

他断断续续地听到女孩说："这是紧急情况，他们应该用救援飞机。网络很慢，我联系不上我的……朋友，连默信都不管用。我认为有人伪造了本地节点，而且……"汤姆痛苦地在地上滚来滚去，痛得没听清女孩后面说了什么。

有人抱着他的肩膀，是卡洛斯吗？"你会没事的，帕克教授。"说话的人走开了，"我也遇到了一些连接问题，但错误信息是合理的，我认为图书馆骚乱占用了太多资源。"

小女孩的语气中带着嘲笑："占用了那么多资源，弄得我连默信都不能发了？"

"用激光直接连往高速公路如何？"那是罗伯特的声音。

女孩的身影继续做着奇怪的小动作。"从这里连不过去。"她沉默了片刻，"我们只是在照着坏蛋的计划行事。看这里，读一下 PDF 文档这个地方。"

接着，又是温斯顿的声音："车会来的！如果五分钟内没有车出现，

26　如何活过接下来的三十分钟

我们就……我们就把汤姆抬下山。"

汤姆的心脏停止跳动了。不,它又回到了蝴蝶模式,他清醒了几秒钟。女孩说的可能是对的,他没办法走下山了,但其他人应该下去,看看能否发出真的警报。或许他们应该趁敌人不备回到实验室去,他的意识开始模糊。再过一两分钟,他就不用担心这些问题了。他的朋友们太傻了,不肯丢下他,也许他应该减轻他们的负担。

听我说!但汤姆的声音犹如一声轻叹:"兄弟们……我们得分开了。"随后,黑暗笼罩了他。

- 27 -
吊销信用证书攻击

向秀望着车窗外黑漆漆的山坡："我感觉自己很没用，莉娜。"

"你觉得自己没用？"莉娜烦躁地在轮椅上调整着姿势。

她们原计划在罗伯特最有可能出现的几个地方溜达，然后见机行事，今晚她们本应该不受任何阻碍地守在现场。可是，所有事情都发生在别处，连交通都不配合，圣地亚哥分校附近的所有地区都受到特殊交通管制。她们尽可能开着车子龟速前进，但是再过三十秒，它仍将抵达旧沥青马路的最南端。在此之后，不管她们怎么大声命令车子——它都会在丁字路口往背离山坡的方向左转，带她们回到高速公路。到时候，如果她们愿意的话，车子会往北开到泰德·威廉姆斯高速公路，再转个弯开回这里来。

向秀盯着黑漆漆的山坡，什么都看不见："我已经练了那么多次，但还是不会用隐形眼镜。"

莉娜说："这里其实没什么可看的，这片山坡应该是校园附近最无聊的公共区域了。"

有一些真实的灯，它们勾勒出了山顶的轮廓，照亮了低矮的云层。图书馆周围仍是一片混乱。几分钟前，莉娜给向秀展示了其中几段影像……叫它庆祝活动也好，骚乱也好，总之它创造的网络统计数据十分惊人。但是现在，向秀什么也看不到了。

好吧，我认输。她把手伸进脚旁的背包里，里面有她精工课上的作品，她觉得今晚可能用得上。虽然她还不知道到底怎么用，但这些小工具确实证明了向秀仍然有创造力。包里还有一件有用的东西，虽然不是她自己的作品。她拿出了浏览纸，往后一靠，享受着老式界面带来的舒适感。真是堕落啊——但是现在她太紧张了，用不了主显系统。

莉娜突然说："胡安又发来音频了！"

男孩几乎是在耳语："我们还在皮尔彻大楼，我们在等米莉的爷爷从地下室里出来。"麦克风里又传来了米莉微弱的声音："他们什么也没做。"

"我要和米莉说话。"莉娜说。

向秀听着这两人说了一会儿。他们收不到任何视频，而米莉的主显系统显示着3030错误（向秀查了一下，"3030错误"代表认证冲突引起的系统死锁）。所以她们只能断断续续地从胡安那里收到几条极为简短的语音。

"我该走了。"胡安小声说，语音结束了。

莉娜沉默了片刻，看着车窗外熟悉的夜景向后退去："我想看到那两个孩子，要好好问他们一些问题……这个链接有没有可能是假的？"

"胡安是个很谨慎的孩子，别人很难伪造他的主显系统证书。"

莉娜哼了一声："我认得这是他们的声音，但为什么总是低声说话，而且除了一切安全之外简直什么也没说？"

奇怪的是，如果孩子们需要隐身和降低比特率，他们怎么不用默信呢？也许有人认为这两个老太婆很好糊弄。其实只要拿到胡安的网衣，我也能伪造这样的通话！她看了莉娜一眼："也许你应该打电话给海军陆战队。"她指的是鲍勃和爱丽丝。

"是的，但如果这是个小意外，他们也帮不了多少忙。如果这是个大意外，那么他们可能就得做一些很糟糕的事情。"莉娜紧张地哼起了小曲，"米莉说了一切都很好，应该没事。"

"也许我们应该报警。"

"哈！如今你不必报警，他们会主动找上门来的。"莉娜盯着山坡，颤抖的手指放在嘴唇上。在过去的几个月里，莉娜一直是个可靠而有主见的伙伴。如果她变得跟我一样懦弱的话，该怎么办？向秀想着。现在，这个想法太可怕了。她试图找出一些更有说服力的话来："嗯，你的前夫已经快'发呆'半个小时了。你不觉得时间太长了吗？"

莉娜低下头，轻声说道，几乎是在自言自语："哦，罗伯特。你在做一件蠢得可怕的事情，是不是？"她盯着黑漆漆的窗外，"再等米莉五分钟，然后我们就打 911。"

"好的。"她们的车沿着谷底慢慢地开着，打开车窗之后，熊果树脂的气味飘了进来。她们的左边是往南的 5 号高速公路，无灯的车流在黑暗中飞驰，边缘炫目的几条是人工驾驶车道。她们右边是陡峭的黑暗山坡，有紫色的光线在沿着山脊闪烁。向秀打开了一个本地网络视点，在网络视点和实景之间来回切换着。

她们的车又开始加速。一个悦耳的男声响了起来："谷底公路这一段发生故障，明天上午十点后重新开放。"

"什么？现在我们都不能绕回去了吗？！肯定有办法否掉这条命令吧，秀。"

向秀摇了摇头，这将是她们今晚最后一次开车经过这里了。向秀参与设计了硬件安全层，它解决了很多问题，使互联网成为一个安全便捷的系统，但现在她受制于它了……她又想到了背包里面的小玩意儿。她整个学期都在制作这些小玩意儿，沉浸在她的机械爱好之中。也许……

"秀！有车！"莉娜指着山坡上面。

向秀靠过去，从莉娜那侧的车窗望出去。她看到两束灯光，还有个东西正在往远离她们的方向开去。"看起来像是人工驾驶的车。"也有可能是自动驾驶，但开在未经改装的路上。

27 吊销信用证书攻击

"它肯定是在便道上行驶。"莉娜停顿了一下，看到向秀的浏览纸上出现了一张地图，显示了那条她们无法开上去的路，那是通往胡尔塔斯旧楼后门的路。

车灯转过来对着她们照了一下，然后消失在一块大石头后面。向秀的浏览纸没有显示出这辆车的定位信号。

"他们在干什么？"莉娜问道。

她们自己的车已经快开到丁字路口了。

"车！"莉娜说，"往右转。"

"对不起。那边没有路，只有向左转是合法的。"

"向右转！向右转！"

"非常抱歉，五分钟之内我会让您进入安全交通区域，请给我一个最终的目的地。"向秀跟自己打赌，出租车公司的算法已经判定车里的乘客喝醉了。如果提不出一个合理的目的地，车子就会把她们带回"彩虹尽头"。

莉娜吸了口气："我们眼看就要到了。等等，我收到了一个探测信号。是从汤姆·帕克的装备上发过来的。他们就在那里！"然后她提高嗓门儿吼道，"嘿，车子，我要跟你的领导说话——我是说人类主管！"

"没问题，请等二十秒。"再过二十秒，她们就开过丁字路口了。

轮椅上的莉娜似乎缩了起来，来回看着山坡和前方的丁字路口："我们必须阻止他们，秀。我打赌他们可以告诉我们到底发生了什么。"

"你愿意现身吗？不怕让那个人看到你？"

"我可以躲在后面。"

这个问题已经没有什么意义了。丁字路口离她们只有五十码了，再过几秒钟，她们就会向左转，然后被押送出去。

或者……也许还有别的办法。向秀把背包拎起来放在她旁边的座位上，她掏出那根弧形管子，还有一罐菱形碎片；她改进了她的第一个精工课作品，只有外观还和原来的那个传送平台相似。设计这个新模型就是为了搞破坏的，有时候你就是需要用蛮力才能引起机器的注意。她跪在座椅上，把切割器的管口对准了仪表板。罗伯特就这么干过，所以她很清楚接下来会发生什么。

哎呀。"莉娜，趴下！"

莉娜看着向秀手中的管子："好的！"她笑着趴了下去。

向秀按下了启动按钮——这是一个真正的实体按钮！——车内响起一阵轰鸣声。她的传送平台现在变成了一台非常精密的加速器，每秒钟把三千个菱形碎片射向仪表盘。加速器的后坐力轻柔而稳定，让她很容易一直对准目标。有一些碎片被反弹回来，沾在了消音天花板上，但大部分都直接钻进了仪表盘。她摇动了一下管口，仪表盘上的孔变大了，现在她已经开始在车子内部钻孔了。

汽车平稳地减速，正好在丁字路口前停了下来。"系统故障，"它说，"已经启动紧急备用措施，请下车等待紧急援助。"

车门从四面弹开。

"哈！"莉娜说，"我还以为会发生真的车祸，然后你得把门切开呢。"说着，她便下了车。

向秀无言以对。我真的这么干了？胆小的向秀？

莉娜坐着轮椅绕到车子前面。"我们还有座山要爬。"她说。

阿尔弗雷德收到了好几条好消息。他完成了对一般基因组实验室的虚假调查，给金伯克手下那些聪明的分析师提供了一套假数据，最终将让他们离真相越来越远。爱丽丝终于崩溃了，虽然她崩溃得有点晚，但比阿尔弗雷德预期的更加严重。惠子的人报告说国土安全部的监视部门什么都看不到了，现在一片混乱，她和金伯克只把这种混乱当成天降好运。而对于阿尔弗雷德来说，这可能意味着大获全胜，再给他几分钟时间，他的私人研究计划不仅能骗过金伯克和惠子，也能够躲过美国人不可避免的事后调查。

然而，接下来的事情却变得糟糕起来：

米莉找到了兔子的帮手们。他失去了他在实验室中唯一的机器人，还有他与那边的光纤连接。而现在——

布劳恩→美津里，瓦兹：兔子先生已经潜入了我们的军网。

这是不可能的——但显然确实发生了。过去十分钟，军网内轻微的通信故障、数据包出错重发的情况显然变得频繁了些，统计数据尚未达到令人起疑的程度。然后兔子做了件夸张的事情——典型的疯兔子风格——这个家伙通过军网往光纤另一头发送了一个两兆字节的超大文件。

布劳恩→美津里，瓦兹：就在我们失去光纤连接前，当地的兔子手下似乎准备逃跑。我们还有多长时间？

视点中分别显示出两组估计数值："兔子手下联系上911需要多长时间"和"国土安全部做出反应需要多长时间"。但是惠子的团队另有建议：

美津里→布劳恩，瓦兹：国土安全部现在无暇顾及这边，我们不用那么小心翼翼。我可以欺骗兔子的这些手下，让他们相信我是当地警察。这样的伪装需要劫持大部分当地网络，在受到高度监管的现代网络社会中，这么简单粗暴的手段无异于直接派遣步兵攻击，国土安全部真的乱成一锅粥了。

接下来的几分钟，他们之间没有继续通话。阿尔弗雷德意识到惠子正在伪装成加州高速公路巡警，他自己则在集中精力尝试一些爱丽丝·顾在的时候他不敢实施的计划。金伯克的分析师正在评估兔子的入侵有多深，幸好，结果是令人宽慰的绿色。

布劳恩→美津里，瓦兹：我不明白兔子在做什么。如果要背叛我们，有更容易的办法。网络分析师们认为，兔子所造成的影响，打个比方来说，只不过是摇晃了几下军网大门的门把手。心理分析师们有他们的解释：兔子以它幼稚的自负而闻名，它就是忍不住要炫耀一下——所以才发了那个超大文件，这种小恶作剧算不上完全的背叛。毕竟，兔子在图书馆骚乱中的表现十分出色。

一些分析师提出了更为偏执的理论。目前最受欢迎的理论是：兔子就是中国。如果是这样的话，今晚所发生的一切就成了一部喜剧，大国之间上演你追我逃的桥段。但也有恐怖的猜测：也许兔子骗过了网络分析师和所有不那么偏执的人。那个超大文件偏巧是在光纤网络断开之前发出的。也许兔子是一名极端恐怖分子，利用了联盟，在实验室内安装了它自己的东西，把整个实验室迅速转变为死亡工厂。而且一般基因组实验室区域还有空中特快发射器，正好用来作为传送系统。

阿尔弗雷德叹了口气。从长期来看，他和那些偏执的分析师一样害怕兔子，但今晚——如果他们看得太仔细，可能会发现阿尔弗雷德个人行动的蛛丝马迹，最好先让事情平息下来。

瓦兹→布劳恩，美津里：我同意评估出来的数据，安全风险不大。没错，兔子是超出了我们最坏的估计，它侵入了我们正常运行的军网。但它的带宽有严格的限制，而且我们的人正在修改，只需要查看一致性检查就行了。除了那边没有地面部队，分子认知区域尽在我们的掌控之中。

美津里→布劳恩，瓦兹：地面上的任务也在我们控制之中，没有兔子捣乱的迹象。重要的是——

先是莫斯科 - 开普敦的统计分析团队拉响了红色警报，接着红色警报便像大出血一般在分析师团队中蔓延开来。这就是在大豆期货阴谋中一直保持清醒的那个团队，他们信誉很好……他们认为一般基因组实验室北侧的视点已被破坏。那些不是阿尔弗雷德干的，不管是好事还是坏事，反正他的同事发现了另一帮人的欺骗行为。

所有分析师团队中的信号和统计分析师现在都有了优先关注点。在一

　　　　　　　27　吊销信用证书攻击

秒钟之前，上千名专家可能还在研究其他十几个问题，现在突然都看向相同的数据。计算资源从无数琐碎的任务上转移过来，开始关联实验室中可访问传感器的数据。印欧情报系统仿佛一只苏醒的大型猫科动物，睁大眼睛，竖起耳朵，盯着猎物的一举一动。

实验室只有一个区域的摄像头处于离线状态，但其他的都有一些微小的偏移。这种偏差分布在联盟控制的整个区域……分析结果越来越证实了莫斯科－开普敦小组的怀疑：有人以快走的速度在一般基因组实验室区域里作假。

找到了！顾家小孩的影像稍纵即逝。分析师拼命地分析着这个地点，从伪装的平静中发现了两组脚步声，所以兔子确实在地面上有人手。

美津里→布劳恩，瓦兹：那只该死的兔子，我们没法阻止它，它一次又一次地回来骚扰我们。

大家沉默了一会儿。然后——

布劳恩→美津里，瓦兹：我可以阻止它，我可以停掉瑞士信贷。

大家又沉默了很长时间。没错，金伯克曾经发现兔子依赖于单一的顶级证书颁发机构。现代世界中的所有动力，从最大型飞机的飞行到在单个处理器中组件之间的字节传递，都要依赖于适当的信用证书的交换。安全硬件环境会为这种交换保驾护航。而兔子所有的活动，通过数十亿未知的路径连到同一个来源——瑞士信贷。吊销兔子的信用证书会解除它的武装，让它无权再访问它的大多数个人文件。它将变得一无所有，除了它大脑中所拥有的东西（要是兔子真的是人工智能，那就什么都没有了）。但这么做造成的损失无法估量，关闭一个顶级信用机构相当于释放大规模杀伤武器。但现在，他们别无他法了。

布劳恩→美津里，瓦兹：必须阻止兔子先生……我已经启动了程序。瑞士信贷将在十五秒内开始在全球范围吊销它的信用证书。

美津里→布劳恩，瓦兹：对不起，金伯克。欧洲百分之十的信托机构将在接下来的半小时内陷入混乱，其影响会波及全世界。不管这次任务结果如何，对于金伯克来说这将是终结其职业生涯的惨重失败。

阿尔弗雷德面临着另一种失败的威胁，他无比希望干掉兔子，但绝不是现在！阿尔弗雷德重新打开一般基因组实验室的视点，现在干掉兔子，他就没有缓冲时间了。我需要这些时间来掩盖事实。他只好采取紧急措施：阿尔弗雷德增加了两个秘密小组，一组利用果蝇骗局来转移兔子剩下的人手的注意力，另一组去破坏他在实验室内的秘密实验室，摧毁阿尔弗雷德多年的工作。但他们也会通过一般基因组实验室的空中特快发射器把他最宝贵的研究成果发射出去。

阿尔弗雷德仍然有可能获得某种形式的成功。

老顾和小顾走出胡尔塔斯洞穴，往南走去。在他们身后，碎纸屑集装箱和北入口消失在了黑暗中，他们头顶的光束照亮了他们周围几码远的地方。

"我们离敌人的地盘还有多远？"罗伯特问。

米莉把手指放在嘴唇上。她做了个手势，接着，一条默信出现在他的视线中。

米莉→罗伯特：你的 PDF 文件说他们只控制一般基因组实验室的一小部分，但我敢打赌，他们的监听范围比实际上的更广，咱们用默信交流。

罗伯特鼓捣着腰带上的盒子，键盘显示很有用，但打字很累。没有了主显系统，胡安教给他的技巧几乎派不上用场。

罗伯特→米莉：好的。

米莉走路的时候几乎没有任何声音，罗伯特试图模仿她。事实上，温斯顿和其他人走了之后，胡尔塔斯的地盘上变得非常安静。也许神秘陌生人说得对，他们是在孤军作战，朋友也好敌人也罢，全都联系不上了。

米莉肯定是在边走边读那个文件，又发来一条默信：

米莉→罗伯特：我不认识"阿尔弗雷德"。

奇怪，她并没问谁是神秘陌生人。他敲了几个缩略词。

罗伯特→米莉：我们怎么办？

米莉→罗伯特：看，牛皮大王给了我们一个清单呢。她在空中挥挥手，陌生人的 PDF 中的一页浮现在眼前：

第 17 页

如何打败阿尔弗雷德

首先，就连我，你的神秘朋友，也不确定阿尔弗雷德到底在做些什么（但我好奇得快炸了）。他可能做的事情如下：

（1）炸毁生物实验室，搞一场经典直接的恐怖袭击。但你不觉得如果他想做的是这个，哪用得着这么大费周章？简直是大材小用。如果是这样，那么你们可以成为这次的英雄，只要替我把你和你朋友安装的那些小盒子拆掉就行——但你们很可能成为烈士。请提前接受我的哀悼！

（2）偷偷破坏实验室的某些设备，将来不发生大的灾难，人们很难察觉得到。这几乎与（1）里面的做法一样愚蠢。

（3）安装（或掩盖）一些非常聪明的木马软件，使得阿尔弗雷德控制某部分实验室的研究。对，就是你，罗伯特亲手为他安装设备的那部分。这很酷，我个人最喜欢这个猜测（见第 3 章关于果蝇的讨论）。可惜对于阿尔弗雷德来说，这次行动搞砸了，我都怀疑这种软件能否躲过即将来临的实验室大审查。在这种情况下，你们两个可以帮忙拿走任何阿尔弗雷德来不及藏起来的东西。

（4）在（3）失败的情况下，或者这就是他的原计划，阿尔弗雷德可能会利用你们老年团从实验室发射某种有趣的生物材料。

[压缩空气管道传输系统图]

[一般基因组实验室空中特快发射器的图片]

是用来做什么呢？哦，可能是用于通常的恐怖活动吧——但更有可能用在一些奇怪而有趣的事情上面。我相信我能认出这些恐怖活动来，而你们——我忠诚的手下——可以在现场阻止这些生物材料的装载和发射。

目前，我们都对此一无所知。但是等你们进入改装过的一般基因组区域，我应该能够再次联系上你们。请小心，冷静，在你们的视野中注意我的踪迹！

罗伯特还没读完，米莉发来的信息就覆盖了这些文本。

米莉→罗伯特：这家伙总是这么谦虚。

罗伯特笑了。然后他又读了一遍她的信息。他回忆着他与谢里夫的所有谈话，包括真谢里夫、陌生人谢里夫还有……科幻谢里夫……噢，天哪。

罗伯特→米莉：有多少谢里夫是你扮的？

她抬头看着他，紧张的表情一瞬间变成了灿烂的笑容。米莉→罗伯特：我不确定。有时我们和真正的谢里夫混在一起，听到其他人问的问题和你的回答，这挺好玩的。但是经常过不了一会儿，我就被踢出去了，只剩下牛皮大王先生。

罗伯特→米莉：神秘陌生人。

米莉→罗伯特：你真这么叫他吗？为什么？

罗伯特→米莉：是的。

因为他所承诺的奇迹。但这句话他没有打出来。

米莉→罗伯特：嗯，我认为没有我们他什么都不是。

在他们周围的小光斑外，仍然是一片黑暗，但现在墙壁离他们更近了。他们快回到空中隧道了。

罗伯特→米莉：你爸妈什么时候过来？利用孩子监视家庭成员动向并向政府报告——当主要家庭成员是政府公职人员时，这种暴政实施起来就更简单了。

米莉→罗伯特：我不知道，我没有告诉他们。

当你需要暴政的时候，它到哪儿去了？！罗伯特不知道该说什么好了。

罗伯特→米莉：但是为什么？

米莉停下了脚步，抬起头用她特有的固执的眼神看着他。

米莉→罗伯特：因为你是我爷爷，我知道你不是故意要伤害我的。我知道你内心一定很痛苦，我知道鲍勃对你有误解。我想如果我能从不同的方向帮助你，你会好起来的。你确实在好转了，不是吗？

罗伯特好不容易才点了一下头。米莉转过身来，继续往前走。

米莉→罗伯特：但是我搞砸了，我以为需要防备的只有牛皮大王。无论你从哪里闯进去，我以为都会触发即时警报——而我和胡安就在那里，可以帮你。可现在胡安——

她停顿了一下，然后伸手抓住他的手。

米莉→罗伯特：胡安受了很严重的伤。他的手被她握住了，不过不要紧，反正罗伯特不知该如何回答，只好也握紧了她的手。

米莉→罗伯特：但是，向博士在外面，她会打电话求救的。布朗特先生现在已经打通真的 911 了。现在，这里就只剩下你和我了。

几乎米莉说出的每句话中都透露出意料之外的细节，如果他能够大声说话或自由打字，他可能已经问了上百个问题了。胡安？向秀？米莉？这么多朋友，为了挽救一个无能的老傻瓜和他的傻瓜朋友们，做了这么多……

脚下的地面开始有了弹性。他们穿过了天空隧道，回到了一般基因组实验室区域。

- 28 -
动物模型

　　即使在业务冷清的日子里，每小时都有数千份证书被吊销。手续很麻烦，但在发现欺诈行为、执行法院命令和信用失效的时候，这是必然步骤。除了极少数情况会直接吊销外，大多数情况下都只不过是一连串交易被撤销，涉及的只是个人的直接信用机构，或一家小公司及其信用机构。或许每年也会有一次规模较大的吊销，通常是一家大公司被债权人告上法庭，导致法院通过中级信用机构实施强制吊销。通过军事行动吊销信用证书则更为罕见，这在南奥塞梯沦陷时发生过。从理论上来讲，撤销协议适用于任何一家大型信用机构……但在今晚之前，还没有任何一家顶级信用机构下达过全球吊销令。瑞士信贷是全球十大信用机构之一，大部分业务都在欧洲，但它的证书约束范围极广，全球无数复杂网络的运行都受它影响，其中很多网民连任何一门欧洲语言都不会说。

　　今晚，所有那些曾经不明所以的客户都能清楚地感受到自己和瑞士信贷之间的关系。

　　吊销状况迅速蔓延。有些地方，中级信用机构发布的证书不停地超时；有些地方则更加紧急，用户直接收到了吊销通知。在欧洲，飞机和火车顺利停了下来，没有造成任何事故或伤亡。十亿次吊销被记录在案，紧急预备方案随之启动，获得了不同程度的成功。

　　美国国土安全部注意到了这些信用吊销和不断增加的附加损失。根据多年前签署的紧急协议，美国的分析师团队向其他大国求援。中国公共安全部、印欧联盟情报系统以及美国国土安全部一致认为，一场一级灾难正在发生，这是一次极其严重的软件故障或一种新型的恐怖袭击。

而在印欧联盟情报系统的某些角落里，他们对这一事件的理解更为准确，准确得多。

布劳恩→美津里，瓦兹：我动手了，对兔子有什么影响吗？

到目前为止，加州大学圣地亚哥分校只有几个证书超时这样的小问题。这足以预测：人群并没有充分意识到这些变化，但图书馆的骚乱必将草草收场。兔子对这场骚乱的参与程度甚至比分析师猜测的还要深，但现在它的这种支持正在慢慢消失。

在实验室里，兔子几乎是一个隐形的入侵者。很难确认这种入侵已经停止，但阿尔弗雷德的分析师已达成共识：

瓦兹→布劳恩，美津里：实验室已经出现通信故障，但不是在我们的核心区域。兔子还在这儿，但它正在变迟钝。

布劳恩→美津里，瓦兹：变迟钝？该死的，我们需要的不止这点。他的两个手下怎么样了？他们在做什么？

瓦兹→布劳恩，美津里：他们已经离开了我们的地盘。这并不完全正确，但是老顾和小顾还有兔子剩下的注意力已经被成功转移了。现在只要再多给我几分钟。

兔子感觉到了压力。它总认为自己在压力下会表现得更好，不过一般来说，压力不会那么直接，它的对手也不会那么强大，那么缺乏幽默感。除了几个低级别的分析师之外，整个印欧联盟，没有谁能开得起玩笑。

兔子通过十几个摄像头观察着阿尔弗雷德在分子认知区域留下的一切痕迹。它不久之前才潜入这个区域，也许就是这一举动吓坏了它的对手，促使他们展开了这场大规模吊销证书的攻击。它用它仅剩的一点注意力，关注着图书馆周围的盛大骚乱。唉，阿尔弗雷德和他的朋友一直没有猜到它与斯酷奇公会的关系，但是……谁能料到他们竟然发现它独爱瑞士信贷呢？谁能想到欧盟对一个主权国家的证书颁发机构拥有这种生杀予夺的权力呢？连它也是刚刚才意识到自己对瑞士信贷的依赖是如此之深。

兔子还有来自其他机构的信用证书，虽然都远不如瑞士信贷那么有用，但应该也能支持几分钟。如果它们也不行了，它准备走法律途径，就证书吊销造成的严重后果提起申诉。

与此同时，它要把关注点放到更有意思的事情上来：阿尔弗雷德打算干什么？单纯的破坏？盗取专利？兔子越想越生气。它本来只是打算在阿尔弗雷德的项目中安插一个秘密后门。如今，去他的，它要把这个项目整个端走，那就从果蝇开始。

兔子开始联系它的手下。

罗伯特记得这里，他们回到了一般基因组实验室的中心区域。一排排望不到头的灰色柜子、连接它们的水晶森林，还有空气压缩管道，前方传来了类似纸板箱被轧碎的声音。

陌生人的 PDF 文件解释了印在柜子两侧的缩略语：

果蝇分子认知

罗伯特→米莉：果蝇？他让我们把差不多三分之一的小盒子都放在这儿了，我们得在柜子上面、柜子之间都找找。

米莉→罗伯特：好。牛皮大王的解释你读了吗？我不相信他说的话。

"嘿，嘿，我的朋友！"说曹操，曹操就到。神秘陌生人，米莉口中的牛皮大王先生出现了。即使在阴影中，他的皮肤也闪耀着绿光。脸是谢里夫的，但笑起来嘴巴大得不像人类。"想说什么就说什么吧，几分钟前阿尔弗雷德就发现我们在这儿了，"陌生人四处看看，似乎期待着敌人出现，"所以现在我不在乎他能不能听到你们或者我说话了！你还能怎么样，阿尔弗雷德？你打算关掉我，但我打赌我还能再坚持一两分钟呢。噢，我想你可以把自己的项目也停掉。如果是那样的话，我会立马消失。"他回头瞥了一眼米莉和罗伯特，继续低声说道，"如果他真这样做了，那就说明他走投无路了。不过即便这么做了，他也无力回天了，因为你们还有我的 PDF，你们仍然会留在这里破坏他的秘密计划。"

神秘陌生人招手让他们过去："有关这部分的解释，你们看懂了没有？"他指了指柜子，"认知分子生物学，简称分子认知。阿尔弗雷德的人已经为他们的研究创造了理想的动物模型。"

"果蝇？"罗伯特问。

"我不相信，"米莉说，"果蝇没有思想。你的'阿尔弗雷德'——或者你自己——能拿它们做什么呢？"

陌生人不屑地笑了笑，罗伯特注意到米莉的头一下子抬了起来。她可能比罗伯特更善于对付这个控制狂。毕竟，她并不渴求他的帮助。

"啊，米莉，你是读了，但你没明白。如果现在你能联网，再刻苦研究几百个小时，也许你就会明白，分子生物学更多地依赖于数据深度和分析，而不是某种特定的生物体。在他的阿氏黑腹果蝇中——你们是这么叫它们的吧，阿尔弗雷德？——我们已经发现了某些代谢途径，它们是所有动物认知的基础。"

除了他添加的评论之外，整段话听起来确实像是 PDF 中的内容。

他们转了个弯，看到了说话声的来源。

"你瞧，阿尔弗雷德的三十万只果蝇被装在一个个可以便携运输的弹药筒中。"陌生人的脸和身体变得越来越不像原来的谢里夫了，"我得承认，我知道这些小虫子是什么，但我真的不清楚阿尔弗雷德打算用它们来做什么。肯定是用来研发一种奇怪的疾病，也许是认知疾病？或者他想率先研发出一种毒品，又或者他在研究洗脑术。但我知道——"

　　一排排果蝇弹药筒被放在一张巨大的传送台上，这个传送台比罗恩·威廉姆斯精工课上的任何东西都大。弹药筒从台子一头滚到另一头，正好穿过陌生人的身体。他延迟了半秒钟才发现，随后敏捷地从台子上跳了下来。

　　"但有一点我能肯定：他正试图把它们运出去。"

　　"这是你的一面之词。"

　　"嘿，相信我，米莉小姐。你见过阿尔弗雷德，他就是那个企图谋杀胡安·奥罗斯科的家伙，他是个疯子。不相信我的话，你可以检查一下这些包裹上的标签。"

　　对，空中特快的标签上都有加密的目的地。第一个弹药筒正要从台面上滑下来，落向离它最近的空气压缩管道。

　　陌生人急得直跳脚："只有你能拯救人类！只要把那个圆筒拨到下层传送带上，不要让阿尔弗雷德得逞！"

　　米莉似乎被说服了，她向台子边冲去，从空气压缩管道中取出包裹，扔给罗伯特。他抓住了一个、两个、三个，现在他已经抱了满怀，白色圆筒如泡沫一样轻。

　　陌生人的形象僵了一秒钟，突然又动了起来。

　　"哈！干得漂亮。"他对着墙稍微挥了下手，"看到了吗，阿尔弗雷德？把兔子惹急了，后果可是很麻烦的！"兔子？这个生物转过来对着他俩，老天，它看起来确实有点像兔子。"好险，但我赢了！我是说，我们拯救了人类。"它拼命地站起来，但整个身体都是歪的，"该死的阿尔弗雷德。他正在一点一点地关掉我的连接。也许我应该以西方坏女巫的形象退场，我的意思是……死掉。"

　　这个生物旋转着，夸张地呻吟着，它的身体在慢慢消融。它顿了一下，漫不经心地对罗伯特说了一句："哦，别放着弹药筒不管啊，把它们放到下层传送带上就行。"

罗伯特没有动。

"我说真的！"陌生人说道，语气十分严肃。它胡乱挥舞着手臂——是在更加夸张地演绎着死亡，还是在寻找解释？"如果这些虫子是传染病载体，你们就位于爆发中心！下层传送带会将它们直接送到焚化炉，这样一切就都安全了。"

米莉摇了摇头："不，那是另一条通往空中特快发射器的通道。"

"看看我的 PDF，你这个傻瓜，里面有地图。"

"我看过我自己的地图了，今天下午缓存的。"米莉露出胜利的微笑。

兔子停滞了两秒钟，然后转过身来，直勾勾地瞪着米莉："我恨你，米莉·顾，你这邪恶的家伙。在你来搅局之前，一切都很顺利，我会报这个仇的。"

然后它开始大喊："现在，我会先找你报仇，阿尔弗雷德。如果我失败了，你也好不了！我要告发你。我正——"

兔子的影像不动了。一阵寂静之后，罗伯特听到一个微弱而遥远的声音："……救命。"

然后兔子彻底消失了，罗伯特和米莉面面相觑。只剩下他们两人和一排排的柜子了。

"你觉得它真的没了吗，米莉？"

"我……不知道。"

米莉→罗伯特：但是，如果牛皮大王没完全撒谎的话，这个叫阿尔弗雷德的人应该还在附近。她大声喊道，声音里流露着恐惧："也许我们应该留在这里等警察来。"

"好的。"

米莉一屁股坐在了地板上，她沉默了一阵儿，既没说话也没发默信。罗伯特放下手中的圆筒，在黑暗中左顾右盼着，这里应该没有敌人的机器人了。阿尔弗雷德还能拿果蝇做什么呢？那个家伙还能对米莉和罗伯特本人做些什么呢？

　　米莉→罗伯特：声音听起来不一样了。

　　罗伯特疑惑地看着她。米莉画了一个金色箭头，指向他们来时经过的走廊。

　　米莉→罗伯特：我跟着你来到这里时把一路上的所有情况都做了记录，现在有些新的声音出现了，很可能是在老鼠柜子那边。你在那边有没有安装过什么东西？她轻手轻脚地站了起来。

　　罗伯特敲着他的键盘：

　　罗伯特→米莉：我们把大部分设备装在了那边。

　　米莉抬起了头。

　　米莉→罗伯特：跟我们在这边听到的声音一样，有人在打包另一批货物。

- 29 -
向博士接手

　　金伯克、惠子和阿尔弗雷德各自拥有自己的分析师团队。十秒钟之前，这些分析师一致认为：无论是在地面上，还是在军网内，兔子已经失去了主动制造威胁的能力。不过在此看法的旁边还附有反对意见，但主要是预测兔子带来的损失。

　　布劳恩→美津里，瓦兹：谢天谢地，我们已经阻止了这个怪物。

　　美津里→布劳恩，瓦兹：我们也拿到了我们需要的调查数据，现在该退出这个鬼地方了！

　　她打开一张放大了的意外决策树图，他们已经在一条将导致完全暴露的分枝上走了很远。然而，在最终调查结果出来之前，他们仍需让美国人蒙在鼓里。

　　阿尔弗雷德展示了他最新的退出时间表，留了充足的时间让他完成发货。

　　美津里→布劳恩，瓦兹：八分钟！那么久？！

　　惠子仍然控制着实验室北侧的网络。骚乱现场的视点显示宝莱坞团队仍然留在图书馆外……但是，冲突正逐渐演变为一场群体事件，警方很快就会对此做出反应。现在让阿尔弗雷德混进宝莱坞团队应该不难，但很快就要变得不可能了。

　　瓦兹→布劳恩，美津里：我会抓紧时间的，惠子。

　　美津里→布劳恩，瓦兹：你最好尽快！我顶多能保证五分钟。

惠子紧张得失礼了，阿尔弗雷德对她笑了笑，她和金伯克会尽力的。从某种程度上来说，这种混乱对他有利。阿尔弗雷德最大的难题一直是如何骗过金伯克和惠子，如果他们没那么心烦意乱的话，他恐怕就没办法顺利发货了。

两分钟过去了，三分钟过去了，他的秘密团队完成了大部分伪造工作。他们更新了日志，以骗过印欧联盟和即将到来的美国调查人员。现在他们正在家鼠阵列的一小块区域忙着，这才是他真正的动物模型。阿尔弗雷德从一个视点跳到另一个视点，看着那些平淡无奇的柜子，它们就像工业城市中千篇一律的办公大楼。他只能带走一小部分老鼠，也就是上次升级实验之后孕育的那些。他的团队已经终止了正在进行的实验，并开始破坏现场。现在他们已经把选中的模型装好，并开始准备发射工作了。团队的其他成员已经将传送弹药筒放到了柜子顶端的空气压缩管道，每个弹药筒可以装六百只老鼠。

美津里→布劳恩，瓦兹：阿尔弗雷德！公共网络开始出错了。

阿尔弗雷德骂了一声，看了一眼上方的分析，离惠子给的截止时间还早呢。

布劳恩→美津里，瓦兹：系统全面故障，兔子先生又在搞鬼。

分析师们展开了激烈的讨论，大家各抒己见。这样的故障全世界每年都会发生一两次，这是文明为其复杂性付出的代价。但这次有一种更加不详的猜测：这次故障应该是吊销证书造成的间接后果。也许兔子正是通过控制公共网络嵌入式系统来操纵图书馆骚乱的，现在他的证书被吊销了，与之相关的一切都开始失控了。

美津里→布劳恩，瓦兹：阿尔弗雷德！赶紧收拾好，离开那里！

第二个和第三个弹药筒即将就绪，阿尔弗雷德看了一眼空中特快的状态。发射器靠近分子认知区域，最重要的是，它受本地控制，不受外面系统崩溃的影响。他输入了一个位于危地马拉的目的地，选择了他几周前安插好的发射器，它应该能够神不知鬼不觉地离开美国领空。

瓦兹→布劳恩，美津里：只要一分钟，能给我一分钟吗？

美津里→布劳恩，瓦兹：我尽量。

顶层的分析师正忙于进行应急规划和概率估算。他们在整个加州大学圣地亚哥分校做了上千个微小的变化，印欧联盟行动能够影响到的所有地方都没有放过。只要这些变化在，宝莱坞那帮人就能留下来。

阿尔弗雷德强迫自己将注意力拉回实验室。第二个弹药筒正在装载，第一个弹药筒已经落在了空气压缩管道内，往发射器飞去。

突然，阿尔弗雷德僵住了。老顾和小顾从果蝇区消失了，在老鼠阵列边缘的另一个窗口那里有了动静，一个女孩和一个男子正奔向摄像头，他们识破了果蝇骗局。

阿尔弗雷德向前倾身。好吧，还有一分钟。他的手下在一分钟之内能干完多少呢？

莉娜的轮椅不是用来登山的，它在柏油马路上走得很好，连上坡都没问题，向秀得小跑着才能跟上。但是只要路面出现了沟壑，轮椅就必须慢慢走，走得很慢很慢。

"你能看到路吗，莉娜？"她的浏览纸和周围的环境一样一团漆黑。

"看不到，山上的灯被人关掉了，可能是骚乱造成的。"她挪到了路中间，"嘘……他们还在跟着我们。"她招手让向秀过去，"我们怎么能阻止他们？不管怎样，我们必须搞清楚发生了什么。"

"罗伯特会看到你的。"

"该死！"莉娜左右为难。

"你回到路边去。不管怎么说，我一个人去阻止他们更安全。"

"哼。"莉娜哼了一声，但还是乖乖地退了回去。

向秀静静地站了一会儿，远处高速公路上的声音传了过来，山顶那里似乎还有喊口号的声音。但她周围只有昆虫的鸣叫、夜晚凉爽的空气，以及脚下崎岖不平的狭窄路面。她看到一道光线扫过她前方裸露的岩石。

"我能听到他们的声音，秀。"

向秀也能听到，轮胎的嘎吱声，还有发动机微弱的轰鸣声。这辆神秘的汽车终于拐过最后一个弯道，出现在她面前，她紧张得想从路中央逃开。

但在这条路上，车子无法加速，它的头灯照在她身上。"让路，让路。"声音很大，她手中的浏览纸上闪烁着警告——阻拦加州公路巡警将会面临怎样的处罚。

向秀正要让路，突然想起来：我就是来找加州公路巡警的。

她挥手让车停下来。车子继续减速，然后转了个方向，试图从她左边开过去。"让开，让开。"

"不！"她喊着，跳到车子正前方，"你停车！"

汽车行驶得更慢了。"让开，让开。"它试图从她另一边开过去。向秀再次跳到车子正前方，这次还挥舞着她的背包，好像它有多大威力似的。

车子往后退了一两码，然后狡猾地转了个方向，似乎打算绕过她。这次向秀拿不准到底要不要再跳到车前去了。

每次心跳，汤姆都感到一阵剧痛。过了一会儿，他才明白过来这是好消息。他抬起头，看到他躺在一辆客车的后座上，对面坐着温斯顿和卡洛斯。

"罗伯特和他孙女在哪里？"

温斯顿摇了摇头："他们留在那里了。"

"我们分头行动了，帕克教授。"

　　　　　　　　　　　　　　　　29　向博士接手

恐怖的回忆涌上汤姆心头："哦……对。我的笔记本电脑在哪里？我们得打911。"

"我们打过了，汤姆。现在一切都好，我们现在在加州高速公路的巡逻车上。"

尽管他还晕着，仍然觉得不对劲："看起来不像。"

"上面徽章都齐全，汤姆。"但温斯顿的语气中开始流露出一丝不确定。

汤姆把双腿从座位上挪下去，挣扎着半坐起来。胸前的剧痛延伸到了手臂上，他差点又昏过去，幸好卡洛斯在他倒下去之前及时抓住了他。

"扶我……扶我起来！"汤姆看着前方，汽车的头灯亮了。前方的路又陡又窄，沥青路面千疮百孔，很像东县和海滩附近常见的那种废弃的小段公路。他们放慢了速度，绕开那些黑黢黢的沟壑，汽车扫过了两旁的灌木丛。这时他们看到前方有人站在路中央，汽车龟速前进，在离那人五码远的地方停了下来——是个年轻的女人。

"让开，让开。"他们的车一遍又一遍地说着，试图绕开她，一边不行又试另一边。

女人从一边跳到另一边，挡住他们的去路。她大喊着，还对着他们甩着大背包。

他们的车往后退了几英尺，汤姆听到电容器发出微弱而尖厉的声音，似乎在准备猛冲过去。车轮转了几度——那女人再次跳过来挡住他们。车头灯照亮了她的脸，那是一张典型的亚裔面孔，如果你想象一下她三十年后的样子，就会想起21世纪初出现在《安全计算》上的某篇令人反感的论文中的那张脸。万万没想到，这样一个人会在这里上演"只身挡坦克的大戏"。

车头灯熄灭了，车子向前冲了过去。然后它又突然刹车，半个车身滑进沟里，发出一声低沉的爆炸声，可能是电容器烧毁了。两侧的车门都弹开了，汤姆的半个身子暴露在凉爽的晚风中。

"你还好吧，帕克教授？"卡洛斯的声音从他脑后传过来。

"还没死。"他听到路上传来了脚步声。那女人的小手握着手电筒，她大声说："是温斯顿·布朗特和卡洛斯·里维拉……"随后她的语气变了，似乎在对谁说话，"……还有，托马斯·帕克。你也许不认识我，帕克博士，但我很欣赏你的工作。"

汤姆不知该如何回答。

"让我们过去，"温斯顿说，"我们有紧急情况。"

轮子滚动的声音打断了他的话，然而并没有出现另一辆车。

黑暗中有人说："米莉在哪儿？罗伯特在哪儿？"

卡洛斯说："他们还在里面。他们在设法阻止——我们担心有人要控制实验室。"

发动机呜呜作响，那是一个轮椅，上面坐着一个弯腰驼背的人。但对方的声音强硬而愤怒："该死的，实验室安保系统会阻止这种事。"

"也许阻止不了。"温斯顿听起来像是嚼了一口碎玻璃，"我们认为有人……破坏了安保系统。我们打了911。你现在挡住的就是他们。"他指了指他们的汽车，半边车身陷在了沟里，一动不动的。

汤姆看了看那辆黑漆漆的轿车。"不，"他说，"那是假的。拜托，你打911。"

轮椅离他们越来越近了。"我一直在打！但我们现在在一个死区里。我们应该下山，先连上网再说。"

"dui！"卡洛斯说。他四下乱看，就像孩子们的隐形眼镜失灵时那样。

令人敬畏的向博士挥着她小巧的手电筒，光影在她周围飞舞。奇怪，她看起来有点犹豫不决。向秀是当今时代真正的坏人之一，至少是帮助坏人篡夺政权的人物之一，真是人不可貌相。她关掉了手电筒，静静地站了一会儿，然后说道："我……我不认为我们陷入了本地的死区。"

"我们就在死区！"温斯顿说，"我穿了网衣，但除了实景，我什么也看不到。我们必须到高速公路那边去，至少到一个能看到高速公路的地方。"

现在汤姆想起了老顾的孙女说过的话，也许本地节点都是假的。但向秀有不同的意见："我的意思是，不只这里有死区。你们听。"

"我什么也没听到……哦。"

周围几乎一片寂静，除了几声虫鸣，山那边传来微弱的喊声。好吧，那一定是被用来掩盖这次行动的网络公会冲突。还有什么？高速公路听起来……奇怪，不是往常那种轮胎摩擦路面的声音。现在只有十分微弱的声音，像垂死的叹息。汤姆从未听到过这样的声音，但他知道这些东西的原理。"网络崩溃了。"他说。

"所有东西？都停了？"卡洛斯问道，声音中开始透出恐惧。

"对！"汤姆胸口的疼痛又开始加剧了。嘿，至少让我搞清楚发生了什么，再死也不迟啊！

轮椅上的声音说："即使我们不能报警，也会有人注意到的。"

"也有可能注意不到。"汤姆喘息着说。如果网络崩溃范围很大而且不稳定，看起来又像自然灾害——这是怎么回事呢？可能是为了掩饰地下发生的紧急事件。

"我们什么忙也帮不了。"温斯顿说。

"也有可能注意不到。"向秀若有所思地重复着汤姆的话。她指了指她的背包说，"我很喜欢精工课，现在的人可以做那么多有趣的东西。"

汤姆挣扎着说："是啊。而且都是合法的。"

向秀轻笑道："也许可以利用这一点，特别是这些零件对整体一无所知时。"

汤姆的很多老朋友都这么说过，不过大多数都只是说说而已，但现在说这话的可是向秀。

她拿出一个看起来很笨重的工具，样子像老式的咖啡罐，一头是打开的。她把咖啡罐正对着她的浏览纸："很多小工具仍然可以用，只是没有足够节点能把它们连出去。但是这里再往北一点有一个大型军事基地。"

轮椅上的人说："往那个方向大约三十英里就是彭德顿营。"说话的人也许用手指着某个方向，但汤姆看不到。

向秀用她的咖啡罐扫过没有一颗星星的天空。

"这太疯狂了，"温斯顿说，"你怎么知道你的视线中有节点？"

"我并不知道。我会往天空中发射信号。我在呼叫海军陆战队。"话音一落，她就用她的浏览纸打起了电话。

鲍勃和他的海军陆战队队员们花在训练上的时间比所有实战或监控任务都多，培训主管们以善于设计不可能的紧急情况而著称——而且设计的任务会越来越刁钻。

而今晚，现实世界超出了最疯狂的培训师们的想象。

爱丽丝已被转移到重症监护室，鲍勃本应该陪她一起去——但他得留下来对付击垮她的敌人，而且敌人的攻击还没结束。

分析师视图上已经长出了新的节点和十几个不可能的关联：瑞士信贷信用机构刚刚崩溃，这对欧洲来说是一场重大灾难，连加州都受到波及。鲍勃仔细看了一下，瑞士信贷崩溃得如此突然，这无疑是一场蓄谋已久的攻击。这又是在掩盖什么呢？

国防部／国土安全部联合地球环境监察机构已经参与进来。今晚的行动可能是前所未有的，这场大规模恐怖活动，同时波及美国和印欧联盟，企图利用主权国家之间的罅隙牟利。鲍勃的上级发来的分析报告只有事件大致情况，但显然美国、印欧联盟和中国的情报机构已经联合起来共同对

29 向博士接手

抗这场危机了。

在美国本土西南部地区，他新指派的首席分析师正在竭尽全力工作。分析师团队仍然不完整，但他们的讨论已经有了成效，提出了不少推测，并且得出了大量结论。新任首席分析师开口了："中校，信用证书吊销风暴在圣地亚哥分校造成了严重的影响。"

交通数据显示图书馆周围的示威游行已经停止，新的故障并不是主干道路由器饱和引起的。成千上万的参与者被吊销信用证书，数百万计的支持程序无法运行。至少这说明今晚这场活动是有大量外国人参与的，并非某些分析师妄加揣测的结论，欧洲遭遇的打击已经严重影响到了这里。

但生物实验室仍显示着绿色，就连夜班人员参与图书馆的骚乱也没有影响到这里。也许今晚的研究效率和质量会降低，但这是一个商业问题。事实上，值班人员的离开反而简化了实验室的情况，所有东西都自动运行着——看起来一切正常。

"联邦调查局再次请求同意接管。"

鲍勃不耐烦地摇了摇头："拒绝，理由和上次一样。"

唉？不仅仅是骚乱参与者的证书被吊销，三名来自南加州公用事业部门的分析师也报告校园内的基础设施瘫痪了。为什么本地基础设施会依赖于瑞士信贷的证书？

"中校，系统故障与撤销风暴的相关性高达百分之九十五。"

这可不是闹着玩儿的。即使实验室一切正常，这里也有某种严重的干扰。鲍勃沉思了几分钟之后，敲出一行命令：

发射警报

"分析师更新九号应急预案，并提供发射目标。"他说。

现场停顿了一下，国防部 / 国土安全部联合地球环境监察机构在审查这个请求。自从爱丽丝崩溃之后，他在美国本土西南部地区的监察任务一直被上级密切关注着。

五秒钟之后，他的申请被批准了。

鲍勃几乎没有注意到他的安全气囊在膨胀。他将是最后一个被发射出去的人，因此他可以看到的东西有很多。

发射发射发射

"无人驾驶飞行器已发射。"

他的视图显示，有三十个战斗网络装备筒被射入了南加州的夜空，无人飞行器是从二十公里外的基地北侧发射的。再往北，从爱德华兹空军基地的海军陆战队航空站发射了更多原始武器装备。发射清单上的内容都是在应对极端情况才会有的：救援枪（500）、止伤喷雾（100）、高能红外激光器（10）、热弹／高温切割器（100）……以及最后三样终极杀器：消毒喷雾（10×10）、高能射频区域弹药（20×20×4）、战略核弹（10×10×2）。分析师的职责确实是预测最坏的情况的……但这也太夸张了。只有生物实验室才会用到这些东西吧。

但实际上——如果你忽略后续设备的缺失——对于现代野外作战来说，这些都是相当常规的装备。在鲍勃的职业生涯中，像这样将装备用于实战，只有过三次。但那三次都在半个地球之外：阿拉木图、奥蒂兹城和亚松森。最后三样终极杀器从来没被使用过，虽然在亚松森险些就用上了。

而今晚，他用这些设备瞄准了自己的邻居，就在彭德顿营以南三十英里处。将全副武力用在城市地区，就像在厨房里用机关枪扫射老鼠一样。躲好一点，米莉。

"联邦调查局再次请求同意接管。"

"拒绝，情况已升级。"希望只是暂时的升级。如果警察和救援人员恢复了系统，那么鲍勃刚刚在南加州发射的这些都只是一次昂贵的演习。但被困在安全气囊里、进入发射准备的好处是，他现在可以支配更多的资源。

鲍勃从全国各地的值班岗位中调来分析师团队，把情报和监控部门的积压数据推送给他们。首要问题是：圣地亚哥实验室是否安全？当前系统故障将会如何发展？

此时，鲍勃的发射装备已经升到弹道最高点。他将爱德华兹的军备调得更高，等待着彭德顿营的装备。如果危机不能马上消除，他将不得不发射无人驾驶飞行器。我需要答案，战友们！

但分析师们仍然忙着分析各种线索，寻找联系和阴谋，然后一个观察结果改变了一切。一位气象专家在做每月例行的扫描工作时，有了一个重大发现："二十秒前，我在这里的大气中观测到了特别信号"——她在圣地亚哥北县上画了一个椭圆，覆盖了彭德顿营大部分区域。有人试图用直接向夜空发射信号光的方法进行通信！椭圆长轴向右指向圣地亚哥分校。被截获的消息传进鲍勃的视窗中：

向秀→致任何在天幕中注意到我的聪明人：一般基因组实验室的自动运行机制已被破坏，该系统正在攻击任何试图阻止它的人。这不是游戏，这不是恶作剧。什么？好的，我会告诉他们。实验室中还有两个人，他们是好人！他们正在努力挽救。

美国国家海洋和大气管理局的分析师对文本添加了注释："这个消息长达一秒，一共传送了十二次，你看到的是汇总后的文本。"

已经很清楚了。鲍勃的手指在手套里敲出命令，把海军陆战队队员们发射了出去。

他自己的安全气囊也绷紧了，然后——有那么一刻，鲍勃分心了。在那个瞬间他也无法集中注意力，他本人作为指挥官，需要亲临战斗现场。此刻，他的飞行器几乎水平地弹出了彭德顿营。也许这不是一个好主意。他晕乎乎地想着。然而，每次被从二十个重力加速度的磁轨炮中发射出来时，他总有这种感觉。

现在他必须清醒过来，回顾一下局势。他的团队和设备已准时到位。恐怖的终极杀器仍然在高空飞行，不到最后关头不会落地。网络弹药已经到达圣地亚哥分校，生物实验室仍然显示着一片祥和的绿色。

再有几秒钟他的飞行器就要到达加州大学圣地亚哥分校。

好像漏了什么重要的信息。向秀？就在国土安全部的一个分析师团队发来自己的解读报告时，鲍勃自己也突然记了起来：向秀，这不是一个常见的名字。在整个南加州，可能只有三四个人叫这个名字，而其中一个和莉娜一起住在"彩虹尽头"。

突然间他明白了，刚才自己发射的那些弹药对准的是谁。

- 30 -
网络崩溃之时

图书馆做出了选择。

一瞬间，蒂姆和所有夜班人员都静了下来。不仅现场鸦雀无声，就连成千上万的虚拟参与者也同时停止了喧哗。

图书馆做出了选择——它选择了斯酷奇。

哈塞克公会这边弥漫着一股挫败感。他们输了，毫无疑问。但哈塞克人将如何接受这个事实？过去十几年间，公会瓦解出现过几次，那时一些主流的网络公会中做出了一些惨不忍睹的设计，以至于把公会本身都拖垮了。现在还有谁知道"爪族"和"界区"呢？但是这一次，哈塞克败在了别人的手下，他们必须有所行动……哪怕坦然接受也行。

骚乱中的沉默又持续了一秒钟。然后"危险的知识"突然转过身，背对着图书馆，怒目圆睁扫视着全场。毕竟，它并不擅长扮演失败者。但它的幕后操纵者深谙变通之道：过了一会儿，"危险的知识"微微一笑，又转回去对着图书馆，然后说道："我们尊重图书馆的愿望。噢，这次你们赢了，斯酷奇兽。"它说话的语气似乎使得原本的妥协退让变成了对对方的恩赐。

哈塞克阵营开始发出哀号，但"危险的知识"举起手来，继续说道："我们放弃这里的所有权，今后我们只会作为客人前来。"

希拉→夜班人员：哈塞克人正在与大学管理层进行激烈的讨论，他们依然在争取能够分得一杯羹。

获得胜利的斯酷奇大兽也表现得宽宏大度起来，不过它并没有松开抱着图书馆的手："欢迎你们来有实体藏书的图书馆做客。"

汉森→夜间人员：管理层要气死了，但宣传收入应该足够支付额外的费用了。我们赢了，战友们！

接下来几分钟，一切都很美好。这场骚乱没有警察介入也没有造成实体伤亡就结束了，显得有那么点虎头蛇尾，但骚乱的设计师们已经准备好了精彩的闭幕特效。凯蒂·罗森鲍姆把蜘蛛机器人聚到一起，让它们爬到蒂姆的机器人上，跳起了一种奇怪的"和平舞"，并且跳舞的同时顺便清理了今晚制造的大部分垃圾。蒂姆意识到双方正在进行谈判，谈了一些条件，做出了一些承诺。"危险的知识"撤回到了空中，双方又开始表演新一轮的视觉特效。

但就在事态逐渐平息时，网络开始出问题了。各处的服务器响应开始出现变慢或者卡壳的问题，每个人都因此而变得迟钝了。斯酷奇大兽仍然抱着图书馆那根"行走"的柱子站着，如果你胜利的姿势保持得太久，那么看起来和傻瓜没什么两样。蒂姆查了一下他的机械状态板，斯酷奇大兽已经快七秒没有更新了，在这种情况下根本无法驾驶机器人。

胡恩→汉森：嘿，希拉。是谁在驾驶斯酷奇大兽？

汉森→胡恩：不知道。他很厉害，但现在不灵了。不过没关系，反正也要散场了。让你的机器人顺利退场就行，别管看起来酷不酷了。然后她开始向全体夜班工作人员发消息，试图让他们回到实验室，并且把设备放回原处。

蒂姆控制着他的叉车向斯酷奇大兽开去，他跟在它后面，试图想出一个好办法让这两个角色离场。他的机器人"集心兽"的迷雾已经跟不上它的动作了，看起来糟糕透了。好吧。他会接手控制斯酷奇大兽，让两个机器人最后来个击掌，然后一起轰轰烈烈地退场。那样会很酷，至少有一点酷。

也许这些都没有用了，网络问题变得越来越严重。发生了奇怪的延迟，也许正在分区断网，一部分虚拟观众变成了缓存图像。大部分单跳网络仍然可以使用，但通过路由器的通信都出现了故障。蒂姆躲到一边，打开一个可靠的诊断节点。是最低级别证书被吊销了，他之前从未遇到过这种情况。

连定位网格都不能用了。

真实的场景东一块西一块地冒了出来，就像破地毯上的洞一样，吞掉了特效生成的迷雾和人群，让实验室的机器人军团露出了本来面目。片刻之前千军万马混战的地方，现在只剩下一片片黑暗的草地和目瞪口呆地站在那里的实体人群。

"蒂姆！你的叉车！"一个真实的声音叫起来，是站在几英尺外的希拉。

蒂姆转过身对着图书馆，他与集心兽失去了联系！他向那台机器跑了过去，叉车又自动往前走了几步。但这里不像实验室的地板那样平整，而且周围的定位网格也失效了。机器人被柱廊边缘上的一块石雕绊倒了，它摇摇晃晃，尖叫着朝四面八方请求位置查询。但是现在定位网格消失了，叉车也麻烦了。它有车载稳定系统，可以在故障模式下快速迈步，同时降低重心，并迈出更多支撑脚。这在平整的实验室环境中可能会奏效，但在这里，它一步迈到了北边斜坡的边缘，而那里也没有定位网格提示它地面的起伏状况。支撑脚一步踏空了，接着叉车滚下了斜坡。

人群中发出一片惊呼。

蒂姆跑到机器人战场上。所有壮观的影像都消失了，但机器人仍然能够局部通信，纷纷在他脚下让开了路。他几乎没有注意到这些，全神贯注地盯着他的叉车，终于又联系上他的叉车了。他翻阅着每个车载摄像头……然后感到一阵恶心。下面有个人被压住了，他冲下山坡，跪在地上。那个女人被卡在叉车底下，依然在尖叫着，她的小腿都被压碎了。

有个人爬到了他的身边，是希拉。她钻进叉车的铲斗下，伸手抓住了那女人的手："我们会救你出来的，别担心。我们会救你出来的。"

"是的！"蒂姆说，他现在又完全控制住了叉车。对照着他自己的视像和车载摄像头视点，他看清楚了它是怎么摔下来的，以及女人被卡在什么地方。冷静，一切都会好的。叉车的重心在膝盖上，它没有压到那个女人。不出意料，这部分支撑很牢固。他能听到希拉正在下面安慰着那个女人。

好吧，只要转移重心，让叉车呈坐姿状态。很简单……

但周围又响起了一阵尖叫声，还有人们四散奔跑的声音。

斯梅尔→胡恩：救救我们，蒂姆！

蒂姆看了一眼叉车另一端的摄像头：扮演过斯酷奇大兽的机器人仍然站在那里，但现在它的重心高得离谱。有人修改了它所有的安全装置，此刻，它正用力推着离它最近的立柱，机器的底盘摩擦着柱廊的水泥地面。发动机在紧急运作，开启——关闭——再开启，声音听起来就像一曲节奏分明的音乐。机器人看上去就像一个想竭力撑住摇摇欲坠的书柜的小孩。

蒂姆把摄像头不断往上抬，往上抬……对准了六楼的悬空部分，几乎就在头顶正上方。水泥结构出现了裂缝，部分地板开始倾斜、摇晃。这座建筑拥有稳定自我的技能，甚至可以稍微移动。但是现在，它的智能系统缺少了定位工具。就像蒂姆的叉车一样，图书馆正在竭尽全力保持站立状态……然而这个庞然大物眼看就要倒塌了。

- 31 -
鲍勃考虑地毯式核轰炸

在加州大学圣地亚哥分校的校园里，网络弹药缓慢而安静地从天空撒落下来，鲍勃的飞行器同样也在缓慢而安静地滑行着。这是一次典型网络突击战，应该不会遇到严密的防御。要做的事情很多，然而时间却少得可怜。但此时此刻，他却有一种诡异的安全感。在现代社会中，人们能够做到自给自足的场合已经非常罕见了，哪怕是暂时的，但指挥这种突击时却可以做到。鲍勃的特种部队有自己的网络、发电机、传感器。即使所有的远程分析师都失联了，他的海军陆战队依然能够继续作战。

现在，成千上万的攻击节点已经在树上、灌木丛中、车上、窗台上和建筑物外墙上安顿下来。早在落地之前，它们就开始取代仍然可用的民用网络；现在，它们几乎已经全面接管了这里，鲍勃已经能访问本地几乎所有的嵌入式控制器。在实战中，这些本地系统通常会被消耗掉。但在这里，经过几秒钟激烈的信号询问之后，国土安全部接入了进来，于是他取得了控制权。车子、网衣、医疗、视点、金融和警察系统全都可以访问了，警察和救援人员都通过军网恢复了通信，他可以听到他们通过军网下达指令。如果运气好的话，今晚只是一次奇怪的网络大崩溃，不会有人员伤亡。他会像在海外作战时一样，把军网留下来。在接下来的时日，它会被缓慢恢复正常的民用网络取而代之。

这些都不重要。"实验室有回应了吗？"

"是的，长官。"帕特里克·威斯汀回答道。他在第一小队，靠近一般基因组实验室主入口，"我们可以访问实验室的备用安全系统。和主安全系统结果一致，地下是安全的，没有任何被……"

民事状态警报：建筑物倒塌。这几个字从鲍勃的视点边缘划过，大学图书馆正在倒塌。战斗中经常有坏事发生，但今晚的事故看起来是愚蠢加上坏运气造成的——首先，骚乱者让他们的图书馆"跳舞"，然后网络崩溃又摧毁了它的智能系统。不管是什么原因，最终都会造成人员伤亡。

鲍勃把这个问题交给他的后备队处理，他们正好位于他上方四百米的高空中，携带着各种各样的装备……包括救援枪。他隐约感觉到救援枪弹出飞鳍，冲着图书馆飞去。上百支小火箭带着同等数量的硬节点在夜空中划过，穿过这栋老楼的钢筋和水泥。复合箭弹钻进建筑内部之后，以迅雷不及掩耳之势在墙壁之间穿行，尽量避开老式的有线设备。到了目标位置之后，它们便替换掉失效的大楼控制代码，并尝试连接稳定服务器。小分队的状态面板上不停地闪现着计算处理过程。成功取决于大楼的状态，以及它能以多快的速度连上海军陆战队的定位网格。

但他们不是来救援的，他的注意力集中在帕特里克·威斯汀身上——

"明白了，"鲍勃说，"向生物实验室管理层和自动运行系统明确下令：封锁实验室，不允许任何人或物进出。"

"警告并封锁。遵命，长官。"

也许向秀的消息是个奇怪的恶作剧，也许吧。他给威斯汀增加了一个小分队，并请了警方支援。疾控中心三十分钟之内会从丹佛赶到现场，然后设法安全地进入实验室。

鲍勃在校园南部沿着一条弧线悄无声息地滑行，他自己和第三分队该降落了。从哪里着陆呢？

如果这真是敌人的攻击，那么敌人应该会派出本地指挥官。他打开了嫌疑人名单，照常有很多外国留学生。重点嫌疑对象会在今晚被叫去问话。媒体事先对于图书馆盛会几乎一无所知，那么为什么宝莱坞代表团刚好会在这里出现呢？印欧联盟应该不会在此蓄意实施大规模破坏。但欧洲证书崩溃看起来和圣地亚哥事故密切相关。鲍勃的直觉和分析师的看法一致，宝莱坞人员嫌疑最大。

他的飞行器在桉树林间的一片空地上方停住，然后降落在一堆枯枝落叶上，第三小队的成员在他东西两边以二十米的间隔分别降落下来。对着图书馆的山坡上传来了喊叫声和灯光，大楼仍然倾斜着，但已经连上了稳定服务器，只要不再出其他问题，它应该能够继续保持站立的状态。警车也重新运行起来，扬声器播放着安抚的话语。如果顺利的话，他们甚至都不用公布军方出动的事实。当地公共安全部门可以庆贺他们排除了一次罕见但不可避免的系统故障……宝莱坞游戏和电影界的人就在他的正前方。他们已经收到了留在原地的通知，没有人试图离开。女士们，先生们，我们只是想和你们聊两句，仅此而已。

一般基因组实验室报告说实验室已经封锁，准备接受检查——什么时候？啊！疾控中心提前赶到了。他们竟然用上了超级弹道飞行器，他们十分钟后降落。看来他得到了上下级单位的大力支持，一些非常能干的大型团队正在重新计算实验室被改造成死亡工厂的概率。他们一致认为概率不到百分之一——也就是说，像科幻小说一样不现实。

现在鲍勃的分析师团队扩张到了他从未见过的规模，可能占用了整个美国情报分析系统百分之十五的资源。这么大规模的支持本应让人安心，但有些地方的连接看起来依然很薄弱。也许遭遇如此怪异的网络危机之后，人们只能以这样的方式进行联系。

其他人也觉得这很奇怪，他看到了很多表示怀疑的颜色。终于，有人憋不住了：

我做了一次合理性检查。从信用证书吊销攻击开始以来，原有的威胁分析师中有百分之五已经失联，这样的情况应该是不可能发生的。

所有分析师都是美国情报部门的内部人员。如果任何成员需要通过瑞士信贷证书连接，那么至少存在设计上的漏洞……也许敌人已经混进了鲍勃的支援团队。

立刻有人反驳：

失联和失信是两回事，你混淆了它们的概念。

然后，一部分分析师开始对这个问题争执不休。只有少数天才人物才能迅速打破眼前的僵局——但爱丽丝已经躺在某个医院的病房里了。

他的视窗底部又闪过一条警报。他的军网现在已经覆盖了整个校园，它不仅可以用来通信，还是一个可以看到两千米外的窥视镜。它报告道：一般基因组实验的专用空中特快发射器已经启动。计时器显示六十秒后货物会被送出实验室。

连海军陆战队都察觉到发射电容正在充电。而一般基因组实验室的网络仍然显示一切安全，并且处于封锁状态。

有东西试图闯出一般基因组实验室。

这和亚松森行动太像了。

鲍勃看了一眼万米高空中的核弹、毒雾、高能射频弹药和高能红外激光器。在记者眼中，这些武器不过是普通的无人机——但是他们给了小罗伯特·顾中校强大的实体力量，足以摧毁出现在美国本土的任何威胁。

那么最小化充分应对措施呢？

离空中特快发射还有三十秒，分析师那边仍然一片混乱。

与国防部 / 国土安全部的联系已经中断。

有时重大事件的决定权会落在一个身在现场的小人物身上。

31 鲍勃考虑地毯式核轰炸

- 32 -
最小化充分应对措施

家鼠分子认知区

陌生人的 PDF 文件上说"Mus"是"家鼠"的缩写。老鼠！黑暗中的老鼠柜子一眼望不到头。这个地方似乎比罗伯特第一次来的时候更大了，现在应该往哪边走？

米莉犹豫了一下，然后朝着声音最响的方向跑去。他们沿着两条过道一路小跑，又跑过一列柜子。到了！这里的柜门大开。空气压缩管道正在将白色圆筒传送到上方的水晶森林。

米莉在打开的柜门前急刹住脚步，柜子里面装着一层层的玻璃架子，就像那种老式的零食贩卖机。玻璃架子后面布满了密密麻麻的正六边形孔槽，像个银色的蜂窝。从孔槽中探出几百张小脸，睁着粉红色的小眼睛，白色小脑袋毛茸茸的，玻璃架子后面传出尖细的吱吱声。

"它们动不了，挤得太紧了。"米莉说，"它们的屁股应该是被塞进了很小的……"她停了一下，也许是在查看她的本地缓存？"……很小的尿布里。"虽然这小丫头对宠物不感兴趣，但她语气中流露出奇怪的悲伤，"这确实是标准做法。"

米莉将视线从那堆小脸上移开："每个这样的柜子里都有 20×30×10 个鼠槽。这是一组，后面应该还有九组。听到那些吱吱的叫声了吗？牛皮大王的朋友正在打包其中的一些老鼠，准备发射出去呢。"

"但是在哪里？"没有一个鼠槽在动。

"应该在后……"

突然一阵类似玻璃杯破碎的声音响起，一阵彩色雾气从水晶森林上飘了下来，略微擦过他的脸。但米莉正好站在柜子旁边，他伸手把她拉了回来。他们上方的雾气消散了，剩下一股淡淡的臭袜子的味道。罗伯特和米莉退后了几步，踩在碎玻璃上："米莉，这可能是神经毒气。"

米莉沉默了一会儿，然后提高嗓门儿，自信地说道："他们只是在虚张声势。实验室这个区域可不是用来制造简单的毒药的。"但是罗伯特想起弹药筒刚刚被弹射到这里。我们中了调虎离山之计！

米莉从他身后跑出来绕到柜子后面："哈！这里藏着一个传送平台。"他走过去时，她正在向传送平台喷着气溶胶。小电机发出呜呜声，没法再从柜子中装货了。米莉伸手拍了几下看不见的凝胶边缘。过了一会儿，柜子里吱吱的声音先后停了下来，"这里的东西都出不去了！"

他们站着，听着……突然之间，四面八方都响起熟悉的装货声。

"一共有多少组老鼠，米莉？"

"我缓存的实验室描述说有八百一十七组。"她抬头看着他，"但被牛皮大王的朋友改装过的应该只有几组。这里的安全措施太严密，而且还有很多其他项目……"打包的声音越来越响，几十个柜子跟他们玩着捉迷藏的游戏。米莉退后一步，凝视着远方。实验室像一个微缩城市，他们身边只有一盏路灯，网格状的过道延伸到了黑暗之中，"我有一张详细的地图，但……我们能做什么，罗伯特？"

罗伯特看着她的地图："我和汤姆来过这里，我们在特定的柜子旁边安装了东西。"

"太好了！哪些柜子？"

罗伯特重新看向飘浮在他眼前的地图。这地方是个迷宫，而老年团又是从不同的方向进来的。"我，呃……"2010 年，罗伯特在一个购物中心的停车场迷路了。他找了一个小时也没找到他的车，最后只能向商场保安求助。这是他第一次真正地意识到自己开始失智了。但全新的我记忆力应该没问题！"最近的一个在那个方向的两排之后，然后往右。"

他们跑过两列柜子，然后往右绕过一列。几乎所有的柜门都打开了，它们的运输平台都在忙着打包。米莉指了指柜子上面的空气压缩管道说："但是你看，实际上没有东西从这里运走，下一个地方在哪里？"

然后他们又朝下一个猜测的地点跑了过去。

他们前方的天花板上隐隐约约地出现了一个东西：一般基因组实验室的发射器。

米莉急忙停下脚步，开始摇晃她的喷雾罐。"哪一个，罗伯特？"她周围的每个柜子看着都很可疑。

"再过去两排，第五个柜子。"

"我以为你说……没什么。"米莉往前走了两排，罗伯特跟在后面。

她抬起头看着他。

"我……我不确定。"他盯着柜子顶部，试图根据发射器判断位置，同时绞尽脑汁地回忆。

她犹豫了一下，然后摸了摸他的胳膊："没关系，罗伯特。有时，人就是会一下子记不起来的。但是你会好起来的。"

"等等，"他说，"我确信是这个。"最近的空气压缩管道刚刚收到一个弹药筒，装满老鼠的盒子正在传送平台上行进。

"也就是说，嗯——"米莉挣脱了他的手，她环顾四周，然后抬头看着他，"我们现在在在哪里？"

也许刚才闻到的不是神经毒气，而是更可怕的东西。而米莉吸入的剂量更大。柜子顶上的空气压缩管道入口关闭了，一声闷响，弹药筒被弹了出去。

另一个弹药筒被放入柜子上方的轨道，另一批老鼠滚过来迎接它。弹药筒太远了，够不着，但我还知道必须做的事情。罗伯特低头看着米莉，尽力微笑着对她说："哦，我们只是来随便看看，米莉。怎么样，你想爬到那个柜子顶上去吗？"

她抬头看着他："我不是小孩子了，罗伯特。我是不会爬到别人的东西上去的。"

罗伯特点点头，尽力保持着笑容："但是米莉，这……这只是个游戏。而且……如果我们能用你的……你的游戏枪阻止那个白色的东西，那么我们就赢了。你想赢，对吧？"

米莉马上露出了古灵精怪的笑容："当然。你怎么不早说这是游戏呢？哈，这里看起来像个生物科学实验室。真棒！"她看着在传送平台上滑动着的老鼠盒子，"那你想让我做什么？"

现在告诉她，上去之后，她也会忘得一干二净的。"你上去了我再告诉你。"他托着她的腋窝，把她举起来，"伸手！抓住柜子边缘，我推你上去。"

米莉咯咯地笑了起来，但她乖乖地伸手往上抓，罗伯特往上推了推。她滑进轨道下面的缝隙，现在她的喷雾罐离传送平台只有几英寸远。

"现在干什么？"她的声音从上面传过来。

问得好，现在干什么？你花了那么大力气，最后忘了为何而来。但是他记得要做的事情很重要。罗伯特慌了："卡拉，我不知道……"

"嘿，我不是卡拉。我的名字叫米莉！"

她不是我妹妹，是我的孙女。罗伯特离开柜子，后退几步，定了定神："把喷雾罐里的东西喷到移动的东西上就行，米莉。"

"好的！没问题。"

一阵巨响，罗伯特只觉得脑袋里钻心地疼。他看到柜子上方的空中特

　　　　　　　　32　最小化充分应对措施

快发射架侧面有个奇怪的洞。不是米莉干的吧！这个想法刚闪过他的脑海，他就被一股力量击中，向后倒去。

　　第一批鼠槽已经进入一般基因组的实验室发射器中！运载设备很有可能神不知鬼不觉地飞离美国领土。第二批呢？阿尔弗雷德的摄像头显示他对顾家祖孙的计策起作用了。不知怎的，他们找到了那个关键的老鼠柜子，但他临时实施的毒气攻击正在生效，这两人都开始迷糊起来了。

　　他还有时间装第二批货，他可以把两批货都发射出来！

　　美津里→布劳恩，瓦兹：美国海军陆战队电子情报处检测到实验室弹道发射器打开！怎么回事，阿尔弗雷德？

　　该死的海军陆战队。阿尔弗雷德的分析师没有料到美国的电子情报会如此敏感。

　　瓦兹→布劳恩，美津里：只是运气不好。一般基因组实验室的发射器正在进行夜间校准流程。他在撒谎，但阿尔弗雷德早有准备。他发出一系列伪造的分析，把报告发给惠子和金伯克的整个团队。等发射的事实败露之后，他会把这次发射嫁祸给复活的兔子。

　　美津里→布劳恩，瓦兹：但是美国人会相信吗？她打开了一些窗口，显示着她的推测——美国海军陆战队将于何时以及以怎样的方式应对发射准备。

　　没时间装第三个弹药筒了。一般基因组实验室的发射器已经装载完毕，电容将在四十五秒内充满电，只要美国人再犹豫一下就大功告成了。

　　瓦兹→布劳恩，美津里：我已经收拾完毕，准备前去会合。阿尔弗雷德最后看了一眼周围，他所有的清单终于都变绿了。在房间对面，那个叫胡安·奥罗斯科的孩子睡得正香。今晚的经历他什么都不会记得，他的个人日志也被巧妙地破坏了。

阿尔弗雷德走出房间，沿着走廊往外走去。到处都亮着灯，重大系统故障时一般就是这样。啊！海军陆战队终于发现了他的网络，他们摧毁了他的隐形无人机。他仍然能联系上散布在北边灌木丛中的六七个移动机器人，它们非常低调，主要任务是保持安静、保持联络。美国军网正在扫描整个地区，一个接一个地摧毁它们。没有人注意到美国海军陆战队的机器人，他的机器人只有在被摧毁前的最后一刻，才能看到这些像黑雪一样从天而降的杀手。

他走出楼梯间，来到一楼，前面就是主入口。

离空中特快发射还有五秒！他可以想象在失去了顶尖的分析师之后，美国人在面临这场危机时的混乱场面。这是现代世界的阻击战，再过三秒钟——

他的军用隐形眼镜突然变浑浊了，脸上感到一丝热浪，阿尔弗雷德扑倒在地板上。冲击袭来时，被切断通信后本来就不稳定的大楼剧烈摇晃着，他一动不动地在地上躺了一会儿，观察着。

那是高能红外线激光，从两千米高空直接穿透了一般基因组实验室的屋顶。他只能看到一个直接视点，那一瞬间他看到一团珍珠色的云雾升腾而起，勾出了树木的轮廓。部分烟雾是来自被烧化了的植物，大部分是止伤烟雾，用来吸收激光反射。不到一秒钟，美国人发射了三十次。这些爆炸中的闪光会波及周围几公里，肉眼虽然看不见，但有可能引起烧伤甚至导致失明。

又一个视点出现了，视点中的山坡看起来像一座迷你版的莫纳罗亚火山,熔岩如同河流一般顺着山坡流下。闪烁的亮光表明热弹也投入战斗了，雷声滚滚。

美国人的反应干脆利索，他们烧毁并封锁了整个发射区，将附带损害降到最低。而我所有的梦想都已化为灰烬。

他的隐形眼镜恢复透明状态了，阿尔弗雷德站起来，跑出了皮尔彻大楼。

迎面而来的是惊慌失措的人群，他们先是被网络故障震惊，然后被高能红外激光闪光弄得头昏眼花的。混进人群。虽然置身于汹涌的人潮之中，这是他今晚第一次感到孤独。在他周围，有些人抬头望着天空，有些人暂时失明了，有些人在哭喊，还有些人在提供理智的建议：寻找掩护，别往上看，别看反光的东西。网络崩溃之后，这些建议只能通过口头转述。这些建议在人群中传播开来，越来越多的人意识到，他们的国家正在遭受近代史上第三次或第四次军事攻击。但到目前为止，没有人知道这是他们自己的军队干的。

阿尔弗雷德低着头，捂着脸。这种姿势并不会引人怀疑，毕竟有几百人都是这个样子。他把通信几乎压缩到静止的状态，每秒只传输几个字节，通过他的机器人无序地传播出去。他的行动装备伪装得很严密，在美国海军陆战队眼里，似乎只是又一个在公共网络突然崩溃之后试图纠错的主显系统。

所有这些也许能给他再争取十分钟时间。好一阵子之前，国土安全部的分析师团队应该从爱丽丝的崩溃中缓过来了，开始回看本地视频流。分析师们集中处理这么小的数据量，结果是惊人的。他可以想象他们起劲儿追踪的愉快场面：看到敌人的机器人在皮尔彻大楼对面聚在一起了吗？倒回傍晚——都有什么人接近过那栋大楼？怎么回事，小罗伯特·顾中校的女儿进去了，几分钟前还有个长得像印度人的家伙。快进——什么都没发生，直到一分钟前，那个长得像印度人的家伙跑了出来。跟着他，到现在——哦天哪，哦天哪，他在那里，拼命装出一副无辜路人的样子。

无论如何，今晚的行动印欧联盟是不可能撇清干系了，不过这还只是小麻烦。有几秒钟，阿尔弗雷德陷入了绝望，这一点都不像他。我多年的计划怎么办？怎么去拯救世界？他听到的对话足以让他明白，兔子在发往汤姆笔记本电脑的 PDF 文件中，提出了很多对他的控诉，阿尔弗雷德的研究项目永远无法完成了。确实，下一个要解决的就是兔子了。孟买的胡萝卜蒂已经暗示得很明显了，但我故意忽略了这些证据，我太渴望计划成功了。

不过话说回来……兔子现在怎么样了？它提供的实质证据很有可能变成了无法破解的垃圾。可以假定，兔子背后的意识现在已经归零。那么也许，也许，凭我在国际情报方面的影响力，我可以挺过这次危机，看准时机，再试一次。

阿尔弗雷德回到了人群的边缘，小心翼翼地联系着他的网络。他与实验室的连接已经断了，有半分钟的时间，什么信号都没有，只有嗞嗞的声响，标志着他的机器人军团正被逐个歼灭。

找到了。通过他幸存的设备，他终于连通了一条进入皮尔彻大楼的路线。眼前弹出了一些很小的窗口，然后……他找到了一个视点，一个在高能红外激光攻击中幸存下来的摄像头正俯瞰着老鼠柜子。虽然摄像头有些受损，有大块卡住的像素，但他依然可以看到里面的情况。

附带损害可能会对你有利。能够证明兔子指控的证据也许全都被烧成灰了！美国人对发射器的爆炸袭击销毁了他的特殊柜子，最后一组老鼠也随之灰飞烟灭了。最重要的是，美国佬的热弹生成的熔化物已经覆盖了发射器周围的区域。不出所料，熔岩已经封住了爆炸生成的大洞，但它并没有停在那里。灼热的焦状热流沿着过道向前涌，在有些地方堆积了近两米厚。熔岩最终抵达倒下的柜子，除了最后一批鼠槽的一角，其他地方都被它盖住了。

没有顾家祖孙的影子，在激光袭击之前，他们就待在爆炸点附近。如果他能找到更多视点，他可能会追踪到他们——但这还有什么意义呢？他

32 最小化充分应对措施

们混乱的记忆仍然是一种威胁，但现在他顾不了那么多了。突然，阿尔弗雷德意识到他在微笑。真是怪事，他竟然为他最顽固的两个对手——兔子不算，愿它下地狱——可能幸免于难而感到欣慰。

他现在离图书馆更近了。虽然平民救援队也来了，但是网络支持很可能是海军陆战队提供的。讯问小组还没有开始行动，而他找到了一个备用无人机来连接网络！在网络连接断开之前，他收到了一条新消息：

美津里→瓦兹：全伯克的分析快完成了。阿尔弗雷德，请再掩护我们几分钟。美国海军陆战队的注意力仍在实验室上面，你可以安全地接近宝莱坞团队。她在地图上标记了电影团队的当前位置。桉树林中有一群人，他们就在那群人的北边。宝莱坞团队和他们的自动化装备为今晚的行动做好了充分的准备，虽然现场人员并不知情。

阿尔弗雷德最后环顾了一下四周。他朝着树林走了几步……来到了宝莱坞团队中间。

"拉马钱德兰先生！我们的网络都断了。"摄像技术员瞪大眼睛说，"本来一切都很正常，但现在太可怕了！"这些工作人员擅长制造虚拟大场面，而不是现实。

阿尔弗雷德摇身一变，成了一个业务缠身的影视经理："你的视频已经缓存了，对吗？之前拍的视频已经发回国了，是吗？"

"是的，但是……"他们想从树林里冲出来，帮助图书馆周围的受伤群众。这是最好的情况，阿尔弗雷德马上就能再次混入这个群体，也许国土安全部的分析师仍处于混乱状态。如果他能用这个伪装身份突破海军陆战队的警戒线并离开加州，那就有趣了（也很神奇）。他跟着他的电影团队来到图书馆周围的空地上，这时他与军网只剩下一个连接了，该抛弃这个罪证了。

但军网仍有情报流入。如果阿尔弗雷德没有连上这个网络，这些冰冷可怕的信息就不会来折磨他了。

"求求你，求你不要这样对她，她只是个孩子。"

罗伯特·顾。阿尔弗雷德在他仅剩的视点中疯狂地搜索着。而在现实中，他不小心被绊了一下。

摄像技术员抓住了他的胳膊肘，扶住了他："拉马钱德兰先生，你还好吗？你在这次攻击中失明了吗？"

阿尔弗雷德一下子回过神来，但没有挣开她的手："对不起，只是造成的这些破坏让我分心了，我们得帮助这些可怜的人。"

"对！但你必须首先保证自己的安全。"技术员把他带到宝莱坞团队的其他成员所在的地方，其他人已经在帮助救援人员了。有她扶着，他可以更专心地通过地下视点追踪那两个人的踪迹。被损毁的摄像头已经有部分恢复运行了，有些卡住的像素在闪烁，他现在能看到倒地的柜子更左边一点的地方……老顾被压在下面。天哪，那另一个顾在哪里？

我不是故意的。他应该保持沉默的，但他的身体没忍住：

无名氏→罗伯特·顾：你孙女呢？

"你是谁？"尖叫声在耳边响起，随后却变平静了，也更无助了，"她就在这里，晕过去了，我没法把她弄出去。"

无名氏→罗伯特·顾：对不起。阿尔弗雷德想不出还能说什么。这两个人如果死了，自己的处境可能会稍微改善一点。他愤怒地从这个视点上别过头。我真该死！他今晚除了伤害好人之外，什么也没有干成。但他怎么才能安全地救出他们呢？

"求求你，快报警，别让她被活活烧死啊。"

压力猛增，到处都是易碎物品破碎和笨重的塑料制品被撕裂的声音，骨头也被压碎了。罗伯特对这一切并没有太多感觉，只能感觉到自己的骨

32 最小化充分应对措施

头碎了。连后续发生的爆炸和热浪他都没怎么注意到。

罗伯特从半昏迷中清醒过来，受伤的地方疼得更厉害了。米莉趴在他身旁哭喊着："爷爷！爷爷！你说话啊，求求你。爷爷！"

他的手抽搐了一下，马上被她握住。"对不起，"她说，"我不是故意把东西撞翻的。你受伤了吗？"

答案显而易见。他的右腿上好像坐了一头大象似的，动弹不得，剧痛无比。"是呀。"他本来想加一句俏皮话，但疼得无法继续说下去了。

米莉哭得上气不接下气，完全不像米莉，她转身推着压住他的柜子。

罗伯特深吸一口气，结果只觉得头晕："柜子太重了，米莉。不要碰它。"空气为什么这么热？稳定的光线消失了。柜子后面有东西发着类似炉火的光，并且还砰砰、嗞嗞作响。

"卡拉——米莉！——别过去，回来！"

小女孩犹豫了。倒下的柜子下面是刚刚将要被打包的鼠槽的残骸，它现在哪儿也去不了了。米莉伸手去摸碎玻璃，罗伯特扭了扭脖子，看到一张小脸抬头望着他。那是一只从鼠槽里逃出来的老鼠。

"噢，"米莉尖叫起来，"嗨，小家伙。"她破涕为笑，"你也是，你们都自由了。"她又释放了其他的老鼠，接着，越来越多摇头晃脑的小脸出现在罗伯特眼前，它们似乎没有看到他。过了一会儿，它们才发现这个对老鼠来说很重要的东西——自由。它们绕开米莉的手，往远离热浪的方向跑去。

现在罗伯特看到了热浪的源头。一团炽热的白色浆状物滴落在残骸上，嗞嗞作响，从倒地的柜子一侧渗了出来。

"卡拉"惊慌失措，尖叫着跑回罗伯特身边："那是什么？"

浆状物发出嗞嗞声和飞溅声。如果它能越过那个障碍，那么它至少有几英尺那么厚了。"我不知道，但你必须离开。"

"要走一起走啊！"小女孩拉着他的肩膀。他忍着腿上钻心的疼痛，和她一起用力。他挪动了四五英寸，可是比之前卡得更紧了。现在里面越来越热，他已经感觉不到腿上的疼痛了。罗伯特拼命压制着内心的多重恐惧，试图保持清醒。

他看着正在哭泣的"妹妹"："对不起，让你哭了，卡拉。"她哭得更凶了，"现在你必须离开这里。"

她没有回答，但不再哭了。她疑惑地看着他，然后慢慢地往远离熔浆的方向移动。快走！快走！但她说："我不舒服。"说完之后就在他够不着的地方躺了下来。

罗伯特回头看着缓缓流动的岩浆，它已经把柜子底部盖住了，再有一两英寸就会溅到他"妹妹"身上。他伸出手，抓住了一块长长的——碎瓷片？——用它挡住正在前进的岩浆流。

周围传来更多爆炸声，但没那么响。近处只有做饭时发出的气味和声音。他试图回忆他是怎么到这里来的。有人把他和"卡拉"骗到了这里，他们现在肯定在监视着他俩。

"求求你。"他对着黑暗喊道，"求你不要这样对她，她只是个孩子。"

没有回复，只有可怕的声音和刺骨的疼痛。突然，奇怪的事情发生了，他的面前出现了一行字：

无名氏→罗伯特·顾：你的孙女呢？

"你是谁？她就在这里，晕过去了，我没法把她弄出去。"

无名氏→罗伯特·顾：对不起。

他等待着，但对方不再说话了。

"求求你，快报警，别让她被活活烧死啊。"

但是沉默的监视者已经走了。"卡拉"一动不动地躺着。她感觉不到热吗？他用尽了全身的力气把碎片固定在那里。

然后又有人声响起："顾教授，是您吗？"

是某个烦人的学生！他眼睛中有很多残留的影像，他不确定对方是谁。但有人来了，半个身子陷进了熔浆之中。

"是我，祖尔菲卡·谢里夫，教授。"

这名字很熟悉，肯定是个自大又狡猾的学生。但现在他的皮肤不是绿色的，这代表着什么，对吗？

"我这几个小时都在试图联系你，教授。以前从来没这么难，我……我担心自己可能真的被劫持了，对不起。"他大半个身子被淹没在炽热的熔岩中。啊，那是个幻象。

"你受伤了！"幻象说。

"快报警。"罗伯特说。

"好的，教授！但你在哪里？噢，没关系，我知道了！我马上叫人来——"炽热的熔岩从罗伯特临时竖起的堤坝上滴下来，落在他的手臂上，他疼得晕了过去。

- 33 -

戴镣铐的自由

　　克里克诊所的新附楼建成还不到五年，但有一种 20 世纪建筑的味道。那时的医院威严肃穆，是病人为了活下来而不得不去的地方。现代世界仍然需要这样的地方：不可能把重症加护病房打包进一个急救箱里卖给患者家属。而且，总会有一些治不好的疾病，因此，一小部分人最后还是会住进长期护理疗养院。

　　新附楼的作用不止这些，小罗伯特·顾中校每天开车去医院时注意到了这一点。自从加州大学圣地亚哥分校的大崩溃之后，他每天都会来到克里克的交通环岛，下车俯视拉霍亚的悬崖和海滩。从诊所往下走一小段距离就是世界上最时尚的一些度假村。往内陆几英里就是环绕着圣地亚哥分校的生物技术实验室，里面可能有世界上最先进的医学研究成果。当然，这些实验室完全可以在世界其他任何一个地方，它们的实体位置几乎不会影响到研究成果。但从心理上和传统上来讲，新附楼毗邻豪华疗养胜地和医学奇迹的发源地，对于家中有重症患者的有钱人来说，这无疑是一个很大的诱惑。

　　鲍勃的妻子、女儿和父亲也在这里，并不是因为他们很富有。一旦你踏进那个雄伟壮观——并且是完全真实的——正门，你就不会再受到外界的干扰了。这里的隐秘性一半源自诊所的基本设计，一半源自美国政府对某些患者的特殊兴趣。

　　还有什么地方比疗养院更适合隐藏敏感病人的呢？媒体只能在墙外徘

徊推测——没有任何理由去控诉政府侵犯公民人身自由，多好的掩护。

鲍勃在门外犹豫着。

哦，爱丽丝！多年来，他一直担心即时培训会毁掉她。多年来，他和她一直在争辩责任和荣誉的限制，以及芝加哥行动的意义。现在，他担心了这么久的事情最终还是发生了……而他毫无准备。他每天都去看她，医生们并不鼓励他这样做。爱丽丝被卡在多层即时培训中，他们从未见过这么严重的情况。那么他们知道什么？爱丽丝清醒着。她跟他说话，但说出口的只是绝望的胡言乱语。他把她抱在怀里，请求她快点清醒过来。与他父亲和米莉不同的是，爱丽丝并不是被联邦政府拘留在这里的，爱丽丝是被囚禁在了自己的意识中。

今天鲍勃是来克里克诊所执行任务的，最后一批被拘留者已经审完了——也就是说最后一次盘问已经结束了。他父亲应该会在中午醒来，在这之后的一个小时内，米莉也会醒来。鲍勃可以在伊芙·马洛里的远程陪同下跟他们待上一会儿，她是国土安全部调查小组的组长。

此刻正好十二点整，鲍勃站在一扇看起来很老式的木门前。到了现在，他已经知道克里克诊所的这些东西都是真的。想要进去，他必须先转动门把手。

伊芙→鲍勃：我们对这次谈话特别感兴趣，中校。但记住要长话短说，不要跑题。

鲍勃点点头。有一瞬间，他不知道自己更生谁的气，是他的父亲，还是国土安全部的浑蛋们。他没有敲门就直接把门拉开，然后径直走进了病房。在这之后，他感到一丝满足。

罗伯特像一个被关禁闭的青少年一样，在无窗的房间里来回踱步，完全看不出来他有一条腿被压碎了，另一条腿也骨折了，医生们都很擅长处理这类伤。至于烧伤，穿着病号服也都看不出来。

鲍勃走进房间时，老人猛然抬头看向他。但他的语气不是生气，更像急于知道答案："儿子！米莉还好吗？"

伊芙→鲍勃：说吧，中校。你女儿的一切，你都可以告诉他。

"……米莉很好，爸。"他指了指病房侧面桌旁的绒面椅子。

但老人继续在房间里走来走去："感谢上帝，感谢上帝。我最后的记忆是热浪和熔岩向她涌过去。"他低头看着他的睡衣，突然间好像对眼前的东西十分困惑。

"你在拉霍亚的克里克诊所，爸。米莉没有受伤，但你的左臂几乎全废了。"有些地方一直烧到了骨头，整个左前臂都烧没了。

老罗伯特摸了摸空荡荡的袖子："嗯，医生告诉我了。"他转过身去，在一张椅子上坐下，"他们就告诉我了这些。你确定米莉没事吗？你见到她了吗？"

老头子神色慌张，他从来没有这样过。也许他只是在演戏给我看。鲍勃在他父亲对面坐下："我见过她了，今天下午晚些时候我会跟她谈话。她最大的问题是精神有点混乱，弄不清楚实验室到底发生了什么。"

"哦。"然后他的声音更轻了，"哦。"他坐在那里，消化着这个消息，然后又着急起来，"我昏迷了多久？我有很多事要告诉你，鲍勃……也许你应该叫些同事过来。"

伊芙→鲍勃：所以他不记得盘问过程了吗？我们真有这么厉害？！

"不需要，爸。特定事件可能还会有后续问讯，但我们已经掌握了你所有的小秘密，你已经被审问了好几天了。"

他父亲的眼睛瞪大了一点。过了一会儿，他点了一下头："嗯，那些奇怪的梦……也就是说你知道……知道我的问题？"

"是的。"

33 戴镣铐的自由

罗伯特歪着头说："有一些奇怪的坏人，鲍勃。神秘陌生人——劫持了祖尔菲卡·谢里夫的人——一直在幕后。我从未遇到过可以像他那样操纵我的人，你能想象有人一直骑在你脖子上，然后对着你指手画脚吗？"

伊芙→鲍勃：也不要聊兔子。

鲍勃点点头。兔子——这是他们从印欧联盟那里打探出的名字——可能是个新事物。兔子已经破解了安全硬件环境，成功地盗用了国土安全部和海军陆战队的情境分析支持。印度人、欧洲人和日本人必须对这次事件负责，但如果他们没有对兔子发动信用证书吊销攻击，那么兔子的把戏可能永远都不会被戳破。但兔子是如何做到这些的？它还能做什么？

这些都是要紧的问题，但不能与你的叛徒父亲讨论。"我们会处理这些麻烦，爸。同时，你也有一些后果要承担。"

"是的，后果。"罗伯特的右手紧张地摸着椅子垫，"坐牢？"他的声音很轻，几乎像一个请求。

伊芙→鲍勃：不行。我们要他自由行动。

"不用坐牢，爸。官方说法是，你和你的朋友参加了校园示威活动，但后来情况严重失控。非官方——嗯，我们散布的谣言说你协助政府阻止了恐怖分子破坏实验室。"让那个总是能派上用场的"隐私之友"去完成这个任务吧。

罗伯特摇了摇头："阻止坏人，那是米莉的主意。"

"是的。"他冷冷地看了父亲一眼，"那天晚上我是当值军官。"

伊芙→鲍勃：小心一点，中校。

伊芙并没有警告他要注意语言，审讯策略师认为可以告知罗伯特这部分事实。唯一的问题是鲍勃如何能在不对他父亲动武的情况下将事实告诉他。

"在这里？在圣地亚哥？"

鲍勃点点头："在美国本土西南部地区，但我们所有的行动都发生在这里。那天晚上，爱丽丝是我的首席分析师。"他停顿了一下，压抑着怒火，"你知不知道是爱丽丝阻止了我把你赶出家门？"

"我……"他用手捋了捋乱蓬蓬的头发，"她看起来总是很冷淡。"

"你知道即时培训症吗，爸？"

罗伯特使劲点头："知道。卡洛斯就困在他的中文培训里了。她还好吗？"老人抬起头，脸色变得惨白，"爱丽丝？"

"就在你冒险的过程中，爱丽丝崩溃了。我们有充分的证据证明……"

伊芙→鲍勃：不要说细节，拜托。

鲍勃几乎没有停顿，继续说道："她仍然被困着。"

"鲍勃……我从没想过要伤害她，我只是太绝望了。但是也许……也许是我害了她。"他看着鲍勃的眼睛，然后转过头去。

"我们都知道，爸。盘问你的时候，你都说了。是的，确实是你害了她。"除了圣地亚哥分校，国土安全部也搜查了顾的住处和所有个人日志，他们甚至还有他父亲放在前厅卫生间的小盒子的照片。但我们仍然不知道它究竟干了些什么。印度人、日本人和欧洲人都把这归咎于兔子，但兔子已经消失了，只剩下谣言和一堆无法解读的旧缓存。

伊芙→鲍勃：我们会查清楚的。对接受过生物预处理的受害者展开网络攻击，这种技术太有趣了，我们一定要弄清楚。

他父亲低下头："对不起。对不起。"

鲍勃猛然站起身，费了好大劲儿才控制住自己的情绪，用平稳的语气说："今天晚些时候你就可以离开这里了，穿上网衣，跟上外面的世界。你还会和我们在西福尔布鲁克住一段时间，我们希望你能继续……完成你中断的学业，爱丽丝的事，我会告诉米莉的。"

"鲍勃，那不可能。米莉永远不会原谅……"

33 戴镣铐的自由

"也许吧。但她听到的会是简化后的情况。毕竟，你不是故意要伤害爱丽丝的。而且这部分事实是军方机密，米莉是不太可能破解的。我……强烈建议……你不要告诉她真相。"

小罗伯特·顾中校完成了他来这里要执行的任务，现在他可以出去了。他走到房间另一头，伸手去够门。但他感觉背后似乎有什么东西，于是回头看了一眼。

老罗伯特·顾用痛苦的眼神看着他，鲍勃曾经在别人脸上看到过这种表情。多年来，当他手下的年轻人把任务搞砸时，当他们极度渴望成功时，当他们做了可怕、愚蠢、自私的事情——甚至有时造成严重的后果时，就会露出这种表情。

但我爸年纪已经这么大了！说他缺乏经验、渴望成功讲不通啊。

然而……鲍勃看着疾控中心团队随着谢里夫的指示进入实验室后拍的视频。他看到他的父亲和女儿躺在地板上，旁边就是如同火山口一样的发射器。他看到了罗伯特伸出手臂挡住岩浆，不让它们流到米莉的脸上。所以，尽管老头子干了如此浑蛋的事情，他还是要对他说：

"谢谢你救了她，爸。"

"继续你中断的学业。"鲍勃说过。在费尔蒙特高中，这应该不成问题。胡安和罗伯特已经考完了期末考试的笔试，过完圣诞节和新年，他们又回来了，正好赶上学生们公认的整个学期最可怕的部分：在父母之夜展示团队项目。学生们已经不再去想什么生生死死的问题，也不再理会那讨厌的内疚感，转而开始担心会不会在同学和家长面前出丑。

令人惊讶的是，胡安还愿意和他说话。胡安对于在圣地亚哥分校发生的事情已经没什么印象了，他相关的记忆都被抹除了，比米莉的还彻底。现在他正在用从新闻中获取的消息拼凑出那天晚上的事，尽量将真相与

"隐私之友"散布的谣言区分开。

"和米莉一起到达校园之后，我就什么都不记得了。我那天穿的网衣还在警察手里，我连自己最后几分钟写的日志都看不到！"这个孩子绝望地挥舞着他的胳膊。

罗伯特拍拍他的肩膀："米莉的日志也在他们那里呢。"

"我知道！我问过她了。"男孩的眼中盈满了泪水，"她也不记得了，我们都快要成为朋友了，罗伯特。如果不是她相信我，我们就不会一起去跟踪你了。"

"当然。"

"现在她对我的态度就跟我们第一次见面一样，不愿意搭理我。她一定是觉得我当了逃兵，所以她才独自去找你的。也许我真的是胆小鬼，可我不记得了！"

莉娜→胡安，秀：给她一点时间，胡安。发生了这么多事，尤其是她母亲也倒下了，她一定很难受。我觉得她可能在自责，也可能在埋怨我们所有人。但我知道你肯定不是胆小鬼。

莉娜→秀：但是我不理解他为什么要找老浑蛋倾诉。

胡安的目光离开罗伯特，过了一会儿，他似乎逐渐平静了下来。

罗伯特笨拙地拍了拍男孩的背——从前的他绝对不会去安慰别人。"她会想明白的，胡安。我们在地下的时候，她并没有叫你胆小鬼。她非常担心你，只要给她一点时间。"他转移了话题，"那么现在，你想浪费掉我们整个学期的努力吗？波士顿和南边的那些孩子怎么样了？我们该抓紧时间，准备我们的演示。"

莉娜→秀：这浑蛋的鬼话你信吗？他只不过是想从这孩子身上骗取更多的帮助罢了。

罗伯特假装幽默的尝试很无力，但胡安抬头看着他，露出了真诚的微笑："没错。还有重要的事情要做呢！"

鲍勃和米莉没来费尔蒙特高中观看职业教育班的作品展示，至少没有亲自到场——罗伯特看得出来胡安正在人群中仔细寻找着。

"米莉今晚去了克里克诊所，胡安。她妈妈今天出院。"鲍勃似乎也很满意罗伯特今晚另有安排。

男孩高兴起来："但也许她会来偷偷看一眼，对吧？"

实际上，这对费尔蒙特高中来说是一件大事，但并不是件好事。大众媒体对加州大学圣地亚哥分校事件展开了大量猜测，而"隐私之友"又围绕这些猜测添油加醋地散布了很多阴谋论的谣言。谣言把所有与当晚事件相关的人都卷了进去。罗伯特梳理过公开报道，原本是想找出当晚他在圣地亚哥分校地下到底发生了什么，后来变成了看看公众对此事的猜测。大部分理论提到了罗伯特和老年团，通常把他们当作鲍勃所说的那种传奇英雄，但还有其他理论。罗伯特从未听说过蒂莫西·胡恩，但有记者声称蒂莫西·胡恩和罗伯特·顾策划了一切，包括图书馆骚乱和地下攻击！

罗伯特越发擅长过滤狗仔队的邮件了，但是他的恶名也逐渐被人们遗忘了，五天过后，他的关注度下降了一半。不过他还是在费尔蒙特高中度过了很多时间，学校的禁令替他挡住了大部分狗仔。

在今晚的展示中，这禁令依然有效。露天看台上挤满了买过票的观众——有学生家人和朋友，还包括虚拟观众。大部分人对罗伯特不感兴趣，但是，如果你注意一下网络统计数据，就会发现很多人都在隐身观看。

职业培训并不是费尔蒙特高中的招牌课程，大多数孩子都无法掌握最新的尖端应用程序（大多数成年学生就更别提了）。但从另一方面来说，查姆莉格无意中说过，家长们更喜欢职业展示，主要是因为他们可以看懂。

学生们两人或三人一组，但他们可以使用来自世界各地的解决方案。

展示之夜直到日落后才开始，这样的话，网络叠加图层与现实结合就会变得相对容易些。查姆莉格不会给普通学生这样的方便，普通学生的展示持续两天——而且要在职业培训生的展示完成一周之后才开始。这个时间间隔主要是为了照顾职业培训学生的心理，给他们一段时间沉浸在自己的成就感之中。

今晚，观众们坐在足球场的西侧，东侧的场地会作为舞台，供学生们展示其创造的壮观影像。

罗伯特、胡安和其他展示者一起坐在球场边线，他们都知道上刑场，呃，上场的顺序。在他们的私人视点中，场上悬着一个小标志，显示着当前展示项目还剩多少时间，以及下一组展示者。展示顺序完全由不得他们做主，都是露易丝·查姆莉格和其他老师根据他们自己的想法决定的。罗伯特会心一笑，在这一点上，他当年教学的感觉还在。即使不了解每个项目的细节，他也知道谁的项目强一些，谁的弱一些。他知道谁最害怕亲自站出来面对公众……查姆莉格也清楚，她特意安排的顺序就是为了让每个孩子都能发挥到极致。

令人惊讶的是，这样的排序让展示变得异常精彩。

拉德纳双胞胎开始了，对于他俩来说，整个校园东部都不够用。他们造了个古怪的吊桥，看起来有点像放大后的福斯铁路桥。他们先在露天看台的两侧放下钢质沉箱，然后往东北方向越升越高，直到消失在暮光之中。几秒钟后，吊桥从西南侧重新出现。他们这个 19 世纪的杰作绕着地球环游了一圈，高潮是巨大的蒸汽动力火车咆哮着从空中驶过，看台也随着火车的运动震动起来。

"嘿！"胡安轻轻推了一下罗伯特，"这很新鲜。他们应该找到了一些建筑维护协议。"如果图书馆骚乱之前没有怀疑到拉德纳兄弟俩头上，现在肯定会了，罗伯特猜双胞胎可能还挺得意的。

大多数演示都是虚拟的，并且颇具艺术性，但也有学生制作实物。多丽斯·施莱和穆罕默德·关制作了一辆地面效应车，可以驶上看台的台阶。他们从看台顶上把它推了下去，轰隆隆一声巨响之后，它安然无恙地落在了地面上。坐在看台底层的胡安站了起来，用裸眼看着，还不忘为施莱和关欢呼喝彩，随后他又一屁股坐下去："哇，一个地面效应的降落伞。但是我敢打赌，查姆莉格女士最多给个 B。"他提高嗓门儿模仿着露易丝·查姆莉格女士的语调："你们做的只不过是把现成的零件直接拿来用而已。"但他还是咧嘴笑着。他俩都知道今晚大部分视觉效果作品连 B 都拿不了。

　　还有一些孩子尝试了最新的科技，有点像米莉的朋友做过的东西。有两种新材料演示：一种是超级弹性橡皮筋，另一种是水过滤器。橡皮筋看起来平平无奇——直到你意识到它并不是虚拟影像。两个罗伯特几乎不认识的男孩做了这个演示，两人分开站着，相隔二十英尺，还甩动着他们中间的一个大玩偶，玩偶的两边被他们的强力橡皮筋绑着。这橡皮筋并不只是一种强力复合材料，不知道用了什么办法，男孩们可以通过挤压两端来改变橡皮筋的物理属性。有时，它表现得像一个巨大的弹簧，会将娃娃弹回中心线。有时像太妃糖一样可以拉长，把玩偶在空中甩来甩去，他们的演示得到了全场最热烈的掌声。

　　而水过滤器演示只是一幅放大图像，显示着加了过滤器的橡胶软管。演示学生的头顶上方浮现了一幅巨大的图形，展示了她们的可编程沸石是如何搜索用户指定的杂质的。没有声音效果，图像缓慢而粗糙。罗伯特抬头看看天空，然后又看着那两个女孩："她们会得 A，对吗？"

　　胡安向后倒去，用手肘支撑着自己。他带着羡慕的微笑说："是的。这是查姆莉格喜欢的东西。"他又实事求是地补充了一句，"丽萨和桑迪从不费力气美化她们的图形，但我听说已经有个买家要买她们的水过滤器。我敢打赌她们是职业班唯一一组能用自己的演示作品赚钱的人。"

"下一组就是我们了，孩子。"罗伯特说。然而胡安凝视着他俩的计时器。

秀→胡安：你能行的，胡安。

胡安→秀：米莉在看吗？

胡安和罗伯特是最后一组，是唯一不由查姆莉格决定出场顺序的一组。不是因为胡安和罗伯特聪明，而是因为他们的演示有外部人员参与，而这些人也有自己的时间限制。

胡安又犹豫了一秒，然后他跑到足球场上，挥了挥手，一个与看台相对的虚拟舞台便出现了。他们的表演者从舞台两侧上场，影像很柔和，没有什么漏洞。胡安用扬声器向观众解释着，影像背后的人和乐器都是真实的。

"你好，你好，你好！"胡安表现得像街头叫卖的小贩一样热情。不过在罗伯特看来，他显然是紧张坏了。本来可以由罗伯特担任主持人，或者提前录好开场白，然后让胡安在实际演示中对口型的——但这样一来会被查姆莉格扣分。所以胡安只好在现场用他的破嗓音，磕磕巴巴又虚张声势地解说："女士们，先生们！今晚，请允许我为大家介绍一下美洲交响乐团。来自波士顿查尔斯河高中管弦乐团及合唱团，以及……"他指向右边，"……来自智利蓬塔阿雷纳斯的麦哲伦高中古典乐团，将通过免费网络直播为大家带来精彩的表演！"

舞台两边现在都已经坐满了人，两百名穿着红色校服的青少年在北侧，穿着绿色格子校服的在南侧：这些学生也有"远程合作"的项目需要完成，他们组成了两个合唱团和两支管弦乐队，然而实际上他们相距几千英里，只能通过免费网络联络。说服他们尝试这个项目本身就是一个奇迹，对于外人来说，成功看起来很简单，但失败也是有可能的。好吧，至少排练的时候并不太糟糕。

"现在——"胡安顿了顿，希望能够引起观众的注意力，"——现在，女士们，先生们，美洲乐团将演奏他们自己改编的贝多芬的欧盟盟歌，由奥罗斯科和顾作词，并由顾负责网络同步！"他夸张地鞠了一躬，跑回球场边线，坐在罗伯特身边。他满头大汗，脸色苍白。

"干得不错，孩子。"罗伯特说。

胡安只是颤抖着，点了点头。

混合乐团开始演奏，现在全靠这些孩子和罗伯特的防抖算法了。大提琴和低音提琴的声音来自波士顿和世界另一端的年轻音乐家们，改编后的欧盟盟歌节奏比通常的快一些。网络状态时刻都在变化，每个音符都会随机通过几百段不同的路由，网络延迟的差异可能长达几百毫秒。

正是因为类似的同步问题，温斯顿组织的图书馆合唱团的演唱显得无比嘈杂。

合唱团开始唱起胡安的歌词，北方的合唱团用英文唱，南方的合唱团则用西班牙语唱。合作的学生创建了灵活的指挥界面，起到了一定的作用，而且他们是出色的乐手和歌手。但是整场表演仍然离不开罗伯特在播送时插入的防抖信号（好吧，也许还有贝多芬的魔力）。

罗伯特听着，他的贡献并不完美，事实上，效果比排练时还差。观众太多了，而且出现得太突然，他一直担心会发生这种情况。问题不是带宽，他看了一眼他放在私人视点中的方差图。它显示突然多出来数百万观众，迅速占用了大量资源，扰乱了他可怜的小预测程序——并且改变了观测到的结果。

幸好，同步仍然进行着，混合乐队并没有被打散。

还有十秒钟，表演出现了一些杂音，然后，奇迹出现了，在最后两秒钟，所有声部完美地融合到了一起。胡安的歌词结束了，主旋律也戛然而止。

联合管弦乐队和合唱团看向观众，他们微笑着，有些人可能觉得有点尴尬——但是他们成功了！

全场爆发出热烈的掌声。

可怜的胡安看上去已经精疲力竭，幸运的是，他不需要再次站出来引导大家退场了。表演者谢幕之后，分别从舞台南北两侧退场，回到他们自己的世界。胡安带着有些病恹恹的笑容向本地观众挥挥手，他扭头对身边的罗伯特说："嘿，我不在乎得多少分。我们做到了，并且我们成功了！"

- 34 -
大英博物馆与大英图书馆

孩子们从看台上跑了下去，唯一让他们略微放慢脚步的原因是查姆莉格和其他老师会回放今晚的视频，看看谁自大得过分了。胡安和罗伯特走得比较慢，与其他参加演示的学生走在一起，互相祝贺着。成绩要再过二十个小时才能出来，他们有足够的时间为演示中的过失伤脑筋。然而，露易丝·查姆莉格看起来心情不错，向她的每个学生都表示了祝贺——不过对于这个或那个小纰漏是否影响得分这样的问题都避而不答。

仍然没看到米莉和鲍勃。罗伯特的注意力都放在孩子们、查姆莉格和胡安身上了。胡安在两种情绪中摇摆：一会儿为终于解脱了而狂喜，一会儿又认定自己会不及格而沮丧万分。

罗伯特没想到自己竟然面对面——几乎鼻碰鼻——地撞上了温斯顿。汤姆·帕克和向秀手拉手站在前院长身后，这一定是这场冒险促成的最奇怪的组合！这小个子笑得合不拢嘴，对罗伯特竖起了大拇指。

现在他的全部注意力集中在温斯顿身上了，自从圣地亚哥分校那天晚上之后，罗伯特很少见到汤姆和温斯顿，他们和卡洛斯都在克里克诊所待了几天。罗伯特可以猜到他们应该也像自己一样，同政府达成了某种协定，所以现在他们自由了。官方说法就是鲍勃说过的：老年团只是组织了一场失控的抗议活动，但他们从未打算破坏实验室设备，对此他们深感抱歉。非官方的说法则是一个英勇牺牲的故事，解释了大学和实验室方面并未追责的原因。只要老年团集体保持沉默，就不会再有什么后果了。

刚才，温斯顿脸上露出了奇怪的笑容。他向胡安点点头，伸手去握罗伯特的手："虽然我从费尔蒙特退学了，我在这里仍然有家人，多丽斯·施莱是我的曾孙侄女。"

"哦！她表现得很好，温斯顿！"

"谢谢，谢谢。而你——"温斯顿犹豫了。从前，对罗伯特的赞誉来自四面八方，让温斯顿备受打击，"——你写了一些精彩的东西，罗伯特。那些歌词，我永远也想不到贝多芬的音乐能配上这样的词，而且还用了英语和西班牙语两种语言。这是……艺术。"他耸了耸肩，仿佛在等待对方的嘲讽打击。

"这不是我写的，温斯顿。"也许这是个打击，但我不是故意的。"是胡安写的歌词。我们整个学期都在合作，但这一部分是他独立完成的，我只是最后提了一点意见。老实说，查姆莉格那些完全是胡说八道，都是胡安写的。"

"哦？"温斯顿向后退去，然后才真正注意到胡安。他伸手去和男孩握手，"写得很美，孩子。"然后侧过身看着罗伯特，眼神里依然带着怀疑，"你知道吗，罗伯特，从某方面来说，这和你之前写得一样好。"

罗伯特想了一下，在脑海中聆听着胡安的歌词，就像他习惯聆听自己的诗歌一样。不，我的要更好。好多了，但并非云泥之别。如果以前的罗伯特看到这些歌词……算了，以前的罗伯特无法忍受二流作品。如果有半点机会，他根本就不会让胡安的作品面世。"你说得对，胡安写出了一首优美的歌曲。"他犹豫了一下，"我不知道……这么多年来是怎么了，温斯顿？"

胡安在他们之间来回看着，脸上开始露出骄傲的神情。他似乎猜到了温斯顿和罗伯特之间未说出口的一些话。

温斯顿点点头："是的，很多事情都变了。"人群正在散开，孩子们因此跑得更快，打闹得更欢了，不停地从他们身边飞奔而过。"如果歌词不是你写的，那你做了什么呢，罗伯特？"

"啊哈！我负责时滞同步。"尽我所能做了些。

"真的？"温斯顿试图保持礼貌，虽然他自己也有过远程合唱团的经验，但他似乎并没有那么佩服。好吧，它确实有点粗糙。

秀→莉娜：看在上帝的分儿上，对他说句话，莉娜！

莉娜→秀：你闭嘴！

秀→莉娜：那我替你说。

又寒暄了几句之后，温斯顿离开他们，朝施莱一家走去。汤姆和向秀也走了，但罗伯特注意到向秀身后飘浮着一行金色的文字。

秀→罗伯特：你们的演示太棒了，罗伯特。

胡安没有注意到向秀的默信："布朗特院长没看懂你在我们项目中的工作，是吗？"

"是的，但看懂的部分他很喜欢。没关系，我俩都超常发挥了。"

"是的，我们真的成功了。"

胡安带着他走下看台。虽然鲍勃和米莉没有来，但胡安的父母来了。又是一番热情的问候和祝贺，虽然奥罗斯科一家仍然不了解罗伯特·顾这个人。

有些孩子的家人和朋友又在足球场上逗留了一会儿，孩子们的表现似乎给父母们带来了小小的惊喜。他们爱自己的孩子，自以为很了解自己孩子的水平。但查姆莉格似乎改变了他们——没把他们变成超人，而是变成了聪明人，可以做到他们父母做不到的事情。真是一个值得骄傲又略让人不安的时刻。

米莉仍然没有出现，可怜的胡安。我希望爱丽丝顺利到家。现在少了一只胳膊，他不太方便边走边查询信息了。

罗伯特挤到人群中最密集的地方，人们紧紧地围着露易丝·查姆莉格。她看起来既开心又疲倦，不停地否认自己的功劳："我只是告诉我的学生如何使用他们拥有的东西和世界上已有的东西。"

他伸手握住她的手："谢谢。"

查姆莉格抬头看着他，脸上带着不自然的笑容。她抓住他的手握了一会儿："你！我最特别的孩子，你的问题恰好和其他人的相反。"

"怎么说？"

"其他人的问题是，我必须让他们放手去尝试，发现自己的才华。但是你……首先你得放弃你曾经拥有过的才华。"她的笑容中带着一丝伤感，"失去的东西确实遗憾，罗伯特，但要为你现在拥有的东西感到高兴啊。"

*她一直都知道！*但是她的注意力转向了其他人，她愉快地向他们保证，下个学年会比之前更有意思。

当胡安和其他人开始讨论常规的演示会是什么样的时候，罗伯特离开了。孩子们不愿相信自己的作品会输给其他人，至少在今晚之后不会再相信了。

在去往交通环岛的路上，罗伯特遇到了两个熟人。"我以为你们和温斯顿在一起。"他说。

"本来是的，"汤姆说，"但我们回来了，想祝贺你和你那个音乐同步的小玩意儿。"

向秀点头同意，两人中只有她穿着网衣，一个表示祝贺的图标从她那里飘了出来。可怜的汤姆仍然拎着他的笔记本电脑到处走，可是里面剩下的东西肯定已经被秘密警察接管了。

"谢谢，我很骄傲，但这确实只是个小玩意儿，没有人真的需要通过

34 大英博物馆与大英图书馆

免费网络同步相隔几千英里的音乐演出。我基本上只是利用了路由的可预测性，外加对曲子熟悉罢了。"

"再加上对每个表演者的时间分析，对吧？"汤姆说。

"对。"

"再加上你的防抖算法。"向秀说。

罗伯特犹豫了一下："你知道，这挺好玩儿的。"

汤姆笑了："你应该上网搜索一下，人们注意到你的发明了。在我年轻的时候，这个是可以申请专利的。现在嘛……"

向秀拍了拍汤姆的肩膀："现在嘛，凭这个可以在高中课堂上拿个高分。你和我，我们还有很多要学的，托马斯。"

汤姆嘟囔了一声："她的意思是我应该学会网衣。"他看了一眼身边的年轻女人，"我从来没有想过，向秀会救我一命。但是当然，我是被救了，但是大家也都被捕了！"

莉娜→秀：汤姆害怕尝试新事物，即便他声称他很向往未来。

他们静静地走了几步。向秀发来更多金色的句子，她发默信越来越娴熟了。

秀→罗伯特：汤姆老了，吃药帮不了他，他害怕尝试新事物。

罗伯特好不容易忍住吃惊的表情。这个技术狂人什么时候变成精神病学家了？不过她对汤姆的看法可能是正确的。

汤姆肯定看不见他们之间的默信，但他的脸上开始露出熟悉而狡猾的笑容。

"怎么了？"罗伯特终于问道。

"我只是在想，我们的圣地亚哥分校行动是我参与过的最疯狂的冒险。是的，我们被人利用了。但是，就像很多现在的关联人一样，我们做出了贡献，然后在某种程度上来说，我们也实现了自己的目标。"

罗伯特想到了陌生人的承诺："为什么这么说？"

"我们针对胡尔塔斯'图书馆升级项目'的行动成功了。"

"但图书馆的书籍都被毁掉了。"

汤姆耸了耸肩："我有点喜欢图书馆斗士的幻象。重点是，我们让胡尔塔斯颜面扫地了。"

"这也算胜利？"

他们正沿着交通环岛走着，身后跟着一辆空车。

"是的。你阻止不了历史进程，但我们拖住了胡尔塔斯，为那些前来拯救我们的活动争取到了足够多的时间。"他看了罗伯特一眼，"你还没听说？你整天穿着那些花哨的东西，却连实时新闻都不看？"

汤姆没等他回答就继续说道："你看，胡尔塔斯这么着急是有原因的。原来中国人动作比我们想象的都快，他们已经开始升级大英博物馆和大英图书馆。中国人在非全面破坏性数字化方面有多年的经验。和胡尔塔斯的碎纸机相比，他们的办法温柔多了。跟他们一比，圣地亚哥的做法看起来就很蠢了，他们甚至还数字化了非书籍类展览的触觉信息。真是天差地别啊，连谷歌文档都没法跟他们比。总之，我们耽误了胡尔塔斯几天时间，让他失去了优先权。"

汤姆从衣兜里掏出一张三英寸见方的塑料片："给你的礼物，花了我19.99 美元。"

罗伯特接过黑色塑料片，看起来很像世纪之交时他在老式个人电脑上使用的磁盘。他发送了一个查询命令，空中浮现出标签：*数据存储卡，容量 128 拍字节，已使用 97%*。还有更多信息，罗伯特没有继续读下去，而是回头看着汤姆："还有人在用这种移动存储卡吗？"

"只有我这样偏执狂的老家伙才会用，携带是挺麻烦的，但我的笔记本电脑里有一个读卡器。"当然有了，"这些数据网上都有，还有很多对比分析信息，不过那些中国人要额外收费。但就算你没有读卡器，我还是觉得你应该会想要一张。"

"啊。"罗伯特看了一眼顶级目录，就像站在高山之巅，"这是……"

"大英博物馆和大英图书馆，由中国信息联盟数字化。触觉和艺术类数据是低分辨率的，所以能装进一张存储卡里。但图书馆部分是麦克斯·胡尔塔斯从圣地亚哥分校吸收的数据量的二十倍。即使刨除图书馆之外的东西，这基本上包含了整个人类文明的记录，一直到 2000 年。"

罗伯特掂了掂塑料卡片："看起来没多重。"

汤姆笑了："确实不重！"

罗伯特想把它还给他，但是汤姆挥了挥手："我说了，这是个礼物。把它挂在墙上，这样你就能时刻提醒自己，这就是我们曾经拥有的一切。但如果你想看里面的内容，上网看就可以了。中国人设计的系统很不错。他们的专用服务器非常智能。"

汤姆退后一步，朝跟着他们的那辆车打了个手势。车后门打开了，他示意向秀先上车。这一刻非常怪异，汤姆看起来像个泡了年轻妞的风流老头子，又一个与事实完全不符的陈旧印象。

"所以，胡尔塔斯的碎书业务已经结束了。中国人承诺他们的后续行动将比在大英图书馆的更加温和。想象一下柔软粉嫩的机器人的小手在世界各地的图书馆和博物馆里精挑细选的画面。它们会进行交叉检查，扫描注释——帮助像祖尔菲卡·谢里夫这样的新一代学者拿到学位。"他向罗伯特挥挥手，"再见！"

向秀回到"彩虹尽头"时几乎已经到午夜时分了，莉娜还没睡，她在厨房里准备着零食。莉娜因为骨质疏松症，不得不把腰弯得很低，脸离桌子只有几英寸。这姿势看起来很奇怪，但轮椅和厨房的设计可以让她尽可能地自由活动。

向秀小心地走进房间，感到非常尴尬："对不起，把你切断了，莉娜……"

莉娜转过来面对着她，歪着嘴笑了笑："嘿，没事儿。你们年轻人需要隐私嘛。"她让向秀坐下来吃点东西。

"是的。好吧，汤姆其实已经不年轻了。"她脸红了，"我，嗯，不是说身体。他想要跟上时代，但就是适应不了新事物。"

莉娜耸了耸肩："汤姆的头脑至少比某些人好。"她从盘子里抓起一个三明治，嚼了起来。

"你觉得他能跟上来吗？"

"有可能，科学会继续发展。即使这对帕克的问题没什么帮助，我们也可以在正确的方向推他一把。他主要的问题是，他年轻时的一切都来得太容易了。他被宠坏了，不愿去尝试任何对他来说很难的东西。"她指了指向秀，"快吃吧。"

向秀点点头，伸手拿了一块三明治。她们以前讨论过这个问题，事实上，正是这样的讨论改变了向秀博士，不过也许她比汤姆聪明一些。在不久的将来，她要面对的主要问题可能是如何拒绝政府的"工作邀约"。

向秀咬了一口三明治，里面是花生酱和果冻，但味道还不错。"我们今天见了那么多人，你有机会给他们分析分析吗？"

"你是说扮演精神病学家？是的，我翻看了你的主显系统日志，然后匿名咨询了一些专家，发现我们给卡洛斯·里维拉的建议很好。他的病是终身的，但人生就是如此。至于胡安，至少到目前为止，能做的我们都做了。"

向秀含着满口的花生酱和果冻笑了，过了这么久，她终于意识到莉娜是个天才。毕竟，精神病学是一门特殊的软技能。莉娜说过，小米莉喜欢

　　　　　　　34　大英博物馆与大英图书馆

把她的祖母想象成女巫。她知道这点，虽然小姑娘从未说过。而现在，向秀已经确信莉娜完全符合米莉的想象，至少在比喻意义上。我从来没有理解过其他人的想法，但是当莉娜通过我的眼睛看人，然后在我耳边说话时，我学到了不少。

然而，向秀还有一些想不通的地方："我不明白你的孙女为什么不理睬胡安。当然，孩子们不记得皮尔彻大楼里到底发生了什么，但我们知道他们那时快要成为朋友了。要是我们能拿到米莉的日志"——政府还没把它还回来。

莉娜没有直接回答："你知道爱丽丝出院了吗？"

"知道！你告诉我了，但没说细节。"

"不会有什么细节。'爱丽丝病了，现在她好了'，就是这样。其实，我很早就知道爱丽丝在拿生命冒险，这次她差点就不行了，而且这与我前夫在加州大学圣地亚哥分校搞的大破坏有关。我觉得爱丽丝会好起来的，这也许有助于胡安跟米莉和好。"莉娜向后靠在椅背上，更确切地说，她调整了一下椅子的倾斜度。光凭她自己，莉娜永远也无法坐直。"我们以前就聊过，米莉很固执，有时候甚至固执得可怕，这是她从老浑蛋那里隔代遗传。现在这种固执让她陷入深深的内疚感之中：在潜意识里，她觉得是她和胡安搞砸了，害了爱丽丝。"

"嗯，这听起来不怎么科学，莉娜。"

"科学的部分我给你跳过了。"

向秀点点头："相信你的结论没错。不过，费尔蒙特高中竟然有人认为我是处理人际关系的天才。我？！"

莉娜向桌子对面伸出手来，伸到她这把老骨头能允许的极限，向秀轻轻地握住了她的手。"我们是完美组合，不是吗？"莉娜说。

"是的。"不仅仅是莉娜帮助她学会识人，不仅仅是拯救了汤姆和他的朋友们。在她刚进入费尔蒙特高中的那段黑暗的日子里，当她确信自己永远没有希望振作起来时——莉娜过得也不是那么开心，她们互相鼓励着迎来了曙光。向秀看着这个比她年轻十岁的小老太太，*莉娜和我一起时，我俩变得非常强大。但如果分开了呢？*

"莉娜，你认为我能像你一样擅长识人吗？"

莉娜耸了耸肩，微笑着说："哦，我不知道。"

向秀抬起头，回顾着过去几个月的点点滴滴。莉娜几乎从不直接撒谎，她似乎明白撒谎会影响她的信誉。但是莉娜会隐瞒，即便面对直接的问题时，也能做到无懈可击。"你知道吗，莉娜，当你耸耸肩说'哦，我不知道'的时候，你心里想的应该是'一百万年也没可能'吧。"

莉娜瞪大了眼睛，捏了一下向秀的手："嗯，被你看穿了。这次你并没用一百万年就看透了我呀！"

"很好。因为我想告诉你，莉娜……我不认为罗伯特还是你记忆中的那个浑蛋，我认为他真的改变了。"

莉娜把手抽了回来："我收回刚才说的话。对你来说，一百万年可能还不够。"

向秀伸出手，但莉娜已经把手放回自己膝盖上了。*没关系，该说的还是得说*："罗伯特一开始是很粗暴，但看看他是如何帮助胡安的。我有一个理论，"*这其实不是她自己的理论*。她引用了《自然》杂志上的一段话，并展示给莉娜，"罗伯特相当于受过严重的创伤，而创伤重塑了他的性格。"

"你读了太多垃圾科学，秀。还是让我们这些专业人士来分析这些吧。"

"就好像他的死结被打开了。他找回了原有的记忆，但从身体上来看，他是一个年轻人，他拥有了重新来过的机会。你明白吗，莉娜？"

莉娜听到这些话，缩着身体，然后腰弯得更低了。她沉默了很久，盯着自己佝偻的身体，轻轻地摇着头。最后，她终于抬起头，看着向秀的眼睛，眼中依稀带着泪光："你还差得远呢，孩子。"

然后莉娜从桌旁退开，她的椅子灵活地升高、转弯："今晚就到这儿吧。"她摇着轮椅驶向她的卧室。

向秀洗了碗，通常莉娜会坚持收拾这些。"我还能亲手做的事不多了。"她总是说。但今晚她没有。如果我在识人方面更聪明一点，向秀想道，也许我就能知道为什么了。

- 35 -
消失的撇号

　　祖尔菲卡·谢里夫已经从俄勒冈州立大学的研究生名单上消失了，罗伯特收到了一条过时的错误信息："该生已经离开俄勒冈州立大学，不再是本校的注册学生了。"就连谢里夫的电子号码也变成了空号，这有点可怕。罗伯特到处寻找着他的踪迹，在全球范围内，搜索"祖 * 谢里夫"大概能找到一千条相符的结果。能直接看到的那些人没有一个像他的，而剩下那些人都设置了不同程度的隐私保护。

　　但罗伯特要找的祖尔菲卡·谢里夫毕竟是个技术菜鸟，一两个小时后，罗伯特就在加尔各答大学找到了他的踪迹。

　　谢里夫垂头丧气地说："布兰丁斯教授把我开除了。"

　　"把你在俄勒冈州立大学的研究生资格取消了？在我那个年代，教授们没有这么大权力。"

　　"布兰丁斯教授得到了官方的支持。我花了几个星期，试图向一些非常难缠的美国政府特工解释原委，他们就是不相信我是一个被多次劫持的无辜人员。"

　　"嗯。"罗伯特把目光从祖尔菲卡·谢里夫身上移开，看着他们周围的城市，天气看起来潮湿闷热。他们的小桌子旁边人来人往，年轻人谈笑风生。城市的地平线上可以看到不少象牙色的高楼大厦，这是现代印度幻象中的加尔各答。他有一种想再开一个相反视点的冲动，试图弄清楚什么是真实的，什么是虚构的。不，还是专心弄清楚哪一部分祖尔菲卡·谢里夫是真的，哪一部分是假的比较重要。"我觉得警方允许你回到印度就足以说明他们相信你是无辜的了。"

"确实，虽然有时候我觉得他们是想放长线钓大鱼。"他无力地笑了，"我真的很想写关于您的论文，顾教授。一开始，这是学术上的渴望。可以用您来打动安妮·布兰丁斯，但我们聊得越多，我就越……"

"有几分之一的你是你，谢里夫？有多少？"

"我也很想知道！除了我自己至少有两个。这真是一种令人沮丧的经历，教授，特别是最开始时。有时我正在跟您谈话，正要提一个会打动布兰丁斯教授的问题——然后砰的一下，我就变成了旁观者！"

"所以你仍然可以听到、看到？"

"是的，通常都可以！次数太频繁了，所以我甚至认为其他人是在利用我提一些问题，然后从中获取灵感为自己所用。最后——我向你们的警察承认了这一点，这是个大错误——最后，我开始喜欢上这种被劫持的奇怪感觉。我亲爱的劫持者提出了我从未想过的问题，所以我一直旁观着你们反图书馆升级项目的阴谋，最后反而让自己看起来像个国外的破坏分子。"

"如果那晚你没去骚乱现场，我的米莉就会死。你看到了什么，祖尔菲卡？"

"什么？噢，那天晚上大部分时间我完全被关在外面。冒充我的人那天晚上的日程完全与文学无关，但我一直在试图闯进去。警察认为如果没有恐怖分子的默许，我永远不会成功。总之，有几秒钟，我看到你躺在地板上，你在向我求助。熔岩正往你的手臂上流过去……"他颤抖起来，"事实上，我看到的就这么多。"

罗伯特记得那次对话，那是他混乱的记忆中最清晰的一个时刻。

这两个人，相距八千英里，静静地坐了一会儿。然后谢里夫带着疑问抬起了头："现在我已经完全放弃了危险的文学研究。不过我还是忍不住想问：您刚开始新的生命，教授。什么时候能看到您的下一部作品呢，人类历史上的一部全新的《年龄的秘密》？"

"你说得对，那个系列可以继续写下去。但你知道——有些秘密是无法表达的。"

"对您来说不是，教授！"

罗伯特对他微笑起来，谢里夫有权知道真相。"我可以写一些东西，但不能再写诗了。我是获得了新生，但阿尔茨海默病的疗法……毁掉了我的诗歌才华。"

"噢，天哪！我听说过阿尔茨海默病治疗失败的病例，但从未联想到你的头上来。这场冒险唯一让我期待的结果就是，您能再写一首'秘密'系列的诗。我很抱歉。"

"别觉得抱歉，我以前不是……一个好人。"

谢里夫低下了头，然后又抬头看着罗伯特说："我知道。在我联系不上你的那些日子里，我采访了你在斯坦福大学的前同事，甚至包括温斯顿·布朗特。"

"可是……"

"没关系，教授。我后来明白你已经失去了挖苦人的能力。"

"那你应该也能猜到我剩下的才能也消失了！"

"你是这么想的吗？你认为你的才能和恶毒是相连的吗？"谢里夫向前倾身，罗伯特自从几周前的访谈之后就没见他这么专注过。"我……表示怀疑，但这个问题很值得研究。有个问题，我一直想问但不敢问——你身体中究竟发生了什么变化？是从恢复神志之后就变成了一个高尚的人？还是像狄更斯的《圣诞颂歌》中写的那样，是新的经历洗涤了你的心灵？"他往后一靠，"我可以用这个论题写出一篇精彩的论文！"他看着罗伯特，期待着他的回复。

"没门儿！"

"就是，就是，"谢里夫点着头说，"这个机会这么好，我差点忘了自己的决心。第一条就是不再掺和会让安全部门怀疑到我的事情中去。"他抬起头，仿佛对着看不见的旁观者说，"听到了吗？我的身体和灵魂，甚至连我刚杀过毒的网衣，从里到外都是干净的！"然后再次转向罗伯特说道，"其实，我换了个专业。"

"哦？"

"是的。需要先上几个学期的预科课程，但这是值得的。你看，加尔各答大学要开设一个新系，正在招募新教职员工，真正的骨干力量。考虑到来自孟买大学的竞争，我们必须加油干——但这里的人有资金，他们愿意接受像我这样的新人。"他对着一脸困惑的罗伯特咧嘴一笑，"就是我们新开的宝莱坞研究所！电影和文学的结合。我研究的方向是 20 世纪文学对现代印度艺术的影响。虽然我很遗憾失去了研究您的机会，顾教授，但我还是非常高兴转入了这个能让我远离麻烦的专业！"

罗伯特这个假期非常忙，他的同步设计让他一跃成为最低级别中的高手，一家名为通信反斗城的小公司注意到了他。在某种程度上来说，这是一家传统公司。它很老（成立五年了），而且有三个全职员工，所以不像其他公司那么灵活，但它在并行通信方面有好几项创新。通信反斗城已经向罗伯特支付了三周的咨询费用，很显然，这个"咨询"是通信反斗城给罗伯特的试用期，尽管如此，他还是欣然接受了这个机会。

自从他生病以来，他第一次创造了对别人有价值的东西。

在其他方面，事情并不怎么顺利。胡安走了，他的父母带他去了普埃布拉度假，探望他母亲的祖父。胡安偶尔仍会出现，但米莉不肯理他。

"我也想不在乎啊，罗伯特。如果我不再一味地打扰米莉，她也许会愿意和我重新开始。"虽然他这么说，罗伯特还是觉得，如果他的父母没有把他拖走，这个男孩可能依然会赖在他们家门口不愿离去。

"我会和她谈谈的，胡安。我保证。"

胡安怀疑地看着他："但不要让她觉得是我让你谈的！"

"不会的，我会找个合适的时机。"

在选择合适的时机方面，罗伯特拥有数十年的经验，这本来应该很容易。米莉使了点小伎俩没有做演示，这意味着，在下学期最终演示时，她会面临着更高的要求。现在，她整天在家里忙活，主要是照顾她的母亲。爱丽丝变化很大，过去十五周，他所认识的那个冷淡的爱丽丝不见了，变得很……好相处。大多数晚上，爱丽丝和米莉都在厨房里忙活着，尽力做出美味的饭菜。他的儿媳妇看起来依然有些冷淡，但她的笑容不像从前那样机械了。

然后鲍勃又出差了，米莉似乎比以前更加忙碌了。她每天都会找来一些烧伤和肢体复健的新资讯。很快，他应该就能找到机会以此为借口纠正她对胡安的……以及对他自己的……看法。

今晚可能就是合适的时机，鲍勃还在出差。晚饭后不久，爱丽丝就回到了地下的书房。今晚他们也没有下棋，下棋很有趣，是自从圣地亚哥分校那个可怕的夜晚之后生活中的一大乐趣。今晚罗伯特在通信反斗城的工作终于有了一些突破，他忙得忘了时间。他上来透气的时候，已经有了一些成果，也许值得展示给他的雇主。多么美好的夜晚啊！

砰的一声，楼下的门关上了。他的视线依然没从手头的工作上挪开，但他听到了米莉上楼时咚咚咚的声音，她跑过走廊回到了她的卧室。

几分钟后，她出来了。他的卧室门被敲了一下："嗨，罗伯特，我能给你看看我今天发现的一些东西吗？"

"当然。"

她跑进房间，抓了把椅子："我发现了另外三个可以帮助你手臂康复的项目。"

实际上，对罗伯特左臂的状况最精确的描述就是：残缺。前臂完全烧没了，肩膀附近有两个地方烧得只剩下一条肉，他的"假肢"更像一种旧式的石膏模型。但有趣的是，医生说，等有机会了，他可以敲掉这玩意儿，试试现代高科技假肢。里德·韦伯——曾经的医生助理，现在的发言人——又出现了，并解释了一下情况，不过医生们可能不会喜欢他的解释方式。"你是'前瞻性医学'这个新领域的受害者，你看，我们的假肢可以通过电机控制五指，而且寿命几乎和天然手臂一样长。不过，就是有点笨重，而且传感器远不如真实手臂那么灵敏。另一方面，神经和骨骼再生技术有明显的进步。虽然没有人知道它是如何实现再生的，以及是否真的能够实现再生，但是再过十八个月，医生们很有可能让你在断肢处重新长出一条天然的胳膊来。医生们现在担心的是，如果把残肢清除掉，安上义肢，有可能会增加后续的治疗费用，所以现在你只能凑合用这个连你祖父都觉得过时的假肢。"

罗伯特点头接受了。对于他来说，每天肩膀上戴着这个死沉死沉的东西也算是一种小小的忏悔，无时无刻不在提醒着他：他的愚蠢差点害死了人。

米莉对这毫不知情，实际上，她认为"前瞻性医学"非常愚蠢，米莉相信她自己找到的治疗方案。"有三个团队，罗伯特。其中一个已经培养了完整的猴子爪，一个正在研究超轻的义肢，还有一个在神经编码方面已经取得了一些进展。我打赌你在通信反斗城的朋友肯定会拿你去试验第一种疗法，你觉得呢？"

罗伯特摸了摸包在残缺手臂上的塑料外壳："啊，我认为猴子爪疗法对我来说太冒险了。"

"不，不，你不会长出猴子爪。猴子爪只是……"然后她才明白罗伯特的话外之意，"罗伯特！我不是在讲故事。我正在试着帮你，比从前更想，我欠你的。"

是的，今晚绝对是纠正她看法的好时机。"你不欠我的。"

"嘿，我是不记得了，但鲍勃告诉我他看到了什么。你用你的手臂挡住了熔岩，你就那么挡着。"她想到当时的痛苦，脸皱了起来，"你救了我，罗伯特。"

"我是救了你，孩子，是的。但麻烦也是因我而起，我和一个恶魔做了笔交易。"

"你太渴望恢复才华了，我知道。我只是不知道事情会发展到哪种程度，所以麻烦是我俩一起惹出来的。"

真的到了跪下请求原谅的时候了，但首先得让她知道为什么他不可饶恕。他艰难地开了口："米莉，你是为了解决问题才惹的麻烦。但我……我就是那个害了你妈妈，差点让她丢了性命的人。"好了，说出口了。

米莉静静地坐着。过了一会儿，她目光低垂，轻声说道："我知道。"

现在两个人都沉默了。"鲍勃告诉你了？"

"不，是爱丽丝告诉我的。"她抬起头来，"她还告诉我，他们仍然不知道你做的事情是怎么害她崩溃的。没关系，罗伯特。"

然后她突然哭了起来，罗伯特确实跪下了。他的孙女搂着他的脖子，放声大哭，全身发抖，拳头捶着他的背。

"真对不起，米莉。我……"

米莉的哭声更大了，但她不再打他了。半分钟后，她的哭声渐渐变成抽泣，最后安静了下来。但她仍然抱着他，她吞吞吐吐、含混不清地说道："我刚刚发现……爱丽丝……爱丽丝又开始培训了。"

　　　　　　　　　　　　　　　　35 消失的撇号

哦。

"她上次的病还没完全恢复！"米莉又哭了起来。

"你父亲怎么说？"

"今晚联系不上鲍勃。"

"联系不上？"在当今这个时代？

米莉把他推开，用自己的袖子擦了擦脸，接着从他放在她旁边的纸巾盒里抽了张纸巾："真的联系不上，战术屏蔽。你……你没看新闻吗，罗伯特？"

"嗯。"

"仔细看隐藏在字里行间的信息，鲍勃去了某个地方，目的是把那个地方炸毁。"她使劲擦着脸，恢复了平时的语气，"好吧,也许不是字面意思。每当鲍勃不得不去执行他不愿意执行的任务时，他就会这么说。但是我会查看谣言工厂的消息，同时观察鲍勃和爱丽丝，通过这些我能猜到很多东西。有时会联系不上鲍勃，每逢那个时候，我就会读到另一个国家发生了一些奇妙或可怕的事情。有时爱丽丝去接受训练，然后我就知道要么是有人需要帮助，要么是又要发生非常糟糕的事情了。现在鲍勃出差了，而爱丽丝重新开始训练。"她用手捂着脸，过了一会儿，又擦了几下脸，"我猜传得最多的谣言是真的。图书馆骚乱时发生了可怕的事情，比一般基因组实验室被劫持还要可怕。现在所有的超级大国都慌了，他们认为有人破解了他们的安全系统。爱丽丝今晚差点亲口承认这一点，这就是她的借口！"

罗伯特又坐了下来，但只坐了椅子的一角。他原本要忏悔的心情完全消失了："鲍勃回来之后，你应该和他谈谈。"

"我会的。然后他会跟她吵，你自己也听过他们吵架，但他最终还是无法阻止她。"

"这一次，他也许能说服她，或者争取到医生的支持。"

米莉停了一下，似乎放松了一些："是的。这次不一样……我很高兴能跟你聊这个，罗伯特。"

"任何时候都可以，孩子。"

但她没有接话。

最后，罗伯特开口说："你是在想主意，还是在谷歌搜索？"

米莉摇了摇头："都不是。我在联系一些人……但对方没有回应我。"

"你知道，米莉，胡安去普埃布拉探望他的曾祖父了，他可能不会一直穿着网衣。"

"胡安？我不会打电话给他的。他不是很聪明，在皮尔彻大楼里时，还关键时刻掉链子。"

"你并不记得发生了什么！"

"我记得自己一个人进了隧道。"

"米莉，自从进入费尔蒙特高中之后，我几乎每天都和胡安说话，他不会让你失望的。回想一下你记得的每一个细节，跟踪我的时候，你们两个肯定密谋了很多事情。我敢打赌他没有耍赖，他可以成为你的好朋友，另一个你可以谈心的人。"

这一次，米莉惊讶得下巴都要掉了："你知道我不能和他谈论这些事情。要不是你已经知道了，我也没法和你谈。"

"那倒是，有些事你不能告诉他。但是……我认为你可以对他好一点。"

米莉抬眼看着他的眼睛，但她没有说话。

"还记得我告诉过你，你让我想起了你的姑奶卡拉吗？"

米莉点点头。

"对此，你还很高兴。但我想你知道我是如何对待卡拉的，多年来，就像艾兹拉·庞德事件一样，上演了一遍又一遍。我从来没有机会弥补这些过错，她很早就去世了，那时比现在的爱丽丝大不了多少。"

米莉的眼中又盈满了泪水，但她紧紧地抓着膝盖上的纸巾。

"我这样过了一生，米莉。我娶了一位非常爱我的优秀女人，莉娜忍受过的伤害比我曾经在卡拉身上发泄过的更多，也更久。甚至在我把她赶走的多年之后，她还在'彩虹尽头'继续照顾我，现在她也死了。"罗伯特低下头，此刻心中只能想着所有那些失去的机会。说到哪里了？哦……"所以……我认为你欠胡安一个人情。跟他断绝关系，这跟我犯下的那些错误没有什么区别，但你仍然有机会去纠正。"

他看着米莉。她弯下腰，撕扯着手里的纸巾。"好好考虑一下，好吗，米莉？我不是故意要管这么多的。"

终于，她开口说："你有没有违背过誓言，罗伯特？"

怎么说起这个来了？但不等他开口，米莉继续说道："好吧，我刚刚违背了一个！"然后，她抓起那盒纸巾跑出房间。

"米莉！"他追进大厅时，米莉已经跑回自己房间了。

罗伯特犹豫了一会儿：是走过去敲她的房门，还是给她发默信？

最终，他走回自己的房间，转身就看到桌子上有金色的光芒，就在米莉刚才坐着的地方的旁边。这是一个电子号码，授予了有限的消息功能。但他已经有米莉的电子号码和更方便的联系方式了，他打开了金色的电子号码。

这是莉娜·卢埃林·顾的号码。

罗伯特在电子号码旁边坐了差不多半个小时，他翻来覆去地研究着它，研究了里面的资料。他想得没错：莉娜还活着。

里面没有实体地址，但他可以给她发一条简单的信息。写这条信息花了两个小时，不到两百字。这是罗伯特迄今为止写过的最重要的文字。

那天晚上，罗伯特失眠了。熬到了早上，然后又到了下午，但一直没有收到回复。

尾声

六个星期过去了。

罗伯特现在更关注新闻了，他意识到世界会给他带来伤害。他和米莉交换了各自看到的信息，对于边远国家的突击行动据说已经结束，谣传什么也没发现。谣言——以及一些真实的新闻——提到了欧盟、印度和日本情报机构的丑闻。所有大国仍然对各种疯狂的阴谋论传闻表现得非常紧张。

在家庭方面，鲍勃回来了！罗伯特和米莉认为这意味着一些灾难理论变得非常不可信，但其他理论依然有可能。鲍勃在知道爱丽丝重新开始训练时果然大发雷霆，家里的气氛变得很紧张，罗伯特和米莉都感觉到了隐藏在平静外表背后的令人心碎的争吵。多年来，米莉一直从蛛丝马迹中拼凑着事实。她的猜测是，鲍勃不仅向医生求助，还向高层申诉。但他做的这一切都没有用，爱丽丝仍在接受培训。

在此期间，胡安从普埃布拉回来了。米莉不怎么提到他，但他们又开始说话了，那男孩脸上出现了笑容。

莉娜那边……依然没有消息，她还活着。他的消息并没有弹回来，她的电子号码仍然有效。罗伯特就像在与无尽的虚空交谈，但他一直坚持着，每天发一条消息——他想知道除此之外还能做些什么。

向秀离开了"彩虹尽头"。

"是莉娜让我离开的，"向秀告诉他，"也许是我给她太多压力了。"但我知道她现在住在哪里了！我可以去那儿找她。我可以让她知道我变化有多大了，但也许这只会证明他所有的改变都无关紧要了。所以罗伯特没有开车去"彩虹尽头"，也没有窥探那里的公共摄像头，但他继续给她写信。在外面时，他经常想象除了安全部门全天候的监视之外，也许还有另一个人也在看着他，那个人终有一天会原谅他。

与此同时，他全身心地投入到学业中。要学的东西太多了，他剩下的时间都花在了通信反斗城上，他们喜欢他的作品。

在图书馆大骚乱两个月后，罗伯特回到加州大学圣地亚哥分校。他已经与温斯顿和卡洛斯失去了联系，想到这个他就觉得奇怪。那段时间，老年团曾经是个如此紧密的阴谋团体，而里面的成员现在连话都不说了。最简单的解释是由于共同的羞耻感：他们被利用了，他们做的事情差点害死了很多人。这些都有一定道理，但罗伯特还有另一种解释——一个更奇怪、更令人不安的原因：老年团就像一个儿童小圈子，每个人都会发展出新的兴趣，那么当初的那种敌意和亲密关系也就随之消失了。有时秋季学期时的那种绝望似乎与他 20 世纪的生活一样遥远，他现在想学及想做的事情太多了，这些事情和他从前耿耿于怀的那些东西完全不相干。

最后，是通信反斗城的项目让他回到了大学校园。抖动和延迟在视频通信协议中是个麻烦的问题，在语音中更加棘手，而对于触感界面来说则是无解难题。触感机器人的功能越来越强大——但是几乎没法在网络上远程使用。现在，通信反斗城希望罗伯特用他疯狂的同步方案解决触感机器人存在的缺陷。

"图书馆升级项目"以及之后的大骚乱使得加州大学圣地亚哥分校的行政管理部门向图书馆投入了更多的资金。在某些方面，它的触感体验已经超过了金字塔山这样的商业游乐园。问题是，如何通过网络传输这些触感？他读了很多文献，研究了触感机器人的设计，但要解决这些问题，没有任何东西可以取代第一手经验。他叫了辆车开到加州大学圣地亚哥分校。

尾声

两个月，时间并不算长。瓦尔沙夫斯基大楼北侧的服务器库房已经合并了，软件工程系大楼所在的地方现在变成了一个足球场。罗伯特可以看出这不是图书馆骚乱或者海军陆战队的行动造成的破坏，只是现代学院的正常翻新。

他走在桉树林中的人行道上，像往常一样，从树林中走出来，裸眼视窗中豁然开朗，绵延数英里的高地衔接着远处的山脉。在这些背景之前屹立着的，仍然是盖泽尔图书馆。

它现在是圣地亚哥分校最古老的建筑，是玫瑰峡谷地震后那百分之二十被重建的建筑之一。但是，地震的影响比起骚乱期间所遭受的破坏，简直微不足道。老年团的赞助人把整个东翼从地基上拔了起来，换作校园里其他任何一座建筑，遭受了这样的破坏之后，肯定会被彻底推倒，或许会因其历史价值而考虑重建。但盖泽尔图书馆既没有被推倒，也没有重建。

罗伯特沿着图书馆的北侧走过去，经过卸货平台。他看过骚乱之后不久的影像，这里的地板倾斜下垂，内部服务器被损毁了，消防部门加了一些临时支柱，20 世纪的水泥碎片散落了一地。

那些破坏的迹象消失了，悬空的地板又恢复到了水平状态。

大学并没有进行简单的修复，西翼看起来几乎没有变化，但在卸货平台上方有明显的扭曲，东侧最大的立柱形成了一个优美的角度。那些立柱是在图书馆"走路"的时候移动的，现在就固定在那儿不动了。底层是草坪和光滑的水泥地面，还有铺着地砖的智慧之蛇小径。向上看，茂盛的藤蔓沿着扭曲的混凝土结构爬了下来。在常春藤的尽头，柱子上镶着一串串彩色的鹅卵石，看起来像发光晶体中的压力条纹一样。在柱子的上方，每层楼都稍稍偏离了下面的一层。

根据建筑的说明信息，罗伯特看到有些支柱是用填充了碳纤维的复合材料制成的。然而大楼与裸眼看上去一样真实而坚固，比校园里其他建筑

尾声

都真实、坚固。这栋大楼活了下来。

他走上楼梯，在每一层都停下来四处看看。他认出了哈塞克人的地盘，这里还有图书馆斗士。我还以为他们公会被赶出去了。在其他地方，他认出了疯狂的斯酷奇兽。他从来没有理解过斯酷奇那杂乱无章的故事，更不明白它们和图书馆有什么关系。然而，斯酷奇们"赢得了"公会之战，也赢得了图书馆。

在其他地方，两个公会并行运行着。你可以选择你喜欢的一个，或者都不选。

罗伯特专心地看着管理和裸眼视点，他来这里毕竟是为了研究触感系统的。这里到处都是触感机器人——虽然不像金字塔山那么多，但是大学几乎将各种各样的机器人都塞进了这栋楼中。圣地亚哥分校在这些机器人上下了血本，有一些可以自由移动，但大多数都是固定的。它们的速度都很快，在图书馆斗士对着一本书的影像伸出手的当儿，一个机器人就会滑到合适的位置，改变读者会碰到的那一小块表面，让读者碰到相应的书的材质。

罗伯特站了一会儿，看着整个过程，裸眼视点呈现了他前所未见的场面。当学生——关掉"图书馆斗士"层之后她就是个学生——翻动手中的书时，触感装置也会随之翻动，始终让手感和看到的内容保持一致。当她把它放回桌子上时，触感装置立即转向另一个任务——这次是为一个斯酷奇用户提供一种更复杂的操作。

他注意到那个女孩正盯着他看，连忙解释道："对不起，对不起！我以前没见过这个。"

"很可悲，不是吗？"她对他笑了笑。

"是的，呃，很可悲。"在高协议层中的某个地方，这些操作会涉及书籍和它们的内容。但在实体层面，这甚至……更迷人。他漫无目的地走着，任思绪越飘越远，想象着错综复杂的触感如何在网络两端的装置上重现。如果两头都有人类参与，那将非常困难。但如果是非对称服务，也许……

"嘿，顾教授！往上看。"

罗伯特循声望去，他头上的天花板变透明了，他一下子看到了六楼。卡洛斯低头看着他，露出一脸快乐的笑容："好久不见，教授。上来坐坐吧？"

"好啊。"罗伯特回到了楼梯间。楼梯间没有任何触感装置……六楼也一样。但没有书了，有人在这里设了几间办公室。

卡洛斯带他逛了一圈，整个六楼似乎只有他一个人。"现在，我们团队在不同的地方工作，有一些人正在规划地下的新馆。"

"那么现在你的工作是什么？还是图书管理员，我猜？"

卡洛斯犹豫了一下："嗯，我现在有好几个职称。说来话长。嘿，到我办公室来吧。"

他的办公室位于东南角，窗口下方是蛇形小径和滨海步道。实际上，这正是老年团碰面的地方。卡洛斯挥手让罗伯特坐下，自己坐在了宽大的办公桌后面。卡洛斯本人……他仍然很胖，戴着厚厚的眼镜，穿着老式T恤。但是有一点变化——现在的卡洛斯看起来很轻松，而且精力充沛……很满意他在做的事情。"我希望跟你谈谈，但是这里刚刚开始忙起来——你知道，因为我们差点把事情搞砸了。"

"是的，我明白你的意思。我们……非常走运，卡洛斯。"他环顾着整间办公室。如今，从可见的东西中很难判断级别，但是这里大部分的家具和植物看起来都是真实的。"你要跟我说你的工作。"

"是的！有点不好意思。我是图书馆支持部的新主管，这是大学里的官方头衔。但在有些圈子里，这个头衔并不重要。在楼下和世界其他地方，你会发现我还有其他身份——比如'危险的知识'和最伟大的斯酷奇小兽。"

"但那是两个不同的公会啊。我以为……"

"你看到的消息说斯酷奇赢得了一切，对吧？其实，不完全是这样。在一切平息下来之后，发生了一个非常奇怪的，呃，不能说是'妥协'，说'结盟'或'远程合并'可能更准确一些。"他往椅背上一靠，"我们差一点儿就把圣地亚哥这一边给炸掉了，幸好我们及时收手了，而那场疯狂的骚乱比一部新电影还要赚钱。更重要的是，来自各地的资金和创造力都被吸引了过来，学校的管理层很聪明地利用了这一形势。"他犹豫了一下，语气中带了一丝伤感，"所以我们大家宣称要做的事情已经失败了。实体书籍已经消失了，但是盖泽尔图书馆还在，而这两个疯狂的网络公会正在全世界推广它们的内容。你已经知道这些了，对吗？这就是你来这里的原因？"

"实际上，我是来研究你们的触感装置的。"罗伯特解释了他对远距离互动触觉技术的兴趣。

"嘿，那太棒了！两个团体都在催促我，说要扩大各自的范围。但是在更高的层面上，你怎么看它们给图书馆带来的影响？"

"嗯，图书馆斗士看起来和以前一样，我想。如果你喜欢那种东西，这是一个有趣的界面。斯酷奇……我想明白它们在做什么，但是看不懂。它们太分散了，差不多每本书都有自己的交感现实。"

"差不多，斯酷奇一直都是兼收并蓄的。现在他们有了一个升级后的图书馆，他们正在建立一套游戏共识机制，细化到每个主题，而且往往具体到单个段落。它比哈塞克的东西更精细，但孩子们上手极快。他们真正的力量在于斯酷奇可以与现实融合，他们和哈塞克联合就说明了这一点。斯酷奇来自世界各地，甚至来自落后的国家。现在他们向外输出数字化的知识，只要有合适的地方，哈塞克人就会占据主导，在其他地方则有其他的视像——但谁都可以访问整个图书馆的藏书。如果你能解决远程交互式触感的问题，应该能让他们变得更加吸引人。"卡洛斯环顾着他的办公室，老年团曾经在这里谋划着完全不同的目标，"这两个月真是发生了巨大的变化啊。"

"你觉得那天晚上到底发生了什么，卡洛斯？骚乱是在掩饰我们四人正在做的事情——还是我们在掩饰骚乱？"

"这个问题我也想了很多。我认为骚乱是一个烟幕弹，但是最终骚乱本身失控，带来了——附带损失的反义词是什么？附带收益？谢里夫——无论他是谁，在我面前他经常是以一只兔子的面目出现——是一个快乐的疯子。"

兔子，他的审讯者就是这么称呼神秘陌生人的，陌生人最后一次也是这么自称的。"好吧，我们的任务本就见不得光。兔子根据我们各自的弱点，控制了我们所有人。"

卡洛斯点点头："是的。"

"兔子向我们每个人承诺，会实现我们的秘密愿望，然后在我们昧着良心完成任务之后，它却违约了。"说实话，罗伯特非常确定这个小动物已经完蛋了。如果它幸存下来，也许结局会有所不同。他对陌生人的承诺寄予厚望，这直接导致了他的背叛。还好一切都过去了，感谢上帝。

卡洛斯向前倾身，厚厚的眼镜后露出怀疑的眼神。

"好吧，"罗伯特说，"也许没有向每个人做出承诺。我认为令汤姆动心的是策划这个阴谋本身。"

"可能吧。"但图书管理员仍然带着怀疑的神色。

"你看，如果有任何承诺兑现了，我们会知道的，那样的话就太棒了。我打赌温斯顿想要的是——维尼最近在哪儿？"他正要上网搜索，但卡洛斯开口告诉了他："布朗特院长上个月被大学文学系聘用了。"

罗伯特的目光扫过他的搜索结果："但职位是初级行政助理！"

"是的，很奇怪。现任文学院长是杰西卡·拉斯科维奇，她是另一例成功的医疗翻新者，当年她是系里的秘书。现在，虽说行政助理的职业前途没有什么限制，但是温斯顿的起点也太低了——而且传闻他和拉斯科维奇一直合不来。"

哦，天哪！"我猜也许是温斯顿接受了现实。"和我一样。无论如何，这意味着神秘陌生人真的没了，他不切实际的承诺确定要成空了。他抬头看着卡洛斯，突然间一种震惊的感觉涌上心头。老罗伯特的识人本事已经不剩多少了，如今，连显而易见的变化他都差点没有注意到，"你……你怎么样了？"

"你注意到了我有什么不同吗，教授？"

罗伯特仔细看了看他，然后又环顾着这间豪华的实体办公室。看样子卡洛斯混得不错，但罗伯特觉得他向陌生人要求的应该不是世俗意义上的成功。"你看起来更开朗自信，口头表达也更清楚了。"对了！"你还没说过一句普通话，即时培训症状不见了！"

卡洛斯回以最纯粹喜悦的笑容。

"所以你不会说中文了？"

"不，qi shi wo hai ke yi shuo zhong wen，bu guo bu xiang yi qian na me liu li le。我已经六个多星期没有发作了！现在我不受即时培训症的影响了，可以享受这种语言带来的好处。这在与中国的信息人员合作的时候非常有用。我们要把他们在大英图书馆的扫描结果与胡尔塔斯的数据合并起来。"

罗伯特沉默良久，然后说："你痊愈可能是巧合。"

"我……怀疑过。这个医学突破是土耳其和印度尼西亚的专家小组发现的，与退伍军人管理部门或大学研究计划无关。但如今大多数医学突破都是这样的，而且我没有收到兔子发来的吹牛消息。一切都是公开的，虽然这新闻并没有引起太大关注。你知道，这种针对即时培训症的治疗方法对大多数患者都是无效的。他们通过黄丝带组织联系上了我，因为我的基因正好处于最相关的区间。"他耸耸肩，"我猜这有可能是巧合。"

"是啊。"天堂的雷区。

"但这未免也太巧了吧，"卡洛斯继续说道，"在我完成任务后的几周内，就实现了我的愿望。而且我在斯酷奇方面的一些进展也很奇怪，通常应该花一年才能达成的协议，我几周就搞定了，有人在帮助我。我觉得你对兔子的看法是错误的，也许它只是潜伏起来了，也许它不能马上完成所有的奇迹——教授？你还好吧？"

罗伯特转过身把额头贴在冰凉的窗玻璃上。我不需要这个，我对现在的自己很满意！他睁开眼，透过泪水向外望去。下面是熟悉的人行道，智慧之蛇顺着山坡蜿蜒爬向图书馆。可能神秘陌生人真的是一个神，或者已经成了一个神，恶作剧之神。

"教授？"

"我没事，卡洛斯。也许你是对的。"

他们又聊了几分钟。罗伯特不太确定他们都说了些什么，只记得卡洛斯似乎有点担心他。也许他把罗伯特不知所措的表现当成了某种急性病发作的症状。

然后他搭电梯下楼，回到了阳光明媚的广场。在他周围，人类正忙着建造艺术和科学的世界。如果我能同时拥有这两样，将会怎样呢？

尾声

致谢

感谢以下各位的帮助及建议：

杰夫·艾伦、大卫·巴克斯特、伊森·比埃、约翰·卡罗、兰迪·卡佛、史蒂文·切里、康妮·弗莉诺、罗伯特·弗莱明、彼得·弗林、迈克·甘尼斯、哈利·高德斯坦、托马斯·古迪、芭芭拉·戈登、茱迪斯·格林伽德、迪帕克·古普塔、帕翠西娅·哈特曼、帕特里克·希尔梅耶、切丽·库什纳、卢思方、萨拉·巴斯·梅耶、基斯·梅耶斯、泰瑞·麦伽利、肖恩·佩瑟特、威廉·卢普、彼得·H. 萨鲁斯、玛丽·Q. 史密斯、查尔斯·维斯塔尔、琼·D. 文奇、加布里耶·文豪森，以及威廉·F. 吴。

最后，非常感谢詹姆斯·弗伦克尔杰出的编辑工作。感谢吉姆与托尔出版社在《彩虹尽头》漫长的创作过程中表现出的巨大耐心。

彩虹尽头

〔美〕弗诺·文奇 著
岛岛 译

RAINBOWS END

By Vernor Vinge

图书在版编目 (CIP) 数据

彩虹尽头 / (美) 弗诺·文奇著；岛岛译 . — 北京：北京联合出版公司 , 2019.8
（弗诺·文奇作品集）
ISBN 978-7-5596-3344-6

Ⅰ.①彩… Ⅱ.①弗… ②岛… Ⅲ.①科学幻想小说—美国—现代 Ⅳ.① I712.45

中国版本图书馆 CIP 数据核字 (2019) 第 112804 号

选题策划	联合天际
责任编辑	喻　静
特约编辑	刘　默　王书平
封面设计	@broussaille 私制
美术编辑	梁全新

未
UnRead
—
文艺家

出　　版	北京联合出版公司
	北京市西城区德外大街 83 号楼 9 层 100088
发　　行	北京联合天畅文化传播公司
印　　刷	三河市冀华印务有限公司
经　　销	新华书店
字　　数	333 千字
开　　本	880 毫米 × 1230 毫米 1/32　13 印张
版　　次	2019 年 8 月第 1 版　2019 年 8 月第 1 次印刷
I S B N	978-7-5596-3344-6
定　　价	58.00 元

关注未读好书

未读 CLUB
会员服务平台